Catherine Bybee

Single ab Samstag

Aus der Reihe:

Eine Braut für jeden Tag

Montlake Romance

Das Buch

Vor einem Jahr hat sich Karen darauf eingelassen, einen Hollywoodstar zu heiraten, um die Gerüchte über dessen Privatleben zu zerstreuen. Seit ihrer Hochzeit mit dem berühmten Leinwandhelden sind ihre Schauspielkünste gefragt: Die zierliche blonde Schönheit spielt die Rolle der glücklichen Ehefrau. Jetzt steht das Paar vor der Scheidung und Karen wird fünf Millionen Dollar kassieren – als Entschädigung für das Jahr an der Seite des Stars. Doch kurz vor dem geplanten Ende ihrer vorgetäuschten Ehe spaziert Karens atemberaubender Schwager durch die Tür und direkt in ihr Herz.

Die Autorin

Die New-York-Times-Bestsellerautorin Catherine Bybee wuchs im US-Bundesstaat Washington auf. In der Hoffnung auf eine Schauspielkarriere zog sie nach der Highschool ins südliche Kalifornien. Als ihr die Lust am Kellnern vergangen war, machte sie eine Ausbildung zur Krankenschwester und arbeitete danach vorwiegend in städtischen Notaufnahmen. Inzwischen hat sie das Schreiben zu ihrem Beruf gemacht und die Reihen *Not Quite Dating* sowie *Eine Braut für jeden Tag* veröffentlicht. Catherine Bybee lebt mit ihrem Mann und ihren zwei Söhnen in Südkalifornien.

Catherine Bybee

Single ab Samstag

Aus der Reihe:
Eine Braut für jeden Tag

Roman

Aus dem Amerikanischen von Teresa Hein

Montlake Romance

Die Originalausgabe erschien 2014 unter dem Titel »Single by Saturday« bei Montlake Romance, Seattle, USA.

Deutsche Erstveröffentlichung bei
Montlake Romance, Amazon Media E.U. S.á r.l.
5 Rue Plaetis, L-2338, Luxembourg
Mai 2016

Die Übersetzung dieses Buches wurde durch AmazonCrossing ermöglicht.

Umschlaggestaltung: bürosüd° München, www.buerosued.de
Umschlagmotiv: © Heather Houston; © Uvarov Stanislav/Shutterstock
Lektorat: Daphne Großmann
Satz: Judith Zimmer, Hamburg
Printed in Germany
By Amazon Distribution GmbH
Amazonstraße 1
04347 Leipzig, Germany

ISBN: 978-1-503-93754-3

www.montlake-romance.de

Für David und Libby
Als Gott zwei Menschen brauchte, die anderen beistehen, hat er euch beide geschaffen. Für alles, was ihr tut.

Eins

Michael trat hinter Karen, legte die Arme um sie und küsste sie auf den Hals. Sie blieb ganz entspannt. Schließlich hatte sie schon ein Jahr Übung als Michael Wolfes Ehefrau.

»Da bist du ja.«

Sie lächelte ihn an und seufzte. Er war wirklich einer der attraktivsten Männer, die sie kannte. Zu schade, dass er nicht auf Frauen stand.

»Ich habe mich nicht versteckt.« Um allen zu zeigen, was für ein glückliches Paar sie waren, lehnte sie sich an ihn.

»Das Essen wird in einer halben Stunde serviert.«

Sie waren ein gutes Team. Besser als die meisten Ehepaare, die sich tatsächlich ewige Treue geschworen hatten. »Ich schaue mal nach, wie weit die Vorbereitungen sind.«

Er küsste sie aufs Haar. Sie bat die kleine Gruppe von Freunden, mit denen sie geplaudert hatte, sie zu entschuldigen, und ging ins Haus. Heute wurde ihr erster Hochzeitstag gefeiert. Karen bewegte sich elegant durch die Gästeschar. Hier und da begrüßte sie eine Hollywood-Hoheit mit Namen. Unwillkürlich fragte sie sich, wen sie bei der Scheidungsparty in etwa sechs Monaten wiedersehen würde. Ihr war sonnenklar, dass ihr Name danach von den Gästelisten gestrichen werden würde, während Michaels Name wie in Stein gemeißelt blieb. Wer lud schon die Ex eines gefeierten Filmstars ein? Von der geplanten Scheidung wusste nur eine Handvoll der Geladenen. Alle anderen würden zu gegebener Zeit durch die Medien davon erfahren.

Michaels Villa im spanischen Stil stand in Beverly Hills und bot einen wunderbaren Blick auf die Stadt. Über zweihundert geladene Gäste drängten sich im Haus und im Garten. Zum

Glück bescherte ihnen das südkalifornische Wetter einen milden Abend, sonst wäre Michaels Heim aus allen Nähten geplatzt.

Karen schlängelte sich zwischen plaudernden Grüppchen hindurch, ließ sich ein paarmal nach Hollywoodsitte aufgesetzt herzlich umarmen und arbeitete sich so nach und nach bis zur Küche vor. Dort stand mitten im Chaos die Teamchefin der Cateringfirma. Sie dirigierte ihre Leute in einem ruhigen Befehlston und mit strengem Blick. »Alles in Ordnung, Vera?«

»Das Essen kann pünktlich beginnen, Mrs Wolfe.«

Karen fand es ganz in Ordnung, mit dem Nachnamen ihres Ehemanns angesprochen zu werden. Dabei hatte sie ihren eigenen Namen nie abgelegt.

»Und der Wein?«

Vera hob das Kinn und setzte ein Lächeln auf. »Wie von Ihrem Mann ausgewählt.«

»Gut.«

»Nur mit der Menge gibt es ein kleines Problem.«

Karen legte die Stirn in Falten. Es gab sicher Schlimmeres, aber beim Wein machte Michael keine Kompromisse.

»Den Ersatz haben Sie mit Michael abgesprochen?«

Veras Lächeln war unverrückbar. Doch Karen sah ihre Lider nervös flatterten. »Er hatte keine Zeit. Könnten Sie sich vielleicht ansehen, was ich ausgesucht habe?«

»Gern.«

Karen folgte Vera durch die Hintertür zu einem Lieferwagen der Cateringfirma. Dort ließ Vera einen ihrer Mitarbeiter eine hölzerne Kiste öffnen. Wie zu erwarten enthielt sie sechs Flaschen Pinot Noir, ansprechend präsentiert und mit eleganten Etiketten. Doch nach einem Jahr an der Seite eines Weinkenners wusste Karen, dass der Inhalt oft nicht hielt, was das schöne Äußere versprach. Aber sie kannte Michaels Geschmack und traute sich zu, ihn in diesem Fall zu vertreten.

»Das Etikett sagt mir leider nicht viel.«

Vera nickte. »Augenblick.« Sie zog einen Korkenzieher aus der Schürzentasche und öffnete mit geübten Handgriffen eine

Flasche. Auf ein Handzeichen hin reichte ihr ein Mitarbeiter ein Glas.

Mit einer ausholenden Geste goss sie ein wenig von dem Wein ein und streckte Karen das Glas hin.

Wie man Wein verkostete, hatte Karen während einer Frankreichreise mit Michael gelernt. Sie schwenkte das Glas. Für sie war das der zweitüberflüssigste Teil einer Weinprobe. Rote Weine waren rot, weiße Weine weiß. Die Farbe war in Ordnung. Karen hob das Glas an die Nase, erschnupperte eine Zitrus- und eine Beerennote, nahm einen Schluck und ließ den Wein über ihre Zunge rollen.

Vollmundig und gediegen. Ausspucken unnötig. Den Wein auszuspucken, war aus Karens Sicht der überflüssigste Teil einer Weinprobe. Warum sollte man einen wohlschmeckenden Tropfen nicht schlucken? »Der ist in Ordnung«, sagte sie zu Vera, die sichtbar die Luft angehalten hatte. »Aber bitte schenken Sie zu Anfang den Wein aus, den Michael bestellt hat.«

Vera nickte und gab ihren Mitarbeitern ein Zeichen. Der Wein wurde ins Haus getragen. Als Karen und Vera ebenfalls hineingehen wollten, näherte sich eine hochgewachsene Gestalt. »Mrs Wolfe?«

Mit einem geübten Lächeln drehte Karen sich zu der Stimme um und vergaß zu atmen. Die Härchen auf ihren Unterarmen richteten sich auf, ihre Haut prickelte. Der eins neunzig große Mann mit dem dunkelbraunen Haar und den stechenden blauen Augen wirkte eigentümlich vertraut. Er hatte dasselbe kantige Kinn wie Michael, nur stoppeliger. Michael präsentierte sich lieber glattrasiert. Einen verwegenen Eintagesbart sah man bei ihm nur im Film.

Trotzdem war die Ähnlichkeit dieses Mannes mit Michael frappierend. Karen fragte sich, ob vielleicht sein Double vor ihr stand. Nur das typische Michael-Lachen in den Augen und das entspannte Lächeln um die Lippen fehlte. Es war, als läge hinter dem Blick des Fremden eine Botschaft versteckt. Karen wusste nicht, wie ihr geschah. An eine magische Anziehungskraft auf den allerersten Blick glaubte sie eigentlich nicht. Aber die Heftigkeit, mit der ihr Körper auf diesen Mann reagierte, verblüffte sie. Vielleicht ging es anderen Frauen mit Michael so. Sie sahen etwas in ihm, das ihren Puls aus dem Rhythmus brachte und eine Sehnsucht weckte, die sich allerdings nur auf der Kinoleinwand erfüllen konnte.

Karen versuchte, ihre Fantasie zu zügeln, und gab sich entspannt. »Kennen wir uns?«

Der blauäugige Sexgott machte ein paar Schritte auf sie zu. Mit einiger Anstrengung gelang es ihr, nicht zurückzuweichen.

Offenbar spürte er ihre Verwirrung. Er blieb stehen und schaute sich um, als bemerkte er erst jetzt das hektisch herumrennende Servicepersonal und die Gäste, die gerade ankamen. »Zach Gardner«, sagte er schlicht.

Karens Lächeln hielt. Den Namen hatte sie schon einmal gehört. Sie kramte in ihren Erinnerungen. Dabei musterte sie den Mann mit zusammengekniffenen Augen. »Michaels Bruder?«, murmelte sie.

Zach nickte und ließ den Blick an ihr hinabwandern. Als er ihr wieder ins Gesicht schaute, war es, als würde er seine Gedanken hinter einer Maske verbergen. »Und du bist die Frau, die wir noch nicht kennengelernt haben.«

Karen war nicht leicht zu erschüttern. Seit einem Jahr spielte sie unter den kritischen Blicken von Klatschreportern, Produzenten, Schauspielern und Fans die Rolle von Michaels Ehefrau. Doch dieser Mann schaffte etwas, was vor ihm noch keinem gelungen war. Er ließ sie zweifeln, ob es schlau gewesen war, Michael zu heiraten.

Karen machte einen Schritt auf Zach zu. Die Falten, die sich plötzlich auf seiner Stirn bildeten, ignorierte sie. »Mit dir haben wir gar nicht gerechnet.«

»Das heißt, du weißt, dass Mike eine Familie hat.«

»Ja, sicher.« Niemand nannte Michael Mike. Aber für die eigene Familie blieb man immer derjenige, der man immer gewesen war.

Karen wand sich unter Zachs Blick. Plötzlich wirkte er ein wenig verunsichert. Er schien zu merken, wie barsch und vorwurfsvoll er sich anhörte, so als gebe er ihr die Schuld dafür, dass sein Bruder sich so zurückzog. Aber Karen wusste, dass Michael sich mit seiner Familie nicht mehr so verbunden fühlte wie früher.

»Er hatte in den letzten Monaten unheimlich viel um die Ohren.« Sie nahm Michael in Schutz. Er hatte sie seiner Familie nie vorgestellt, weil ihre Ehe nicht von Dauer sein würde. Er wollte Hollywood zum Narren halten, nicht seine Angehörigen. Aber insgeheim hatte Karen schon lange darauf gewartet, dass jemand aus Michaels Verwandtschaft auftauchte.

»Wir haben alle viel zu tun.« Zachs Antwort sagte deutlich, dass ihn Michaels dicht gedrängter Terminplan und seine Ausreden nicht interessierten. Aber das musste Michael selber regeln. In der Vermittlerrolle fühlte sie sich nicht wohl.

»Michael wird sich sicher freuen, dich zu sehen.« Sie wollte sich an Zach vorbeischieben und ihm voran ins Haus gehen.

»Anscheinend habe ich einen unpassenden Zeitpunkt erwischt.«

Sie hätte einfach antworten können, für unerwartete und unangekündigte Besuche gebe es keinen wirklich passenden Zeitpunkt. Aber sie hielt sich zurück. »Ganz und gar nicht.« Da sie einander noch nie begegnet waren und sie nicht wissen konnte, ob Zach ihren Namen kannte, streckte sie ihm die Hand hin. »Ich bin übrigens Karen.«

Als Zach ihre Hand drückte, durchjagten heiße Wellen ihren Arm. Und das war nun tatsächlich absolut unpassend.

Nichts gegen ein kleines Knistern oder Prickeln. Aber in Wallung zu geraten, wenn der Bruder des eigenen Ehemanns vor einem stand, das ging gar nicht.

Verwunderung huschte über Zachs Züge, dann zog er abrupt die Hand weg. »Und ich glaube, ich muss mich bei dir entschuldigen.«

»Wofür denn?« Dafür, dass du hier reinplatzt, dich benimmst wie ein Ekel und die Luft zum Brennen bringst? Ja, okay, vielleicht war tatsächlich eine Entschuldigung fällig.

»Eine Frau aus Fleisch und Blut vorzufinden, von der wir bisher nur Fotos kennen, macht mich ein bisschen fassungslos.«

»Warum erstaunt dich das denn so?«

Zach zuckte die Achseln. »Mein Bruder zeigt sich bei jeder Filmpremiere mit einer anderen. Deshalb dachten wir wohl, es würde dich gar nicht geben … aber offenbar gibt es dich doch. Trotzdem muss ich nicht gleich unhöflich zu dir sein, denn eigentlich habe ich mit meinem Bruder ein Hühnchen zu rupfen.«

Karen spürte, wie ein warmes Lächeln auf ihr Gesicht trat, und sah, wie Zachs Blick weicher wurde. »War das eine Entschuldigung?«

»Keine sehr gelungene. Aber ja.«

Die Kunst, sich zu entschuldigen, ohne das Wort dabei in den Mund zu nehmen, beherrschten demnach beide Brüder. Aber Michael besserte sich langsam.

»Entschuldigung angenommen. Und jetzt lass uns zu deinem Bruder gehen.« Sie marschierte vor ihm her ins Haus.

In der Küche drehten sich einige Köpfe nach ihnen um. Vielleicht hielten die Servicekräfte Zach für Michaels Zwilling oder sein Stunt-Double. Rein optisch hätte er das sein können. Aber Karen glaubte sich zu erinnern, dass Zach etwa ein Jahr älter war als Michael. Drei Schwestern gab es auch noch, eine ältere und zwei jüngere. Die Geschwister lebten in einer Kleinstadt in Utah, in der auch Michael aufgewachsen war. Er war gleich nach dem Highschool-Abschluss weggezogen.

Karens Freundin und Ab-und-zu-Kollegin Samantha stellte sich ihnen in den Weg. »Da bist du ja. Michael sucht dich.« Samantha musterte Zach lächelnd.

»Und wir suchen ihn. Samantha Harrison, das ist Zach Gardner, Michaels Bruder.«

»Eindeutig. Die Ähnlichkeit ist nicht zu übersehen.« Samantha drückte Zach die Hand.

»Freut mich.« Seine Worte klangen so hölzern, als wollte er am liebsten auf der Stelle wieder verschwinden.

»Wo hast du Michael denn zuletzt gesehen?«

»Im Innenhof. Kommt, wir gehen zusammen.«

Karen war dankbar, nicht mehr mit Zach allein zu sein. Sie warf ihm ein bestens einstudiertes Lächeln zu. Dann ging sie ihm voran durchs Haus und durch die offenen schweren Holztüren in den Innenhof. Die Gäste musterten den Neuankömmling interessiert.

Michael stand mit dem Rücken zu ihnen.

Karen tippte ihm auf die Schulter. »Schau mal, wen ich mitbringe.«

Michaels Verwirrung hielt nur einen Sekundenbruchteil an, dann erkannte er seinen Bruder und es passierte, was sonst nie geschah: Michaels vollendete Fassade verrutschte. »Zach. Mein Gott.«

Karen trat zur Seite und schaute zu, wie die beiden Brüder lächelten, einander die Hände drückten und sich dann männlich herzhaft umarmten.

»Es ist lange her«, sagte Zach.

»Viel zu lange.«

Die Männer strahlten einander an, als sei zwischen ihnen nie ein böses Wort gefallen und als lägen nicht Jahre zwischen ihrem letzten Zusammentreffen.

Samantha schob sich neben Karen und flüsterte ihr ins Ohr: »Er war nicht eingeladen?«

Karen lächelte eisern weiter. »Ist einfach so aufgetaucht.«

»Das kann spannend werden.«

Genau das befürchtete Karen auch.

Michael drehte sich zu den Gästen im Hof. »Hört mal, Leute, das ist mein Bruder Zach.« Michael nannte Zach die Namen einiger Anwesender, aber es war schnell klar, dass er sie sich unmöglich würde merken können. Und falls doch, dann nur weil er sie sowieso schon aus dem Fernsehen oder aus dem Kino kannte. »Karen hast du ja bereits kennengelernt.«

Zachs blaue Augen saugten sich an ihr fest. »Ja, deine Frau.«

Zach ließ sich von Mike herumführen und seinen Freunden vorstellen, obwohl er nicht glaubte, dass sein Bruder auf allzu viele von ihnen zählen konnte, wenn es hart auf hart kam. Mit welchen Erwartungen er in Mikes Welt geplatzt war, wusste er selbst nicht recht. Dass Mike Erfolg hatte, war bekannt, aber was das wirklich bedeutete, erlebte er jetzt zum ersten Mal hautnah. Die künstliche Hollywoodwelt war Lichtjahre von ihrer gemeinsamen Kindheit und Jugend in Utah entfernt. Aber vielleicht machte das ja gerade den Reiz aus. In einer Kleinstadt in der Provinz aufzuwachsen, hatte nicht nur Vorteile.

Ganz sicher hätte Mike dort nie eine so atemberaubende Frau gefunden wie die, die er jetzt seine Ehefrau nannte. Seit die ersten Fotos von Karen aufgetaucht waren, schimpfte seine Mutter ununterbrochen, weil Mike nie mit ihr in Utah erschien. Keins der Fotos wurde Karen gerecht.

Der Blauton ihrer Augen erinnerte an einen tiefen Ozean. Ihr blondes Haar schimmerte in einem so klaren Ton, dass es unmöglich gefärbt sein konnte, und der Trubel um sie herum schien sie kaum zu berühren. Zach sah sofort, was sein Bruder an ihr fand, und das war neu. In ihrer Jugend hatte es kein einziges Mädchen gegeben, das ihnen beiden gefallen hatte.

Zach verscheuchte die Gedanken an Mikes Ehefrau und konzentrierte sich auf den eigentlichen Grund seines Besuchs. Seine jüngste Schwester Hannah hatte ihn dazu gebracht, sich aufs Motorrad zu schwingen und nach L. A. zu knattern. Für alle anderen mochte Mike Mr Hollywood sein. Aber seine Familie vermisste ihren Sohn und Bruder. Ihre Mutter war außer sich, ihr Vater kurz davor, den jüngeren männlichen Spross des Gardner-Clans zu verstoßen, und die Mädchen fragten sich inzwischen, ob Michael Wolfe überhaupt mit ihnen verwandt war. Hannah hatte Zach regelrecht bekniet, Mike nach Hause zu schleppen.

»Schatz?« Karen stellte sich an Michaels Seite. »Der Cateringservice möchte, dass wir das Buffet eröffnen.«

Michael legte Karen den Arm um die Schultern und küsste sie aufs Haar. »Danke.«

Zach hatte Michael das schon ein paarmal tun sehen. Seine Ehe war augenscheinlich glücklich.

»Entschuldigst du uns bitte einen Moment, Zach?«

»Es ist deine Party. Ich bin hier bloß reingeplatzt.«

Mike gab dem DJ ein Zeichen. Die Hintergrundmusik wurde leiser.

Zach hatte sich ein Bier genommen, trank in kleinen Schlucken und hörte zu, wie sein Bruder die Gäste willkommen hieß. Als er Karen an sich zog und ihr dafür dankte, dass sie seine Frau war, wandte Zach sich ab. Sein Blick fiel auf Samantha. Karens Freundin hatte ihn beobachtet. Hastig drehte sie sich weg.

Direkt neben Zach wurde getuschelt. »Bin mal gespannt, wie lange das hält.«

»Wenn man nie zu Hause ist, geht man sich nicht so schnell auf die Nerven. Sicher hat er neun der letzten zwölf Monate an irgendeinem Filmset verbracht.«

Zach nahm einen Schluck Bier und spitzte die Ohren.

»Mindestens. Und in ein paar Wochen fangen die Dreharbeiten zu seinem nächsten Film an. Dann ist er wieder ein Vierteljahr weg.«

Zach warf einen verstohlenen Blick auf die Sprecherinnen und erkannte eine klapperdürre Schauspielerin, die ihm vorhin vorgestellt worden war. Sie unterhielt sich mit einer älteren Frau, die von Botox offenbar gar nicht genug bekommen konnte.

»Es heißt, sein nächster Film bringt ihm dreißig Millionen. Dafür würde ich meinen Mann sonst wohin reisen lassen.«

Zach wandte sich angewidert ab und drehte eine Runde um den Innenhof. Bald zog Samantha ihn zu einer kleinen Gästegruppe, während Mike und Karen das Buffet eröffneten.

»Zach, ich möchte dir gern ein paar Freunde von Michael und Karen vorstellen. Das ist mein Mann, Blake Harrison. Und das hier sind seine Schwester Gwen und ihr Mann Neil McBain.« Zach schüttelte den Männern die Hände. Er war fast erleichtert, dass er keinen von ihnen aus dem Fernsehen erkannte.

»Seid ihr alle Schauspieler?«, fragte er.

Gwen lachte. »Nicht jeder hier arbeitet in der Traumfabrik.« Ihr britischer Akzent war nicht zu überhören.

»Ich bin im Transportgeschäft«, sagte Blake.

Samantha schmiegte sich an die Seite ihres Mannes. Sie war offenbar sehr verliebt in ihn. »Und ein Herzog ist er auch. Aber wir weigern uns, ihn mit Eure Hoheit anzusprechen.«

Blake verdrehte die Augen.

»Es sei denn, wir sind sauer auf ihn«, sagte Gwen.

»Ein Herzog? Im Ernst?«

Blake nippte an seinem Cocktail und zuckte die Achseln. »Seine Eltern kann man sich nicht aussuchen.«

Samantha deutete auf den Mann an Gwens Seite. Der Kerl hätte gut ein Football-Profi sein können. »Neil leitet eine Sicherheitsfirma.«

Das glaubte Zach sofort. Der Mann war ein Gigant. Seine Augen suchten ständig die Umgebung ab und sicher war er bewaffnet bis an die Zähne.

»Da seid ihr ja!« Zach drehte sich zu der Stimme um.

Das Paar, das jetzt zu ihnen stieß, musste man ihm nicht erst vorstellen. Er beugte sich zu Neil. »Ist das der Gouverneur?«

»Ja.«

»Verdammt, ich hätte nicht geglaubt, dass Mike wirklich jeden kennt.«

»Eigentlich sind wir schon länger mit Karen befreundet als mit Michael. Deshalb stehen wir auch zusammen und lästern über die anderen Gäste.«

»Eliza, Carter, das ist Michaels Bruder Zach.«

Zach schüttelte dem Gouverneur und dessen Frau die Hände. In diesem verschworenen kleinen Kreis hätte er sich leicht fehl am Platz fühlen können. Aber alle bezogen ihn wie selbstverständlich ins Gespräch mit ein.

»Ich wusste gar nicht, dass Michael einen Bruder hat«, sagte Carter schließlich.

»Einen Bruder und drei Schwestern«, platzte Samantha heraus.

Zach kniff die Augen zusammen. Er sah, wie Gwen die zierliche Rothaarige in die Seite knuffte.

»Ich glaube, das hat Michael mal erzählt.« Samantha warf einen Blick in die Runde. »Oder täusche ich mich?«

»Nein, das ist richtig.«

»Bleibt es bei dem Treffen im Park morgen?« Eliza wechselte hastig das Thema. »Ich habe Delanie seit der Taufe nicht mehr gesehen.«

Samantha zog ihr Handy aus der Tasche und die Frauen beugten sich darüber. Zach nahm an, dass es sich um das zeremonielle Bewundern von Babyfotos handelte. Rena, seine ältere Schwester, hatte auch zwei Kinder, und wenn er gelegentlich ein Sonntagsessen verpasste, gab es kein Entkommen vor den neuesten, per Smartphone verschickten Aufnahmen.

»Eliza! Carter! Ihr habt es tatsächlich geschafft.« Karen trat zu der Gruppe und umarmte ihre Freunde.

»Aber klar doch.«

Karen warf Zach ein höfliches Lächeln zu. Dann schaute sie missbilligend in die Runde. »Warum esst ihr denn nichts? Ich habe mir wegen des Buffets ewig den Kopf zerbrochen und jetzt stehen hier lauter Frauen herum, die kein Gramm zunehmen wollen.«

»Keine Sorge, ich hole mir gleich etwas«, sagte Eliza.

Ein Kellner bot ihnen Champagner an. Alle griffen zu und hoben die Gläser.

Neil riss seiner Frau die Champagnerflöte regelrecht aus der Hand. »Du nicht, Prinzessin.«

Gwen schnappte erschrocken nach Luft. »Ach herrje. Das hätte ich fast vergessen.«

Alle spitzten die Ohren.

»Was denn vergessen?«

Gwen biss sich auf die Unterlippe. »Ähm, nichts. Heute feiern wir Karen und Michael.«

Eine Sekunde lang schienen die Frauen stumm zu kommunizieren. Dann schrie Karen plötzlich auf. »O mein Gott! Du bist schwanger!«

Als kein sofortiges Dementi folgte, gerieten alle ganz aus dem Häuschen über die freudige Überraschung.

»Wir wollten es euch erst später sagen.« Gwen ließ sich von Karen umarmen.

»Das ist doch albern.«

»Aber heute ist *euer* Hochzeitstag.«

Karen verdrehte die Augen. »Ich bitte dich, Gwen. Du weißt doch, Michael und ich …« Als fiele ihr plötzlich ein, dass Zach bei ihnen stand, brach sie abrupt ab und trat beiseite, damit auch die anderen Gwen gratulieren konnten.

Zach gratulierte erst einmal dem werdenden Vater.

»Jetzt bist du dran.« Samantha deutete mit dem Finger auf die First Lady.

»Besten Dank, aber wir stehen nicht unter Zeitdruck.«

Zach wurde nicht ganz schlau aus dieser Gruppe. Deshalb fragte er einfach offensiv drauflos. »Was ist mit euch, Karen? Möchtet ihr Kinder haben?«

Die Antwort war Schweigen. Einen Moment lang überlegte er, ob er den Finger in eine Wunde gelegt hatte. Konnte Karen überhaupt Kinder bekommen? Konnte sein Bruder welche zeugen? Doch Karens Lächeln war kaum verrutscht. Eher entschlossen als wehmütig antwortete sie: »Das hat noch ein bisschen Zeit.«

Plötzlich plauderten alle über alles Mögliche, nur nicht über Karens und Michaels etwaigen Kinderwunsch.

Die Frau seines Bruders hatte Zach jetzt zwar kennengelernt und ein paar Antworten hatte er auch bekommen. Doch schon hatte er viele neue Fragen.

Zwei

»Ich bin mal gespannt, wie das weitergeht«, flüsterte Gwen Karen ins Ohr. Die Party neigte sich dem Ende zu und viele Gäste hatten sich bereits verabschiedet.

Zusammen mit Samantha und Eliza hatten sie es sich in einer Ecke des Innenhofs gemütlich gemacht, tranken Wein, Kaffee und in Gwens Fall Tee und schauten zu den Männern hinüber, die sich an einem Feuer unterhielten.

»Was glaubst du, weshalb ist er hier?«, fragte Eliza.

»Keine Ahnung. Michael und ich reden über vieles, aber fast nie über seine Familie«, sagte Karen zu ihren Freundinnen, die wussten, welche Art von Ehe sie führte.

Die Männer lachten. Die Frauen nahmen es stirnrunzelnd zur Kenntnis.

»Sie tun so, als hätten sie sich erst vergangene Woche zum letzten Mal gesehen«, sagte Samantha.

»Den Hintergrundcheck hast du doch gemacht. Ist mir in Michaels Akte irgendwas entgangen?«, fragte Karen.

Mit der *Akte* war das Dossier gemeint, das über alle Kunden und potenziellen Heiratskandidaten des Eheanbahnungsinstituts Alliance erstellt wurde. Michael hatte eine vorzeigbare Gattin für sechzehn bis achtzehn Monate gesucht, damit Hollywood, die Produzenten und seine Fans nicht auf die Idee kamen, der umschwärmte Filmheld mit einer Gage im achtstelligen Bereich hätte womöglich gar kein Interesse an Frauen.

In Hollywood war man in sexueller Hinsicht recht flexibel. Aber das Publikum würde kein Geld für einen Streifen ausgeben, wenn von vornherein klar war, dass der Hauptdarsteller mit der Frau in seinen Armen nichts anfangen konnte. Michael Wolfe gehörte zu den erfolgreichsten Actionstars des Millenniums und hatte unverschämt viele Filmprojekte im Terminkalender stehen. Gerüchte über seine sexuelle Orientierung gab es bislang kaum. Um erst gar kein Gerede aufkommen zu lassen, hatte er sich an Alliance gewandt.

Samantha verfügte über eine meterlange Liste von Kontakten. Sie hatte Alliance gegründet und durchleuchtete sämtliche Kandidaten völlig unabhängig von ihren Einkünften und ihrem gesellschaftlichen Rang sehr eingehend. Anfangs hatte sie mit Eliza zusammengearbeitet. Aber seit die beiden Frauen ihre Traummänner geheiratet hatten, waren sie mit anderen Dingen beschäftigt. Sie waren jetzt Herzogin und Mutter und First Lady. Für Alliance blieb ihnen nur wenig Zeit. Gwen hatte zusammen mit Karen die Geschäfte übernommen und Karen war die einzige unter ihnen, die ursprünglich selbst einen Ehemann auf Zeit gesucht und auch bekommen hatte.

Die Verpflichtung, die sie für ein Jahr und ein paar Monate eingegangen war, würde sich für sie auszahlen. Michael hatte fünf Millionen Dollar auf ein Treuhandkonto einbezahlt. Das Geld würde Karen nach der Trennung zur Verfügung stehen. Im Gegenzug half sie ihm, seinen Ruf als harter Kerl und Frauenschwarm zu pflegen, was ihm wiederum weitere Filmrollen sicherte.

Auf Sex musste Karen dafür ein Jahr lang verzichten. Halb so schlimm.

Sie hatte alle möglichen Hollywoodgrößen kennengelernt, mit ihnen gefeiert und in Michael einen wunderbaren Freund gefunden. Erst vor Kurzem hatten sie über den sexuellen Notstand gescherzt, den ihre Rolle als Ehepaar für sie beide mit sich brachte. Seltsamerweise hatte Karen keinerlei Verlangen nach ihrem Mann und hätte es auch alles andere als prickelnd gefunden, wenn Michael ernsthafte Annäherungsversuche gemacht hätte.

Ihr Blick schweifte über den Innenhof zu einem knackigen Hinterteil in schwarzen Jeans. Bei Zach wiederum …

»Michael ist in einer Kleinstadt in Utah aufgewachsen und hat getan, was man auf der Highschool eben so tut. Er war in der Theatergruppe und hat eine Weile Football gespielt. Aber so gut wie sein Bruder war er im Football nie. Er hat sich an verschiedenen Colleges in Kalifornien beworben, hat ein Studium begonnen, sich dann in die Schauspielerei verliebt.«

»Und zu Hause deshalb keinen Ärger bekommen?«, fragte Eliza.

Samantha schüttelte den Kopf. »Nicht dass ich wüsste.«

Karen warf erneut einen Blick zu Michael und Zach. »Das wird eine heikle Geschichte.«

»Bleibt er über Nacht?«, fragte Eliza.

Karen erstarrte. »Ich … ich habe ihn nicht gefragt. Aber eigentlich würde sich das gehören, oder?«

»Er ist Michaels Bruder und es sieht nicht so aus, als würden sich die beiden die Köpfe einschlagen.« Eliza brachte es auf den Punkt.

Karen stellte ihre Tasse ab und stand auf. »Ich muss es rausfinden. Dann kann Alice ihm ein Zimmer zurechtmachen, bevor sie geht.« Alice war die einzige feste Hausangestellte. Sie wohnte nicht in der Villa und arbeitete erst ein paar Monate für Michael. Er wollte keine Angestellten um sich haben. Wenn eine Haushälterin Tag und Nacht vor Ort war, würde das bestgehütete Geheimnis Hollywoods bald keines mehr sein.

Karen ging zu Michael. Er blickte auf und lächelte sie an. »Tut mir leid, wenn ich störe. Aber ich wollte fragen, ob Zach über Nacht bleibt.«

Zach schaute zwischen ihr und Michael hin und her. »Macht euch keine Umstände, ich …«

»Du bleibst hier. Wenn ich dich im Hotel schlafen lasse, bringt Mom mich um.« Michaels Ton war herzlich.

»Das tut sie sowieso.«

Michael nickte. »Du hast recht. Aber ich muss ihr dafür nicht noch zusätzliche Munition liefern. Wir haben jede Menge Platz.«

»Ich weiß nicht.«

Karen tat, was jede Ehefrau getan hätte, und nahm die Sache in die Hand. »Ich sage Alice, sie soll ein Gästezimmer herrichten, bevor sie geht.« Damit machte sie sich auf den Weg ins Haus.

Gwen kam zu ihr in die Küche. Die Cateringfirma hatte das restliche Essen in Behälter gepackt. Karen würde es am Morgen in den Jugendclub bringen. Das Schöne an den Hollywoodpartys war, dass die Jugendlichen, von denen viele aus ärmlichen Verhältnissen kamen, sich hinterher immer auf ein Festmahl freuen durften. Die Jungen und Mädchen glaubten, sie würden Reste essen. Aber Karen und Michael bestellten immer viel mehr Essen, als gebraucht wurde, damit sie ihnen eine Freude machen konnten.

»Ich verschwinde jetzt«, sagte Tony, Michaels Manager, im Vorbeigehen.

Tony war ein quirliger kleiner Italiener, der immer viel lauter sprach als nötig.

»Hast du für Tom einen Wagen gerufen?«

Tony lachte glucksend. »Ja. Seiner steht mit ein paar anderen neben der Garage. Wahrscheinlich werden gleich morgen früh einige Assistenten hier auftauchen und sie holen. Am besten ihr lasst das Tor offen.«

Karen schüttelte den Kopf. »Auf gar keinen Fall.« Das Tor offenstehen zu lassen, damit glühende Michael-Fans und Paparazzi die Gelegenheit bekamen, wahllos Fotos zu schießen, kam nicht infrage. »Aber danke für den Hinweis. Ich hoffe, du hattest einen schönen Abend.«

Tony war ununterbrochen im Arbeitsmodus.

»Aber klar doch, wie immer. Gute Nacht, Karen. Gwen.«

»Gute Nacht, Tony.«

An der Tür drehte er sich noch einmal um und rief: »Ach ja, und alles Gute zum Hochzeitstag.«

»Danke.« Vor lauter Partygetümmel hatte Karen beinahe vergessen, dass sie und Michael nun ein Jahr verheiratet waren.

Michael liebte rauschende Feste, während sie lieber nur eine Handvoll Freunde um sich hatte, die diese Bezeichnung auch wirklich verdienten. Ihre Freunde kannten das Geschäftsmodell von Alliance und wussten, dass ihre Ehe demnächst enden würde.

Sie spekulierten bereits über die Reaktionen auf die bevorstehende Hollywoodtrennung. Als Grund würden unüberbrückbare Differenzen herhalten müssen, aber einen Rosenkrieg würde es nicht geben. Stattdessen war als krönender Abschluss eine Scheidungsparty geplant.

Michael und Karen würden getrennte Wege gehen, aber Freunde bleiben.

»Hast du eine Ahnung, wo Alice gerade ist?« Gwen lehnte ihre schlanke Hüfte an die Kochinsel, nahm eine Erdbeere mit Schokoglasur von einem Tablett und knabberte an der reifen Frucht.

Im Haus sah es schon wieder halbwegs manierlich aus. Die Bedienungen waren vor etwa einer halben Stunde zusammen mit einem Großteil der Gäste gegangen und hatten vorher ein bisschen aufgeräumt. Die letzten Gäste verließen gerade winkend das Haus.

Karen benutzte ausnahmsweise die Haussprechanlage, um ihre Angestellte zu finden, und rief ihren Namen.

Nach ein paar Sekunden antwortete eine weibliche Stimme. »Ja, Mrs Wolfe?«

»Können Sie bitte das Gästezimmer auf der Ostseite herrichten?«

»Kein Problem, Mrs Wolfe.«

Karen nahm sich ebenfalls eine Erdbeere vom Tablett.

»Wie geht es dir denn?« Karens Blick wanderte zu Gwens noch flachem Bauch.

»Großartig. Samantha war während beiden Schwangerschaften andauernd übel und ich habe schon mit dem Schlimmsten gerechnet.«

Karen grinste. »Nicht jede werdende Mutter muss sich mit Morgenübelkeit herumschlagen.«

Gwen strahlte wie ein Kronleuchter. »Ich bin so glücklich, Karen. Und Neil ist völlig aus dem Häuschen.«

Es war schwer, sich den stoischen Neil in Hochstimmung vorzustellen. Aber wenn er sich unbeobachtet fühlte, schaute er Gwen an, als würde er sich über den Haufen schießen lassen, wenn ihre Sicherheit es verlangte.

»Ich freue mich schon darauf, Neil im Babyglück zu sehen.«

Gwen lachte. »Mein armer Mann wird einfach dahinschmelzen.«

»Er wird ein toller Vater sein. Und du eine tolle Mutter, das steht fest.«

Gwen legte den Stängel der Erdbeere auf eine Serviette. »Wir sollten nächste Woche einen Einkaufsbummel machen. Wie sieht denn dein Terminplan aus?«

»Morgen bin ich im Club. Die Abschlussprüfungen fangen bald an und die Kids müssen büffeln. Aber dann kommen die Sommerferien.«

»Ist es in der Ferienzeit ruhiger?«

»Ein bisschen.« Karen engagierte sich in ihrer Freizeit für die Jugendlichen im Club. Auch für Alliance war sie noch mit Gwen zusammen tätig. Aber jetzt, wo sich wieder mal ein Baby ankündigte, brauchte die Agentur sicher bald eine neue Mitarbeiterin.

Karen gähnte hinter vorgehaltener Hand.

Alice kam mit ein paar prallvollen Müllbeuteln in die Küche. »Das Gästezimmer ist fertig. Und den Müll hier nehme ich gleich mit raus.«

»Danke, Alice. Können Sie morgen früh kommen und weitermachen?«

Alice nickte. »Ich bringe meine Nichte mit. Sie kann mit anpacken.«

Karen kannte die Nichte bereits. »Prima. Falls ich nicht da bin, fangen Sie einfach im hinteren Teil des Hauses an. Aber bitte ganz leise, damit Sie Michael nicht stören.«

»Geht in Ordnung. Gute Nacht, Mrs Wolfe.«

Als Alice gegangen war, kam auch der Rest von Karens Freunden ins Haus.

»Für uns wird es Zeit«, sagte Blake.

»Wenn wir Glück haben, kommen wir gerade recht für das nächste Fläschchen und können hinterher gleich ins Bett«, erklärte Samantha.

»Oder Delanie will spielen und wir kriegen gar keinen Schlaf«, ergänzte Blake.

Sie unterhielten sich noch kurz über die Schlafgewohnheiten von Babys, dann holten die Männer die Jacken der Frauen und alle brachen auf.

Michael begleitete die Gäste zusammen mit Karen zur Tür, Zach wartete im Haus.

Eliza flüsterte Karen ins Ohr: »Heute Nacht musst du bei Michael schlafen.«

Ach herrje … daran hatte sie noch gar nicht gedacht. Übernachtungsgäste hatten sie normalerweise nicht und auch noch nie jemandem erklären müssen, warum sie als jungverheiratetes Paar in getrennten Zimmern schliefen. »Danke«, murmelte Karen.

Als sich die Tür hinter ihren Freunden geschlossen hatte, wandte Karen sich zu Michael. »Ich sehe noch kurz nach, ob wirklich alle weg sind. Möchtest du Zach inzwischen sein Zimmer zeigen?«

Karen flüchtete und wanderte gemächlich auf den versteckten Pfaden und Wegen umher. Dabei sammelte sie hier und da ein leeres Glas ein.

Der Rundgang über das Grundstück hatte weniger mit den geladenen Gästen zu tun als mit den ungeladenen. Karen wollte die Suche gerade einstellen, als ein Blitzlicht sie erschreckte.

Das Blitzlicht flackerte gleich noch ein paarmal auf und eine Kamera klackte im Serienbildmodus.

»Sind Sie jetzt fertig?«, fauchte Karen. Die Blitze hatten sie geblendet. Ein weiteres Bild wurde geschossen. Offenbar nicht. »Michael!« Sie hoffte, dass er sie durch die offene Terrassentür hörte.

»Bitte, Mrs Wolfe … Wie wär's mit einem Lächeln?«

Karen hätte am liebsten den Mittelfinger gereckt, aber sie hielt sich zurück.

»Verdammt, was soll das?«

Michael und Zach kamen angelaufen. »Verschwinden Sie!«, schrie Michael den ungeladenen Gast an.

»Ich werd' verrückt, es gibt zwei von Ihrer Sorte«, sagte der Paparazzo aus dem Dunkeln. Wieder ein Blitz. Diesmal stand Karen zwischen den Brüdern. Michael stürzte auf den Fotografen los und Karen drehte sich von den Lichtblitzen weg. Weil sie noch immer fast blind war, stolperte sie dabei.

Zachs Arm verhinderte einen Sturz. »Alles in Ordnung?«

Sie blickte zu ihm auf. »Ja.«

Dann war auch Zach weg und sie sah, wie die Brüder den Paparazzo am Kragen packten und vor sich her vom Grundstück schoben. Karen streifte ihre hochhackigen Schuhe ab und folgte den beiden. Die Schuhe ließ sie von den Fingerspitzen baumeln. Während die Männer den Eindringling zur Straße beförderten, ging Karen ins Haus. Sie schloss die Hintertüren und drehte die Schlüssel herum.

Bei ihrer Rückkehr in die Villa klopften sich die Brüder gegenseitig auf die Schultern, als hätten sie grade einen Tandem-Ringkampf gewonnen. Sie hätten wirklich Zwillinge sein können.

»Willkommen in meinem Alltag«, hörte sie Michael sagen.

»Passiert so was öfter?«

»Auf jeden Fall zu oft.«

Die Brüder machten es sich auf dem Sofa bequem, als wollten sie ein langes Gespräch beginnen. Karen nutzte den Moment für einen eleganten Rückzug. Michael konnte Zach über ihre Beziehung aufklären und ihr später davon erzählen.

»Ich möchte nicht unhöflich sein. Aber ich bin hundemüde.«

Michael lächelte sie an. »Und du gehst morgen in den Club, nicht wahr?«

»Ja, Jeff meinte, ich soll früher kommen. Ich nehme den großen Wagen, damit ich das viele Essen unterkriege.« Sie wandte sich an Zach. »Sag einfach Bescheid, wenn du etwas brauchst.«

Zachs Lächeln traf sie mitten in die Magengrube. »Danke, Karen.«

Ein wenig unbeholfen gab Karen Michael einen Gutenachtkuss.

»Ich komme bald nach.«

Sie schüttelte den Kopf. »Lass dir Zeit. Sicher habt ihr euch viel zu erzählen.«

Beim Weggehen spürte sie Blicke im Rücken und als sie sich umdrehte, sah sie, dass es Zachs Augen waren, die an ihr hingen.

Drei

Michael staunte nicht schlecht, als er seinen Bruder dabei ertappte, wie er Karen nachschaute.

Er empfand eine Art Eifersucht. Den Schluck Bier in seinem Mund schmeckte er kaum. Sein ganzes Leben war ein Balanceakt. Die Rolle des Bruders und Sohnes wollte er im Augenblick nicht spielen. Vielleicht auch, weil seine Angehörigen ihn leichter durchschauen würden als jeder andere. Karen nahm er aus. Sie kannte ihn inzwischen wirklich gut. Aber verdammt, jetzt merkte er, wie sehr er seinen Bruder vermisst hatte. Zachs Besuch machte ihm bewusst, dass er eine Familie hatte. Wenn er bei seinen Angehörigen doch nur ganz er selbst sein könnte … Er dachte an seinen Vater und an die Kleinstadt, in der er aufgewachsen war. *Nein.*

»Deine Frau ist sehr schön«, sagte Zach.

Wie spiele ich diese Szene? Den bis über beide Ohren verliebten Ehemann konnte er nicht mimen … Schließlich würde er sich bald scheiden lassen.

»Ja, ist sie.« Michael schaute seinen Bruder bei der Antwort absichtlich nicht an.

»Und sie wirkt viel ungekünstelter als ein Großteil der Gäste heute Abend.«

Michael nahm einen Schluck Bier. »Du bist ein guter Beobachter.« Er bemühte sich um einen neutralen Ton, in dem weder Freude noch Irritation über die Bemerkung seines Bruders lagen.

»Wo ist dann das Problem, Michael? Warum versteckst du sie vor uns?«

Michael atmete tief und lange aus. Dieser Atemzug war nicht gespielt, um der Situation Dramatik zu verleihen. Er kam von Herzen.

»Tue ich das?«

»Aus unserer Sicht, ja. Dir muss doch klar sein, dass ich auch ihretwegen hier bin.«

»Mom ist sauer, was?«

»Sauer? Sie ist außer sich. Du hast immer nur von irgendeinem Filmset aus angerufen und ihr nie die Chance gegeben, mit deiner Frau auch nur zu sprechen. Wenn Hannah nicht immer auf dem Laufenden wäre, hätte ich nicht mal gewusst, dass du gerade zu Hause bist.«

Hannah war das Nesthäkchen der Familie. Michael musste erst einmal nachrechnen, wie alt sie jetzt war. *Sechzehn? Nein, siebzehn. Verdammt.* »Ich bin unmöglich.«

»Stimmt. Und sehr beschäftigt. Ich weiß. Aber wie schwer kann es sein, mit deiner Frau mal für ein Wochenende nach Utah zu fliegen? Oder deine Familie zu dieser kleinen Fete einzuladen?«

»Dad hätte diesen Abend grauenhaft gefunden.«

»Hannah und Judy wären vor Glück geplatzt.«

»Mom hätte geglaubt, sie müsste für alle kochen.«

»Dann hättest du sie eben mit anpacken lassen. Soweit ich gesehen habe, musste Karen herumrennen und sich allein um alles kümmern.«

Michael lachte. »Aber gekocht hat sie nicht.«

»Darum geht es nicht, verdammt. Das weißt du. Bevor ich hergekommen bin, war ich fast sicher, dass deine Frau nur eine unausstehliche Zicke sein kann.«

Jetzt flog Michaels Blick zu seinem Bruder.

»Aber jetzt weiß ich, dass es einen anderen Grund geben muss, warum du sie uns nicht vorstellen willst.«

»Bist du deshalb gekommen? Um herauszufinden, welche Makel meine Frau hat?« Da konnte er lange suchen. Verdammt, Karen war perfekt. Der anklagende Unterton in Michaels Stimme war echt. Den musste er nicht spielen.

»Ich bin gekommen, um dir einen Besuch der ganzen Familie zu ersparen.«

»Ach ja?«

Zach stellte sein Bier beiseite. »Ja. Und wenn ich Mom und Dad nicht wenigstens ein ungefähres Datum nennen kann, an dem sie dich gemeinsam mit deiner Frau zu Gesicht bekommen, schneien sie unangekündigt bei dir rein. Entweder hier oder an irgendeinem der irren Orte, an denen du deine Filme drehst.«

Der Gedanke, sein Vater könnte auftauchen, während ein Maskenbildner an ihm herumpinselte, trieb Michael einen Schauer über den Rücken.

Er stand auf und ging in die Küche. Dort warf er die leere Bierflasche in den Müll und schnappte sich eine Flasche Wasser. Fragen zu seiner Ehe passten ihm im Moment gar nicht in den Kram. In zwei Wochen würde er zu einem Dreh in Kanada aufbrechen und sein Agent arbeitete gerade an einem Deal für das nächste Jahr. Sobald die Unterschriften auf dem Vertrag trocken waren, stand die Scheidung an. Die Nachricht dass er wieder Single und zu haben war, würde scharenweise Fans in seine Filme locken. Voller Mitleid für den Jungen mit dem gebrochenen Herzen und beseelt von dem Wunsch, ihm zur Seite zu stehen, würden seine Verehrerinnen die Kinosessel füllen.

Traurig, aber wahr – so eine Scheidung konnte durchaus einträglich sein.

Über sein Privatleben hatte er nie viel preisgegeben. Nicht einmal seiner Familie gegenüber. Eigentlich wollte er das weiterhin so halten. Aber die Gardners sollten Karen nach der Scheidung nicht hassen.

Zach kam in die Küche und warf seine Bierflasche zu Michaels in den Müll. »Wie sieht's aus, Mike? Sagst du mir, was los ist, oder kommst du uns mit Karen besuchen?«

Michael fuhr sich durchs Haar. »Ich muss erst mit ihr reden. Ich muss sehen, ob sie Zeit freischaufeln kann.«

Zach schnaubte. »Muss man sich im Country Club seit Neuestem abmelden, wenn man mal nicht kommen kann?«

»Red' kein Blech, Zach. Mit Reiche-Leute-Clubs hat Karen nichts am Hut. Sie arbeitet ehrenamtlich in einem Jugendclub mit.«

Zachs Grinsen fiel in sich zusammen. »Oh.«

»Siehst du, das ist auch ein Grund, weshalb ich Karen noch nicht mitgebracht habe. Ich habe keine Lust, sie und mich ständig für die Art, wie wir leben, rechtfertigen zu müssen.« Das klang in seinen Ohren recht plausibel. Aber wie alle gut gespielten Handlungsstränge musste auch dieser erst reifen.

»Tut mir leid.« Zachs Entschuldigung kam schnell und ohne viele unnötige Worte. »Ich bin nicht gekommen, um mich mit dir zu streiten.«

Michael setzte ein Lächeln auf. »Schon okay. Ich rede mit Karen.«

»Ich weiß nicht, weshalb du dir Sorgen machst, Kumpel. So weit ich das beurteilen kann, wird die Verwandtschaft sie lieben.«

Ja, verdammt, ganz sicher.

So müde sie auch war, in Michaels Bett konnte sie einfach nicht schlafen. Sie stopfte das Kissen unter ihrem Kopf zurecht und versuchte, eine bequeme Lage zu finden. Vergeblich.

Nach einer Weile stand sie auf, marschierte durch das Badezimmer zwischen ihren beiden Schlafzimmern, holte sich ein Buch von ihrem Nachttisch und legte sich damit in Michaels Bett.

Ein paar Jungen und Mädchen aus dem Club mussten diesen Klassiker für ihre Abschlussprüfung lesen. Sie fand die Lektüre ziemlich mühsam, und sie war eine Erwachsene. War den Verantwortlichen an den Schulen denn nicht klar, dass die Schüler solche Schinken zum Gähnen fanden?

Und tatsächlich fielen ihr nach ein paar Seiten die Augen zu.

Das Geräusch der Tür riss sie aus dem Schlaf, das Buch glitt zu Boden.

»Hey?« Michael kam zum Bett. Sein typisches Michael-Lächeln fehlte. Karen freute sich, dass er nicht das Gefühl hatte, ihr etwas vorspielen zu müssen.

»War's schlimm?«

Er setzte sich auf die Bettkante und streifte die Schuhe ab. »Nein. Nur kompliziert.«

»Vor einem Treffen mit deiner Familie haben wir uns ein ganzes Jahr lang gedrückt.«

»Stimmt. Und ich hätte gern noch ein paar Monate drangehängt.«

Karen beugte sich vor, hob das Buch auf und legte es auf den Nachttisch.

»Willst du mir etwas über deine Familie erzählen?« Bislang hatte er das nie getan, aber sein Zögern ermutigte sie. »Komm schon, Michael.« Sie senkte die Stimme. »Du hast keinen Liebsten und du weißt, dass du mir vertrauen kannst. Mit wem willst du sonst reden?«

Sein Lächeln war zurück. Er legte über der Bettdecke die Hand auf ihr Bein. »Wenn ich auf Frauen stehen würde, wäre alles viel leichter. Und ich würde dich glatt noch mal heiraten.«

»Wenn du auf Frauen stehen würdest, wären wir uns nie begegnet«, gab sie grinsend zurück.

»Leichter wäre es trotzdem.«

Das wollte sie nicht bestreiten. »Erzähl mir von deiner Familie.«

Es war, als hätte er nur darauf gewartet. Er lehnte sich an den Bettpfosten und legte die Füße aufs Bett. »Rena ist die Älteste von uns Geschwistern. Sie hat ihre Highschool-Liebe geheiratet und zwei Kinder bekommen. Zach ist der Zweite und eineinhalb Jahre älter als ich. Er war immer eine Sportskanone. Der Nächste bin ich. Wir dachten schon, das wär's gewesen, aber ein paar Jahre später kam Judy zur Welt und noch ein paar Jahre danach Hannah. Großer Gott, Karen, ich hatte vergessen, wie alt meine jüngste Schwester ist.« Er schüttelte den Kopf, als widerte er sich an.

»Und deine Eltern? Glücklich?«

»Sie sind ein Paar wie aus einem Werbespot. Mom backt Plätzchen, Dad hat sich mit harter Arbeit sein eigenes Geschäft aufgebaut.«

Karen kramte tief in ihrer Erinnerung. Was hatte noch mal über Michaels Familie im Alliance-Dossier gestanden? »Eisenwarenhandel und Baubedarf?«

»Ja. Und Zach baut Häuser. Allzu viele andere Möglichkeiten hätte er in einer kleinen Stadt wie Hilton auch nicht gehabt. Ich glaube, mein Vater wollte, dass ich ebenfalls bleibe. Ich war schon immer eine Enttäuschung für ihn.«

Karen wartete auf weitere Details. Als sie schon glaubte, er würde nichts mehr sagen, fuhr er fort. »Ich hab's versucht, Karen. Ich kann mit meinem Dad zusammenarbeiten, aber gefallen hat es mir nie. Ich mag Autos, habe aber keine Lust, daran herumzuschrauben. Zach hat ständig an seinen herumgewerkelt und wollte, dass ich ihm helfe.«

»Ich kenne nur einen, der gerne selbst Hand an seinen Wagen legt, und das ist Neil.«

»Ja, aber es waren nicht nur das Geschäft oder die Autos. Sawyer Gardner und ich haben einfach keine gemeinsamen Interessen.«

»Hattest du Streit mit deinem Dad?«

»Eigentlich nicht. Aber seine Enttäuschung habe ich trotzdem deutlich gespürt.«

Jetzt verstand Karen, warum Michael auf der Leinwand am liebsten knallharte Kerle mimte.

»In einem verschlafenen Kuhkaff zu leben, hat die Sache nicht besser gemacht. In Hilton lacht man schon ewig über den Witz, dass man wenigstens die Stadt so nennen musste, wenn sie schon nicht groß genug ist für ein gleichnamiges Hotel.« Er grinste, als wäre diese Erinnerung ganz angenehm. »Und Utah … mein Gott, warst du mal dort?«

»Du weißt, wo ich bisher war.« Bevor sie Samantha kennengelernt und bei Alliance eingestiegen war, hatte sie Kalifornien noch nie verlassen. Seither war sie ein paarmal in Europa gewesen und in Kanada. Dort hatte Michael während ihrer kurzen Ehe schon mehrmals gedreht. Und anlässlich einer Hochzeit in ihrem Freundeskreis war sie nach Aruba geflogen.

»In Hilton, Utah, kriegst du sonntags nirgendwo einen Drink.«

»Im Ernst?«

»Tiefste Provinz. Glaub mir. Und jeder weiß alles über jeden.«

»Langsam verstehe ich, weshalb du weggegangen bist.« Das lag auf der Hand. Mit seiner sexuellen Orientierung hätte Michael dort nie einen Fuß auf den Boden bekommen. Nicht einmal hier in Kalifornien hatte er es leicht damit.

»Wenn der Ort tatsächlich so rückständig ist, warum bleibt deine Familie dann dort?«

Er holte Luft. »Gute Frage. Das Umfeld, nehme ich an. In Hilton aufzuwachsen war nicht schlecht. Schlimme Dinge passieren dort kaum.«

»Ach, das kleinstädtische Amerika.« Wo man alles unter den Teppich kehrte und die jungen Leute es nicht erwarten konnten, in die Großstadt zu flüchten. Karen schaute auf ihre Hände hinunter und spielte mit ihrem Ehering.

Verdammt. Michael war wie die Jugendlichen in ihrem Club. Ein Junge, der Hilfe brauchte, um sich zu finden, der lernen musste, sich zu verzeihen, dass er anders war als die anderen. Sie fragte sich, ob er sich je erlauben würde, ganz er selbst zu sein, das Image des knallharten Kerls abzulegen … Einen Versuch war es wert und sie wollte ihm gern dabei helfen. »Wir sollten deine Familie besuchen.«

Sein Schweigen ließ sie aufblicken.

»Dazu wärst du bereit?«

»Ich habe dir versichert, ich würde immer hinter dir stehen. Und das war ernst gemeint.«

Fragend und ein wenig besorgt schaute er sie an. »Wir würden bei meinen Eltern wohnen.«

»Wie schlimm kann das sein?«

»In einem Zimmer, das knapp so groß ist, wie dieses Bett.«

»Dann darfst du eben nicht schnarchen und musst mir die Bettdecke überlassen. Wir kriegen das schon hin. Erinnerst du dich an das Bett in Frankreich?« Dort hatten sie ihre ultrakurze Hochzeitsreise verbracht und eine Unterkunft in einem kleinen Château mit einem Weingut gefunden. Michael hatte eine Luxusherberge gesucht und auch dafür bezahlt. Bekommen hatten sie ein kleines Zimmer mit zwei Betten und fließend kaltem Wasser. Die Klatschblätter waren voller Bilder von ihnen gewesen, auf denen sie freundschaftlich Händchen hielten und lachten. Schon lange vor dem Heimflug war Karen sonnenklar gewesen, dass ihr Ehemann keinerlei körperliche Anziehungskraft auf sie ausübte. Die Chemie zwischen ihnen reichte nur für eine gute Freundschaft.

Michael griff nach ihrer Hand und küsste ihre Fingerspitzen. »Danke, Karen.«

Dann ging er ins Bad und Karen hörte das Wasser rauschen. Ihr Lächeln fiel in sich zusammen.

Ein Provinznest in Utah. Worauf hatte sie sich eingelassen?

Vier

Normalerweise stand Zach schon vor Tagesanbruch auf. Ausschlafen war ein Luxus, den er sich nicht leisten konnte. Doch das Gästezimmer seines Bruders war sehr gemütlich und Zach freute sich über das fast unverschämt große Bett. Es war viel bequemer als die meist viel zu kurzen Hotelbetten, die großen Männern wie ihm und Michael das Leben schwer machten. Im ganzen Haus gab es Fliesenböden und in den Schlafzimmern sorgten bunte Teppiche für Behaglichkeit. Er hätte gern gewusst, ob das Decor auch Karens Geschmack widerspiegelte. Sie war erst seit einem Jahr mit Mike verheiratet und vieles im Haus wirkte, als stünde es nicht erst seit Kurzem an seinem Platz. Wohin man auch schaute, überall gab es antike Möbel und ausgefallene Kunstwerke.

Zach gefiel, was er sah. Sicher hätte er andere Farben und Materialien ausgewählt, gab aber gerne zu, dass Mikes Heim einladend und freundlich wirkte.

Ihr Vater hätte es vermutlich scheußlich gefunden. Ihm wäre alles zu perfekt, zu gewollt erschienen. Auf den ersten Blick war das Haus längst nicht so protzig und repräsentativ, wie man es bei einem Hollywood-Superstar wie seinem Bruder erwarten würde. Aber Zach ahnte, wie teuer die Ausstattung tatsächlich war. Im Eingangsbereich gab es Kranzprofile und mit Schnitzereien verzierte Paneele, und der offene Kamin im Wohnzimmer war so groß, dass ein Kind drin herumspazieren hätte können. Wenn Michaels Heim anstelle der spanischen mehr rustikale Stilelemente im Westernlook gehabt hätte, hätte Zach gern selbst darin gewohnt.

Die Sonne blinzelte durch die Scheiben in den Türen, die in den Innenhof hinausführten. Zach sah, dass sich in den Räumen auf der anderen Hofseite etwas bewegte. Durch seine U-Form war das Haus in zwei Bereiche unterteilt. Er nahm an, dass entweder Karen oder sein Bruder bereits aufgestanden waren und ihr Tagesprogramm begonnen hatten.

Er stemmte sich vom Bett hoch und ging nackt ins angrenzende Badezimmer. Schon in der Nacht war ihm aufgefallen, dass die Beleuchtung auf Bewegung reagierte. Er fragte sich, was dieser kleine Effekt Michael wohl gekostet haben mochte. In Hilton verlangte niemand solche Extras. Dort musste alles preiswert und funktional sein. Das Eisenwaren- und Baubedarfsgeschäft, das die Familie immer ernährt hatte, hätte fast jede Badezimmerarmatur und jeden Türbeschlag in diesem Haus erst bestellen müssen.

»Du hast es weit gebracht, Kleiner«, murmelte Zach, während er mit der Hand über den marmornen Waschtisch strich.

Zach duschte und zog sich an. Dann verließ er sein Zimmer und machte sich auf die Suche nach Kaffee. Als er um eine Ecke bog, sah er Karen. Die Hände voller Essensbehälter kämpfte sie mit der Haustür.

»Moment, ich helfe dir.« Er nahm ihr die Boxen ab.

»Vielen Dank.« Sie öffnete die Tür und ging ihm voran die Einfahrt entlang, in der die Fahrzeuge einiger Partygäste noch darauf warteten, dass jemand sie abholte. »Ich hätte Michael bitten sollen, die Sachen für mich einzuladen, bevor wir heute Nacht ins Bett gegangen sind.«

»Ich helfe dir gern.«

Heute trug Karen hautenge Jeans. Ihr schlichtes Shirt war in die Hose gesteckt. Auf Make-up hatte sie verzichtet und das Haar hatte sie sich zu einem Pferdeschwanz zusammengebunden. Sie war nicht zurechtgemacht wie am vergangenen Abend, trug weder Schmuck noch Seide, keine glitzernden Steine an den Ohren oder um den Hals. Ohne die hohen Absätze reichte sie Zach kaum bis zum Kinn. Sie war ganz anders, als er sie sich aufgrund der Fotos in den Zeitungen vorgestellt hatte.

Karen öffnete die Heckklappe und die hinteren Türen des SUVs und legte die Rücksitze um. »Stell die Sachen einfach in den Wagen. Es kommt noch mehr dazu.«

»Was machst du mit dem ganzen Essen?« Er stellte die Behälter so ab, dass Platz für weitere blieb.

»Ich bringe es den Jugendlichen im Club.«

»Sie essen auch dort?«

Karen ging an ihm vorbei zurück zum Haus. »Nur manchmal. Aber sie wissen, dass es nach unseren Festen immer etwas besonders Leckeres für sie gibt.« Er folgte ihr in einen großen Vorratsraum neben der Küche, wo noch ein Kühlschrank stand. Darin warteten weitere Boxen. »Sind das alles Reste?«

»Nein. Wir haben extra mehr bestellt. Vor allem Sachen, die den Jugendlichen schmecken. Ausgefallene Desserts verputzen sie mit Begeisterung, aber auf Kaviar verzichten sie gern.«

»Ich auch.«

Der Klang von Karens Lachen war wie ein warmer Regen. »Da bist du in guter Gesellschaft. Nach unseren Festen finde ich immer eine Unzahl zusammengeknüllter Servietten voller Fischeier.«

Sie packte ihm Behälter auf die Arme. Immer wenn er nickte, stellte sie noch einen weiteren oben drauf. Am Ende reichte ihm der Turm bis unters Kinn.

Das letzte noch verbliebene Tablett trug sie selbst zum Wagen. »Warum serviert ihr Kaviar, wenn das Zeug keiner mag?«

»Es wird einfach erwartet. Kennst du eigentlich Tony?«

»Nein.«

»Er ist Michaels Manager und immer bestens informiert, welche Vorlieben Michaels Kolleginnen und Kollegen und die Produzenten haben. Alle sollen sich willkommen und gut bewirtet fühlen.«

»Du weißt, was diese Leute gern essen?«

»Ich habe schon Schwierigkeiten, mir ihre Namen zu merken, und keine Ahnung, wer Vegetarier ist oder wer womöglich Wert auf koscheres Essen legt. Aber Tony hat den Überblick.«

Interessant. »Aber was den Jugendlichen im Club schmeckt, weißt du?«

Sie nahm ihm Stück für Stück seine Ladung ab und packte das Essen in den Wagen. Die Heckklappe schloss sie per Knopfdruck. »Sie sind jung und noch nicht so festgelegt in ihrem Geschmack. Ich versuche immer, ihnen unauffällig ein paar gesunde Sachen unterzuschieben. Wenn man zu den Erdbeeren mit Schokoglasur ein paar frische legt, sind am Ende immer alle weg.«

Zach lehnte sich gegen den Wagen. »Meine Mom hat Brokkoli immer gern unter Käsesoße versteckt.«

»Das funktioniert.«

»Klingt, als würdet ihr euch viele Gedanken um die Jugendlichen machen.«

»Sie sind tolle junge Leute und wir können es uns leisten, sie ein bisschen zu verwöhnen.«

»Du magst also Kinder.«

»Ja.«

Er verschränkte die Arme. »Aber selbst willst du keine.«

Sie blinzelte ein paarmal. Die Antwort blieb auf halbem Weg zwischen ihrem Gehirn und ihren Lippen stecken. »Ich will welche haben … irgendwann.« Sie musterte ihn mit zusammengekniffenen Augen. »Ich muss los.«

Zach stieß sich vom Wagen ab und machte ihr Platz.

Sie öffnete die Fahrertür und sagte: »Kannst du Michael daran erinnern, dass er gegen drei vorbeikommen wollte? Er hat mir gesagt, dass ihr beide heute ein Geburtstagsgeschenk für eure kleine Schwester besorgt.«

Das hatte er vergessen. »Ach so, ja«, sagte er ohne Begeisterung.

»Ich frage die Mädels im Club, was eine Siebzehnjährige sich wünscht. Vielleicht hilft das.«

»Wenn das Einkaufen dann schneller geht, hilft es auf jeden Fall.«

»Du hörst dich an wie Michael.«

Zach schüttelte den Kopf. »Nein, er hört sich an wie ich. Ich bin älter.«

Karen setzte ihre Sonnenbrille auf und schob sich hinters Steuer. Ein Lächeln spielte um ihre Lippen. »Dann bis später.«

Er sah zu, wie sie wegfuhr, und merkte mit Schrecken, wie sehr er sich auf später freute.

Karen brachte das Essen gleich morgens in den Club, damit die Jugendlichen sich vor der Schule einen Happen holen konnten. Karens Ehe auf Zeit verhalf ihren Schützlingen zu manchem kleinen Extra.

Als das Budget des Clubs im vergangenen Jahr nicht ausgereicht hatte, hatte sie mit ihrem eigenen Geld ausgeholfen. Dabei verfügte sie nicht über größere Ersparnisse. Selbstverständlich konnte sie Samantha hin und wieder um eine Spende bitten und tat es ohne Skrupel. Aber der Club war *ihr* Anliegen und sie wollte die Großzügigkeit ihrer Freunde nicht überstrapazieren, auch wenn sie noch so wohlhabend waren.

Nachmittags, als alle Partyleckereien verspeist waren, kümmerte Karen sich in der Küche des Clubs um das Geschirr. Lächelnd dachte sie dabei an ihre Freunde und staunte wieder einmal, dass ausgerechnet ein Mädchen wie sie derart illustre Persönlichkeiten kannte. Ihre eigene Gästeliste konnte mit Michaels ohne Weiteres mithalten.

Dabei hatte sie die Studiengebühren fürs College nur unter größten Mühen aufbringen und ihr Studentendarlehen erst kurz vor ihrem Einstieg bei Alliance vollständig abbezahlen können. Ein nagelneues Auto fuhr sie nur, weil Michael darauf bestanden hatte, ihr einen Wagen zu leasen. Seine Frau konnte schlecht in einem sieben Jahre alten Kleinwagen mit defekter Klimaanlage durch die Gegend tuckern. Das würden die Leute nicht verstehen. Sie hätte ihren Wagen weiter gefahren, verstand aber, dass sie als Michael Wolfes Gattin ein anderes Fahrzeug brauchte. Nur allzu teuer und allzu auffällig hatte es nicht sein sollen. Die Jugendlichen hatten Monate gebraucht, um sich an den Gedanken zu gewöhnen, dass sie mit Michael Wolfe verheiratet war. Wenn sie jetzt auch noch in einem Hunderttausend-Dollar-Sportwagen vorgefahren wäre, hätten die Jungs sich gar nicht mehr beruhigt. An Tagen wie heute fuhr sie mit dem SUV zum Club. Solche Karossen sah man auf dem Clubparkplatz öfter. Wenn Michael vorbeischaute, wusste sie das immer schon, bevor sie ihn hereinkommen sah. Er brachte den Jugendlichen gern kleine Geschenke mit. Das machte ihm genauso viel Spaß wie ihnen.

Der Mann arbeitete nonstop, aber auch sein Freizeitprogramm hatte es in sich. Sie waren nach dem Frankreichtrip noch einmal zusammen nach Europa geflogen und hatten im vergangenen Sommer die Inside Passage bereist, den spektakulären Seeweg an der Küste Kanadas und Alaskas. Sie gingen zu Partys und nahmen mit Hollywoodgrößen an festlichen Preisverleihungen teil. Doch als Freunde bezeichnete Michael nur wenige Menschen und Karen glaubte nicht, dass auch nur ein einziger davon wirklich über sein Privatleben Bescheid wusste.

Sie stellte den letzten Teller in die großküchentaugliche Spülmaschine und schaltete sie an.

Mit dem Verpackungsmüll ging sie zum Container vor dem Haus.

Wie üblich wirkte das Röhren eines Motors auf die Jungs im Club wie ein Paarungsruf. Mit dem Müll in den Händen wandte sie sich um und sah Michael auf den Parkplatz einbiegen. Er fuhr einen flunderflachen Sportwagen, den Karen nicht kannte. Der Lack schimmerte in einem metallischen Kupferton. Dieser Flitzer gehörte nicht Michael. Zumindest war das heute Morgen, als sie gegangen war, noch so gewesen.

Die Jugendlichen stürmten aus dem Club. Michael stellte den Motor ab und er und Zach schälten sich breit grinsend aus den Sitzen.

Karen warf den Müll in den Container, wischte sich die Hände an den Jeans ab und ging zu den Brüdern, die aussahen, als hätten sie die Spritztour genossen. Dass Michael in einem sündhaft teuren Schlitten aufkreuzen würde, hatte sie sich gedacht.

Doch sie hatte mit dem Ferrari aus seiner Garage gerechnet, in den sie nicht mehr einstieg, seit sie darin beinahe von einem Sattelschlepper überrollt worden waren.

Karen verdrehte demonstrativ die Augen, verschränkte die Arme und fixierte Michael streng. »Was hast du jetzt wieder angestellt?«

Er setzte sein sexy Lächeln auf und Zack ein Grinsen, mit dem er sie mühelos um den Verstand bringen konnte. Wenn sie es denn zulassen würde.

»Ist der neu, Ms Jones?«, fragte Dale, der fast täglich in den Club kam.

»Siehst du Nummernschilder, du Vollpfosten? Klar ist der neu.« Sein bester Freund Enrique versetzte ihm einen herzhaften Knuff.

»Gehört der Ihnen, Mr Wolfe?«, fragte ein Junge aus der hinteren Reihe. Inzwischen umringten zwei Dutzend Jugendliche das Fahrzeug. Als die Glocke der benachbarten Schule ertönte, wusste Karen, dass sie gleich auch noch von den Jungen und Mädchen aus der Highschool bestürmt werden würden.

»Was ist das für ein Auto, Michael?«, fragte jemand.

Karen ging zum Heck des Sportwagens und betrachtete das Emblem, das dort angebracht war.

»Das ist ein McLaren, Kumpel.«

»Cool.«

»Gefällt er dir, Schatz?«, fragte Michael übers Wagendach hinweg.

»Er ist hübsch.« Das war nicht zu bestreiten, auch wenn man für den Kaufpreis sicher ein ganzes Jahr lang mehrere Dörfer in einer ärmeren Gegend der Welt hätte ernähren können.

»Scheiße, Ms Jones, so ein Auto ist doch nicht hübsch.«

Karen streifte den Jungen, der das gesagt hatte, mit einem strengen Blick. »Falscher Text, Peter!«

Peter war klug genug, die Augen niederzuschlagen. »Hübsch kann man es trotzdem nicht nennen. Cool vielleicht. Oder scharf. Gei…« Im letzten Moment brach er ab. »Das Teil ist heiß und noch ein paar andere Sachen, die ich nicht sagen darf. Aber nicht hübsch.«

Heiß ist das Ding tatsächlich. So viel stand fest. Und Zachs und Michaels Gesichter verrieten, wie viel Spaß es machte, dieses Auto zu fahren.

»Schön, dass dir der Wagen gefällt. Er ist das Geburtstagsgeschenk für unsere Schwester.«

Karens Lächeln erstarb. »Wie bitte?«

»Ich schenke ihn Hannah. Glaubst du, sie freut sich?«

Karen schnappte nach Luft. »Das ist nicht dein Ernst.« Sie drehte sich zu Zach, der etwas näher bei ihr stand als Michael. »Sag mir, dass das ein Witz ist.«

Zach grinste immer noch, aber weil er eine Sonnenbrille aufhatte, konnte sie seinen Gesichtsausdruck nicht deuten.

»Michael Gardner Wolfe. Sag mir, dass das ein Witz sein soll!«

»Glaubst du, er gefällt ihr nicht?«, fragte er.

»Du kannst einer Siebzehnjährigen nicht so etwas schenken.«

Die Jugendlichen fingen an zu raunen. »So viel Glück wie seine Schwester hätte ich auch gern.«

»So einen Bruder zu haben, wäre mein Traum«, sagte jemand in der Menge.

»Warum denn nicht? Der Wagen hat bloß zwei Sitze, sie kann also nicht unendlich viele Freunde hineinpacken, und es ist nur ein V8.« Michael strahlte immer noch. Anscheinend war ihm nicht bewusst, wie idiotisch seine Idee war.

»Sie ist noch ein Kind. Sie wird das Gaspedal durchtreten und sich mit dem Ding um den nächsten Brückenpfeiler wickeln. Außerdem wird die Versicherungsprämie astronomisch sein!« Karen hob anklagend den Zeigefinger, dann fuhr sie zu Zach herum. »Ihr könnt ihr das Auto nicht schenken. Eure Mutter bringt euch um!«

Michael hörte endlich auf zu lächeln. »Daran habe ich gar nicht gedacht.«

»Das hättest du aber tun sollen. Großer Gott! Wie kommst du bloß auf so eine Idee? Einen Besuch im Kosmetikstudio, einen

Trip ins Einkaufszentrum – so was schenkt man seiner kleinen Schwester, aber nicht ein Auto wie dieses.«

Michael rieb sich das Kinn. Offenbar drang sie langsam zu ihm durch. Ihr Herzschlag normalisierte sich.

»Du hast recht.«

Die Jugendlichen waren still geworden. Sie spitzten die Ohren und einige nahmen den Wortwechsel mit ihren Handys auf. Wie immer, wenn Michael im Club vorbeischaute, würde umgehend bei Facebook und auf YouTube darüber berichtet werden.

»Klar habe ich recht.«

Michael nahm die Sonnenbrille ab und legte sie aufs Wagendach. Sein Blick wanderte von den Autoschlüsseln in seinen Händen zu Karen. Grinsend warf er ihr die Schlüssel zu. Sie fing sie mit einer Hand auf.

»Dann gehört er dir.«

Sie warf die Schlüssel zurück, als hätte sie sich daran verbrannt. »Ich brauche diesen Wagen nicht.«

Die Schlüssel flogen zurück. »Du hast gesagt, er sei hübsch.«

»Ich habe bereits ein *hübsches* Auto.« Die Schlüssel landeten wieder bei Michael, die Mobiltelefone drehten sich wie bei einem Tennismatch hin und her.

»Das hier ist hübscher.«

Sie fing die Schlüssel auf und stampfte mit dem Fuß. »Michael!«

Er ahmte sie nach, stampfte ebenfalls auf und zwinkerte ihr zu. »Karen!«

Er fing an zu lachen. »Komm schon, Schatz. Das ist mein Geschenk für dich. Zum Hochzeitstag. Dafür, dass du es schon ein ganzes Jahr mit mir ausgehalten hast.«

»Sie müssen den Wagen nehmen, Ms Jones.«

Als sie Zach anschaute, wurde ihr klar, dass sie veräppelt worden war. Die beiden hatten nie vorgehabt, diesen Wagen Hannah zu schenken. Aber Michael wusste, dass sie ein solches Geschenk nicht einfach angenommen hätte. Deshalb hatte er sich etwas ausgedacht.

»Ein Geschenk zurückzuweisen ist unhöflich«, sagte Peter neben ihr. Karen erkannte ihre eigenen mahnenden Worte wieder.

Sie betrachtete den Wagen, während sie die Schlüssel an ihrem Finger baumeln ließ. Ganz wohl war ihr nicht bei der Sache. Als sie zur Motorhaube ging, machten die Jugendlichen den Weg frei. Ohne die Handykameras, die auf sie gerichtet waren, hätte sie Michael kräftig auf den Fuß getreten und ihm die Schlüssel in die Tasche gesteckt. Stattdessen beugte sie sich zu ihm und flüsterte ihm ins Ohr: »Wenn ich nach Hause komme, bringe ich dich um.«

Er lachte nur.

»Gern geschehen«, sagte er laut genug für das Publikum. Dann küsste er sie auf die Wange und setzte sein Hollywoodlächeln auf.

Fünf

Verdammt, der Wagen war ein Traum. Als Mike vorgeschlagen hatte, bei einem Autohändler für exotische Luxuskarossen in Beverly Hills vorbeizuschauen, hatte Zach geglaubt, sie wollten sich nur mal umsehen und vielleicht eine Probefahrt machen. Er hatte angenommen, sein kleiner Bruder wollte sich ein bisschen vor ihm brüsten. Aber als sie nach kaum mehr als einem Händedruck und einer Unterschrift mit dem Wagen davongefahren waren, war Zach doch beeindruckt gewesen.

Er und Mike hatten eine Stunde vor dem Jugendclub verbracht. Die Jugendlichen hatten Fotos von dem Wagen, ihrem berühmten Besucher und von sich selbst hinterm Steuer geschossen, und Karen hatte mit einem langmütigen Lächeln zugesehen. Zach konnte nicht fassen, dass sie sich geweigert hatte, den Wagen anzunehmen. Wer machte denn so was? Beim Händler hatte Michael ihm gesagt, er müsste sich etwas einfallen lassen, damit sie sich den McLaren schenken ließ. So wie er sie kannte, würde sie dankend ablehnen.

»Du hast genau gewusst, wie Karen reagiert«, sagte Zach, als sie die Straße zu Mikes Haus entlangfuhren.

Mike bog um eine Kurve. Der Wagen schnurrte. *Bitte mehr davon*. »Sicher kriege ich noch einiges zu hören.«

Das glaubte Zach ihm aufs Wort. »Wegen deines Geldes hat sie dich wohl tatsächlich nicht geheiratet.«

Mike lachte. Anstatt von Liebe zu reden, sagte er: »Das wäre auch sinnlos. Wir haben einen Ehevertrag.«

»Ach? Und darauf hat sie sich eingelassen?« War ein Ehevertrag nicht der Ausdruck von Zweifeln seitens der Person, die etwas zu verlieren hatte?

»Sie hat darauf bestanden.«

Michael hielt vor dem Tor des Grundstücks und öffnete es per Fernbedienung.

»Sie scheint keine Frau zu sein, bei der du dir Sorgen machen musst, dass sie dich bis aufs Hemd auszieht.«

Mike ließ den Motor aufröhren. »Mag sein, aber wir sind in Hollywood und hier ist nichts so, wie es scheint.«

»Wow, Mike, das klingt sehr kalt.«

Mike fuhr die Einfahrt hinauf. »Aber es ist wahr.«

Er hielt vor dem Haus und sprang aus dem Wagen. Im selben Augenblick trat ein kleiner, dunkelhaariger Mann aus der Haustür. »Ich dachte mir, dass du das bist. Verdammt, Michael, du schlägst Riesenwellen auf Twitter.«

Riesenwellen auf Twitter?

»Wenn es was zu twittern oder zu posten gibt, sind die Kids unschlagbar. Tony, das ist mein Bruder Zach.«

Tony … ach ja, der Manager. Zach schüttelte dem Mann die Hand.

»Ich habe Sie gestern auf dem Fest gesehen. Leider habe ich es nicht geschafft, mich mit Ihnen zu unterhalten«, sagte Tony. »Wie lang bleiben Sie denn?«

»Bis morgen.«

Mike kniff die Augen zusammen. »Du bist doch gerade erst angekommen.«

»Zu Hause wartet jede Menge Arbeit auf mich. Und außerdem kommst du uns ja bald besuchen.«

»Tatsächlich?«, fragte Tony.

Bevor jemand antworten konnte, öffnete sich das Tor und Karen fuhr hindurch.

Tony senkte die Stimme. »Sie sieht sauer aus.«

»Wie kann man sauer sein, wenn man so ein Auto geschenkt bekommt?«, fragte Zach.

»Karen steht nicht auf Extravaganz.«

Erst als die Stoßstange des SUVs fast das Heck des McLaren berührte, hielt sie an.

Tony warf japsend die Hände in die Luft, als könnte er Karen so zum Stehen bringen, bevor sie einen Sportflitzer für über eine Viertelmillion Dollar ruinierte. Sogar Mike zuckte zusammen.

»Was sollte das denn?« Karen wirkte alles andere als friedfertig.

»Darf ein Mann seiner Frau kein Geschenk machen?« Michael grinste.

Karen fixierte Tony, dann streifte ihr Blick Zach und blieb schließlich an Mike hängen.

»Ich dachte die Autodiskussion hätten wir hinter uns.«

Tony trat vor. Zu Zachs Verwunderung mischte er sich in den Disput ein. »Dein Agent hat mich angerufen, Michael. Vor ein paar Minuten hat sich Paramount bei ihm gemeldet, wegen der vielen Posts, die seit ein paar Stunden durchs Netz schwirren.«

Karen fuhr zu Tony herum. »Wovon redest du?«

»Von den Produzenten von Paramount.«

Sie starrte ihn unverwandt an.

»Sie waren gestern auf eurem Fest«, sagte Tony zu Mike. »Lavine will heute Abend mit dir sprechen. Sie sind begeistert von dem Hype auf allen Plattformen im Netz und wollen dich haben.«

Zach verstand gar nichts mehr. Er hatte keine Ahnung, worum es ging und was das alles mit dem Sportwagen zu tun hatte. Aber offenbar tappte nur er im Dunkeln.

»Augenblick mal.« Karen baute sich vor Tony auf. »Soll das heißen, bei dem ganzen Tamtam heute ging es darum, an eine Rolle zu kommen?«

Zach wollte ihr gerade versichern, dass sie sich täuschte, als ihm auffiel, dass niemand etwas sagte.

»Ich wollte dir bloß einen schönen Wagen schenken«, erklärte Mike schließlich. Aber jetzt hatte selbst Zach seine Zweifel und er war immerhin mit beim Autohändler gewesen. Von einer Filmrolle hatte Mike nie gesprochen.

»Und das war alles?«

»Was könnte passender sein, als wenn meine Frau den Wagen fährt, in dem ich in meinem nächsten Film durch die Gegend flitze?«

Zach hörte fasziniert zu. Mikes Worte von eben hatte er noch im Kopf. Wir sind in Hollywood und hier ist nichts so, wie es scheint.

»Überleg doch mal: Würdest du einem Fordhändler trauen, der einen Toyota fährt? Nein, du willst ihn natürlich in einem Ford sitzen sehen.«

»Was für einen Wagen ich fahre, interessiert doch niemanden. Ich werde nur erkannt, wenn ich mit dir zusammen bin.«

»Jetzt nicht mehr«, murmelte Tony. »In jedem Klatschblatt ist heute ein Foto von dir. Mit und ohne Michael.«

»Du musst den Wagen ja nicht jeden Tag fahren.«

Sie musterte das Fahrzeug. »Ich weiß ja noch nicht mal, *wie* man ihn fährt.«

Mike hängte den Arm über Karens Schulter. »Das hört sich doch gleich viel besser an.«

»Ich habe nicht gesagt, dass ich ihn behalte.«

»Aber auch nicht, dass du es nicht tust.«

Sie öffnete die Flügeltür auf der Fahrerseite und warf einen Blick ins Wageninnere. »Wie lange kannst du ihn zurückgeben?«

»Ich kann ihn fünf Tage lang Probe fahren. Oder zweihundert Meilen.«

Karen hielt zwei Finger in die Luft. »Ich habe zwei Bedingungen, dann nehme ich ihn vielleicht.«

Michael verschränkte die Arme. »Okay.«

»Erstens: Ich muss ihn fahren können, ohne auszusehen wie ein Volltrottel. Sonst gibst du ihn zurück.«

»Du bist eine gute Fahrerin.«

Sie verdrehte die Augen. »Und zweitens: Dein Agent, dein Manager und deine Produzenten bleiben zu Hause, wenn wir deine Eltern besuchen.«

»Sie sind sowieso nicht dabei.«

»Ich spreche von Handys, vom Internet … von allem. Tony kann mich alle achtundvierzig Stunden anrufen und falls es etwas Dringendes gibt, rede *ich* mit ihm. Für dich muss das eine echte Auszeit werden.«

Mike warf Zach einen Blick zu. »Siehst du jetzt, was ich mir aufgehalst habe?«

»Das sind meine Bedingungen, Michael.«

Mike warf ihr die Schlüssel zu.

»Tust du mir einen Gefallen, Zach? Zeigst du ihr, wie man den Wagen fährt? Ich muss zu einer Besprechung.«

Mike und Tony gingen ins Haus und ließen die beiden in der Einfahrt stehen.

»Heiliger Strohsack«, sagte Zach. »Er hatte schon immer ein irres Tempo drauf. Aber dass er derart auf die Tube drückt, ist neu.«

»Du siehst den Stadtjungen. Aber mich würde interessieren, ob der Landjunge noch in ihm steckt. « Karen ging an ihm vorbei ins Haus. »Wir treffen uns in einer Stunde hier draußen. Die erste Probefahrt will ich nicht im Dunkeln machen.«

Karen versuchte erst gar nicht, mit Michael zu sprechen, bevor er ging. Und aus Erfahrung wusste sie, dass er nicht so bald nach Hause kommen würde und sie mit dem Abendessen nicht auf ihn zu warten brauchte. Sie duschte und schlüpfte in die lässige, ur-kalifornische Frühsommerkluft aus Caprihosen, Sandalen und einem kurzärmeligen Shirt. Auf dem Weg durch die Küche warf sie einen Blick auf die Uhr. In der Einfahrt stand ein Wagen für ein paar hunderttausend Dollar und sie wusste kaum, wie man die Tür aufbekam, geschweige denn, wie man ihn fuhr.

Dieser Sportflitzer war ein Symbol für das Leben ihres Ehemanns – schnell, ziemlich verrückt und unfassbar glamourös. Wenn Michael noch irgendeine Chance hatte, die Bodenhaftung nicht völlig zu verlieren, dann wohl nur durch den Besuch in Utah, bei seiner Familie.

Beim Gedanken an Michaels Sippschaft fiel ihr ein, dass sie schon seit Wochen nicht mit ihrer Tante gesprochen hatte. Zach war weder zu hören noch zu sehen. Sicher hatte sie vor der

Fahrstunde noch Zeit, sich zehn Minuten lang mit ihrer einzigen Angehörigen zu unterhalten.

Beim zweiten Klingeln nahm jemand ab. »Bei Sedgwick.«

»Hi, Nita. Karen hier. Ist meine Tante da?«

»Hi, Ms Karen. Ja, Augenblick, bitte. Ich hole sie.«

Karen wartete. Unglaublich, aber ihre Tante und sie führten jetzt ein ganz anderes Leben als früher. Tante Edie hatte vor nicht allzu langer Zeit einen sehr netten Mann namens Stanly geheiratet. Stanly hatte über Alliance eine junge Ehefrau auf Zeit gesucht, um seinen geldgierigen Kindern und Enkeln eine Lektion zu erteilen. Zwar hatte Karen nie ernsthaft erwogen, diese Frau zu werden. Aber auf Elizas Bitte hin hatte sie sich dennoch mit Stanly getroffen und festgestellt, dass er eine starke Frau brauchte, die seiner Familie Paroli bieten konnte, und ihn mit Tante Edie bekannt gemacht. Der Rest war Geschichte. Stanly und Tante Edie hatten geheiratet und Stanlys Angehörige hatten nach ein paar turbulenten Wochen festgestellt, dass Tante Edie kein Verständnis für Faulenzer und Schmarotzer hatte. In diese Kategorie fielen Stanlys Kinder und Enkel allesamt.

»Karen?«

»Hey, Tante Edie.«

»Wie geht es dir, Liebes? Isst du auch ordentlich?«

Karen lachte. Dass sie nicht genug essen könnte, war schon immer Tante Edies größte Sorge. »Ja, Ma'am. Tut mir leid, dass ich mich so lange nicht gemeldet habe.«

»Du bist ein viel beschäftigtes Mädchen. Wie geht es deinem Hollywoodgatten?«

»Ihm geht's gut. Er ist unterwegs und macht, was ein Hollywoodgatte eben so tut. Und Stanly?«

»Dem geht es blendend. Das hat sein Arzt ihm letzten Monat bestätigt. Seine Blutwerte sehen gut aus.« Eine Weile redete ihre Tante über ihren Gesundheitszustand und verschiedene Untersuchungen, wie es viele Leute jenseits der Siebzig gern taten. Dann schwieg sie und wartete.

»Michael und ich fahren bald ein bisschen weg.«

»Ach?«

»Er hat seine Familie in Utah lange nicht gesehen.«

Tante Edie zögerte kurz. »Hast du sie inzwischen kennengelernt?«

Karen wusste, dass ihre Tante die Antwort auf diese Frage kannte. »Nein … nur seinen Bruder. Seine Eltern nicht.«

»Ein Mann, der seine Braut nicht seiner Familie vorstellt …«

»Edie!«

»Ist doch wahr! Das ist nicht normal.«

Das war nicht der passende Moment, um Edie über die Zukunft ihrer Ehe aufzuklären – oder über das Fehlen einer solchen.

»Alles ist gut. Mir geht es prima. Wirklich.«

»Ich weiß nicht, was ich falsch gemacht …«

»Edie, hör auf. Es ist alles in Ordnung.«

»Deine Mutter hatte dich nicht verdient.«

Dieses Gespräch hatten sie schon öfter geführt. »Grüß bitte Stanly von mir.«

»Du würgst mich ab?«

»Ich verabschiede mich. Ich habe gleich eine Fahrstunde.«

Edie seufzte ins Telefon. Karen sollte hören, wie besorgt sie war. »Ich hab dich lieb.«

»Ich dich auch, Tantchen. Und gib deinem wilden Hengst einen Kuss von mir.« Ihre Tante stieß das Lachen aus, das sie hatte hören wollen.

Zach wartete über den Wagen gebeugt. Er hatte sich das Haar nach hinten gebürstet und das Hemd gewechselt. Das schwarze Leinenhemd, das er jetzt trug, gab ihm einen mysteriösen Touch. So passte er noch besser auf den Sattel seines Motorrads oder auf den Fahrersitz des McLaren. Karen genehmigte sich einen kurzen Blick auf seinen Hintern. Zach hatte von Natur aus Sex-Appeal. Karen fragte sich, ob er wusste, wie viel. Michael trug seinen wie eine Trophäe vor sich her, aber Zach schien sich seiner Wirkung nicht bewusst zu sein.

Karen wurde heiß. Sie riss die Augen von dem ansprechenden Gesamtpaket namens Zach los und fragte: »Bist du so weit?«

Er wandte sich um. Sein Blick wanderte über ihren Körper, dann schaute er ihr mit einem weichen, anerkennenden Lächeln in die Augen. »Ich schon. Was ist mit dir?«

»Wie schwer kann das sein?«

»Bist du schon mal einen Wagen mit Schaltgetriebe gefahren?«

»Den Jeep meines Onkels. Mit sechzehn.« Sie warf einen Blick in den Fußraum vor dem Fahrersitz. »Wo ist die Kupplung?« Sie suchte nach dem Pedal. »Bist du sicher, dass der Wagen eine Gangschaltung hat?«

Zachs Lachen wärmte sie. »Du findest alles am Lenkrad.«

Sie schaute genauer hin. »Im Ernst?«

Am Lenkrad gab es Schalter und Knöpfe, die sie noch nie gesehen hatte. »Weißt du was? Du fährst zuerst und ich schaue zu.«

Zach hob die Augenbrauen. »Darum musst du mich nicht erst bitten.«

Mit jungenhafter Begeisterung im Blick ging er um den Wagen und öffnete ihr die Tür.

»Verdammt, nicht mal die Türen gehen auf wie bei einem normalen Auto.«

»Das ist kein normales Auto.«

»Was du nicht sagst.«

Beim Einsteigen hatte sie das Gefühl, sich auf den Boden zu setzen. Aber dieser Boden würde sich bewegen.

Als Zach die langen Finger um das Lenkrad legte, wurde sein Grinsen noch breiter.

»Ich nehme mal an, du bist noch nicht gefahren.«

»Bisher hat nur Mike am Steuer gesessen.« Der Wagen erwachte auf Knopfdruck zum Leben. Die ungezügelte Kraft des Motors gab Karen das Gefühl, in einer Rakete zu sitzen, die im nächsten Augenblick in eine andere Galaxie katapultiert werden würde. »Kann's losgehen?«

Während sie in der Dusche gewesen war, hatte jemand den Geländewagen weggefahren, damit hinter dem Sportwagen Platz war. Zach legte mit einem Druck auf einen weiteren Knopf den Rückwärtsgang ein. Seine Hände bedienten die

Schalter am Lenkrad, als würde er den Wagen täglich fahren. Doch anstatt ihm auf die Finger zu schauen, studierte Karen den ganzen Mann. Er strahlte pure Freude aus.

Sie wies ihm den Weg vom Haus und von den Hauptstraßen weg. »Bis zum Stadtrand ist unheimlich viel los auf den Straßen.«

»Wo willst du denn hin?«

»Lass uns den Pacific Coast Highway entlangfahren. Wenn es etwas ruhiger wird, setzte ich mich mal hinters Lenkrad.«

»Der Wagen ist nicht schwer zu fahren«, sagte er. »Mit der Schaltwippe rechts kannst du in einen höheren Gang schalten, zum Runterschalten nimmst du die linke.«

Sie beugte sich über die Konsole. »Und es gibt wirklich kein Kupplungspedal?«

»Nein. Der Wagen hat ein Doppelkupplungsgetriebe.«

Sie wedelte mit der Hand. »Bitte keine Details. Ich bin schon froh, wenn ich im Cockpit klarkomme.« Zach schaltete erst bei fünftausend Umdrehungen hoch. Vor dem nächsten Stoppschild reduzierte er die Geschwindigkeit ohne das kleinste Ruckeln. Wie weit sie sich auf die Fahrerseite beugte, merkte Karen erst, als der würzig männliche Duft des Fahrers anfing, sie kribbelig zu machen. Sie biss sich auf die Unterlippe, gab sich gelassen und setzte sich aufrecht hin.

»Ziemlich sexy, dieser Wagen«, sagte Zach, als er wieder anfuhr.

»Sexy. Ja.« Herrje, das war nicht gut. Sie konnte weder das Kribbeln ignorieren noch Zachs Duft, und schon gar nicht, was dieser Mann in ihr auslöste.

»Willst du Michael wirklich zwingen, ihn zurückzugeben?«

Gott sei Dank. Ein unverfängliches Thema ohne das Wort *sexy*. »Ihn zu etwas zu zwingen, liegt mir fern.«

»Und was ist mit dem Handy, das er in Utah nicht benutzen darf?«

Sie seufzte. »Er braucht eine Auszeit. Und die bekommt er nicht, wenn Tony ständig anruft und alle paar Tage einen neuen Deal für ihn einfädelt.«

Zach schien einen Augenblick lang darüber nachzudenken. »Du machst dir wirklich Gedanken um ihn.«

»Dazu sind Freunde doch da, oder?« Karen schaute aus dem Fenster und bemerkte, wie die Leute den Wagen anstarrten und mit den Fingern zeigten. Sie rückte ihre Sonnenbrille zurecht und tat, als würde ihr nicht auffallen, wie viel Aufmerksamkeit ihr fahrbarer Untersatz erregte.

»Ehefrauen auch?«

»Was? Ja, klar. An der nächsten Kreuzung rechts.«

Er bog ab und sagte: »Du hast kein wirkliches Interesse an dem Wagen, nicht wahr?«

Sie schüttelte den Kopf. »Er sollte ihn lieber dir schenken. Du wüsstest ihn viel mehr zu schätzen.«

»Ihn zu fahren ist fast so gut wie Sex«, sagte er lachend.

Sie unterdrückte ein Stöhnen. Dazu konnte sie nun wirklich nichts sagen. Den Wagen hatte sie noch nicht ausprobiert und Sex hatte sie seit einer halben Ewigkeit nur noch mit einem batteriebetriebenen Spielzeug.

»Wie gesagt, du hättest mehr Spaß daran als ich.« *Ist es heiß hier drin?* Sie drehte an den Schaltern herum und senkte die Temperatur der Klimaanlage.

»Autos sind also nicht so dein Ding. Aber was dann?«

Gute Frage. »Darüber muss ich erst mal nachdenken.«

»Reisen?«

Sie zuckte die Achseln. »Ich hätte schon Lust, mir die Welt anzusehen. Aber wenn es nicht klappt, würde ich es überleben.«

»Ein großes Haus? Ruhm?«

»Du beschreibst deinen Bruder, nicht mich.«

»Erkannt zu werden macht dich nicht froh?« Er schaute zu einem Wagen hinüber, aus dessen Fenster jemand Handyfotos machte.

»Ich habe mich daran gewöhnt.«

»Aber du genießt diese Art von Aufmerksamkeit nicht?«

»In einem Goldfischglas zu leben ist nicht spaßig.« Sie zeigte Richtung Highway. »Jetzt nach Norden.«

Ein paar Meilen lang mussten sie sich noch durch dichten Verkehr von einer Ampel zur nächsten quälen. Dann hatten sie die Stadtgrenze erreicht und die Straße wurde leerer.

»Mike hat mir erzählt, Geld sei dir nicht wichtig.«

Sie schaute ihn an. Er hatte die Stirn in Falten gelegt. »Das hat er gesagt?«

»Er hat gesagt, du hättest einen Ehevertrag unterschrieben.«

»Ach ja?« Warum erzählte Michael seinem Bruder davon? Was hatte er ihm sonst noch gesagt? »Das Geld deines Bruders interessiert mich nicht.« Zumindest nicht alles davon. Nur das, was ihr vertraglich zustand.

»Und als *Freundin* ist es dir wichtig, dass er mal abschaltet.«

Das hatte sie wohl so gesagt. »Die besten Beziehungen beginnen meist als Freundschaft. Für mich bleibt Michael immer auch ein Freund. Für jemanden, der so viel Geld hat wie er, ist es schwer, echte Freunde zu finden. Die Leute reißen sich um ihn, aber er weiß nie, wem er trauen kann. Deshalb ist die Familie auch so wichtig.«

Zach starrte auf die Straße. »Er hat sich lange nicht bei uns blicken lassen.«

»Deshalb möchte ich ja, dass die Beziehung wieder enger wird. Ich glaube, das täte ihm gut. Er mag ein gigantisches Ego haben, aber insgeheim wünscht er sich jemanden, der ihm nicht nach dem Mund redet.«

»Wie eine gewisse Person, die sich von ihm keinen teuren Wagen schenken lassen will?«

»Ja, vielleicht. Ich kenne niemanden, der ihm einen Wunsch abschlagen würde. Niemanden. Aber Angehörige sind anders. Sie erinnern sich an deine schlimmsten Zeiten, an deine peinlichsten Momente, und führen dir vor Augen, dass du auch bloß ein Mensch bist.«

Zach gab grinsend Gas. »Er hat Glück, eine Frau wie dich zu haben.«

Oh ja.

»Erzähl mir von deiner Familie.«

»Ich habe nur noch meine Tante Edie und ihren zweiten Mann Stanly.«

»Keine Geschwister?«

»Nein.« *Gott sei Dank.*

»Und wer hält dich am Boden?«

Darüber dachte sie einen Augenblick lang nach. »Das tue ich selbst.« Es war schwer, dabei nicht traurig zu klingen.

Mike hatte nicht übertrieben. Karen war eine gute Fahrerin. Sie wollte zwar nicht zugeben, dass der Wagen ihr gefiel, aber ihr Lächeln verriet, dass die schiere Kraft dieser Maschine sie nicht kalt ließ. Nach ein paar Meilen hatten sie eine Stelle an der Küste gefunden, an der sie wenden konnten und Karen das Steuer übernahm. Zurück in der Zivilisation hatten sie beide Hunger und Karen bog auf den Parkplatz eines Restaurants ein.

Der junge Mann vom Einparkservice hielt ihr mit großen Augen die Tür auf und besabberte sich beinahe, als sie ihm die Schlüssel reichte.

Zach musterte ihn mit zusammengekniffenen Augen. »Sie wissen, wie man diesen Wagen fährt?«

»Ja, Sir. Wir haben andauernd solche Autos hier.«

»Wir sind in Malibu, Zach«, sagte Karen.

Sie setzten sich in einen ruhigen Winkel des vornehmen Restaurants mit Blick auf den Pazifik. »Ich bin am Verhungern«, seufzte Karen. Schon bevor der Kellner die Bestellung für die Getränke aufgenommen hatte, griff sie in das Brotkörbchen.

»Ich auch.«

»Wann fährst du denn wieder nach Hause?«, fragte sie.

»Willst du mich loswerden?«

Sie warf sich ein Stückchen Brot in den Mund und kaute. »Nein. Aber ich nehme an, du hast gesehen, was du sehen wolltest.«

»Und das wäre?«

»Du bist auf einer Erkundungsmission. Du wolltest mich kennenlernen.«

Erwischt. Er schaute beiseite.

»War das so leicht zu erraten?«

»Das fragst du jetzt nicht im Ernst. Du wolltest Informationen über meine Familie und meinen Lebensstil und hast mit Michael über unsere Ehe gesprochen. Also ja ... schwer war es nicht.«

»Könnte ich nicht aus purer Neugier gefragt haben?«

»War es so?«

Er lehnte sich auf dem gepolsterten Stuhl zurück und schaute ihr über den Tisch hinweg ins Gesicht. »Ein bisschen Neugier war dabei. Aber es stimmt schon. Hannah hat etwas über eine große Hollywoodparty anlässlich eures ersten Hochzeitstags gelesen und unsere Mom war stinksauer.«

»Und da hast du als guter Sohn beschlossen, herzukommen und nach dem Rechten zu sehen.«

»So könnte man sagen.«

»Warst du immer der gute Sohn?«

Zumindest seit er nach dem College wieder nach Hilton zurückgekehrt war. Sein Vater hielt nicht viel von höheren Bildungsabschlüssen, aber seine Mutter fand es wichtig, dass ihre Kinder auch das Leben außerhalb Hiltons kennenlernten. Rena war die Einzige, die die Kleinstadt nie verlassen hatte. Und Hannah natürlich. Aber die hatte noch ein Jahr bis zu ihrem Highschool-Abschluss. »Meine Eltern haben keinen Grund zu klagen.«

»Und sie tun es auch nicht?«

Wie schaffte es diese Frau bloß, dass er Fragen beantwortete, die er gar nicht beantworten wollte?

Der Kellner brachte die Getränke und zählte die Spezialitäten des Tages auf.

Dann redete Zach weiter. »Sicher hat Michael dir erzählt, dass unser Vater kein einfacher Mensch ist. Er wollte immer, dass wir beide in sein Geschäft einsteigen.«

»Ja, das hat Michael mir gesagt. Hast du dich dadurch unter Druck gesetzt gefühlt?«

»Ich mag meine Arbeit und habe mir in Hilton etwas aufgebaut.«

Sie nahm einen Schluck Wein und lächelte unschuldig. »Du hast meine Frage nicht beantwortet.«

»Wer ist jetzt eigentlich auf einer Erkundungsmission, Ms Jones?«

Sie ließ ihren Röntgenblick erlöschen. »Eigentlich geht mich das alles nichts an.«

Der Kellner kam zurück, um ihre Bestellung aufzunehmen. Diese zierliche Frau bestellte eine Portion, die einem Holzfäller gereicht hätte. Ein dickes Steak, dazu eine Ofenkartoffel mit allem Drum und Dran, Salat und noch mehr Brot, vielen Dank. Zach bestellte einfach dasselbe.

Sie redeten weiter, als wären sie nie unterbrochen worden. »Als Mike nicht wieder zurückgekommen ist, wusste ich, dass es meine Aufgabe sein würde, den Familienbetrieb weiterzuführen. Irgendwann wird unser Vater sich zur Ruhe setzen. Dann braucht er jemanden, der das Geschäft übernimmt.«

»Warst du je sauer auf Michael, weil er nicht zurückgekommen ist?«

Die Antwort kam prompt. »Nein. Mir war ziemlich schnell klar, dass er in L. A. bleiben würde. Es ist schwer, junge Leute in der Kleinstadt zu halten, wenn sie weg waren und ein anderes Leben kennengelernt haben.«

»Es sei denn, die Familie lässt einen nicht gehen.«

»Ja, das ist wahr.«

»Und einige junge Leute, die in die Stadt geflüchtet sind, stellen fest, dass dort ein rauer Wind weht und sie leicht ausgenutzt werden können.« Ihre Stimme wurde weich und er fühlte sich noch mehr zu ihr hingezogen. Verdammt, sie war so schön. Wenn sie ein paar Zentimeter größer gewesen wäre, hätte man sie für ein Topmodell halten können. Die meisten blonden Frauen, die er kannte, hatten weiche blaue Augen. Aber ihre hatten einen metallischen Schimmer und zogen ihn magnetisch an.

»Klingt, als wüsstest du, wovon du sprichst.«

»Die … die Jugendlichen im Club kommen aus den unterschiedlichsten Verhältnissen«, stotterte Karen. »Ich habe schon die tollsten Geschichten gehört.«

»Sie scheinen ganz gut klarzukommen.«

»Ja, die Kids sind klasse.«

In ihrem Blick lag eine Spur von Kummer. Er wollte nachhaken, ließ es aber sein. »Warum nennen sie dich eigentlich Ms Jones?«

Sie nippte an ihrem Wein. »Was würdest du denn vorschlagen? In Hilton kennt man Michael als Mike Gardner, aber hier verbindet man mit diesem Namen nicht viel. Und Wolfe ist nur ein Künstlername, das weißt du.«

»Deshalb hast du deinen behalten.«

»Es ist bloß ein Name.«

Ein Allerweltsname noch dazu.

»Ich höre auch auf Mrs Wolfe und werde nicht widersprechen, wenn jemand in Hilton mich Mrs Gardner nennt.«

»Das hört sich dann an, als wärest du meine Mutter.«

Sie lachte. In diesem Augenblick wurde sie auf eine Bewegung in der Nähe aufmerksam.

»Was ist?« Er wollte sich umdrehen, aber sie legte reflexartig die Hand auf seine.

»Nein, nicht.«

»Warum?« Jetzt wollte er erst recht wissen, was hinter ihm vorging.

»Wir sind entdeckt worden. Wahrscheinlich hält man dich für Michael. Wenn du dich umdrehst, kommt bestimmt jemand an den Tisch und bittet um ein Autogramm oder ein Foto.«

Zach fühlte sich angestarrt. »*So* ähnlich sehen wir uns doch gar nicht.«

Karen musterte ihn, als würde sie seine Züge analysieren. Sie zog ihre Hand weg. »Man sieht schon, dass ihr verwandt seid. Aber du hast recht. Als eineiige Zwillinge würdet ihr nicht durchgehen.«

»Auf keinen Fall. Ich bin viel attraktiver als Michael«, sagte er augenzwinkernd.

Sie lachte. »Großer Gott, zwei Riesenegos. Kein Wunder, dass Michael aus Hilton wegmusste. Diese Stadt ist zu klein für euch beide.«

»Ja, das war klug von ihm.« Das Gespräch schrammte knapp an einem Flirt vorbei. Aber er schaffte es nicht, einen neutralen Ton anzuschlagen.

»Wird der Trip nach Hilton ein Spießrutenlauf für mich? Bin ich für deine Familie ein rotes Tuch?«

Ihre Ängste konnte er ihr nicht nehmen. Aber er spürte, dass es ihr wichtig war, in Hilton willkommen zu sein. »Ich werde ein gutes Wort für dich einlegen.«

Sie trank einen großen Schluck Wein. »Da bin ich ja beruhigt.«

»Mein Dad wird dich argwöhnisch beobachten, aber sehr wenig sagen, dafür quasselt Hannah dir mit Sicherheit die Ohren wund. Meine Mom wird sich eine Zeit lang zurückhalten, aber ich glaube, für sie wirst du nach kürzester Zeit eine Heilige sein.«

»Ich bin aber keine.«

Ganz sicher war er sich da nicht. Karen mochte ihm gegenüber nicht hundertprozentig offen sein, aber der Hölle war sie nicht entstiegen.

»Was ist mit euren anderen Schwestern?«

»Judy studiert und verbringt fast das ganze Jahr am College. Dass ihr euch noch nie begegnet seid, merkt sie vermutlich erst, wenn du da bist. Und Rena ist mit ihren Kindern vollauf beschäftigt. Neugierig ist sie natürlich trotzdem.«

Um Karen einen Überblick zu verschaffen, erzählte Zach während des Essens ein paar Familienanekdoten. Als der Kellner nach weiteren Getränkewünschen fragte, schlug Karen vor, er solle den Wagen nach Hause fahren, denn sie hatte Lust auf ein weiteres Glas Wein.

Vielleicht lag es daran, dass Karen als Frau seines Bruders quasi zur Familie gehörte. Jedenfalls fühlte Zach sich in ihrer Gegenwart rundum wohl. Er konnte kaum fassen, dass sie sich erst ein paar Stunden kannten.

Auf der Heimfahrt fragte er sie, woher sie die First Lady des Staates kannte.

»Ich habe nach dem College in der Verwaltung von Moonlight Villas gearbeitet. Das ist ein Heim für Erwachsene mit Handicaps. Du hast gestern Samantha kennengelernt. Ihre Schwester wurde viele Jahre lang dort betreut. Samantha und ich haben uns angefreundet und durch Samantha habe ich Eliza getroffen.«

»Hast du bei Moonlight Villas gearbeitet, als du Michael kennengelernt hast?«

»Nein, da war ich bereits bei Samantha angestellt. Samantha und Eliza sind beste Freundinnen. Sie kennen einander schon länger. Jedenfalls noch aus der Zeit, bevor sie verheiratet waren.«

»Von allen Gästen gestern auf dem Fest fand ich deine Freunde am natürlichsten und am nettesten.« Karens Freunde hatten ihr im Gegensatz zu Michaels Freunden immer wieder geholfen.

»Ich bin sehr dankbar, sie zu haben.«

Er bog auf das Grundstück ein. Die Einfahrt war verwaist. »Ist Michael nicht zu Hause?«

»Es würde mich wundern, wenn wir ihn heute noch zu sehen kriegen. Produzenten sind Nachteulen und gehen davon aus, dass die meisten Schauspieler es ebenfalls sind.«

Zach stellte den Motor ab. »In Hilton werden bei Einbruch der Dunkelheit die Bürgersteige hochgeklappt. Nur dass du schon mal gewarnt bist.«

Sie betastete den Türgriff und versuchte herauszufinden, wie man ihn öffnete.

Ihre Ahnungslosigkeit brachte sie zum Lachen. Zach sprang aus dem Wagen und eilte zur Beifahrerseite.

»Warum können die keine normalen Türen einbauen? Der Rest der Ausstattung wäre schon extravagant genug.«

Er öffnete ihr die Tür und trat zurück.

»Aber immerhin macht der Wagen Männer zu Kavalieren«, sagte Karen.

Zach lachte. »Dann ist für das Design wohl eine Frau verantwortlich.«

Karen schloss die Flügeltür. Als sie sich zum Haus umwandte, merkte sie, dass ihr Pullover noch im Wagen lag. »Oh Mann.«

Lachend legte Zach im selben Moment die Hand an den Türgriff wie sie. Ihre Finger berührten sich, ihr Lachen erstarb.

Als Erstes fiel ihm der Pfirsichduft ihres Shampoos auf, dann der silbrige Schimmer in ihren blauen Augen.

Da war sie wieder, die Chemie, die er nicht wahrhaben wollte. Er konnte förmlich sehen, wie die Funken zwischen ihnen stoben. Zach hörte, wie Karen die Luft einsog, während ihr Blick zu seinen Lippen huschte. Die Nähe ihres warmen Körpers schürte sein Verlangen nach ihr. Erst als er die Hände zu Fäusten ballen wollte, merkte er, dass er ihren Arm festhielt. Einen Atemzug lang schwankte sie ein wenig. Dann fing sie sich und schaute zu ihm auf.

Abrupt wandte sie sich ab und der Moment war vorbei.

Schockiert über das, was gerade beinahe geschehen wäre, zuckte Zach zurück.

Er tat, als wäre nichts geschehen, öffnete die Wagentür schwungvoller als nötig und reichte Karen ihren Pullover.

Mit einem gemurmelten Dank schob sie sich an ihm vorbei und floh.

Zittrig stolperte Karen in ihr Zimmer. Sie war gerannt wie ein verängstigtes Kind, wie ein Teenager, und hatte keinerlei Absicht, noch einmal mit Zach zusammen zu sein. Zumindest nicht allein. Sie hatte ihn beinahe geküsst und konnte sich fast vorstellen, wie seine Lippen sich anfühlen mussten.

Was zum Teufel ist mit mir los?

Ihr Kopf sagte ihr, Zach dürfe sie nicht interessieren. Ihr Körper sagte etwas völlig anderes.

Was er jetzt von ihr dachte, wollte sie sich nicht einmal vorstellen. Was war das für eine Ehefrau, die den Bruder ihres Mannes küsste? Zumindest beinahe.

»Du musst verrückt sein, Karen.«

Ein Patentrezept, wie sie sich jetzt verhalten sollte, gab es nicht. Sie konnte Michael schlecht allein zu seiner Familie fahren lassen. Sonst bekam er noch mehr Ärger. Aber dass sie sich zu seinem Bruder hingezogen fühlte, konnte sie ihm auch nicht sagen. Verdammt, selbst wenn ihre Ehe so unecht war wie ein Großteil der Brüste hier in Hollywood, würde Michael sich doch von seinem Bruder hintergangen fühlen. Und von ihr.

Karen rieb sich die Schläfen und ging ins Bad, um Zachs Geruch loszuwerden.

Sie schaute in den Spiegel. »Du hast ihn nicht geküsst.« Vielleicht konnten sie beide diesen Augenblick vergessen.

Wenn sie nicht darüber sprachen … und wenn sie nicht mehr miteinander allein waren.

Das könnte funktionieren.

Sie würden nur zehn Tage in Hilton sein und Zach wohnte nicht bei seinen Eltern. Vermutlich würde sie ihn nur zusammen mit dem Rest der Familie sehen.

Das könnte funktionieren.

Sie fiel ins Bett und wachte am nächsten Morgen mit Schuldgefühlen und brüllenden Kopfschmerzen auf, die noch schlimmer wurden, als sie feststellte, dass Zach vor Tagesanbruch abgereist war.

Sechs

Zach schwang sich aufs Motorrad und brauste aus der Stadt. Den Gedanken, dass er noch jung genug war, um sein Leben zu ändern, wurde er nicht los. Schon seit geraumer Zeit quälte ihn eine innere Rastlosigkeit. Er war bereit, neue Wege zu gehen. Aber jedes Mal, wenn er darüber nachdachte, wie ein neuer Weg aussehen könnte, kam ein Bauprojekt dazwischen. Seine Firma lief immer besser und gab ihm immer neue Gründe, in Hilton zu bleiben.

Jetzt knatterte er wie ein einsamer Cowboy über den Highway, spürte die Sonne und den Wind und wollte einfach immer weiterfahren.

Einen halben Tag lang mit Michael durch die Gegend zu ziehen, hatte ihm deutlich gezeigt, wie sehr er sich ein anderes Leben wünschte. Mit Michael wollte er nicht tauschen … aber irgendetwas musste geschehen.

Und dann war da noch Karen.

Verdammt, er hatte sie beinahe geküsst, hatte fast von der absolut verbotensten aller Früchte gekostet. Sie war die Frau seines Bruders. Er hatte die Leidenschaft in ihren Augen aufblitzen sehen, hatte die magische Anziehung zwischen ihren Körpern gespürt. Deshalb war er auf der Flucht.

Er flüchtete dorthin zurück, wo er sich auskannte. Nach Utah.

Doch als er mit dem Motorrad die Hauptstraße entlangfuhr und vor dem Geschäft seiner Familie parkte, musste er sich eingestehen, wie sehr er sich nach einer Veränderung sehnte. Renas Leben war ebenso fest in der Kleinstadt verankert wie Mikes in Kalifornien. Wenn Judy im kommenden Jahr mit dem College fertig war, würde sie sicher nicht wieder in Hilton leben. Aber warum blieb er?

Die Familie.

Sein Vater wollte, dass er in Hilton wohnte und arbeitete, und er hatte es getan. Eine Zeit lang hatte er sich eingeredet, er hätte Lust aufs Kleinstadtleben. Aber das war längst nicht mehr so. Er wollte etwas anderes, wollte mehr.

Zach nahm den Helm ab und schüttelte sein Haar.

Im Geschäft winkte er dem Jungen hinter der Theke zu. »Hey, Nolan, ist mein Vater da?«

Nolan deutete mit dem Kinn nach hinten.

»Danke.«

Sawyer Gardner war ein starker Mann voller Ecken und Kanten und mit einem eigenen Kopf. Jedes Mal, wenn ein Bild von Michael in der Zeitung war, führte Sawyers Ärger zu hitzigen Diskussionen. Wie hatte sein Sohn heiraten können, ohne die Braut der Familie vorzustellen?

Sawyer wuchtete eine Kiste voller Rohrschellen auf eine Schiebkarre. »Hey, Dad«, sagte Zach.

Sein Vater warf einen kurzen Blick über die Schulter und beugte sich zur nächsten Kiste. »Du bist schon zurück?«

»Kalifornien ist nicht am Ende der Welt.« Nicht einmal mit dem Motorrad.

»Hast du das auch deinem Bruder gesagt?«

»Ja, hab ich.«

Zach schnappte sich eine Kiste und half seinem Vater beim Stapeln.

»Und? Hast du sie gesehen?«

Zach schluckte. »Ja.«

»Das heißt, es gibt sie wirklich? Sie spielt nicht bloß im Fernsehen seine Ehefrau?« Sawyer war mit Mikes Berufswahl nie einverstanden gewesen.

»Ja, es gibt sie. Sie ist lebendig und sehr real.« *Und wie.*

Sawyer richtete sich auf und schaute Zach in die Augen. »Werden wir sie zu sehen kriegen?«

»Ja. Mike verschiebt ein paar Termine und Karen hat darauf bestanden, dass sie uns besuchen kommen.«

Der stoische Gesichtsausdruck seines Vaters veränderte sich durch diese Nachricht nicht. Er drehte sich weg, zeigte auf eine Kiste und sagte: »Stell die noch oben drauf.«

Kein Dank für die Hunderte Meilen lange Fahrt für die Familie. Kein freudiges Wort zu Michaels bevorstehendem Besuch … Das Thema war erledigt.

Die Reaktion seines Vaters überraschte Zach nicht. Trotzdem ärgerte sie ihn.

Michael schaufelte sich für zehn Tage frei. Nicht leicht für jemanden, um den sich alle rissen. Ein paar von Karens Schützlingen hatten kürzlich ihre Abschlussprüfungen bestanden. Karen und Michael warteten die Schulentlassungsfeier ab, an der sie gern teilnehmen wollten. Direkt danach stiegen sie in ein Charterflugzeug, das sie nach St. George brachte, und fuhren von dort aus in einem Mietwagen das letzte Stück nach Hilton. Nach der Wartezeit am Flughafen und einigen Verzögerungen am Mietwagenschalter war Karen fast sicher, dass sie mit dem Auto schneller gewesen wären als mit dem Flieger.

Die Stunde im Mietwagen nutzten sie für die Besprechung des Aktionsplans während des Besuchs.

»Ich habe schon Gewissensbisse, weil wir deinem Bruder etwas vorgespielt haben. Bei deinen Eltern wird es noch schlimmer sein.«

»Meine Eltern werden dich lieben.«

»Und wir planen unsere Scheidung.«

»Ja, und?«

»Wir reden über Menschen, Michael. Und diese Menschen haben Gefühle.«

»Ich weiß. Deshalb hätte ich mich auch lieber noch eine Weile rargemacht. Aber Zach meinte, wenn wir nicht nach Utah kommen, kommt der ganze Clan nach Kalifornien.«

Beim Gedanken an Zach wurde Karen bang ums Herz. »Du bist der Schauspieler, Michael. Ich werde mein Bestes geben. Aber deine Familie wird schwer zu überzeugen sein.«

Er schaute sie über den Rand seiner Sonnenbrille hinweg an. »Bekommst du jetzt kalte Füße? Du wolltest doch auch, dass wir herkommen.«

Ja, das war richtig. Sie schaute hinaus in die Landschaft. »Ich habe Angst, die Sache in den Sand zu setzen.«

Er legte ihr die Hand aufs Knie. »Keine Sorge. Die ganze Welt hält uns für ein glückliches Paar.«

Sie rieb sich die verschwitzten Hände. »Vielleicht bin ich nur so nervös, weil ich jetzt deinen Eltern vorgestellt werde.« Es gab noch einen weiteren Grund.

Er drückte ihr Bein und schaute sie an. »Sie werden dich nach deinen Eltern fragen.«

Der Gedanke nahm ihr fast die Luft. »Ich werde sagen, was ich immer sage. Dass sie nicht mehr da sind und dass meine Tante mich aufgezogen hat.«

Michael vermutete, dass das nicht die ganze Wahrheit war. Aber die Details kannte auch er nicht.

Er griff wieder nach dem Steuer. »Mein Vater wird nicht bohren. Aber für meine Mutter lege ich nicht die Hand ins Feuer.«

»Ich habe ein ganzes Jahr lang Halbwahrheiten über uns beide verbreitet und über ein Jahrzehnt lang so getan, als wären meine Eltern tot. Als Außenstehende würde ich mich für eine pathologische Lügnerin halten.«

»Oder für eine bessere Schauspielerin als alle meine bisherigen Leinwandpartnerinnen.«

Damit brachte er sie zum Lachen. Dankbar wechselte sie das Thema. »Wann erfährst du Näheres über die Verträge für *Blue Street*?« *Blue Street* war sein neuer Kinofilm. Die Dreharbeiten sollten im kommenden Jahr beginnen und würden sich über viele Wochen, vielleicht Monate hinziehen. Die Verträge würde Michael vermutlich im Herbst unterzeichnen. Das war früher als gedacht und es sah aus, als könnte auch ihre Ehe auf Zeit dadurch schneller enden als ursprünglich beabsichtigt. Niemand zwang sie, sich zum erstmöglichen Termin scheiden zu lassen. Aber wenn sie wollten, konnten sie es tun.

»Ein paar Monate wird es noch dauern.«

»Hmhm.«

»Du denkst an die Scheidung.«

Sie zuckte die Achseln. »Ja, schon. Der Welt zu zeigen, dass wir zusammen sind, war nicht schwer. Die Trennung macht mir mehr zu schaffen.«

Er nickte. »Wie hast du Schlussmachen bisher gehandhabt?«

»Kurz und schmerzhaft. Ich habe gesagt, was Sache ist, und das war's. *Hey, Kumpel, ich glaube, das wird nichts mit uns.* Und du?«

Er trommelte mit dem Finger aufs Steuer. »Hey, Kumpel, ich glaube, das wird nichts mit uns.«

Sie prusteten beide los. »Schlussmachen ist eindeutig nicht unsere Stärke.«

»Wir kriegen die Trennung schon hin. Wir müssen uns ja nicht heute den Kopf darüber zerbrechen. Wenn einer von uns jemand anderen kennenlernen würde, wäre das etwas anderes.«

Karens Gedanken waren sofort bei Zach.

Das Schweigen dehnte sich aus. Karen spürte, wie Michael sie musterte. »Wenn es jemanden gibt, musst du mir das sagen.«

»Gütiger Himmel, Michael. Die einzigen Männer, mit denen ich seit unserer Hochzeit zu tun hatte, waren deine Filmpartner, deine Produzenten oder Leute vom Managementteam. Und die meisten sind entweder verheiratet oder stehen auf Männer.«

Er grinste.

»Außer diesem Philippe letzte Weihnachten.« Sie schüttelte sich. »Dieses Scheusal.«

»Dem Kerl eins auf die Nase zu hauen war mir ein Vergnügen. Unfassbar, dass er dir in meinem eigenen Haus ein eindeutiges Angebot gemacht hat.«

Sie fächelte sich Luft zu und setzte ein Lächeln auf. »Mein Held.«

»Du hast's erfasst.« Er nickte bekräftigend.

»Ben Affleck würde ich vielleicht nicht von der Bettkante stoßen. Und Bradley Cooper noch viel weniger.« *Yum!*

»Ben? Im Ernst? Bradley, das könnte ich mir vorstellen …« Er zuckte vielsagend mit den Augenbrauen.

Mitten in ihrer angeregten Diskussion über die Anziehungskraft der beiden Schauspieler fuhr Michael rechts ran. Auf einem Schild am Straßenrand stand: Hilton, 4 Meilen. »Ich würde dir auf einer Rundfahrt die Sehenswürdigkeiten zeigen. Aber in den nächsten Tagen wirst du alle fünf immer wieder sehen.«

»So schlimm wird es schon nicht sein.«

Die Fahrt durch die altvertraute Gegend zauberte ein Lächeln auf seine Lippen.

»Freust du dich?«, fragte sie.

Er nickte bedächtig. »Ja, irgendwie schon. Ich war lange nicht hier.«

»Um wie viel Uhr erwarten uns denn deine Eltern?«

»Um drei.«

Laut der Digitalanzeige am Autoradio war es bereits Viertel nach.

Die schmale Landstraße führte durch Wiesen und Felder. Hin und wieder hob eine grasende Kuh den Kopf und schaute ihnen hinterher. Hilton lag am Fuß zweier Bergketten. Irgendwo da oben stand die Hütte der Familie. Michael hatte Karen erzählt, dass sie im Sommer gern ein paar Tage dort verbrachten, grillten und angelten.

An einer Kreuzung bogen sie links ab. Zwischen den Feldern tauchten vereinzelt Häuser auf. »Etwa acht Meilen entfernt in der Gegenrichtung gibt es noch eine Stadt. Sie ist etwas größer als Hilton, hat ein Hotel und einen Walmart.«

»Wie aufregend«, grinste Karen.

»Hey, es war ein Riesending, als der Laden auf die grüne Wiese gestellt wurde. Die halbe Stadt war dagegen. *So was brauchen wir nicht*. Die andere Hälfte hat sich über mehr Einkaufsmöglichkeiten gefreut.«

Gemächlich fuhren sie die Hauptstraße entlang. Ein paar Kinder strampelten ohne Helm auf ihren Fahrrädern umher, einige Frauen schoben Kinderwagen. An den Straßenlaternen hingen Blumenampeln und nirgends gab es Graffiti oder Schmierereien. »Es ist unglaublich sauber hier«, sagte Karen.

»Und mein Dad muss Sprühfarbe nicht wegschließen, wie das in L. A. der Fall wäre. Wir hatten hier die Hosen schon gestrichen voll, wenn der Sheriff uns nur angesehen hat.«

»Aber ihr habt doch sicher auch Quatsch gemacht.«

»Klar. Aber in Hilton verschandelt man keine Fassaden. Man klaut einen Traktor für eine Spritztour, macht Lagerfeuer und Bierpartys. Oder man geht trotz Schonzeit auf die Jagd.«

Karen war baff. »Du hast gejagt?«

»Das ist ewig her. Aber ja.«

»Und? Hat es dir gefallen?«

Er bog von der Hauptstraße in ein Wohngebiet ab. »Ging so. Sicher hätte es mir mehr Spaß gemacht, wenn ich Wild mögen würde. Meine Mom ist eine gute Köchin, aber Hirsch- und Rehfleisch ist nicht so mein Ding.«

Karen lächelte über ein Paar, das stehenblieb und ihnen hinterhersah. »Schmeckt es nicht wie Hühnchen?«

»Kein bisschen.«

»Aber sicher besser als Schnecken.«

Michael stieß einen Würgelaut aus. In Frankreich hatten sie Escargot probiert und waren zu dem Schluss gekommen, dass die Franzosen sicher heimlich über alle Amerikaner lachten, die das scheußliche Zeug aßen. »Die Amis sind so dumm. Die lassen sich wirklich alles vorsetzen«, sagte Karen mit einem übertriebenen französischen Akzent. Sie lachten über ihr kulinarisches Abenteuer in Frankreich.

Am Straßenrand waren vor jedem Haus mehrere Fahrzeuge geparkt. Anders als in vielen Wohnvierteln in Kalifornien gab es hier jede Menge Platz zwischen den einzelnen Gebäuden und die Häuser unterschieden sich voneinander. Vor einem zweigeschossigen Einfamilienhaus hielt Michael an. »Bist du bereit?«, fragte er.

Karen hatte nie ein echtes Zuhause gehabt. Als Michael den Motor abstellte, schlug ihr Herz schneller. Ihr war ein wenig beklommen zumute, aber sie war auch gespannt auf die Menschen, mit denen Michael aufgewachsen war. Ihre Ehe mochte nur schöner Schein sein, aber Michael war ihr Freund, und sie konnte sich nicht erinnern, ihn je so glücklich lächeln gesehen zu haben. Sie freute sich für ihn.

»Ich glaube schon. Was ist mit dir?«

Michael hatte kaum den Zündschlüssel abgezogen, da wurde die Haustür aufgerissen und ein kleiner Trupp Menschen drängte heraus.

Ihr Ehemann stieg aus. Ein junges Mädchen rannte mit ausgebreiteten Armen auf ihn zu. »Mikey!«

Jetzt half nur noch die Flucht nach vorn.

Zach hielt sich im Hintergrund. Er überließ es seiner Familie, den berühmten Sohn willkommen zu heißen. Hannah platzte fast vor Begeisterung. Sie warf sich in Mikes Arme und er wirbelte sie herum. Judy eilte zu den beiden. Ihr Neffe Eli rannte mit, so schnell ihn seine kurzen Beine trugen. Eli war noch so klein, dass er Michael vor allem von Fotos und aus Erzählungen kannte.

»Ist sie das?«, flüsterte Zachs Mutter ihm ins Ohr. Sie stand neben ihrem älteren Sohn auf der Veranda und wartete darauf, dass ihre jüngeren Töchter Mike und Karen wieder freigaben.

»Ja.«

»Sie sieht ganz anders aus als auf den Fotos.«

Er musterte Karen. »Findest du?« *Stimmt. Viel besser.*

Als hätte sie die Blicke gespürt, schaute Karen direkt zu ihm hinauf.

Er vergaß zu atmen und die Luft um ihn lud sich auf.

»Sie ist heiß.« Joes geflüsterter Kommentar bohrte sich in Zachs Gedanken.

»Bist du nicht mit meiner Schwester verheiratet?«

Joe und Rena waren schon seit der Highschool zusammen und ganz vernarrt ineinander.

»Bin ich. Aber ich habe Augen im Kopf.«

Zachs Mutter ging auf den Wagen zu, der Rest der Familie folgte.

»Hey, Rena.« Mike umarmte seine älteste Schwester und kitzelte das Baby auf ihrem Arm am Kinn. »Sie ist groß geworden«, sagte Mike.

»Sie ist fast eineinhalb.«

Rena machte Platz für ihre Mutter. Mike nahm Janice in den Arm und hob sie hoch.

»Ich dachte schon, du hättest uns vergessen«, sagte Janice.

»Es war ein völlig verrücktes Jahr«, antwortete er. Als fiele ihm gerade erst ein, dass seine Frau an seiner Seite stand, lud er Karen mit einer Geste in den Kreis der Familie ein.

»Mom, das ist Karen. Karen, meine Mom, Janice.«

Karen lächelte, ihre perfekten Zähne strahlten. »Schön, Sie kennenzulernen, Mrs Gardner.«

»Janice, bitte.« Zach bemerkte Karens Verwunderung, als Janice sie umarmte.

Die Mädchen wichen einen Schritt zurück und gaben Mike Gelegenheit, ihnen seine Frau vorzustellen.

»Toll, dass ihr uns endlich mal besucht.«

»Michael hatte dieses Jahr einen furchtbar engen Terminplan. Aber ich habe viel von euch gehört.«

»Wo ist Dad?« Mike schaute sich um.

»Er schließt noch das Geschäft zu«, sagte Rena.

Zach spürte Michaels Enttäuschung. Dabei hätte er nichts anderes erwarten dürfen. Für ihren Vater stand die Arbeit an erster Stelle. Beinahe noch vor seiner Familie. So war es immer gewesen.

»Das ist Joe, Renas Mann«, sagte Mike zu Karen.

Ein wenig hölzern schüttelten die beiden einander die Hand.

»Und Zach kennst du ja.«

Mit einem seltsamen Gefühl sah Zach, wie Karen die Arme ausbreitete. Eine Umarmung sollte wohl signalisieren, dass sie sich bereits kannten und einander etwas vertrauter waren. Aber die herzliche Begrüßungsgeste erinnerte ihn vor allem an den Pfirsichduft ihres Haars und an die starken Gefühle, die ihn in ihrer Gegenwart überkamen.

Sein völlig irres Verlangen, sie festzuhalten, ließ die Umarmung ein wenig länger ausfallen als nötig.

Hinterher schaute sie ihn nicht an. Ihr Blick ging an ihm vorbei.

Zach wandte sich um und versuchte, sich gelassen zu geben.

Er räusperte sich. »Mike, Karen … das ist Tracey … meine Freundin.«

Sieben

In den nächsten Minuten sah Karen nur die eine Person, die weder durch Blutsverwandtschaft noch durch Heirat zur Familie gehörte.

Ab und zu legte Tracey Zach die Hand auf die Schulter, um seine Aufmerksamkeit auf sich zu lenken. Sie bewegte sich im Heim der Gardners, als würde sie dazugehören. Das tat sie ja auch, und im Gegensatz zu Karen hatte sie eine Zukunft in dieser Familie.

Zach brach jeden Blickkontakt mit Karen nach zwei Sekunden ab. Keiner von ihnen hatte vergessen oder missverstanden, was vor dem Haus in Beverly Hills passiert war. Karen hätte den Augenblick zu gern aus ihrer Erinnerung verbannt, aber es wollte ihr nicht gelingen.

Sie hatte kein Recht, sich getäuscht zu fühlen, weil Zach eine Freundin hatte. Schließlich war sie eine verheiratete Frau. Das schale Gefühl wurde sie trotzdem nicht los.

Dem Himmel sei Dank, dass sie sich nicht geküsst hatten. Nie im Leben hätte sie mit Michael in das Haus seiner Eltern spazieren und dabei den Geschmack seines Bruders auf den Lippen haben können.

Rena brachte ihre kleine Tochter zum Schlafen in eines der Zimmer im oberen Stock, während alle anderen sich im Wohnzimmer versammelten. Ein offener Kamin und alte, aber bequeme Sofas sorgten für Gemütlichkeit. Wo sie und Michael schlafen würden, wusste Karen noch nicht. Erst einmal wollte man sich mit ihnen unterhalten.

Genau wie Zach es vorhergesagt hatte, redete Hannah ohne Punkt und Komma. »Ich kann gar nicht glauben, dass ihr endlich hier seid«, schwärmte sie.

»Und ich kann nicht glauben, dass ihr jetzt erst kommt«, stichelte Rena.

»Das Nörgeln solltest du Mom überlassen«, sagte Michael zu seiner Schwester.

Alle drehten sich zu Janice. »Damit warte ich noch ein bisschen. Karen soll sich erst mal zu Hause fühlen.« Janice warf Karen ein warmes Lächeln zu.

»Ihr könnt ruhig schimpfen«, sagte Karen. »Außer mir gibt fast niemand Michael auch mal contra.«

Damit erntete sie ein paar Lacher.

»Danke, dass du mich den Wölfen zum Fraß vorwirfst.« Michael zwinkerte ihr zu.

»Dein Ego war schon immer zu groß für diese Stadt«, sagte Zach.

»Wenn es zu Hause mal zu groß wird, bitte ich ihn einfach, den Müll rauszubringen oder den Klodeckel runterzuklappen.«

»Darauf könntest du auch von selbst kommen, Mike!«, kicherte Hannah.

Tracey setzte sich auf die Armlehne der Couch und legte Zach den Arm um die Schultern.

Karen schaute weg.

»Wie habt ihr euch denn kennengelernt?«, fragte Tracey.

»Hast du das YouTube-Video nicht gesehen?« Hanna zog ihr Smartphone aus der Tasche.

»Ihr habt euch bei YouTube getroffen?« Tracey hatte offenbar keine Ahnung, was YouTube war und wie es funktionierte. Zachs Freundin hatte schöne braune Augen und dunkelbraunes Haar. Sie war etwas größer als Karen und nicht ganz so schlank, doch ihre Rundungen standen ihr gut. Viel Make-up trug sie nicht, aber Karen sah, dass sie sich mit ihrem Äußeren Mühe gegeben hatte. Sie ließ Michael nicht aus den Augen und wenn er sie anlächelte, überzog ein zartes Rot ihre Wangen. Dieses Phänomen hatte Karen im Lauf des vergangenen Jahrs unzählige Male beobachtet. Einem gefeierten Star persönlich zu begegnen, war etwas anderes, als ihn auf der Leinwand zu sehen. Und jetzt saß Tracey völlig unverhofft mit dem berühmten Filmhelden im selben Raum und sollte sich ungezwungen unterhalten. Nicht leicht für einen glühenden Fan.

»Nein, du Doofi. Michael hat einen Jugendclub besucht. So ein offenes Angebot für Kids, die sonst nach der Schule auf der Straße abhängen würden. Dort hat er Karen zum ersten Mal gesehen.« Hannah zwängte sich neben Tracey und Zach. Dabei surfte sie mühelos mit einem Finger im Netz und gab ihre Kenntnisse über Karens und Michaels »Zufallstreffen« zum Besten.

Karen sah Michaels Mundwinkel zucken. Sie beide wussten, dass der Zufall bei dieser Begegnung keinerlei Rolle gespielt hatte. Schon Tage zuvor hatte jeder das Alliance-Profil des anderen studiert und festgestellt, dass sie für eine kurze Ehe kompatibel waren.

Von Hannahs Telefon hörte Karen die vertrauten Stimmen der Jugendlichen aus dem Club, die ihr aufgeregt erklärten, dass Michael Wolfe ein Date mit ihr wollte. In den Wochen danach hatte sie unzählige Variationen dieses Clips aus unterschiedlichen Blickwinkeln gesehen. Sie waren in den Promiklatschsendungen im Fernsehen und sogar in den Abendnachrichten eines Lokalsenders gelaufen.

Michael hatte wirklich Talent. Im Club glaubten alle, sie wären sich völlig ungeplant über den Weg gelaufen und zwischen ihnen hätte es sofort gefunkt. Dass ihre Ehe die Lebensdauer eines Schneeballs haben würde, war Karen von Anfang an klar gewesen, denn Gwen hatte gleich beim ersten Gespräch mit Michael erkannt, dass er auf Männer stand. Karen hatte genau gewusst, worauf sie sich einließ.

Gwens Radar für sexuelle Orientierungen war seither legendär. Auf Hollywoodpartys steckten sie und Michael gern die Köpfe zusammen und tauschten sich unauffällig darüber aus, wer von den Gästen wohl lieber mit Männern und wer lieber mit Frauen zusammen war.

Tracey schaute sich den Internetclip mit Interesse an.

Zach warf einen kurzen Blick auf das Display. »Hast du damals in der zehnten Klasse nicht mit demselben Spruch Suzie Baker angegraben?«

Karen grinste Michael spitzbübisch an. »Das war nur eine Masche?«, fragte sie zwinkernd.

»Ich bitte dich, ich bin doch kein Schauspieler.«

In das Gelächter mischte sich das Geräusch eines Motors in der Einfahrt. Eli blickte auf. »Opa!«

Michael straffte die Schultern. Das Lächeln schien ihm plötzlich Mühe zu bereiten. Karen legte eine Hand auf seine.

Sie tauschten einen Blick aus. Aus irgendeinem Grund machte Sawyer Gardner seinen Sohn furchtbar nervös und Karen war entschlossen, Michael nach Kräften beizustehen. Ihre Beziehung mochte rein platonisch sein, aber sie liebte ihren Mann von Herzen.

Sie spürte Blicke und hob den Kopf. Rena fixierte sie und schien dabei angestrengt nachzudenken. Zach starrte auf Karens und Michaels ineinander verschlungene Hände.

Karen schloss die Augen und atmete tief durch. Dann zwang sie sich, den Blick auf die Haustür zu richten.

Janice hieß das Familienoberhaupt am Eingang willkommen. Eli rannte mit ausgebreiteten Armen auf seinen Großvater zu.

Als Erstes stellte Karen fest, dass die Gardner-Söhne ihre Körpergröße von ihrem Vater geerbt haben mussten. Sie schätzte Sawyer auf eins fünfundachtzig. Er war ein kräftiger Mann und man sah ihm an, dass er in seinem Geschäft schwere Kisten und Holzbalken schleppte. Sein dunkles Haar war von Grau durchzogen, aber dicht und ohne kahle Stellen. Michael und Zach durften also wohl auf lebenslang volles Haupthaar hoffen.

Michael stand auf und zog Karen mit sich hoch.

»Sieh mal, wer da ist«, sagte Janice zu ihrem Mann.

Sawyers Blick wanderte durchs Zimmer. Einen Moment lang blieb er an Karen hängen, dann fiel er auf seinen Sohn.

Was kommt jetzt? Ein Händedruck oder eine Umarmung?

Michael schob sich vor Karen und der Händedruck gewann.

»Schön, dich zu sehen«, sagte Michael zu seinem Vater.

»Wir dachten, du hättest uns vergessen.«

Karen wand sich innerlich. Wie oft hatte sie diese Worte in der vergangenen Stunde gehört? *Zu oft*.

Michael antwortete nicht auf die Bemerkung. Er drehte sich zu Karen. »Dad, ich möchte dir Karen vorstellen.«

Sie streckte ihm die Hand hin wie zuvor seiner Frau. »Schön, Sie kennenzulernen, Mr Gardner. Michael hat mir viel von Ihnen erzählt.«

»Was Sie nicht sagen.« Er drückte ihr kurz die Hand. »Dafür wissen wir so gut wie nichts über Sie.« Sawyer durchbohrte sie mit einem unbarmherzigen Blick.

»Wow, Dad. Das ist aber nicht nett«, sagte Hannah.

»Lass deinen Ärger nicht an ihr aus.« Das kam von Zach.

Michael schüttelte den Kopf, als hätte er damit gerechnet, dass sein Vater sich danebenbenehmen würde. Der Mann herrschte ganz offenbar über seine Familie und erwartete deutlich mehr Respekt, als er anderen entgegenbrachte.

»Sawyer!«, sagte nun auch Janice.

»Kein Problem, Janice. Bei seinem Besuch hat Zach uns erzählt, wie enttäuscht alle sind, dass wir uns noch nicht in Utah haben blicken lassen. Ich glaube, er hat dabei ein bisschen untertrieben, weil er mich schonen wollte.« Unwillkürlich flog ihr Blick zu Zach. Dessen Ärger über seinen Vater war nicht zu übersehen. Bislang hatte Sawyer noch nicht einmal den Anflug eines Lächelns zustandegebracht. Und das, obwohl Eli um seine Füße kullerte und sich von Rena nicht daran hindern ließ.

»Mom habe ich es schon gesagt«, sagte Michael. »Seit Karen und ich uns kennengelernt haben, hatte ich kaum eine freie Minute.«

Karen legte ihm die Hand auf den Arm. »Aber vielleicht bin ich auch ein bisschen schuld daran, dass wir noch nicht hier waren.«

Michael schaute sie fragend an.

»Michael weiß, dass ich selbst keine Familie habe, und hat wohl befürchtet, mit einem Besuch bei seiner großen Verwandtschaft Wunden aufzureißen.«

Janice neigte den Kopf. »Du hast keine Geschwister?«

Karen schüttelte den Kopf und erzählte die Geschichte, die sie immer erzählte. »Meine Eltern sind schon lange nicht mehr da und sie hatten nur mich. Meine einzige Angehörige ist meine Tante.«

Michael legte ihr seufzend die Hand auf den Rücken.

Karen wollte eigentlich nicht die Mitleidskarte ausspielen, aber ihre Worte schienen die Atmosphäre im Raum zu verändern.

Hannah war die Erste, die etwas sagte. »Aber jetzt hast du ja uns. Wir sind laut, aber eigentlich nicht übel.«

Karen war überrascht, dass ausgerechnet das jüngste Kind die Vermittlerrolle übernahm, denn meist fiel sie dem mittleren Kind zu. In dieser Familie wäre das Michael gewesen. Aber der fixierte im Augenblick seinen Vater, als wollte er ihm raten, nichts Falsches zu sagen.

Karen hatte nicht den Eindruck, dass Sawyer überhaupt noch etwas sagen wollte. Zum Glück schaltete Janice sich jetzt ein. »Ich muss mich ums Essen kümmern. Möchtest du mir vielleicht helfen, Karen? Dann können die Männer sich unterhalten.«

Karen flüchtete nur zu gern aus dem Wohnzimmer. Sie schaute Michael mit hochgezogenen Augenbrauen an. Mit diesem Blick wünschte sie ihm stumm viel Glück. Dann folgte sie Janice.

Das Haus hatte einen traditionellen Grundriss, die Küche war vom Ess- und Wohnbereich getrennt. Dort konnte sie mit Janice allein sein.

»Bitte nimm dir Sawyers Ruppigkeit nicht zu Herzen«, sagte Janice, sobald sie außer Hörweite waren.

»Ich kann ihn verstehen«, antwortete Karen, aber eigentlich verstand sie ihn nicht. Eine Großfamilie, in der kein Blatt vor den Mund genommen wurde, war neu für sie. In Karens Welt war man Fremden gegenüber erst einmal höflich, bis der Fremde zum Freund wurde oder zum Feind. Manchmal ging das ziemlich schnell. Aber nur selten stellte man gleich nach den ersten Sätzen fest, dass man mit einer Person gar nicht zurechtkam.

Bei Sawyer hatte ein einziger Satz genügt.

»Ich sehe dir an, wie unwohl du dich fühlst«, fuhr Janice fort.

In diesem Augenblick kam Rena in die Küche. »Überrascht dich das? Immerhin benimmt Dad sich wie die Axt im Wald.« Sie ging zum Kühlschrank, holte eine Weinflasche heraus und schwenkte sie. »Möchtest du einen Schluck, Karen?«

Oh ja, bitte. »Ja, gern.«

»Er wird ein, zwei Tage brauchen, bis er auftaut«, erklärte Rena.

»Das hat Michael auch schon gesagt.« Karen setzte sich auf einen Hocker an der Küchentheke.

»Zu erfahren, dass Michael geheiratet hat, war ein Schock.« Janice band sich eine Schürze um, öffnete die Ofentür und warf einen prüfenden Blick hinein. Dem würzigen Aroma nach tippte Karen darauf, dass in der Backröhre ein Braten schmorte. Sie konnte sich nicht erinnern, wann sie zuletzt einen selbst gemachten Braten gegessen hatte. Tante Edie war eher eine Pasta-Köchin, was sicher daran lag, dass ihr erster Mann ein waschechter Italiener gewesen war.

»Für Michael und mich kam das auch ziemlich überraschend«, gab Karen zu.

Rena machte sich mit einem Korkenzieher über die Flasche her. »Ihr habt euch bei eurer Hochzeit tatsächlich erst ein paar Wochen gekannt?«, fragte sie.

»Ja, richtig. Jetzt im Nachhinein muss ich zugeben, dass es ziemlich gewagt war, so schnell Ja zu sagen.« Einen Funken Wahrheit enthielten ihre Sätze durchaus. »Ich glaube, Michael hat gefallen, wie wenig mich sein großer Name beeindruckt hat. Für ihn war das eine erfrischende Abwechslung.«

Rena reichte ihr ein Glas Wein und goss sich ebenfalls welchen ein.

Karen wusste, dass sie nicht aus dieser Küche kommen würde, ohne noch ein wenig mehr über sich und Michael geplaudert zu haben. Deshalb erzählte sie, was sie erzählen konnte, ohne ihr Geheimnis zu verraten. »Michael hat gleich beim ersten Date vom Heiraten gesprochen.«

Janice und Rena tauschten einen langen Blick aus.

»Und für dich war das normal?«

Karen nahm einen Schluck Wein, schaffte es, nicht das Gesicht zu verziehen, und stellte fest, dass sie zum Weinsnob geworden war. Michael hätte den Tropfen scheußlich gefunden. Gut, dass er sich während des Besuchs in Utah an Bier halten würde. Zu dem Machoimage, das er in der Öffentlichkeit pflegte, gehörte, dass er Wein nur bei Hollywoodpartys und eleganten Dinner-Einladungen trank. Karen hatte ihm immer wieder versichert, dass viele heterosexuelle Männer Wein mochten. Aber Michael zeigte sich trotzdem lieber mit einem Bier in der Hand. Zudem war er ein Weinsnob erster Güte und das färbte langsam auf sie ab.

»Ich fand es ziemlich verrückt. Aber warum nicht? Wir wussten, dass wir kaum Zeit haben würden, uns richtig kennenzulernen, bevor er zu seinem nächsten Dreh aufbricht.«

»Aber wozu die Eile?«, fragte Janice.

Karen zuckte die Achseln. »Eine wirklich gute Antwort kann ich euch darauf nicht geben. Vielleicht haben wir diesen Besuch auch deshalb so lange aufgeschoben, weil wir gemerkt haben, dass wir die Sache ein bisschen überstürzt haben.« Die beiden Frauen musterten sie kritisch.

»Ihr seid seit einem Jahr verheiratet.«

Karen nickte. »Und die Monate, die wir in dieser Zeit gemeinsam verbracht haben, kann ich an einer Hand abzählen. Wenn Michael sagt, er hätte unheimlich viel zu tun, übertreibt er nicht. Er arbeitet ununterbrochen.«

»Soll das heißen, ihr seid einander immer noch fremd?«

Karen schüttelte den Kopf. »Nein. Ich glaube, wir wissen mehr voneinander als jeder andere, der uns kennt. Michael macht keinen Hehl daraus, dass seine Freundschaften sehr oberflächlich sind. In Hollywood ist das schwer zu vermeiden.«

Die Frauen schienen ein wenig beruhigt. Karen ahnte, dass die Familie Beweise erwartete, dass sie Michael nicht benutzte. Aber wenige Monate vor der geplanten Scheidung konnte sie kaum von unsterblicher Liebe sprechen. Ein paar kleine Zweifel bei Michaels Angehörigen würden den Schock etwas abmildern, wenn die Familie sich von der Schwiegertochter und Schwägerin, die sie gerade erst kennengelernt hatte, gleich wieder verabschieden musste. Vermutlich würde das ihr einziger Besuch bei der Gardner-Familie bleiben. Daran musste sie denken und sich nicht zu sehr an diese Menschen gewöhnen. Karen trank noch einen Schluck Wein, dann stellte sie das Glas ab. Der Alkohol stieg ihr schon ein wenig in den Kopf. Erschrocken stellte sie fest, dass die Küchenuhr noch nicht mal halb fünf zeigte. So viel zu der goldenen Regel, dass man vor fünf Uhr nachmittags keinen Alkohol trinken sollte. *Ach, was soll's. Irgendwo ist es immer nach fünf.*

Die Küchentür ging auf und Tracey kam herein.

»Ich hoffe, ich störe nicht. Ich wollte den Jungs nur ein Bier holen.«

»Ist es schlimm?«

Rena nahm ein paar Bierflaschen aus dem Kühlschrank und reichte sie Tracey.

Tracey lächelte grimmig. »Sagen wir, ich sorge für einen flüssigen Mutmacher und komme dann auf dem schnellsten Weg hierher zurück.«

Rena verdrehte die Augen. »Du musst etwas unternehmen, Mom.«

Janice schüttelte den Kopf. »Dein Bruder hat ein paar harte Worte verdient. Mal ganz abgesehen davon, dass er uns nichts von seiner Hochzeit gesagt hat, meldet er sich kaum noch bei uns, seit er ein Hollywoodstar ist.«

Karen lagen alle möglichen Bemerkungen auf der Zunge, doch sie schluckte sie hinunter. Janice Gardner mochte die Gabe haben, ihren Ehemann zu beruhigen. Aber sie war nicht glücklich darüber, dass ihr Sohn sich so rarmachte. Karen konnte nur hoffen, dass Sawyer Michael nicht schon vertrieb, bevor sie ihre Taschen ausgepackt hatten.

Tracey ging ins Wohnzimmer zurück, stand aber kurz darauf wieder in der Küche.

»Judy ist mit Hannah und Eli rausgegangen.«

»Gute Idee. Ich hoffe, die Männer werden nicht laut und wecken das Baby.«

»Janice, kann ich dich etwas fragen?«, sagte Karen.

»Selbstverständlich, Liebes.« Ihre Schwiegermutter auf Zeit häufte Kartoffeln ins Spülbecken und drehte das Wasser auf.

»Wie viele Stunden pro Woche arbeitet dein Mann?«

Janice studierte die Zimmerdecke, als stünde dort die Antwort auf Karens Frage geschrieben.

»Na ja, Zwölfstundentage sind keine Seltenheit.«

»Und was ist mit den Wochenenden?«

»Sonntags ist das Geschäft geschlossen.«

»Hier ist sonntags alles zu«, sagte Rena lachend.

Karen trommelte mit den Fingern auf die Arbeitsplatte. »Dann arbeitet er also zwölf Stunden am Tag und sechs Tage die Woche?« Das klang mehr als aufreibend.

»Es gibt Ausnahmen«, entgegnete Janice.

Karen ließ den Wein im Glas kreisen, bevor sie einen weiteren Schluck nahm. »Wann habt ihr denn zuletzt Urlaub gemacht?«

Als ahnte sie, worauf Karen hinaus wollte, zögerte Janice mit der Antwort. »Als wir zu Michaels erster Premiere gefahren sind.«

Das musste mindestens acht Jahre her sein. »Und seither?«

»Im Sommer fahren wir öfter mal in die Berge zu unserer Hütte.«

»So ein oder zwei Tage lang?«, fragte Karen.

»Die Arbeit erledigt sich nicht von allein.«

Rena füllte Karens Glas wieder auf. »Du hörst dich schon an wie Dad«, sagte Rena zu ihrer Mutter. »Ganz ehrlich, Karen.

Unser Dad fährt nicht oft weg. Er arbeitet länger und härter als jeder andere, den ich kenne.«

Karen nahm lächelnd ihr Glas und stand auf. »Das habe ich mir fast gedacht.«

Mit Informationen bewaffnet machte sie sich auf zum Gardner-Schlachtfeld. Sie war bereit für den Kampf.

Acht

Zach hätte anstatt Bier viel lieber Whiskey getrunken. Die Atmosphäre im Raum wurde immer angespannter. Joe hatte sich am Fenster postiert und starrte so angestrengt nach draußen, als suchte er einen Fluchtweg.

»Manchmal ackern wir drei Tage, bis wir fünf Minuten Film im Kasten haben, Dad.« Mike versuchte, seinem Vater zu erklären, wie sein Arbeitsalltag aussah. Aber Sawyer hörte ihm nicht zu. Zach überraschte das nicht. Ihr Vater sah nur das, was er auch sehen wollte.

»Und wenn es einen Monat dauert. Du hättest trotzdem längst mal nach Hause kommen können.«

»Wer in der Filmindustrie vorankommen will, muss dranbleiben«, erwiderte Michael.

Sawyer hatte die Antwort schon auf den Lippen, als die Tür zur Küche sich erneut öffnete.

In der Hoffnung, dass Nachschub unterwegs war, trank Zach sein Bier aus.

Sein Vater schaute an ihm vorbei und kniff die Lippen zusammen.

»Bitte redet ruhig weiter. Lasst euch von mir nicht stören.« Karens Stimme ging Zach unter die Haut. Ganz gelassen setzte sie sich gegenüber von Sawyer und Michael aufs Sofa. Sie lächelte Joe an, doch Joe schaute weg.

»Ich habe meinem Sohn soeben erklärt, wie enttäuscht wir sind, dass er nie Zeit für seine Familie hat.« Karens Anwesenheit stimmte ihn nicht milder.

Sie straffte die Schultern und schlug die Beine übereinander. Dann lehnte sie sich zurück.

»Ich hätte gedacht, dass gerade Sie das verstehen würden, Mr Gardner.«

Zach machte ein verdutztes Gesicht. Dann schaute er seinen Vater an.

»Wie meinen Sie das?«

»Sie arbeiten hart.«

Seine Augen verengten sich. »Und ich sehe meine Familie jeden Tag.«

»Wie praktisch für Sie, dass so gut wie alle hier in der Stadt leben.«

»In einem anderen Bundesstaat zu wohnen entschuldigt nicht alles.«

Mike hob die Hand. »Spar dir die Mühe, Karen. Er wird es nie verstehen.«

Karen nippte ungerührt an ihrem Wein. Nur ihr Fuß, der in die Luft tippte, verriet, wie angespannt sie war. Zach hingegen folgte dem Gespräch mit wachsender Gelassenheit.

»Ich weiß nicht, Michael. Ich glaube, ich verstehe jetzt, von wem du deine Arbeitswut hast.«

»Wie bitte?«

»Deine Arbeitswut. Wie lange haben Sie Ihr Geschäft denn schon, Mr Gardner?«

»Über dreißig Jahre.«

»Sicher haben Sie in dieser Zeit viele Opfer gebracht.« Karen sah Sawyer fest in die Augen.

Joe drehte sich zu Karen. Zach bemerkte die Bewunderung in seinem Blick.

»Wenn man etwas erreichen will, muss man bereit sein, Opfer zu bringen.«

»Das heißt, lange arbeiten, auf freie Wochenenden und Urlaub verzichten.«

Sawyer verstand, worauf sie hinauswollte, und kniff die Augen zusammen.

»Michael arbeitet wie ein Pferd und campiert dabei meist in einem Wohnwagen am Drehort, weit weg von seinem eigenen

Bett. Wenn er nach vielen Wochen nach Hause kommt, ist er fix und fertig. Kommt Ihnen das bekannt vor?«

Sawyer schaute zu Mike.

»Michael ist genau wie Sie. Er arbeitet nonstop, geht bis über seine Grenzen und vergisst darüber manchmal seine Familie. Aber jetzt sind wir hier und ich nehme an, Sie haben es nicht geschafft, sich für unseren Besuch ein paar Tage freizunehmen.«

Zach wusste, dass Sawyer morgen früh im Geschäft stehen würde. An Samstagen war immer besonders viel los.

»Der Laden gehört mir, ich kann mir freinehmen, wann immer ich will.«

Michael sagte lachend: »Und wann hast du das zum letzten Mal getan?«

»Komm mir nicht mit solchen Fragen.«

Das Lächeln auf Michaels Gesicht hielt. »Mit diesem Ton konntest du mich einschüchtern, als ich siebzehn war, Dad. Aber du hast recht. Die Frage war tatsächlich unnötig, denn die Antwort kann ich mir denken.«

»Michael hat sich für eineinhalb Wochen freigeschaufelt, um Zeit mit euch verbringen zu können. Er hat versprochen, nicht mit seinem Agenten und seinem Manager zu telefonieren, damit er nicht abgelenkt ist. Aber wie oft wird er seinen Vater überhaupt zu sehen bekommen?« Karens Frage hing provozierend im Raum. Sie lehnte sich zurück.

Alle Augen richteten sich auf Sawyer.

Zach bemerkte, wie sein Vater die Hand auf der Sessellehne zur Faust ballte. »Ich weiß nicht, ob ich Sie mag.«

»Dad!« Michael sprang auf.

»Und ich weiß nicht, ob ich *Sie* mag, Mr Gardner.« Karens Blick bohrte Löcher in Sawyers Kopf.

»Vielleicht sollten wir einfach wieder gehen«, Michael stellte sein Bier ab und stand auf.

»Nein, verdammt!« Zach sprang auf. »Dad, so kannst du nicht mit den beiden umgehen. Karens Frage ist durchaus berechtigt.

Das weißt du, sonst würdest du nicht so reagieren.« Er legte eine Hand auf Michaels Arm. »Ihr könnt gern mit zu mir kommen.«

»Auf gar keinen Fall!« Seine Mutter stand in der Küchentür und funkelte seinen Vater kampflustig an.

Rena und Tracey standen mit großen Augen und offenen Mündern hinter ihr.

Janice zeigte mit dem Kartoffelschäler auf Mike. »Michael Gardner, setz dich wieder hin. Du bleibst hier, und Karen auch.«

Jetzt richtete sie den Kartoffelschäler auf ihren Mann. »Sawyer, kommst du bitte kurz?« Sie stapfte aus dem Zimmer und die Treppe hinauf und erwartete, dass ihr Mann ihr folgte.

Zach wusste nicht, wann seine Mutter seinen Vater zuletzt für ein Gespräch aus dem Zimmer gebeten hatte. Es musste in seiner Kindheit gewesen sein.

Leise schimpfend folgte Sawyer seiner Frau ins obere Stockwerk.

Jetzt starrten alle Karen an.

»Du hast echt Eier in der Hose«, sagte Rena.

Mike begann zu lachen. Joe stimmte mit ein und Zach brachte immerhin ein Lächeln zustande.

Karen zuckte die Achseln. »Findest du? Mich schüchtert er nicht ein. Schwiegertöchter sind nun mal Hassobjekte. Das ist allgemein bekannt.«

»Du könntest ihm vielleicht eine Höllenangst einjagen. Aber hassen würde er dich nie.«

»Mike hat recht.« Zach klopfte seinem Bruder auf den Rücken. »Verdammt, es tut gut, dich wieder hier zu haben.«

Mike griff nach seinem Bier. »Falls ich in den nächsten zehn Jahren nicht mehr vorbeischaue, wisst ihr jetzt wenigstens, warum.«

»Sag so was nicht.« Rena hob mahnend den Finger. »Zach ist nicht der Einzige, der dich vermisst. Und Dad weiß bloß nicht, wie er es dir sagen soll.«

Zach bemerkte den Blick, den Mike und Karen austauschten. Die beiden wirkten noch immer recht unentspannt und Zach fragte sich, was sein Bruder Karen im Vorfeld des Besuchs erzählt hatte.

»Schließt Dad den Whiskey immer noch weg?«, fragte Mike.

Karen ließ ihre müden Glieder auf das Doppelbett fallen und legte den Arm über die Augen. »Das war harte Arbeit!«

»Sag bloß nicht, ich hätte dich nicht gewarnt.«

Sawyer Gardner beherrschte die Technik des anklagenden Schweigens meisterlich und hatte sie fast den ganzen Abend über angewandt. Karen hatte er mit Argusaugen beobachtet und Michael immer wieder fixiert, als stünden sie sich als Feinde auf einem Schlachtfeld gegenüber.

»Jetzt weiß ich, weshalb du nicht hiergeblieben bist. War er schon immer so … ungnädig?«

Michael schüttelte den Kopf. »So behandelt er meist nur mich. Und das auch erst, seit ich weggezogen bin.«

Karen nahm den Arm von den Augen und schaute zu, wie er im Zimmer umherging, dabei sein Hemd aus der Hose zog und es aufknöpfte. »Ich glaube, Rena hat es ganz gut ausgedrückt. Er weiß nicht, wie er dir sagen soll, was in ihm vorgeht.«

»Im Gegenteil, ich finde er war ziemlich offen. Er hält nichts von meiner Arbeit, findet, unsere Spontanheirat sei ein Witz, und er ist sauer, weil wir nicht früher gekommen sind.« Michael setzte sich auf die Bettkante und streifte die Schuhe ab.

»Weißt du, was ich denke?«

»Was denn?«

»Ihm passt nicht, dass du weggezogen bist und dich nicht ununterbrochen bemühst, ihm zu gefallen.« Gleichzeitig hatte Karen das Gefühl, dass Michael sehr wohl versuchte, seinen Vater mit seinem beruflichen Erfolg zu beeindrucken. Aber was musste passieren, damit Sawyer auf das, was sein Sohn tat und was er war, stolz sein konnte?

»Ihn vermisse ich kein bisschen. Die anderen schon. Hannah ist inzwischen fast erwachsen und ich habe beinahe ihre gesamte Teenie-Phase verpasst.«

Karen setzte sich auf und legte ihm die Hand auf den Rücken. »Kein Vater kann im Ernst erwarten, dass seine Kinder ihr ganzes Leben in seiner Nähe verbringen. Mach dir deswegen keine Vorwürfe.«

Michael stand auf, legte seinen Koffer auf den einzigen Stuhl im Zimmer und öffnete ihn. »Es wäre nur schön, wenn er es mir nicht ganz so schwer machen würde.«

»Du hast selbst gesagt, dass er eine gewisse Aufwärmphase braucht.«

»So kalt habe ich ihn nicht in Erinnerung.«

Karen hoffte von ganzem Herzen, dass Michaels Verhältnis zu seiner Familie durch diesen Besuch nicht noch schlechter wurde. »Wenn er in den nächsten Tagen nicht auftaut, lassen wir uns etwas einfallen und verdrücken uns.«

Michael schnappte seine Zahnbürste und zeigte damit auf sie. »Abgemacht.«

»Wann holt Zach dich morgen früh ab?« Zach wollte Michael sein Bauprojekt in der Nachbarstadt zeigen. Aber Karen vermutete, dass Zach mehr daran gelegen war, seinen Bruder so früh wie möglich aus dem Haus zu lotsen, damit der Tag nicht gleich mit einem Zusammenstoß zwischen Michael und seinem Vater begann.

»Um halb acht.«

Karen rollte sich vom Bett und machte sich auf die Suche nach ihrer Toilettentasche und ihrem Pyjama. »Weck mich, bevor du in die Dusche steigst. Ich glaube, ich werde die Landluft nutzen und morgens laufen gehen. Vielleicht fördert das meine Gelassenheit.«

Michael betrachtete das Bett, das sie sich teilen würden. »Ich glaube nicht, dass ich dich extra wecken muss. Auf dieser Matratze habe ich schon geschlafen, als ich noch hier gewohnt habe.«

Karen drückte mit den Handflächen auf das Bett. In der Matratze gab es keine einzige stabile Feder mehr. Sie würden jede noch so kleine Bewegung spüren, die der andere machte.

Falls Sawyer tatsächlich zugänglicher wurde, würden das lange zehn Tage werden.

Neben Michael zu schlafen, war wie auf einer Teenager-Pyjamaparty neben der besten Freundin zu liegen. Karen hatte keine Skrupel, sich die Decke wiederzuholen, wenn er sich darin einwickelte, oder ihn an der Schulter zu knuffen, wenn seine leisen Schnarchlaute sie weckten.

Kurz nach halb sieben gab sie den Versuch, noch einmal einzuschlafen, auf und schlich aus dem Zimmer. Im Familienbadezimmer zog sie sich lässige Laufshorts und ein eng anliegendes Top an. Sie putzte sich die Zähne, band sich das Haar zu einem lockeren Pferdeschwanz zusammen und öffnete die Tür. Draußen wartete Judy.

»Morgen«, sagte Karen mit einem verlegenen Lächeln. Wann hatte zum letzten Mal jemand darauf gewartet, dass sie das Badezimmer frei machte? Sie konnte sich nicht erinnern.

Judy musterte sie kurz. »Gehst du joggen?«

Karen nickte. »Ich wollte die frische Luft hier ausnutzen.«

Judy hatte vollere Lippen als der Rest des Gardner Clans. Sie lächelte. Ihre ungewöhnlich hellen braunen Augen bildeten einen exotischen Kontrast zu ihrem dunklen Haar. Karen musste wieder einmal feststellen, dass sämtliche Gardners sehr schön waren.

»Ist es okay, wenn ich mitkomme?«, fragte Judy.

»Du läufst auch?«

»Ich weiß nicht, ob man es so nennen kann. Ich will nur meinen Hintern davon abhalten, noch breiter zu werden als im ersten Semester.«

»Bist du denn nicht fast fertig mit dem College?« Karen hätte schwören können, dass Michael ihr gesagt hatte, Judy sei kürzlich zweiundzwanzig geworden. Oder hatte sie das von Zach?

»Bin ich. Aber die Erstsemesterpfunde müssen jeden Sommer wieder runter.«

Karen erinnerte sich noch gut, wie schnell sie am College zugenommen hatte. Das kam vom vielen Sitzen bei den Vorlesungen und beim Büffeln. Und davon, dass man endlich alt genug war, um legal an Bier zu kommen.

»In fünf Minuten unten?«, fragte sie.

»Geht klar.«

Nach ein paar Aufwärmübungen joggten sie los. Sie schlugen ein gemächliches Tempo an, bei dem sie sich unterhalten konnten. Noch war es kühl, aber Karen spürte, dass die Tageshitze sich bereits anschlich.

»Joggst du zu Hause regelmäßig?«, fragte Judy.

»Ich versuche es. Aber die Straße, in der Michaels Haus steht, ist für Fußgänger nicht ungefährlich. Ich habe eine Freundin in Malibu, mit der ich mich ein paarmal die Woche zum Joggen treffe. Manchmal kann ich auch ein paar Jugendliche aus dem Club dazu überreden, nach der Schule mit mir zu laufen. Und wie sieht es bei dir aus?«

Judy hatte sich eine coole Mütze aufgesetzt und ihr Haar hinten durchgezogen. Unter dem Schirm hervor maß sie Karen mit einem forschenden Blick. Zu spät merkte Karen, dass sie wieder einmal von Michaels Haus gesprochen hatte, als wäre es nicht ihr gemeinsames Heim. Zum Glück stellte Judy keine weiteren Fragen.

»Letztes Jahr hatten wir am College einen Lauftreff. Aber nach ein paar Wochen hatte jeder eine andere Ausrede, um morgens länger liegenbleiben zu können.«

»Vielleicht beruhigt es dich, wenn ich dir sage, dass du es gar nicht nötig hast abzunehmen.« Das war nicht nur so dahingesagt. Zwar wusste Karen nicht, wie Michaels mittlere Schwester vor dem College ausgesehen hatte, aber ihre etwas volleren

Wangen konnten sehr gut Babyspeck sein, der sich von selbst verlieren würde.

»Ich habe schon immer ein paar Kilo mehr gehabt, als mir lieb war, und ich wünschte, ich wäre so groß wie Hannah.«

Hannah schlug ihrem Vater nach, war bereits deutlich über eins siebzig und würde sicher noch ein paar Zentimeter wachsen. Karen verstand Judys Neid auf ihre kleine Schwester, denn Hannah konnte man sich gut auf dem Laufsteg vorstellen. Egal, was sie trug, sie würde immer großartig aussehen. Mit ihren langen Beinen und ihrer schlanken Figur hätte sie bestens in Michaels Welt gepasst.

»Etwas kleiner zu sein als deine Schwester hat auch Vorteile«, sagte Karen.

»Ach ja? Da bin ich gespannt.«

Sie bogen um eine Ecke. Auf der einen Straßenseite standen Wohnhäuser, auf der anderen erstreckten sich Wiesen und Weiden. In der Ferne grasten einige Kühe, aber es waren so wenige, dass es nicht nach Mist oder Gülle roch. Ein Glück für die Hausbesitzer.

»Die Jungs, mit denen du ausgehst, werden so gut wie immer größer sein als du. Du kannst hohe Absätze tragen und siehst trotzdem nicht aus, als wärst du von einem Amazonenplaneten gefallen. Und du kannst Jeans von der Stange kaufen, ohne fürchten zu müssen, dass sie zu kurz sind.«

Judy schnaubte. »Du kennst dich aus mit dem Thema.«

Karen wedelte mit der Hand. »Ich bin nicht viel größer als du, Schwester, und habe schon ein paar Jahre länger Zeit gehabt, darüber nachzudenken, wie praktisch es ist, etwas kleiner zu sein.«

»Wie alt bist du?«

»Siebenundzwanzig.« Karens Muskeln wurden langsam warm. »Sollen wir ein bisschen schneller laufen oder lieber bei diesem Tempo bleiben?«

»Ein bisschen was geht noch.«

Sie erhöhten das Tempo.

»Was studierst du eigentlich?«

»Angefangen habe ich mit Betriebswirtschaftslehre.« In Judys Stimme lag ein bedauernder Unterton. Karen drehte sich zu ihr.

»Und was studierst du jetzt?«

»Betriebswirtschaftslehre.« Judy klang regelrecht deprimiert und Karen war nicht sicher, ob sie sie richtig verstanden hatte.

»Aber eigentlich willst du das nicht?«

Judy streifte sie mit einem kurzen Blick und lächelte. »Nein … doch … Betriebswirtschaftslehre ist schon in Ordnung.«

Karen spürte, dass sie nachhaken musste.

»Hast du auch Wahlfächer?«

»Wahlfächer?«, fragte Judy, als wäre sie in Gedanken ganz woanders.

»Du weißt schon, Zusatzveranstaltungen und Neigungsfächer, die nichts mit Wirtschaft zu tun haben. An vielen Colleges sind sie Pflicht, damit man Einblick in andere Bereiche bekommt.«

»Ach so. Design«, sagte Judy, ohne zu zögern.

»Wohndesign, Mode … Grafikdesign?«

»Eigentlich geht es eher in Richtung Architektur.«

Karen war überrascht, aber jetzt waren die Dämme gebrochen und Judy erzählte angeregt von ihrer Leidenschaft.

»Gebäude zu entwerfen, finde ich faszinierend. Mich interessiert, wie das Baumaterial die Gestaltung beeinflusst. Es gibt Häuser, die sich nahtlos in eine Landschaft einfügen, und andere, die absichtlich einen Kontrast bilden. Warst du mal in der Disney-Konzerthalle?«

Sie liefen noch ein wenig schneller. »Nein.«

»Im Ernst? Du wohnst doch ganz in der Nähe.« Judy seufzte. »Die ist großartig.«

»Warst du dort?«

Sie schüttelte den Kopf. »Nein. Als wir zu Michaels erster Premiere in L. A. waren, hatte ich noch keine Ahnung von Architektur. Häuser waren für mich etwas, was mein Vater baut, oder Zach, und ich dachte, jedes Gebäude besteht aus ein paar Balken und viel Beton.«

Nach ein paar Atemzügen sprach sie weiter. »In Hilton aufzuwachsen, wo der größte Bau das Kino ist und nur die Jungs von der Footballmannschaft Architekturdesign betreiben, indem sie alljährlich vor dem ersten Spiel der Saison Klopapier um das Haus des Quarterbacks wickeln, ist nicht unbedingt inspirierend.«

Karen kicherte. »Was hat denn ein in Klopapier gewickeltes Haus mit Design zu tun?«

»Das ist ein sehr aufwendiges Projekt und wäre schon deshalb einen Artikel in einer Architekturzeitschrift wert«, erklärte Judy lachend.

Sie rannten an den Häusern vorbei und überquerten die Hauptstraße.

»Warum studierst du nicht Architektur?«

Judy schaute Karen an, als wäre sie von Sinnen. »Was soll ich denn damit in Hilton anfangen?«

»Wer sagt denn, dass du hierbleiben musst?« Noch während Karen die Frage aussprach, fiel ihr die Antwort darauf ein. *Sawyer.*

»Na … na ja … ich …«

Die Frage brachte das Mädchen offenbar ziemlich durcheinander. »Das College soll deinen Horizont erweitern, dir neue Möglichkeiten eröffnen und verhindern, dass du in einer Schublade vergammelst, die jemand anders für dich ausgesucht hat.« Für diesen Spruch würde Sawyer sie in der Luft zerreißen. Aber nichts zu sagen, hätte Karen als grob fahrlässig empfunden. »Es ist dein Leben, Judy, und du hast nur das eine. Lass dir von niemandem sagen, wie du es zu leben hast.«

Eine Weile rannten sie schweigend nebeneinander her. Das war auch ganz gut so, denn es ging leicht bergauf und Karen atmete jetzt deutlich schneller als zu Anfang des Laufs.

Einige hundert Meter weiter fragte sie: »Haben wir ein bestimmtes Ziel oder rennen wir durch bis Kalifornien?«

Judy lachte. »Nein. Ich laufe immer bis zu Beacons Scheune. Damit komme ich insgesamt auf vier Meilen.«

Karen hätten drei genügt. Aber sie würde auch eine größere Runde schaffen. »Ich glaube, bis jetzt ist noch kein Auto an uns vorbeigefahren.«

»In Hilton gilt es schon als hohes Verkehrsaufkommen, wenn mal zwei Autos gleichzeitig an der Ampel warten.«

»Es ist so ruhig hier. Ich weiß nicht, ob ich hier leben könnte.«

»Mom meint, Hilton sei der beste Ort, um Kinder großzuziehen.«

Karen musterte Judy von der Seite. »Bist du gern hier aufgewachsen?«

»Eigentlich schon. Ich kann mich nicht beklagen. Und es ist schön, in den Semesterferien nach Hause zu kommen und alle zu sehen.«

Karen hörte ein unausgesprochenes *Aber*. »Aber?«

»Zum Heiraten und Kinderkriegen habe ich noch keine Lust.«

»Natürlich nicht. Du bist ja noch nicht mal mit dem College fertig.«

»Aber mein Dad möchte, dass ich nach dem Abschluss hier wohne und im Geschäft helfe.«

Je mehr Karen über Sawyer Gardner erfuhr, desto unsympathischer wurde er ihr. Es gab also tatsächlich noch Leute, die über die Zukunft ihrer Kinder bestimmten, ohne sich um deren Wünsche zu scheren.

»Lass mich raten … Du findest den Gedanken schrecklich.«

Judy lachte gepresst auf. »Vielleicht eher erstickend.«

»Du solltest dich mit deinem Bruder unterhalten. Das Leben ist viel erfüllender, wenn man es für sich selbst lebt und nicht für jemand anderen.«

Die Lippen zu einem dünnen Strich zusammengepresst, starrte Judy sie an. »Du bist ganz schön tiefgründig.«

»Ach was, ich bin eher von der oberflächlichen Sorte«, frotzelte Karen.

Judy lief langsamer, dann machte sie kehrt. Nach einem forschenden Blick über die Felder und Wiesen spurtete Karen hinterher. »Ich dachte, wir laufen bis zu Beacons Scheune.«

Judy machte eine wegwerfende Geste. »Die ist vor über zehn Jahren abgebrannt.«

»Und warum sprichst du dann davon, als würde es sie noch geben?«

»In einer so kleinen Stadt hängen an jeder Straße, an jeder abgebrannten Scheune und an jeder Ecke Erinnerungen. Hier vergisst man nicht so leicht. Auf der Bank vor dem Sheriffbüro hat Millie Daniels ihrem Daddy erzählt, dass sie schwanger ist. Ein paar Minuten später ist sie in einen Bus gestiegen und nie wieder zurückgekommen. Deswegen heißt die Bank jetzt bei allen nur Millies Bank.«

»Die arme Millie Daniels. Wie lange ist das denn her?«

»Das war vor sechs Jahren.« Judy rannte eine Weile schweigend weiter. Dann drosselten sie ihr Tempo und konnten wieder besser reden. »Und es gibt einen Laternenpfahl, an dem Steven Ratchet sich nach einem großen Besäufnis die Seele aus dem Leib gekotzt hat.«

»Und daran erinnert sich die ganze Stadt? Ich dachte immer, junge Leute trinken überall zu viel, obwohl sie noch nicht legal an Alkohol kommen.«

»Steven stammt aus einer großen Mormonenfamilie. Bei den Mormonen ist Alkohol genauso verboten wie Sex vor der Ehe. Hier in Hilton hatte der arme Junge keine Chance, unentdeckt zu bleiben.«

»Mitten in der Stadt kann man sich kaum heimlich übergeben.«

»Vor allem nicht, wenn die Hälfte der Stadtbewohner Mormonen sind und die andere Hälfte immer gern darüber diskutiert, wer die ›guten‹ und wer die ›schlechten‹ unter ihnen sind.«

Karen wischte sich mit dem Arm die Stirn ab. Inzwischen hatten sie die Hauptstraße wieder überquert und es wurde langsam wärmer. »Was soll das heißen, gut oder schlecht?«

Judy grinste. »Wie kann man einen guten Mormonen von einem schlechten unterscheiden?«

»Das klingt wie ein Witz.«

»Man fragt ihn, ob er sein Koffein heiß oder kalt trinkt. Mormonen nehmen kein Koffein zu sich. So lautet zumindest die Regel. Schlechte Mormonen trinken Kaffee, die guten trinken Limos, die nun mal häufig koffeinhaltig sind. Die meisten Jungs und Mädchen, mit denen ich aufgewachsen bin, haben sich nicht darum geschert und getrunken, was sie wollten. Aber Steven hatte andauernd Ärger mit seiner Familie. Er ist an dem Tag, an dem er achtzehn wurde, verschwunden.«

Karen legte die Stirn in Falten. »Wo ist er denn hin?«

»Ich glaube nach Vegas.«

In Karen zog sich alles zusammen. Ein Achtzehnjähriger in Vegas. Das konnte nur schiefgehen.

»Ach, keine Sorge, er ist zurückgekommen. Hat nur ein paar Jahre gedauert. Er hat jetzt Frau und Kinder.«

Das klang beruhigend.

»Das ist das Verrückte an dieser Stadt. Viele junge Leute hauen ab, aber wenn sie selbst eine Familie gründen, kommen sie wieder.«

Karen dachte an Michael. Bei ihm würde das nicht so laufen.

Sie bogen im selben Moment in die Straße der Gardners ein, in dem Zach mit Michael auf dem Beifahrersitz aus der Einfahrt fuhr.

Karen verschwendete keinen Gedanken an ihr schweißgetränktes T-Shirt und an ihren zerzausten Pferdeschwanz, aus dem sich ein paar Strähnen gelöst hatten. Sie konnte es sowieso nicht ändern. Der Pick-up hielt neben ihnen und das Fenster ging auf. »Schönen Morgenlauf gehabt?«, fragte Michael. So lässig gekleidet hatte Karen ihn noch nie gesehen. Er trug ein altes Shirt, das sie nicht kannte, und dazu verwaschene Jeans. Sie lehnte sich an den Wagen und spähte durchs Fenster. Zach winkte ihr kurz zu und schaute dann schnell seine Schwester an.

»So viel frische Luft bin ich gar nicht gewöhnt.«

Michael lachte. »Ruf mich an, wenn du etwas brauchst.«

Judy hängte sich bei Karen ein, als wären sie alte Freundinnen. Und Karen kannte sie jetzt tatsächlich ein bisschen besser.

»Wir passen schon auf sie auf«, sagte Judy. »Wir nehmen sie mit zu Petra, drehen eine Runde durch die Stadt und geben mit ihr an.«

»Ach ja?«, staunte Karen.

»Ja, wir müssen dich hübsch machen für die Parade.«

Karens Lächeln verrutschte. »Die Parade?«

Judy schaute Michael ungläubig an. »Du hast ihr nichts davon erzählt?«

Michael rutschte auf dem Beifahrersitz herum. »Du und Mom könnt es ihr erklären. Wir sind spät dran. Nicht wahr, Zach?«

Karen spürte Zachs Blick auf sich. Sie zog das klebrige Shirt von ihrer Haut weg.

»Jupp. Wir müssen los. Bis später, Mädels.« Zach ließ den Wagen anrollen.

Karen schaute zu, wie er um die Ecke bog. Dann drehte sie sich zu Judy. »Was für eine Parade?«

Neun

»Wie lief es denn, als alle gegangen waren?«, fragte Zach Mike. Karen war in dem fast durchsichtigen Shirt, das wie eine zweite Haut an ihr klebte, im Rückspiegel verschwunden. Er musste sich diese lächerliche Schwärmerei für die Frau seines Bruders dringend abgewöhnen. Verdammt, er hatte eine Freundin. Am gestrigen Abend hatte er Tracey gebeten, bei sich zu Hause zu schlafen, anstatt bei ihm. Er hatte behauptet, Michael und Karen würden sicher noch kommen und er wolle die Dinge nicht noch komplizierter machen, als sie es schon waren. Das war ein ziemlich hohles Gefasel gewesen, aber es hatte funktioniert. Mit Tracey war er jetzt fast sechs Monate lang zusammen. Sie wohnte in Monroe, der Nachbarstadt, war aber schon vor ihrer Beziehung mit Zach häufig in Hilton gewesen.

Sie verstanden sich gut. Sie mochten dieselben Filme und lachten über dieselben Witze. Aber keiner von ihnen hatte bislang den Vorschlag gemacht, dass sie zusammenziehen und ihre Verbindung damit noch enger und offizieller machen könnten. Er mochte Tracey wirklich. Aber Funken sprühten nicht gerade zwischen ihnen.

Seine Mom hatte ihn einmal gefragt, ob er sich ein Leben mit Tracey vorstellen könnte. Aber über ein *Für immer* mit Tracey hatte er noch nicht nachgedacht. Irgendwo in seinem Hinterkopf fragte eine hartnäckige kleine Stimme: *Ist es das wirklich? Ist sie die Eine, die Richtige fürs ganze Leben?*

Zach wusste, dass er bald ein paar grundsätzliche Entscheidungen treffen musste. Er war lange vor dem Weckerklingeln aufgewacht, hatte an die Zimmerdecke gestarrt und über das

Leben nachgedacht wie ein verdammter Philosoph. Er war einunddreißig, lebte aber in den eingefahrenen Bahnen eines viel älteren Mannes. Er ging jeden Tag zur Arbeit, fuhr dieselben Straßen entlang und machte alljährlich mit den immer gleichen Leuten Urlaub an den immer gleichen Orten. Aber seit seiner Rückkehr aus Kalifornien war nichts mehr wie zuvor. Die Fahrt mit dem Motorrad durch die Wüste hatte ihm ein paar James-Dean-Momente beschert und ihn daran erinnert, wie es sich angefühlt hatte, jung zu sein und zu glauben, man könnte die ganze Welt erobern.

Und jetzt fuhr er seinen Bruder zu seiner neuesten Baustelle, um ihm zu zeigen, was er dort geschafft hatte, aber auch um ihn aus der Enge ihres Elternhauses zu retten.

»Dad ist früh ins Bett gegangen«, beantwortete Mike die Frage. »Mom hat versucht, Karen zu erklären, wie er tickt.«

Zach stieß ein freudloses Lachen aus. »Wir kennen ihn schon unser ganzes Leben lang und haben den großen, mächtigen Sawyer nie verstanden. Wie soll Karen denn das schaffen?«

Mike musterte seinen Bruder. »Ich dachte immer, du würdest ihn von uns allen noch am besten kennen.«

»Nur weil ich bei der Arbeit viel Zeit mit ihm verbringe, heißt das noch lange nicht, dass ich auch weiß, was ihn umtreibt.«

»Dann ist Karen uns wohl einen Schritt voraus. Sie braucht meistens keine Stunde, um zu verstehen, wie jemand tickt. Und wenn es sein muss und irgendwie weiterhilft, legt sie auch mal den Finger in offene Wunden und sorgt dafür, dass jemandem ein Licht aufgeht.«

Das konnte Zach sich gut vorstellen. Als Karen seinem Vater gesagt hatte, sie wüsste nicht, ob sie ihn mögen würde, war er fast stolz auf sie gewesen. Rena hatte es treffend ausgedrückt: Karen hatte Eier. Zach hörte die Bewunderung, mit der Mike von seiner Frau sprach. Von seiner heißen, klugen Frau mit Eiern.

Widerstrebend gestand er sich ein, dass er neidisch war. Seinen Ruhm und seinen Erfolg gönnte er Michael von Herzen. Er wusste, dass Mike schuftete wie ein Pferd. Und Karen hatte die Zusammenhänge ganz richtig erkannt: Mike arbeitete so hart, weil er es so gelernt hatte. Sawyer hatte seinen Fleiß und sein Durchhaltevermögen an seine Kinder weitergegeben. Eigentlich keine schlechte Sache. Es sei denn, man vergaß darüber die schönen Dinge im Leben.

»Schade, dass Dad nicht schon längst mal ein Licht aufgegangen ist«, sagte Zach, als sie auf den Highway einbogen, der zur Nachbarstadt führte.

»Sag bloß, er glaubt immer noch, er sei der Einzige, der den Laden am Laufen halten kann, und steht nach wie vor jeden Tag von früh bis spät im Geschäft.«

»Mom sorgt dafür, dass er öfter zum Mittagessen nach Hause kommt. Aber … ja, er glaubt, er müsste im Geschäft morgens der Erste sein und abends der Letzte. Monroe wächst. Dadurch bekommen wir mehr Aufträge. Aber die wirklich großen Jobs können wir nicht übernehmen. Viele Baufirmen bestellen ihr Material direkt in St. George und lassen sich das Zeug liefern.«

»Eine Goldgrube war Dads Laden nie.«

»Es reicht gerade zum Überleben«, stimmte Zach zu.

Mike schaute aus dem Fenster. Sie verließen den Highway bereits wieder.

»Ich habe versucht, Mom und Dad finanziell unter die Arme zu greifen.« Michael stieß den Atem aus. »Aber Dad will nichts davon hören.«

Das wunderte Zach nicht. »Dad lässt sich von mir ja noch nicht mal ein Essen bezahlen. Ihnen ab und zu ein Geschenk zu machen, ist die einzige Möglichkeit, ihnen etwas zukommen zu lassen.«

»Ich glaube nicht, dass Dad den McLaren fahren würde.«

Sie lachten beide über diese Vorstellung.

»Du könntest Judy ein bisschen Geld zustecken. Sie braucht immer was und muss dann nicht Mom und Dad fragen. Und nächstes Jahr geht Hannah auch aufs College. Uns allen ein

Studium zu ermöglichen, hat sicher große Löcher in Moms und Dads Altersrücklagen gerissen.«

»Weiß Hannah schon, wohin sie will?«

»Sie spricht von Colorado. Aber Judy meint, sie soll sich in Washington einschreiben.«

»Judy wird nächstes Jahr fertig, oder?«

»Vielleicht.«

»Was heißt das? Muss sie irgendwelche Prüfungen wiederholen?«

»Nein, das nicht. Aber ich glaube, sie würde gern das Hauptfach wechseln.«

»Und woran denkt sie dabei?«

Zach zuckte die Achseln. »Das weiß ich nicht genau. Aber bei unserer letzten Unterhaltung über das Thema hat sie gesagt, als Betriebswirtin zu arbeiten, würde sie überhaupt nicht reizen. Der Gedanke, nach Hilton zurückzukommen und in Dads Geschäft einzusteigen, deprimiert sie regelrecht.«

»Und was hast du ihr geantwortet?«

»Ich habe ihr gesagt, sie soll sich ein Fach aussuchen, das sie glücklich macht, und sich nicht darum scheren, was Dad davon hält.«

»Im Ernst?«

Zach hatte sich geärgert, dass Judy sich nicht mehr zutraute und immer noch lebte, als wäre sie fünfzehn und müsste ihre Eltern wegen jeder Kleinigkeit um Erlaubnis bitten. Wenn jemand wusste, wie es sich anfühlte, sich durch familiäre Verpflichtungen angebunden zu fühlen, dann er.

»Weshalb hast du deinen eigenen Rat nie befolgt?«, fragte Mike leise.

Zach hob das Kinn und drückte den Rücken durch. »Wer sagt dir, dass ich das nicht getan habe?« Warum hatte er das Gefühl, sich rechtfertigen zu müssen? »Häuser kann ich überall bauen.«

»Aber du bist noch in Hilton.«

Anstatt sich zu verteidigen, beschloss Zach, seinem Bruder eine ehrliche Antwort zu geben. »Ich denke ernsthaft über einen Ortswechsel nach.« Noch während er die Worte aussprach, merkte er, wie gut sie ihm gefielen.

Ein warmes Lächeln glitt über Michaels Züge.

Hannah und Judy schleppten Karen durch die Straßen und stellten ihr unzählige Leute vor. Karen war sicher, dass sie nun schon die halbe Stadt kannte. Namen und Gesichter, die sie sich nicht merken konnte, schwirrten durch ihren Kopf. Sawyer Gardner hatte offenbar eine Schwester, die in Monroe wohnte und ebenfalls eine Handvoll Kinder hatte. Jeder, den sie trafen, war die Tante, der Onkel, die Cousine oder der Cousin von jemandem, dem sie angeblich bereits vorgestellt worden war.

Sie waren auf dem Weg zu Petras Friseursalon, einem der beiden Friseurläden der Stadt. Auf der Hauptstraße begegneten ihnen weitere neue Gesichter.

Kennst du Mikes Frau schon? Das ist Mikes Frau … Mike hat letztes Jahr geheiratet. Das ist seine Frau …

Karen vermutete, dass niemand in der Stadt sie als *Karen* abgespeichert hatte. Hier nannte kein Mensch Mike Michael und in Hollywood nannte ihn niemand Mike. Hannah rief ihn manchmal liebevoll Mikey. Damit zauberte sie ein Lächeln auf sein Gesicht.

Nachdem sie einigen weiteren Bewohnern von Hilton vorgestellt worden war, raunte Karen Judy ins Ohr: »Sind Wedge-Cuts wieder modern?« Der kurze Bob mit der ausgeprägten Keilform am Hinterkopf war vor zehn Jahren populär gewesen, dann aber schnell wieder verschwunden. Nur in Hilton lief noch jede zweite Frau damit herum. Karen fand, der Schnitt sah aus wie ein Versehen. Sie war froh, dass man ihn kaum noch sah. Dabei interessierte sie Frisurenmode nicht besonders, denn sie trug ihr Haar am liebsten ganz simpel schulterlang, damit sie es jederzeit aufstecken oder sich einen Pferdeschwanz machen konnte.

»Grauenhaft, nicht wahr?« Judy lachte und sie gaben sich Mühe, nicht loszukichern, als die nächste Frau mit dem schrecklichen Schnitt vorbeiging. »Die zweite Friseurin hier in der Stadt ist Brianna. Sie war im März bei einer Friseurmesse in Salt Lake City. Seither erzählt sie all ihren Kundinnen, das sei der Look des Jahres.«

»Immer noch besser als die Dauerwelle, die sie letztes Jahr allen verpasst hat«, sagte Hannah.

Karen hatte ihre Zweifel. »Ihr beide gehört wohl nicht zu Briannas Stammkundinnen.«

Die Schwestern rissen entsetzt die Augen auf. »Um Himmels willen! Petra schneidet zwar mindestens so schnell, wie sie spricht, aber sie würde dir nie einen Style aufdrängen, mit dem du bescheuert aussiehst. Nicht mal, wenn du sie darum bittest«, versicherte Hannah.

»Und sie tratscht nicht«, fügte Judy hinzu.

»Ist Tratsch nicht die Lieblingsbeschäftigung aller Kleinstadtbewohner?«, fragte Karen. Neben Bars galten Friseursalons als beliebtester Ort, um seinen Seelenmüll abzuladen. Stundenlang unbeweglich auf einem Stuhl zu sitzen, schien in vielen Menschen das Bedürfnis zu wecken, sich einer wildfremden Person anzuvertrauen.

»Falsch. Tratsch ist die einzige«, sagte Judy. »Es sei denn, du kannst stricken.«

In Petras Salon roch es wie in jedem Friseurladen der Welt nach Haarchemie und Shampoo. Friseursalons und Krankenhäuser – beide würde man selbst mit verbundenen Augen und in einem fremden Land an ihren charakteristischen Gerüchen erkennen.

In dem kleinen Salon gab es zwei Drehsessel und in der Ecke das typische Waschbecken mit einer Aussparung für den Nacken. Dort konnten die Kundinnen sich in der unbequemsten aller denkbaren Positionen die Haare waschen lassen.

»Hallo! Das nenne ich mal pünktlich!« Die Frau, von der Karen vermutete, dass sie Petra war, winkte ihnen über den Kopf einer jungen Kundin hinweg zu. »Ich dachte, es wird vielleicht später, weil ihr Michaels Frau erst durch die Stadt führen wolltet.«

»Ich habe dir doch gesagt, um zwei sind wir hier«, sagte Hannah. »Hi, Becky.« Sie winkte dem Mädchen auf dem Stuhl zu. Becky war etwa in Hannahs Alter. Ihr hellbraunes Haar war gerade geföhnt worden und schwebte ihr um den Kopf wie eine Wolke.

»Hi, Hannah, hi, Judy. Bist du den Sommer über hier?«, fragte Becky.

»Es war nicht zu vermeiden«, antwortete Judy. »Petra, Becky, das ist Mikes Frau Karen.«

Karen hob grüßend die Hand. »Hi.«

Hannah ging zu ihrer Freundin und zupfte an ihrem Haar. »Die leichte Tönung ist super.«

Becky schaute errötend in den Spiegel. »Mir gefällt sie auch.«

»Sie gefällt dir?«, fragte Petra lachend. »Die Farbe ist absolut perfekt. Sieh doch nur, wie der Braunton deine Augen strahlen lässt.«

Hannah kicherte, wie es sich für einen Teenager gehörte. »Vielleicht strahlen sie ja wegen Nolan so.«

Petra nahm den Plastikumhang von Beckys Schultern.

»Du bist mit Nolan Parker zusammen?«, fragte Judy interessiert.

Becky stand auf und schaute zu Boden.

Hannah knuffte Judy in die Seite. »Sie war sein Date beim Abschlussball.«

Während die Mädchen sich kichernd über dieses offenbar sehr aufregende Thema unterhielten, beschränkte Karen sich aufs Zuhören. So machte sie es auch im Jugendclub oft. Durch stummes Beobachten konnte man viel über die Jugendlichen lernen. Zum Beispiel, wie die Hackordnung funktionierte. Normalerweise führten die beliebtesten Mädchen das Wort. Bei diesem Trio schien es, dass Hannah mehr zu sagen hatte als Becky. Judy war offensichtlich eine Rivalin. Vielleicht wegen ihres Alters.

Becky bückte sich nach einem Haarclip. Dabei rutschte ihr Shirt an der Taille ein wenig hoch. Zum Vorschein kamen rote, geschwollene Striemen. Rasch zog sie ihr Shirt nach unten und richtete sich auf.

Die Mädchen hatten anscheinend nichts bemerkt. Karens Blick wanderte zu Petra. Ihr waren die Striemen auch aufgefallen.

»Ich kann gar nicht glauben, dass deine Eltern zulassen, dass du mit Nolan zusammen bist.«

Beckys schüchternes Lächeln erlosch. »Daddy mag ihn nicht.«

»Weil er kein Mormone ist?«

Becky zuckte die Achseln.

Karens Magen zog sich zusammen. Wie wenig mochte Daddy Nolan tatsächlich?

»So ein Quatsch«, sagte Judy. »Nolan ist ein prima Kerl und einer von Dads besten Leuten.«

Petra räumte ein paar Utensilien weg. Karen fiel auf, dass auch sie schweigend zuhörte. *Hat Judy nicht gesagt, Petra würde reden, ohne Luft zu holen?* Im Moment schien sie vor allem die Ohren zu spitzen.

Beckys Hand rutschte auf ihren Bauch, sie lächelte schüchtern. »Mein Dad würde niemanden mögen, den ich date.«

»Das ist normal.«

Petra betrachtete das offenbar als passenden Schlusssatz für dieses Thema. »Wer zuerst?«, fragte sie.

Judy trat vor. »Fang mit mir an. Ich finde in Washington einfach keine gute Friseurin.«

Karen machte es sich mit einer Klatschzeitschrift bequem. Die Dinger schienen in ausnahmslos jedem Friseursalon herumzuliegen. Man hatte die Wahl zwischen dieser Zehnminutenlektüre oder einem Heft über Frisurenmode. Während sie so tat, als würde sie sich in den neuesten Hollywoodklatsch vertiefen, beobachtete sie Becky aus dem Augenwinkel. Becky rieb sich erneut den Bauch und als sie sich nach ihrer Handtasche streckte, bemerkte Karen weitere Striemen an ihrem Oberarm.

Das Mädchen einfach gehen zu lassen tat ihr im Herzen weh. Die Alarmglocken in ihrem Kopf schrillten so laut, dass sie kaum hören konnte, worüber Hannah und Judy sich unterhielten, als Becky weg war.

»Nolan? Wirklich?«, fragte Judy.

»Sie sind gesehen worden, als er sie nach dem ersten Spiel der Saison geküsst hat. Von da an haben sie auch in den Schulpausen Händchen gehalten.«

»Ich wette, darüber ist ihr Dad auch nicht glücklich.«

Hannah ließ sich in den Sessel neben Karen plumpsen. »Sicher nicht. Aber seit Becky mit Nolan zusammen ist, kommt sie immer mehr aus ihrem Schneckenhaus. Er tut ihr gut.«

Schneckenhaus? Becky wirkte fast schmerzhaft schüchtern.

»Nolan hat immer gesagt, er würde nach der Schule aus diesem Dreckskaff abhauen. Aber er ist immer noch da. Vermutlich wegen ihr.« Hannah drehte sich zu Karen. »Nolan ist seit diesem Jahr mit der Schule fertig«, erklärte sie.

»Ah.«

»Ich wette, die beiden verdrücken sich von hier, sobald Becky ihren Abschluss hat.«

Judy lehnte sich mit dem Kopf über dem Waschbecken auf dem Foltersessel zurück.

»Bist du mit Becky befreundet, Hannah?«, fragte Petra.

»Schon seit der dritten Klasse. Aber wir sehen uns fast nur in der Schule.« Wieder drehte Hannah sich zu Karen. »Beckys Eltern sind Mormonen und mögen es nicht, wenn sie sich mit Leuten trifft, die keine sind.«

»Man könnte meinen, du sprichst von einer Sekte«, schalt Judy.

»Stimmt doch. Oder bist du schon jemals bei einer Freundin aus einer Mormonenfamilie zu einer Pyjamaparty eingeladen gewesen?«

Judy schwieg.

»Siehst du?«

»Und der Junge, den sie datet, arbeitet bei deinem Vater?«, fragte Karen beim Umblättern.

»Ja, Nolan Parker. Er ist supersexy. Becky ist fast gestorben, als er sie nach dem Chemieunterricht zum ersten Mal angesprochen hat. An der Schule waren die beiden ewig das Thema Nummer eins.«

Karen hätte gern mehr über Nolan Parker und Beckys Familie erfahren. Sie wusste, was junge Mädchen bewegte. Becky sah weder verweint noch verängstigt aus, aber es gab einige untrügliche Anzeichen dafür, dass sie Probleme hatte. Mädchen legten sich aus zwei Gründen die Hand auf den Bauch. Und Karen fand nicht, dass Becky krank wirkte.

»O mein Gott, das bist ja du!« Hannah zog die Zeitschrift von Karens Schoß und hielt sie Judy und Petra hin. »Und das sind Mike und Zach. Cool.«

»Zeig mal her«, sagte Karen.

Tatsächlich. In der Zeitschrift prangte ein Foto von ihr zwischen den beiden Gardner-Brüdern. Es stammte aus der Nacht nach der Party. Michael starrte düster in die Kamera, Zachs Hand lag auf ihrem Arm und sie schauten sich an. Die Härchen auf Karens Unterarm richteten sich auf. Sie sahen gut aus zusammen.

»Ist doch sicher cool, sein eigenes Foto in einer Zeitschrift zu sehen.«

Karen rieb sich die Stirn. »So was wird völlig überbewertet. Eure Brüder mussten den Fotografen aus Michaels Garten werfen.«

Hanna schaute sie verdutzt an. »Du meinst aus *eurem* Garten.«

»Habe ich das nicht gesagt?«

»Nein, du hast von Michaels Garten gesprochen.«

Karen schluckte. »Na ja, ihr wisst ja, was ich meine.«

Hannah blätterte weiter. Jetzt wollte sie wissen, wen von den Leuten auf den Pressefotos Karen persönlich kannte.

Petra war wieder still geworden. Sie musterte Karen aus dem Augenwinkel.

Verdammt.

Zehn

Petra schaltete vom unauffälligen Überwachungsmodus auf den Ich-bin-hier-der-Boss-und-ihr-habt-zu-tun-was-ich-sage-Modus.

Die Friseurin stammte aus Deutschland. Ihr Ehemann war dort als Soldat stationiert gewesen und die beiden waren nach der Hochzeit zusammen in die Staaten gezogen. Petra erklärte Karen in knappen Worten, dass ihr Mann kurz nach der Geburt ihres Sohnes wegen Magenbeschwerden ins Krankenhaus gekommen war. Die vermeintliche Magenschleimhautentzündung hatte sich als Krebsgeschwür entpuppt. Sechs Monate nach der Diagnose war er gestorben.

»Ja, und jetzt?«

Bevor Karen antworten konnte, fuhr Petra schon fort. »Richards Familie war hier. Seine Angehörigen wollten mir mit Alec helfen. Mein Englisch war damals noch nicht wirklich gut.«

»Wie lang ist das her?«

»Achtzehn Jahre.«

»Wow, was für eine traurige Geschichte.«

»Es war furchtbar. Aber irgendwie ging es weiter. Manchmal hat Alec mich den letzten Nerv gekostet. Er war ein wilder Junge.«

Jetzt war Petra die Frau mit der schnellen Zunge, die Judy und Hannah ihr beschrieben hatten. In einer Hand hielt sie eine von Hannahs Haarsträhnen, in der anderen die Schere. Sie schnippelte, zeigte mit der Schere in den Spiegel und kämmte. Es war, als hätte sie drei Hände.

Judy saß mit ihrer neuen Frisur daneben. Eigentlich war es die alte, nur ein bisschen in Form gebracht.

Als Petra mit dem Schnitt zufrieden war, warf sie die Schere beiseite, sprühte sich Mousse in eine Handfläche und knetete den weißen Schaum in Hannahs Frisur.

»So schlimm war Alec doch gar nicht«, sagte Judy hinter ihrer Zeitschrift.

»Für eine alleinerziehende Mutter war er schlimm genug. Er hat sich bis spätnachts herumgetrieben und sich nicht gemeldet. Als er mir gesagt hat, dass er die Schule abbricht und wegzieht, habe ich fast einen Herzkasper bekommen.«

»Und? Hat er die Schule zu Ende gemacht?«, fragte Karen.

»Nee. Er ist nach Florida gezogen.«

»Und wie läuft es dort für ihn?«

Petra schaltete den Föhn an und griff nach einer Bürste. Sie redete über den Lärm hinweg. »Inzwischen ganz gut. Er hat seinen Abschluss nachgeholt und ist zur Küstenwache gegangen. Ich habe ihn sogar schon in Key West besucht.«

»Sage ich doch. So schlimm war er gar nicht. Das Problem ist diese Stadt. Alle wollen nur weg, obwohl sie eigentlich noch viel zu jung sind.«

Da war was dran.

Nach wenigen Minuten zog Petra schwungvoll den Umhang von Hannahs Schultern und sagte: »Jetzt sind Sie dran.«

»Eigentlich brauche ich gar keinen Haarschnitt«, protestierte Karen.

Petra studierte sie mit schiefgelegtem Kopf. »Ich sehe seit Monaten Ihr Bild in den Zeitschriften und jeder, der hier reinkommt, sucht gleich nach Fotos von Mike und seiner Frau. Auf allen tragen Sie das Haar entweder hochgesteckt wie jetzt oder es liegt flach an Ihrem Kopf.«

»Ich mag keine aufwendigen Styles.«

»Tsts«, machte Petra und zeigte auf den Sessel. »Vertrauen Sie mir.«

Judy hob eine Augenbraue. »Gib am besten gleich auf, Karen. Sie ist erbarmungslos.«

»Es sind bloß Haare«, sagte Hannah. »Die wachsen wieder.«

»Sie werden morgens nicht mehr als fünf Minuten für Ihre Haare brauchen. Versprochen. Und ich wette, zurzeit haben Sie mindestens einmal die Woche Kopfschmerzen.«

Karen merkte, wie sie wie an Fäden gezogen zum Friseursessel ging. »Das stimmt tatsächlich. Ich nehme an, das liegt am Stress.«

»Das ist nicht der Stress, sondern das Gummiband. Es zerrt an Ihrem Haar und Ihrer Kopfhaut und löst Spannungskopfschmerzen aus.«

Karen ließ sich von Petra das Haar waschen und schaute der Friseurin dabei zu, wie sie es auskämmte. Nachdenklich zupfte Petra an den Spitzen. »Kürzer. Und an den Seiten und ums Gesicht leicht gestuft. Genau!«

Mit dem Gefühl, zwei Kilo leichter zu sein, verließ Karen eine halbe Stunde später Petras Salon. Nicht dass sie vorher eine lange Wallemähne gehabt hätte, aber mit dem etwas kürzeren Haar und nach dem Styling mit dem richtigen Mousse und der richtigen Bürste hatte sie einen ganz neuen Look.

»Sieht prima aus.« Hannah spielte lächelnd mit Karens Haarspitzen.

»Die Frau ist gut.«

Auf der anderen Straßenseite parkte ein Pick-up, der Karen bekannt vorkam. Der Schriftzug am Gebäude dahinter wies es als Eisenwarenhandlung aus. »Ist das das Geschäft von eurem Dad?«

»Ja.« Hannah nahm sie an der Hand und zog sie hinter sich her. »Komm, wir zeigen Zach deine neue Frisur.«

Ja richtig, in dem Pick-up waren Zach und Michael heute Morgen weggefahren. Obwohl weit und breit kein Auto in Sicht war, fand Karen es seltsam, einfach so die Straße zu überqueren. Sie rechnete fast damit, dass ein Fahrzeug mit quietschenden Reifen um die Ecke schlingern würde. Und Hannahs unerschöpfliche Energie machte sie langsam ein bisschen schlapp.

Als sie die Ladentür aufstießen, erklang die Türklingel.

Genau wie ein Friseursalon hatte auch eine Eisenwarenhandlung ihren typischen Geruch. Vor ihnen lag Sawyers Lebenswerk:

lange Regalreihen voller Kisten mit allem, was Hand- und Heimwerker so brauchten. Die Regale waren übermannshoch und ganz vorn an der Tür stand die momentan unbesetzte Kasse.

»Dad?«, rief Judy in den Laden.

»Er ist gerade nicht hier«, antwortete eine Stimme von hinten.

Hannah machte sich auf den Weg zu der Jungenstimme.

Judy stellte ihre Handtasche auf die Theke und steuerte auf ein Hinterzimmer zu. »Ich muss mal kurz.«

Karen blieb zurück und betrachtete die Aushänge hinter der Theke. Die örtlichen Pfadfinder bedankten sich bei Sawyer für seine Spende für ihr Adlerprojekt und in einem gerahmten Zeitungsartikel wurde über die Erweiterung des Geschäfts berichtet.

Wieder ging die Türklingel und Karen drehte sich um. »Nimmst du bitte die oberste, Nolan?«

Der Stapel Schachteln, den Zach schleppte, versperrte ihm die Sicht. Karen legte ihre Handtasche beiseite und nahm ihm die überraschend schwere oberste Schachtel ab.

»Okay, hab sie«, sagte sie. »Hey.« Sein Blick traf ihren. Wortlos stand er mit seiner Last in den Händen da und blinzelte. »Mit dir habe ich gar nicht gerechnet.«

»Wir waren beim Friseur. Danach hat Hannah mich hergebracht.« Karen verlagerte das Gewicht der Schachtel in ihren Händen.

Zachs Augen wanderten über ihr Haar. Sein Lächeln wurde breiter. »Deine neue Frisur gefällt mir.«

Karen spürte, wie sie rot wurde. »Bei Petra ist Widerspruch zwecklos.«

»Steht dir wirklich gut.«

»Danke.«

Mit vollen Händen standen sie da und schauten einander an, bis Hannah und ein Junge erschienen.

»Moment, ich nehme das.« Der Junge nahm Karen die Schachtel ab.

Karen vermutete, dass er Beckys Freund Nolan war. Er marschierte zusammen mit Zach davon.

»Das war Nolan. Süß, oder?«, fragte Hannah.

Karen lachte auf. »Für mich vielleicht ein bisschen zu jung.«

Hannah verdrehte lachend die Augen. »Außerdem bist du verheiratet. Aber Becky ist zu beneiden.«

Karen hob den Zeigefinger. »Ein Junge, der ein so nettes Mädchen abbekommt, ist zu beneiden.«

Hannah wirkte nicht überzeugt. »Einen Freund wie Nolan hätte ich auch gern.«

Karen legte ihr den Arm um die Schultern. »Den kriegst du schon noch. Aber dir gegenüber sind die Jungs sicher unheimlich schüchtern, weil du so schön bist.«

»Bin ich nicht.«

»Bist du doch.« Karen drückte sie kurz.

Judy rannte zwischen den Regalreihen hindurch Richtung Kasse und wedelte dabei mit ihrem Handy. »O mein Gott, Hannah! Wir müssten längst in der Gemeindehalle sein und am Wagen arbeiten.«

»Am Wagen?«, fragte Karen.

»Es ist eher ein Anhänger. Bei der Parade wird er von einem Pick-up gezogen. Er ist für Mike und wir sollen ihn dekorieren. Das habe ich komplett vergessen.« Judy schnappte ihre Tasche und griff nach Hannahs Hand.

»Willst du mitkommen?«, fragte Hannah. Die Mädchen waren schon halb durch die Tür.

»Nein, schon in Ordnung. Ich finde allein zurück.«

»Sicher? Du fühlst dich nicht hängengelassen?«

Karen scheuchte die Mädchen mit einer Geste weg. »Fort mit euch. Ich bin völlig erschöpft von der Tour durch die Stadt«, sagte sie augenzwinkernd.

Judy zog ihre Schwester hinter sich her. »Komm endlich. Wir sind schon eine halbe Stunde zu spät dran.«

Die Mädchen ließen die Tür hinter sich zufallen und rannten die Straße entlang.

Kunden waren keine im Geschäft und Zach und Nolan waren noch im Lager.

Karen hörte sie reden und folgte ihren Stimmen.

»Ein paar Stunden mehr wären wirklich gut für mich, Zach. Ich habe deinem Dad schon oft gesagt, dass ich Vollzeit arbeiten kann. Schließlich gehe ich nicht mehr zur Schule.«

»Und was sagt er dazu?«

»Dass ich in der Schule sein sollte. Aber nicht jeder ist fürs College gemacht«, sagte Nolan. »Und manchen fehlt ganz einfach das Geld dafür.«

Karen spähte um die Ecke. Die beiden hatten die Schachteln auf den Boden gestellt. Zach legte Nolan eine Hand auf die Schulter. »Ich sehe mal, was ich für dich tun kann.«

Erleichterung huschte über die Züge des Jungen. »Danke, Zach. Das wäre prima. Ich brauche dringend mehr Geld.«

»Hast du ein Problem?«

Nolan fuhr sich durch sein etwas zu langes Haar. »Nein. Aber von meinem alten Herrn kann ich nichts erwarten. Ich muss es irgendwie schaffen, auf eigenen Beinen zu stehen.«

Zach verschränkte die Arme. »Könntest du dir vorstellen, auf dem Bau zu arbeiten?«

Nolans Miene hellte sich auf. »Du meinst Häuser und so was?«

»Ja. Was wir hier verkaufen, weißt du ja. Aber weißt du auch, was man damit macht?«

Nolan nickte. »Teilweise schon. Und den Rest kann ich lernen.«

»Ich rede mit meinem Dad. Wenn er nicht mehr Arbeit für dich findet, kannst du vielleicht bei mir mit anpacken.«

Karens Herz weitete sich. Nolan hatte eindeutig Geldprobleme und sie ahnte auch weshalb. Zach spürte, wie dringend der Junge Hilfe brauchte, und bemühte sich um eine Lösung. Nichts machte sie glücklicher, als wenn jemand anderen aus freien Stücken helfen wollte.

Sie räusperte sich und trat in den Lagerraum. »Entschuldigt bitte, ich möchte nicht stören«, sagte sie. »Aber die Mädchen mussten schnell weg und ich gehe jetzt zurück zum Haus.«

Zach drehte sich zu ihr. »Ich kann dich hinfahren. Ich wollte hier bloß ein paar Sachen abliefern.«

»Mach dir keine Umstände, es ist ja nicht weit.«

»Kein Problem. Ich muss sowieso in die Richtung.«

Sie wollte protestieren, ließ es aber bleiben. Draußen brannte die Sonne vom Himmel und sie hatte seit ihrem Morgenlauf die Stadt gefühlt schon fünfmal durchquert.

Nolan lächelte sie an und Karen streckte ihm die Hand hin. »Du musst Nolan Parker sein.«

»Ach, Entschuldigung. Nolan, das ist Karen Jones«, sagte Zach. Zum ersten Mal seit ihrer Ankunft in Hilton stellte jemand sie nicht als Michaels Anhängsel vor. Sie lächelte.

»Becky habe ich heute auch schon kennengelernt.«

Nolan strahlte, als er den Namen hörte. *Den hat's tatsächlich ganz schön erwischt.*

»Sie war nach dem Friseur hier.« Er warf einen Blick zu Zach. »Aber nur ganz kurz.«

Zach grinste. »Schade.«

Nolan lachte und beugte sich zu einer Kiste. »Schön, Sie kennenzulernen.«

Karen folgte Zach aus dem Geschäft und wartete, bis er ihr die Beifahrertür des Pick-ups geöffnet hatte.

Er schwang sich hinters Steuer und ließ den Motor an.

»Netter Junge«, sagte Karen.

»Ja, finde ich auch. Mich wundert nur, dass er nicht gleich nach dem Schulabschluss von hier verschwunden ist.« Zach stellte die Klimaanlage auf die höchste Stufe.

»Er wollte nicht ohne seine Freundin aus Hilton weg«, sagte sie.

Zach wollte gerade losfahren. Jetzt warf er einen langen Blick auf Karen. »Was macht dich da so sicher?«

Karen hasste Tratsch von ganzem Herzen. Aber wenn an ihrem Verdacht etwas dran war, brauchte Nolan schnell einen richtigen Job mit einem sicheren Einkommen. Sonst standen vielleicht bald zwei weitere Namen auf Hiltons langer Liste von Ausreißern.

»Kennst du seine Freundin?«

»Ich habe sie ein paarmal gesehen. Nettes Mädchen.« Zach ließ einen Wagen vorbei, dann lenkte er den Pick-up auf die Hauptstraße.

»Ich glaube, sie ist schwanger.«

Zachs Kopf fuhr zu Karen herum. Er schaute sie ungläubig an. »Im Ernst?«

»Es wäre mir lieber, wenn ich mich täuschen würde. Aber mein Gefühl sagt mir, dass ich richtig liege.«

»Ach herrje. Wissen meine Schwestern davon?«

Karen schüttelte den Kopf. »Ich nehme an, bis jetzt wissen es nur Nolan und Becky.«

»Und wie kommst du darauf?«

»Das ist eine Art Berufskrankheit. Ich arbeite schon so lange mit Teenagern und habe schon zu viele schwangere Mädchen gesehen, die versuchen, ihren Zustand vor der Welt zu verbergen. Kennst du ihre Eltern?«, fragte Karen.

»Nur vom Sehen.«

»Eine ungeplante Teenagerschwangerschaft ist nie leicht. Ganz besonders nicht, wenn die Eltern des Mädchens den Vater ablehnen.«

»Nolan ist ein prima Kerl.«

»Das habe ich schon ein paarmal gehört, aber anscheinend stammt Becky aus einer Mormonenfamilie und Nolan nicht.«

Zach zuckte die Achseln. Sie waren bereits in der Straße seiner Eltern. »Ist die Religion denn so wichtig, wenn man sich verliebt?«

»Hannah und Judy sind der Meinung, dass das in Beckys und Nolans Fall ein großes Problem sein könnte.«

Zach stieß einen langen Seufzer aus.

»Ja genau. Meinst du, du kannst deinen Dad überreden, Nolan mehr arbeiten zu lassen?«

»Das hast du auch mitbekommen?«

»Nur zufällig. Ich wollte nicht lauschen.«

»Schon in Ordnung. Ich rede mit meinem Dad. Und wenn er Nolan nicht mehr Stunden gibt, teste ich mal, ob der Junge einen Hammer schwingen kann.« Er hielt vor dem Haus der Gardners.

»Vielleicht täusche ich mich ja doch.«

Zach schaute ihr in die Augen. »Er scheint dringend mehr Geld zu brauchen. Und falls keine Schwangerschaft dahintersteckt, ist es vielleicht etwas ähnlich Wichtiges.«

Über die Striemen an Beckys Körper wollte Karen noch nicht sprechen. Sie musste sich erst noch ein wenig umhören. Aber ein junges Mädchen in einer Notlage sich selbst zu überlassen lag ihr fern.

»Bitte behalte es erst mal für dich …«

Zach wedelte mit der Hand. »Selbstverständlich. Das hätte ich sowieso getan.«

Sie streckte die Hand nach dem Türgriff aus. »Kommst du mit rein?«

»Nein. Ich komme morgen mal vorbei.« Wieder hielten seine Augen sie fest und das verrückte Knistern, das in solchen Momenten zwischen ihnen aufkam, setzte erneut ein.

»Bis dann.«

»Und? Wie findest du Karen?«, fragte Judy ihre Schwester, während sie mit der Heißklebepistole farbiges Papier auf Mikes Motivwagen pappten.

»Karen ist super!«

Das fand Judy auch. Die Frau war fast zu gut, um wahr zu sein. »Ist es nicht merkwürdig, dass sie und Mike nicht schon viel früher hergekommen sind? Karen ist perfekt, warum wollte Mike sie uns nicht vorstellen?«

Hannah beugte sich über die Bank, auf der Mike während der Parade sitzen sollte. »Du kennst unseren Bruder besser als ich. Als er noch bei uns gewohnt hat, war ich noch klein. Ich erinnere mich nur ganz verschwommen daran, dass er Mädchen gegenüber immer ein bisschen schüchtern war.«

»Das stimmt. Er ist ganz anders als Zach. Der hat seine Dates nie vor uns versteckt.«

»Vielleicht fällt uns das bloß auf, weil Zach immer noch in Hilton wohnt. Eigentlich schade, dass wir Mike längst nicht so gut kennen, wie wir ihn kennen sollten.«

Judy dachte lächelnd an das Gespräch mit Karen beim Joggen. »Ich glaube jetzt, wo unser Bruder glücklich verheiratet ist, werden wir ihn öfter sehen.«

»Ich hoffe, du hast recht.«

Das Sonntagsessen bei den Gardners glich einem Familientreffen. Der ganze Clan fiel ein, um Mikes Besuch zu feiern. Dafür war Janices und Sawyers Haus zu klein. Sie stellten im Stadtpark Pavillons und mehrere Grills auf. Darauf wurden ganze Fleischberge gebrutzelt.

Zach hatte Karen nicht mehr gesehen, seit er sie am Vortag nach Hause gefahren hatte. Aber an sie gedacht hatte er fast ununterbrochen. Langsam machte ihn das ärgerlich.

Tracey würde später auch in den Park kommen. Er hatte ihr gewohntes Samstagabend-Date ausfallen lassen, das normalerweise erst am Sonntagmorgen endete. Ein wirklich guter Grund dafür fiel ihm nicht ein.

Das stimmte natürlich nicht ganz und er wusste, dass er sich selbst belog. Er war ein Mistkerl, der unbedingt wissen wollte, wie es sich anfühlte, seinen Körper an den Körper der Frau seines Bruders zu pressen. Aber so weit, dass er mit Tracey ins Bett ging und dabei an Karen dachte, war er noch nicht. Er fragte sich, ob Tracey aufgefallen war, dass sie seit seiner Rückkehr aus Kalifornien nicht miteinander geschlafen hatten.

Manchmal schaute sie ihn so sonderbar an, wie Frauen es taten, wenn ihnen tausend Worte auf der Zunge lagen, die sie lieber nicht aussprechen wollten. Zwischen ihnen klappte es einfach nicht mehr. Er bekam Herzklopfen wegen Karen und wollte Tracey nichts vorspielen. Die Frage, warum er die Trennung dennoch hinauszögerte, war nicht schwer zu beantworten. Eine Freundin zu haben half ihm, sich im Zaum zu halten, und sorgte für eine Mauer zwischen ihm und Karen, die verhinderte, dass er sie öfter und länger anschaute, als es sich gehörte.

Zach parkte seinen Pick-up und hievte das Volleyballnetz und den Ball für das Familienturnier von der Pritsche. Gleich würde sich zeigen, ob Mike alias Mister Hollywood noch so fit war wie früher.

Als Zach durch die Menge marschierte, hoben sich viele Köpfe. Viele Hände winkten ihm zu. Er grüßte jeden mit Namen. Nicht nur Verwandte waren gekommen. Auch Mikes alte Freunde hatten sich mit ihren Familien im Park eingefunden.

Zach konnte nicht anders. Über alle Köpfe hinweg suchte er mit den Augen nach einer ganz bestimmten blonden Frau, die aus der Menge herausstach wie ein Schwan auf einem Teich voller Enten.

Sie stand mit seiner kleinen Nichte Susie auf der Hüfte neben einem Picknicktisch und lachte. Das Geräusch fand quer durch das Stimmengewirr den Weg zu seinen Ohren.

Larry, einer von Michaels Highschool-Freunden, kam auf Zach zu und nahm ihm den Ball aus der Hand. »Hey, Zach. Lange nicht gesehen.«

»Ich war selten mal weg. Ist Kim auch da?« Kim und Larry hatten vor ein paar Jahren geheiratet und irgendwo wackelte bereits ein kleiner Larry herum.

»Na klar. Wahrscheinlich redet sie mit deinem Bruder. Als sie erfahren hat, dass er hier ist, ist sie fast in Ohnmacht gefallen.«

»Noch ein glühender weiblicher Fan für Michaels Heer von Verehrerinnen. Sein Ego passt sicher bald durch keine Tür mehr.«

Larry nickte in Richtung des Pulks von Frauen, die Zachs Bruder umringten. »Sie werden sich schnell an seinen Anblick gewöhnen und sich beruhigen.«

»Ich glaube, damit solltest du nicht rechnen.«

Zach schleppte das Netz ein Stück von den Picknicktischen weg. »Schnappst du dir ein paar Jungs und baust es auf?«

Larry warf den Ball in die Luft und rief ein paar Teenager zu sich, damit sie sich nützlich machen konnten.

Zach ging zum Buffettisch und nahm sich eine Handvoll Chips. Er küsste seine Mutter auf die Wange und kitzelte die kleine Susie am Kinn. »Hallo, ihr Süßen.«

Er versuchte, sich gleichgültig zu geben, als Karen ihn anlächelte. Aber seine Knie fühlten sich plötzlich an wie aus Pudding.

»Da bist du ja. Wir haben schon gedacht, du hättest unsere kleine Feier vergessen.« Rena öffnete einige Kunststoffbehälter und stellte sie zu den anderen auf den Tisch.

»Ich musste das Volleyballnetz erst suchen.«

»Das ist eine ziemlich lahme Ausrede. Du wolltest nur nicht zum Grilldienst eingeteilt werden.«

Zach schaute zu den Grills und sah, dass sein Vater das Fleisch wendete. Joe und Onkel Clyde unterstützten ihn dabei. »Sieht aus, als wäre dieser Job bereits vergeben.«

Susie streckte die Ärmchen nach ihm aus.

»Hast du schon genug von mir?« Karen übergab ihm das Baby.

»Sie liebt ihren Onkel Zach«, sagte Rena stolz.

»Sich anstelle einer Frau einem gut aussehenden Kerl an den Hals zu hängen ist schlau«, sagte Karen grinsend.

Zach lächelte sie an und gab seiner Nichte einen Käsechip. »Ich glaube, es liegt eher an dem, was sie bei mir essen darf, und weniger an meinem Aussehen.« Er zwinkerte.

Karen errötete.

Rena entwand ihrer Tochter die salzige Leckerei. »Wenn du ihr das gibst, will sie heute nichts anderes mehr.«

Susies kleine Unterlippe schob sich vor.

»Spielverderberin.«

Als Rena sich abwandte, steckte er Susie einen neuen Chip zu. Dann ging er mit ihr zu den Männern am Grill. Susie nuckelte selig an der würzigen Beute.

»Schön, dass du dich auch noch blicken lässt«, sagte Joe. »Erst lange genug warten und dann das Baby herumtragen, damit dir niemand eine Arbeit aufs Auge drückt.« Er drohte Zach mit der Grillzange. »Ich habe dich durchschaut, Kumpel.«

»Warum holt ihr euch nicht Mike zur Verstärkung?«

»Den teilen wir später zum Geschirrspülen ein.«

Das brachte alle zum Lachen.

Zach ging weiter und übergab Susie an Tante Belle, die bei den älteren Mitgliedern des Gardner-Clans saß. Er küsste eine Tante, umarmte eine Großmutter und machte sich daran, seinen Bruder von der Schar seiner Verehrerinnen wegzuzerren.

»Los, Bruderherz. Zeig uns mal, ob deine Leinwandstunts nur Trickaufnahmen sind oder ob du noch in Form bist.«

Ohne auf die Proteste der Michael-Wolfe-Fans zu achten, zog Zach seinen Bruder hinter sich her.

»Danke«, flüsterte Michael ihm auf dem Weg zum Volleyballnetz ins Ohr.

Zach klopfte ihm auf den Rücken. »Dein großer Bruder lässt dich nie im Stich.« Doch noch während er das sagte, suchte er nach dem Augenpaar, dessen Blicke er im Rücken spürte.

Er wandte sich um und ertappte Karen dabei, wie sie zu ihnen herüberschaute.

Verdammt!

Die Zusammensetzung der Teams richtete sich nach den üblichen Kriterien: Alter, Familienzugehörigkeit und Können. Nicht unbedingt in dieser Reihenfolge. Zach und Mike waren in derselben Mannschaft wie Joe und drei weitere Männer aus der Familie. In der Gegenmannschaft spielten Larry, Ryder und Keith. Die drei waren schon immer Sportskanonen gewesen und nach der Schule in Hilton geblieben oder wieder zurückgekehrt. Sie holten sich Verstärkung von alten Freunden aus der Footballmannschaft.

Sechs Mann pro Team verteilten sich auf dem Spielfeld, der Ball war in der Luft und es ging los.

Schon nach ein paar Minuten wusste Zach, dass die Schauspielerei dem Körper seines Bruders nicht geschadet hatte.

Bald sammelten sich Zuschauer um das Spielfeld. Einige entschieden sich für eine Mannschaft, andere feuerten einfach alle Spieler an. Nach einer guten halben Stunde rief Mike sein Team zu einer Besprechung zusammen. »Larry ist der Schwachpunkt. Wenn wir unsere Angriffe auf ihn richten, haben wir das Spiel in der Tasche.«

Bei der nächsten Gelegenheit schmetterte Mike den Ball in Larrys Richtung. Sogar Zach erschrak, als der Ball prompt auf ihre Seite des Netzes zurückflog. Er brachte den Ball erneut in Position und Mike schmetterte ihn noch einmal zu Larry. Diesmal ging die Rechnung auf.

Nach dem knappen Sieg für Mikes Team schüttelten alle Spieler einander die Hände. Dann warfen sie den Ball den Teenagern zu, die mit viel Tamtam Mannschaften bildeten und ihr eigenes Spiel begannen.

»Angeber.« Rena knuffte Zach lächelnd in die Seite.

Karen verdrehte die Augen. Aber sie grinste und ihre Augen lachten. »Männer!«

Janice holte die erste Ladung fertiger Steaks vom Grill ab und stellte das Fleisch auf den Tisch.

Zach und Mike machten Platz, während die Frauen die Deckel von den letzten ungeöffneten Behältern mit Beilagen nahmen und das Buffet für die hungrigen Horden freigaben.

Ihr Dad brachte einen weiteren Teller mit Fleisch. Auf dem Rückweg zum Grill lächelte er seine Söhne an.

Zach bemerkte das leise Lächeln, mit dem sein Bruder ihrem Vater hinterherschaute.

»Du fehlst ihm. Deshalb ist er so ruppig zu dir.«

Mike klopfte Zach auf den Rücken, dann belud er seinen Teller. Anschließend ließ er sich von einem seiner alten Freunde wegziehen.

Zach langte ebenfalls zu und seufzte nach der ersten Gabel des meisterlich gegrillten Steaks genießerisch auf. Joe setzte sich neben ihn und bald gesellte sich auch Rena dazu. Schnell wurde es an den Tischen eng. Rena lud Karen mit einer Geste ein, sich zu ihnen zu setzen. Zach rutschte ein Stück zur Seite, damit sie Platz hatte, und versuchte, nicht zu spüren, wie nahe sie sich waren.

»Wo ist Mike denn hingerannt?«, fragte Joe.

Rena zeigte über den Rasen. »Keith und Larry haben ihn sich gekrallt.«

»Alte Schulfreunde?«, fragte Karen.

»Hat er dir von ihnen erzählt?«

Karen schüttelte den Kopf und biss von einem Maiskolben ab. Zach schaute zu, wie ihre Lippen die goldenen Körner umschlossen und musste sich zwingen wegzusehen. *Glücklicher Mais.*

»Larry und Keith waren während der Highschool Michaels beste Freunde. Aber als er in die Theatergruppe eingetreten ist, haben sie ihn ausgelacht.«

»Bis er die Hauptrolle übernommen hat und alle Mädchen angefangen haben, für ihn zu schwärmen«, sagte Joe. »Dann fanden seine Kumpel Theaterspielen plötzlich gar nicht mehr so übel.«

Karen lachte und aß weiter.

»Seltsam, dass Michael dir nichts von ihnen erzählt hat.«

Karen schluckte das letzte glückliche Maiskorn hinunter und wischte sich den Mund ab. »Die Highschoolzeit ist lange her.«

»Hast du denn keinen Kontakt mehr mit deinen Schulfreundinnen?«, fragte Rena.

Karen schüttelte den Kopf. »Nein, eigentlich nicht.«

»Das ist schade. Deine Mitschülerinnen haben dich aufwachsen sehen. Sie halten dich am Boden.«

Karen schaute zu Mike. Das Lächeln fiel von ihr ab. »Ich bin froh, dass Mike solche Freunde hat. Er braucht sie.«

Zachs Blick ging zu Mike und dann zurück zu ihr. »Ach ja? Wie meinst du das?«

Karen studierte das Steak auf ihrem Teller und stach mit der Gabel hinein. »Es ist nicht leicht in L. A. Jeder zerrt an ihm herum, jeder erwartet etwas von ihm.« Sie steckte sich ein Stück Fleisch in den Mund und kaute.

Weiteren Fragen kam sie zuvor. Mit noch halb vollem Mund sagte sie: »Hier ist es anders. Ein paar Fans belagern ihn zwar immer. Aber so locker und unbeschwert habe ich ihn noch nie erlebt.«

Zach und Rena drehten sich gleichzeitig zu Mike. Sie tauschten einen wissenden Blick aus, dann konzentrierten sie sich wieder auf Karen. »Ich bin froh, dass du ihn überredet hast herzukommen«, sagte Rena.

Karen schüttelte den Kopf. »Mir musst du nicht danken. Zach war derjenige, der dafür gesorgt hat, dass wir euch besuchen.«

Zach lächelte sie an und aß weiter.

»Wo ist eigentlich Tracey?«, fragte Joe, als ihre Teller schon fast leer waren.

Zach warf einen kurzen Blick in die Runde. Ihm war noch gar nicht aufgefallen, dass sie fehlte. Wo konnte sie bloß sein? Er griff nach seinem Handy, fand aber weder verpasste Anrufe noch Nachrichten. »Vielleicht ist ihr etwas dazwischengekommen.«

»Ist alles okay mit euch beiden?«, fragte Rena.

Zach fiel auf, dass Karen beiseiteschaute.

»Ja, alles okay.«

Joe lachte kurz auf. »Okay? Das ist einer Frau zu wenig.«

Rena stieß ihren Mann mit dem Ellbogen an.

Bevor Zach etwas sagen konnte, kam Eli angerannt und zog seinen Vater am Arm. »Daddy, komm Ballspielen.«

Joe schob seinen leeren Teller beiseite, stand auf und ging mit seinem Sohn davon. Seinen Platz übernahm Tante Belle.

»Ist das der Kindertisch?«

Rena prostete ihr zu. »Dann würde es hier keinen Alkohol geben, Tante Belle.«

Belle lachte auf, dann fixierte sie Karen.

»Du bist also Mikeys Frau?«

Zach spürte Karens Unbehagen.

Karen schluckte. »Ja, Ma'am.«

»Pah! Merkwürdig, dass keiner von uns zur Hochzeit eingeladen war.«

Wenn Karen von ihrer Ehe redete, konnte Zach sie nicht ansehen. Am liebsten hätte er den Tisch verlassen, aber das wäre zu auffällig gewesen.

»Die Sache ist ziemlich schnell gegangen.«

Belle kniff die Augen zusammen. »Seit wann ist eine Heirat eine *Sache?*«

Karen nahm wortlos einen Schluck aus ihrem Becher.

»Na schön, damit wäre zumindest eine Frage beantwortet«, sagte Belle.

»Welche Frage denn?«, fragte Rena.

Belle hatte ihren eigenen Kopf und hielt mit ihrer Meinung nie hinter dem Berg. Deshalb hätten ihre nächsten Worte niemanden überraschen oder schockieren sollen. Aber aus irgendeinem Grund katapultierten sie Zach beinahe aus dem Universum.

»Ich dachte immer, unser Mickey ist schwul.«

Rena lachte auf und schlug die Hand vor den Mund.

Zach vergaß zu atmen und Karen verschluckte sich an ihrem Wein und fing an zu husten.

Elf

Karens Bemühungen, den Weißwein im Mund zu behalten, machten die Sache nur noch schlimmer. Sie keuchte und hustete, der Alkohol stieg ihr brennend in die Nase und ihre Augen tränten. Zachs starke Hand rieb ihr den Rücken, während sie nach Luft rang. Rena schaute lächelnd zu, Tante Belle hob eine Augenbraue. Als Karen aufblickte, sah sie Besorgnis in Zachs Augen. »Alles in Ordnung?«

Karen hustete in eine Serviette und griff nach einer Wasserflasche. Sobald sie wieder sprechen konnte, zeigte sie auf Tante Belle und lachte. »Der war gut.«

Sie schenkte sich Wasser ein und versteckte das Gesicht hinter ihrem Becher. Sie hustete noch weiter in ihre Serviette, obwohl der Hustenreiz längst nachgelassen hatte.

»Das dachte ich wirklich«, sagte Tante Belle, als deutlich wurde, dass Karen überleben würde.

»Ich denke, jetzt können wir mit einiger Sicherheit davon ausgehen, dass das nicht der Fall ist«, sagte Zach.

Karen schaffte es, hinter ihrem Becher zu nicken. Sie hoffte, ihre Miene würde sie nicht verraten.

Angestrengt versuchte sie, sich daran zu erinnern, worüber sie geredet hatten, bevor Tante Belle an den Tisch gekommen war und ihre und Michaels Bemühungen, seiner Familie etwas vorzuspielen, torpediert hatte. Leider war Karens Kopf wie leergefegt.

Von Weitem hörte sie Michael lachen. Am liebsten wäre sie zu ihm geeilt und hätte ihm brühwarm von Tante Belles Frage berichtet. Doch sie ließ es sein.

»Na schön, und wie sieht es mit Kindern aus?«

»Tante Belle!«, sagte Rena vorwurfsvoll. »Sie sind gerade mal ein Jahr verheiratet.«

»Du hast Eli neun Monate nach eurer Hochzeit zur Welt gebracht«, gab Belle zurück. »Oder waren es achteinhalb?«

Rena schnappte nach Luft. »Es waren elf.«

Das Handy in Karens Tasche vibrierte. Froh über die Ablenkung zog sie es heraus.

Benimmt Tante Belle sich daneben?

Die Nachricht kam von Judy. Karen schaute sich um und sah, dass Judy sie von einem anderen Tisch aus beobachtete.

Brauche Vorwand für eleganten Abgang. Hilfe!

Karen steckte das Handy weg und wartete.

»Na ja, ich meine nur, du bist nicht mehr die Jüngste«, erklärte Tante Belle. »Vor dreißig tut man sich mit dem Kinderkriegen leichter.«

»Ich werde darüber nachdenken«, sagte Karen zu Michaels Tante. Die Frau hatte einen scharfen Verstand und eine noch schärfere Zunge.

»Jetzt hör schon auf, auf Karen herumzuhacken, Tante Belle«, sagte Zach.

Karen lächelte ihn dankbar an. Im selben Moment spürte sie, wie ihr jemand auf die Schulter tippte.

»Hey, Karen? Kannst du uns helfen? Wir sind uns nicht einig, wer sexier ist. Brad Pitt oder Bradley Cooper? Du kennst sicher beide persönlich und kannst aus erster Hand berichten.«

Rena lächelte dankbar. Sogar Zach seufzte auf, als Karen die Beine unter dem Tisch hervorzog.

»Aber gern.« Karen schnappte sich ihren Becher und prostete Tante Belle zu. »Hat mich gefreut, dich kennenzulernen.«

Karen hängte sich bei Judy ein und sagte lauter als nötig: »Ist es nicht verrückt, dass zwei Männer mit demselben Namen so unterschiedlich sein können? Und überhaupt: Brad! Wer heißt denn so?«

Judy lachte. Als sie weit genug weg waren, sagte sie: »Sie ist ein verrücktes altes Huhn.«

»Ich dachte, gleich fragt sie mich auch noch nach meinem nächsten Eisprung.«

Judy prustete los. »Sie ist fest überzeugt, dass Eli schon vor Renas und Joes Hochzeit gezeugt worden ist.«

»Das habe ich mitbekommen. Gibt es weitere verrückte Tanten, vor denen ich auf der Hut sein sollte?«

»Nein, sie ist die einzige.«

»Gott sei Dank.«

Karen quetschte sich zu Judy und ihren Freundinnen an den Tisch.

»Hast du Brad Pitt schon mal getroffen?«

Karen schüttelte den Kopf. »Nein. Aber Bradley Cooper ist brandheiß.«

Die Mädchen kreischten auf und Karen plauderte ein wenig aus dem Nähkästchen. Sie versorgte die jungen Damen mit ausreichend Gesprächsstoff für mehrere Tage.

Als sie sich nach einer Weile halbwegs unbeobachtet fühlte, ging sie zu Michael. Sein leicht verschwommener Blick verriet ihr, dass er ein wenig beschwipst war. Das kam bei ihm nicht oft vor, schon gar nicht in der Öffentlichkeit.

»Hey, Babe.« Er legte ihr den Arm um die Schulter. »Hast du die Jungs schon kennengelernt?«

»Du hast sie uns schon vor Stunden vorgestellt, du Depp.« Larry nahm einen Schluck aus seinem Becher.

»Hey.« Sie winkte Keith und Ryder zu, die sie ein wenig zu eingehend musterten. »Kann ich kurz mit dir reden?«, fragte sie Michael.

»Klar. Bin gleich wieder da«, sagte er zu seinen Freunden.

Sie zog ihn ein Stück von den anderen weg.

»Was gibt's denn?«

Karen nahm seine Hand und drehte ihn so, dass er mit dem Rücken zum Gardner-Clan stand.

»Deine Tante Belle ahnt etwas«, flüsterte sie.

Michael kniff die Augen zusammen. »Sie ahnt etwas?«

»Sie meinte eben, sie hätte immer gedacht, du seist schwul.«

Er erstarrte und sein heiteres Lächeln verflog.

Als er sich umdrehen wollte, hielt Karen ihn am Arm fest. »Nein, nicht.«

»Ist das alles, was sie gesagt hat?«

»Nach Kindern hat sie auch gefragt. Das Übliche eben. Ich glaube, wir müssen sie im Auge behalten.«

In Michaels Kiefer begann ein Muskel zu zucken.

Er beugte sich vor, als würde er etwas vom Boden aufheben. Als er sich wieder aufrichtete, musste Karen den Gästen den Rücken zukehren, um ihm weiterhin in die Augen sehen zu können.

Er schob ihr eine Haarsträhne hinters Ohr und spähte über ihren Kopf hinweg.

Sie wusste nicht, was in ihm vorging, aber die Härte in seinem Blick erschreckte sie.

»Michael?«

Seine Augen blitzten auf, er starrte an ihr vorbei. Dann legte er ohne Vorwarnung die Hand an ihren Hinterkopf und drückte den Mund an ihren.

Reglos und steif stand sie da, während Michael seine Dämonen bekämpfte und sie dabei als Rammbock benutzte. Er versuchte, sie an sich zu ziehen, aber sie ließ es nicht zu. So hatte er sie noch nie geküsst. Weder für die Kameras noch für seine Familie. Das war ein Überfall und gefährlich nahe am Missbrauch.

Sicher, Karen wusste, dass alles nur Show war. Aber das machte diese Grenzverletzung nicht verzeihlicher. Als er die freie Hand in ihre Seite krallte, war sie drauf und dran, ihm das Knie zwischen die Beine zu rammen. Ihre Augen füllten sich mit Tränen, ihre Lippen schmerzten.

Durch Michaels Shirt hindurch in sein Fleisch zu kneifen, war beinahe unmöglich. Doch sie bekam eine Hautfalte unter seinem Arm zu fassen und drehte energisch daran. Mit der anderen Hand drückte sie ihn weg.

Michael schnappte nach Luft und ließ sie los.

Schockiert und erschrocken starrten sie einander an.

Karen legte die Hand an den Mund. Sie fürchtete, dass ihre Lippe geplatzt sein könnte.

»O Gott, Karen.« Michaels Blick war reumütig.

Mit einem schnellen Schritt brachte sie sich außer Reichweite. Erinnerungen an andere ungebetene Hände auf ihrer Haut brachen sich Bahn. Sie begann zu zittern.

Nie wieder.

»Wenn du so was noch mal machst, wird unsere Scheidung alles andere als freundschaftlich.« Ohne seine Antwort abzuwarten, rannte Karen regelrecht davon, weg von Michael und seiner Familie.

Zach bemerkte, wie Mike über Karens Schulter schaute, während die beiden etwas abseits miteinander redeten. Er schämte sich fast, dass er diesen privaten Moment beobachtete, doch dann fiel ihm Karens angespannte Haltung auf. Er sah den unruhigen Blick seines Bruders und wie Karens Finger sich nervös zu Fäusten ballten, und konnte sich nicht abwenden.

Als Mike seine Frau an sich zog und küsste, wollte Zach sich wegdrehen. Doch dann wurde er Zeuge, wie Karen sich gegen seinen Bruder stemmte.

Lass sie in Ruhe, Mike. Leider hörte Mike Zachs stumme Botschaft nicht.

Je länger der Kuss dauerte, desto deutlicher wurde, dass Karen nicht freiwillig mitmachte.

Verheiratet oder nicht, so konnte man mit einer Frau nicht umgehen. Noch bevor Zach einen Schritt auf die beiden zu machen konnte, stolperte Karen von Mike weg und rannte aus dem Park. Zach wartete ab, ob sein Bruder ihr folgen würde.

Als Mike es nicht tat, tat er es.

Auf der Straße zu Beacons Scheune holte er sie ein. Sie ging so rasch, dass er schon völlig außer Atem war. Als sie den Kopf drehte, sah er Tränen in ihren Augen schimmern.

Einen kurzen Moment lang erwog er, sie am Arm festzuhalten und zu zwingen, ihn anzuschauen. Aber er fürchtete, der nächste Mann, der die Hand nach ihr ausstreckte, könnte eins auf die Nase bekommen. Deshalb sprintete er an ihr vorbei und stellte sich ihr in den Weg.

»Hey?«

Sie ging einfach um ihn herum und stapfte weiter.

Er blieb an ihrer Seite. »Wohin willst du? Zurück nach L. A.?«

»Vielleicht.«

Er nahm an, dass Schweigen im Moment die beste Strategie war. Dann würde sie sich sicher beruhigen und mit ihm reden. Oder? Sie gingen an Beacons abgebrannter Scheune vorbei und weiter die Straße entlang, die allerdings bald enden würde. Zach nahm an, dass Karen das nicht wusste, sonst hätte sie vermutlich einen anderen Weg eingeschlagen.

Nach minutenlangem Schweigen fragte sie: »Warum läufst du mir hinterher?«

Zach breitete die Arme aus und schaute sich demonstrativ um. »Ich will nicht, dass du dich verirrst.«

»Das würde man in diesem Minikaff kaum schaffen.«

»Dann weißt du also, wo du hinwillst?«

Sie stapfte noch ein ganzes Stück weiter, bevor sie antwortete. »Ich dachte, ich schaue mal, ob der alte Beacon Lust auf eine Affäre mit einer Jüngeren hat.«

Zach freute sich über den kampflustigen Ton in ihrer Stimme. »Dazu hätte der alte Beacon nicht Nein gesagt. Leider ist er schon ein paar Jahre tot.«

Karen schnaubte, doch sie lächelte nicht. »Anscheinend ist heute mein Glückstag.«

Zach lachte und hoffte, sie würde mit einstimmen.

Sie tat es nicht. »Im Ernst, Zach. Du musst nicht mit mir durch die Gegend laufen.«

Er ließ sich nicht abwimmeln und blieb an ihrer Seite.

Je weiter sie sich vom Park entfernten, desto seltener hörte er sie schniefen. Mit weinenden Frauen war er noch nie gut klargekommen. Und mit weinenden *starken* Frauen noch viel weniger. Karen gehörte für ihn zu dieser Sorte. Starke Frauen waren nicht so leicht zu erschüttern. Aber wenn es mal passierte, verdiente es der Verursacher, dafür zu bezahlen. Selbst wenn es sich dabei um seinen idiotischen Bruder handelte.

Sie näherten sich dem Ende der Straße und er sah, wie Karen sich nach einem Pfad oder irgendeinem Fluchtweg umschaute. Sie drehte sich um die eigene Achse und schien nicht gewillt, einfach umzukehren.

»Komm.« Er ging ihr voran durch Unkraut und Gestrüpp zu einem vergessenen Pfad hinter dem Grundstück der Beacons.

Karen folgte ihm in das Dickicht hinter dem alten, verlassenen Beacon-Haus. Die Bäume wurden höher, das Unterholz lichtete sich. Bald war der Weg so breit, dass sie nebeneinander gehen konnten. Karen schwieg weiterhin eisern.

Sie stiegen über umgestürzte Baumstämme und schlängelten sich um verfilzte Sträucher, immer weiter bergauf. Zach spürte, wie sein Herzschlag sich beschleunigte, obwohl sie inzwischen etwas langsamer gingen. Mit Schrecken stellte er fest, dass Karen mit ihrem hohen Tempo dafür gesorgt hatte, dass seine Beinmuskeln brannten.

Als plötzlich der Beacon-Teich, der schon fast so groß wie ein See war, vor ihnen lag, blieb Karen stehen. Zach hätte am liebsten gesungen.

»Wow.« Karen betrachtete das ruhige Gewässer in seiner majestätischen Landschaftskulisse. Zach beugte sich vor und versuchte, ruhiger zu atmen. »Ich glaube, hier kommt nur noch selten jemand her.«

Er versuchte, nicht auf ihre Brüste zu starren, die sich bei jedem ihrer tiefen Atemzüge unter ihrem Shirt abzeichneten.

»Es ist schön hier.« Sie horchte. »Und so still.«

»Weit und breit keine verrückte Tante.«

Karen funkelte ihn an. »Noch ein Wort über sie und ich marschiere noch fünf Meilen weiter … bergauf.«

Zach hob beschwichtigend die Hände. »Habe ich was gesagt?«

Sie ging zum Ufer des großen Teichs und setzte sich auf einen umgestürzten Baumstamm. Er ließ sich neben ihr nieder und hob eine Handvoll Steine vom Waldboden auf. Einen warf er ins Wasser und schaute den Kreisen zu, die sich bildeten. Als schon ein paar Kiesel im Teich gelandet waren, hob Karen ebenfalls welche auf und machte mit.

Bei einem besonders schwungvollen Wurf seufzte sie auf und Zach fand, es sei Zeit für eine Ablenkung. Was immer auf ihrer Seele lastete, schien schwerer zu werden, nicht leichter.

»Als Kinder«, begann er, »haben wir hier manchmal heimlich geangelt.«

Nach ein paar weiteren Kieseln fragte sie: »Warum denn heimlich?«

»Der alte Beacon mochte es nicht, wenn Kinder hier herumstöberten. Er hat alle paar Jahre neue Fische eingesetzt und wollte sie für sich allein haben.«

»Das ist ein ziemlich langer Spaziergang für einen alten Mann.«

»Das haben wir auch immer gedacht. Bis zu dem Tag, an dem er plötzlich mit einer Schrotflinte vor uns gestanden hat.«

Karens entsetzte Miene brachte ihn zum Lachen.

»Er hat in die Luft geschossen und wir sind abgehauen. Wir hatten die Hosen gestrichen voll. Ich wette, unser ganzes Angelzeug ist in seiner Scheune gelandet.«

»In der, die abgebrannt ist?«

Zach warf den nächsten Kiesel ins Wasser. »Du hast davon gehört?«

»Dank Judy bin ich über Hiltons jüngere Geschichte im Bild.«

Zach wollte sie fragen, was Mike ihr über die Stadt erzählt hatte. Doch den Namen des Mannes auszusprechen, wegen dem sie von dem Grillfest im Park geflüchtet war, würde sie ebenso wenig aufheitern wie der Name der verrückten Tante Belle.

»Nach Beacons Tod bin ich mit ein paar Freunden hier raufgestiegen und wir haben auf den Alten angestoßen.«

»Auf den Mann, der euch mit einer Schrotflinte bedroht hat? Mich wundert, dass er nicht verhaftet worden ist.«

»Er war harmlos. Wahrscheinlich hat er gelacht, als er unsere Angelsachen und die Eimer mit Fischen eingesammelt hat, die wir gefangen hatten.« Zach kratzte sein stoppeliges Kinn. »Eigentlich seltsam, er hat uns immer erst verjagt, wenn wir schon den halben Tag hier oben waren und jede Menge Fische gefangen hatten.«

Jetzt lächelte Karen. Was dabei mit ihrem Gesicht geschah, war pure Magie. »Ganz schön durchtrieben.«

»Schlau.«

»Schade, dass er für eine Affäre nicht mehr zur Verfügung steht.«

Zach lachte.

Karen stimmte mit ein, doch plötzlich zuckte sie zusammen. Sie betastete ihre Lippen und jetzt bemerkte er die leichte Schwellung.

Unwillkürlich streckte er die Hand nach ihr aus. Sie schlug die Augen nieder, ließ aber zu, dass er behutsam mit dem Daumen über ihre Lippen strich.

Wieder beschleunigte sich sein Herzschlag. Diesmal, weil er sich wünschte, er könnte seinem Bruder die Faust ins Gesicht schlagen.

»So hätte er dich nicht küssen dürfen.«

Karen drehte den Kopf von seiner Hand weg, sagte aber nichts.

Obwohl Zach nicht glaubte, dass eine Frau wie Karen Misshandlungen stumm ertrug, musste er die Frage stellen. »Hat er so was schon mal gemacht?«

Sie schüttelte den Kopf. »Nein. Und er wird keine Gelegenheit haben, es wieder zu tun.« Ihre Worte waren bitter und voller Zorn.

Was bedeutet das? Obwohl es ihm unendlich schwerfiel, verkniff er sich die Frage.

Karen wechselte das Thema. »Habt ihr je Mädchen mit hier raufgenommen und Beacon etwas Spannendes zum Beobachten geboten?«

»Nein, nie. Hiltons Spielwiese ist oben bei der Hütte meiner Familie.«

Sie stand auf und hob eine Handvoll Steine auf, dann beugte sie sich vor und versuchte, einen Stein übers Wasser springen zu lassen. Doch er plumpste einfach in den Teich und ging unter.

»Ist die Hütte nicht meilenweit weg?« Der nächste Stein sprang immerhin einmal von der Wasseroberfläche ab, bevor er versank.

»Weit genug, um nicht erwischt zu werden.«

»So einen Ort gibt es hier tatsächlich?« Drei weitere Steine versanken in der Tiefe.

Zach stellte sich hinter Karen, legte die Hand auf ihre und führte sie so, dass der nächste Stein sprang. »Das Geheimnis liegt im Handgelenk.«

Er zeigte es ihr. Sein Stein sprang vier Mal, bevor er unterging.

Karen versuchte es noch einmal erfolglos. Zach legte ihr eine Hand auf die Schulter, die andere an den Arm. Diesmal sprang ihr Stein drei Mal von der Wasseroberfläche ab.

Zach ließ die Hand auf Karens Schulter liegen, er brachte es einfach nicht fertig, sie wegzunehmen, während Karen weitere Steine springen ließ.

Als sie sich aufrichtete, glaubte er, sie würde sich abwenden. Stattdessen lehnte sie sich seufzend an ihn.

Er schlang von hinten die Arme um sie und hielt sie fest. Gemeinsam starrten sie stumm aufs Wasser.

Überrascht spürte Zach, wie ihre Hand über seinen Arm strich. Die schlichte Berührung sagte mehr als tausend Worte.

Er legte die Wange an ihr Haar und atmete ihren Pfirsichduft ein. Mit geschlossenen Augen genoss er diesen Moment.

»Wenn ich mich jetzt zu dir umdrehen würde«, flüsterte sie, »würde ich wollen, dass du mich küsst.«

Zach vergaß zu atmen. Seine Arme legten sich fester um sie, er wollte sie in sich aufsaugen. Ihre Offenheit berührte ihn. »Und ich würde es tun.«

Doch sie taten nichts. Sie standen einfach nur da und genossen die Umarmung.

Als Karen sich losmachte, hielt Zach sie nicht zurück.

Zwölf

Zach begleitete sie die Stufen zu dem stillen Haus hinauf.

»Anscheinend sind alle noch im Park.«

»Solche Grillfeste dauern oft bis tief in die Nacht«, sagte Zach.

Der Weg von Beacons Teich zurück in die Stadt war nicht gar so emotionsgeladen gewesen wie der Hinweg. Karen und Zach waren sich einig. Die gegenseitige Anziehung war nicht zu leugnen, aber sie würden ihr nicht nachgeben. Gleichzeitig hatte Karen keinerlei Zweifel, dass Zach für sie da sein würde, wenn sie ihn brauchte. Als ihr bewusst wurde, dass das bis heute auch für Michael gegolten hatte, kämpfte sie mit den Tränen.

Bei der Wanderung zu Beacons Teich waren Erinnerungen an eine andere Zeit in ihrem Leben erwacht. An eine dunkle Zeit voller Fragen. Wenn Michael kein so guter Freund gewesen wäre, hätte sie ihn wegen der Sache im Park in tiefste Bedrängnis gebracht. Doch im Grund ihres Herzens wusste sie, dass er aus Angst so gehandelt hatte. Deshalb konnte sie ihm verzeihen. Das bedeutete allerdings nicht, dass er ungeschoren davonkommen würde. Er würde bezahlen, auch wenn sie auf bittere Rache verzichten würde.

Wenn er so etwas allerdings noch einmal versuchte … Das würde er nicht tun. Dessen war Karen sich sicher.

»Glaubst du, du kommst klar?«, fragte Zach.

Sie hatte ihre Eltern überlebt. Sie würde auch das hier schaffen. »Ja. Mach dir keine Sorgen.«

Er streckte seine Hand aus.

Sie schaute ihn fragend an.

»Dein Handy.«

Sie zog es aus der Gesäßtasche und reichte es ihm. Er tippte seine Nummer ein und gab es ihr zurück.

»Ich bin nie mehr als zehn Meilen entfernt.«

Fast gegen ihren Willen lachte sie auf. »Diese Stadt ist wirklich unfassbar klein.«

Er lachte mit. »Ja, das ist sie.«

Sie verstummten und sie grinste matt. »Danke, dass du mir geholfen hast, mich nicht zu verlaufen.«

Er vergrub die Hände in den Hosentaschen. »Gern geschehen.«

Dann drehte sie sich um wie ein Schulmädchen vor seinem Elternhaus und verschwand hinter der Tür. Eine Weile lehnte sie sich noch von innen mit dem Rücken dagegen, dann stieg sie hinauf ins Obergeschoss.

Sie ließ sich auf das Bett fallen, das sie seit einigen Nächten mit Michael teilte, und legte sich den Arm über die Augen.

Ihre Gedanken drifteten zu ihren Eltern. Schuld daran war sicher das Erlebnis im Park. Seit Jahren versuchte sie, den Schmerz zu vergessen, der jetzt an die Oberfläche drängte und ihr Tränen in die Augen trieb. Energisch schluckte sie sie hinunter. An diese beiden Menschen wollte sie keine einzige Träne mehr verschwenden.

Ihre Mutter hatte sie im Stich gelassen, als sie sie am meisten gebraucht hatte. Ohne Tante Edie wäre sie womöglich wie so viele andere Teenager auf der Straße gelandet. Mit Michaels Millionen konnte sie anderen helfen. Aber verkaufen würde sie sich dafür nicht.

Das Handy in ihrer Tasche vibrierte. Sie hatte gute Lust, es steckenzulassen, schaute dann aber doch nach, wer sie sprechen wollte.

Sie hatte drei verpasste Anrufe von Michael. Er hatte Nachrichten hinterlassen, aber sie machte sich nicht die Mühe, sie abzuhören.

Eine SMS von Judy hatte sie auch bekommen.

Wo bist du?

Karen wollte nicht, dass der gesamte Gardner-Clan die schmalen Straßen von Hilton nach ihr absuchte. Nachdenklich trommelte sie mit den Fingern gegen ihr Kinn. Dann schrieb sie zurück.

ZU HAUSE IM BETT. SCHEUßLICHE KOPFSCHMERZEN.

Die Antwort kam prompt.

SCHLECHTE AUSREDE. MIKE IST VÖLLIG VON DER ROLLE. HABT IHR KRACH?

Judy mochte ein paar Jahre jünger sein als Karen, aber ihr machte man so leicht nichts vor.

JA. SAG DEINEM BRUDER, ER KANN MICH MAL.

Karen schickte die Nachricht los, rappelte sich vom Bett hoch und ging in die Küche. Sie fand eine Flasche Wein und öffnete sie, dann kam die Antwort.

OH-OH. ICH GLAUBE, BRÜDERCHEN MUSS HEUTE AUF DER COUCH ÜBERNACHTEN.

Karen hob ihr Glas auf Judy. »Gute Idee, Schwester.« Sie schickte eine letzte Nachricht mit einem Smiley, zahlreichen Ausrufezeichen und einer Umarmung.

Danach setzte sie sich aufs Sofa und wartete auf Michael. Blut war dicker als Wasser und Judy würde Michael sagen, wo sie war. Falls er auch nur eine Spur Reue empfand, würde er sich umgehend auf den Weg zu ihr machen.

Als zehn Minuten später die Tür aufging, fixierte Karen eisern die scheußliche gehäkelte Blumenampel, die schon seit den Siebzigern aus der Mode war. Michael näherte sich mit bedächtigen Schritten. Weil sie weiterhin an ihm vorbeistarrte, setzte er sich vor sie auf den Couchtisch.

»Es tut mir so leid.«

Sie blinzelte. Überlegte, was sie ihm antworten sollte. Er hatte wegen seiner Probleme ihrer Freundschaft einen Tiefschlag versetzt, doch sie liebte ihn noch immer wie einen Bruder. Deshalb sagte sie ihm etwas, was sie noch keiner Menschenseele anvertraut hatte.

»Als ich dreizehn war, ist mein Vater zu mir ins Zimmer gekommen und hat mich so geküsst, wie kein Vater seine Tochter je küssen sollte.«

Michaels Augen weiteten sich. Er wurde blass.

»Ich habe ihn weggestoßen, aber er ist wiedergekommen und hat sich mir aufgedrängt. Als ich meiner Mutter davon erzählt habe, hat sie mich als Lügnerin beschimpft. Am Tag darauf sind beide verschwunden. Fast eine Woche lang habe ich allein im Haus gesessen, bis mir klar wurde, dass sie nicht wiederkommen würden.«

Sie weigerte sich zu weinen.

Stattdessen schaute sie Michael ins Gesicht. »Du hast heute eine rote Linie überschritten, Michael.«

Es gab keinen Grund, sein Verhalten zu beschönigen. Er sollte verstehen, wie tief sie getroffen war, damit er nicht glaubte, er könnte so etwas noch einmal tun.

»Es tut mir unendlich leid, Karen.«

Er legte die Stirn auf ihr Knie, behielt die Hände aber bei sich.

»Wenn wir Freunde bleiben sollen, dann hörst du mir jetzt zu und hältst dich an meinen Plan.«

Er schaute sie an und wartete.

»Von jetzt an wirst du mich nicht mehr küssen und mich nicht mehr anfassen. Für den Rest der Welt haben unsere unüberbrückbaren Differenzen mit dem heutigen Tag begonnen.«

Er schluckte und nickte. »Damit kann ich leben.«

Sie nippte an ihrem Wein, dann stellte sie das Glas beiseite.

Draußen näherten sich die Lichter von Autoscheinwerfern.

Das Letzte, was sie im Augenblick wollte, war eine Diskussion mit dem Gardner-Clan.

Sie stand auf und ging zur Treppe. Als Michael ihr folgte, schleuderte sie ihm einen Blick entgegen.

»Ich weiß nicht, wohin du willst, Kumpel. Aber die Couch macht einen bequemen Eindruck.«

Er blieb wie erstarrt stehen.

Zach ging zurück zum Park, stieg in seinen Pick-up und fuhr nach Hause. Er war völlig durcheinander.

Die Loyalität gegenüber seinem Bruder hing über ihm wie eine erstickende Decke. Gleichzeitig drohten ihn seine Gefühle für Karen zu überwältigen, wann immer sie sich im selben Raum befanden. Dass sie sich ebenso zu ihm hingezogen fühlte, hatte er bereits geahnt. Aber jetzt, wo sie diese Empfindungen in Worte gefasst hatte, konnte Zach nicht mehr so tun, als gäbe es diese gewaltige Anziehung nicht.

Er hatte ein echtes Problem.

Karen hatte gesagt, Mike würde nicht noch einmal Gelegenheit haben, sie zu verletzen. Wie hatte sie das gemeint? Seit Zachs Kurztrip nach Kalifornien klingelten in seinem Kopf ständig neue Alarmglocken. Ihm war, als würde er ein Vexierbild betrachten, ein Bild in einem Bild, ohne das eigentliche Motiv erkennen zu können. Wenn er doch nur alles Störende beiseitewischen und in Karen hineinschauen könnte. Dann würde er vielleicht verstehen, was wirklich los war.

Schon ein gutes Stück, bevor er sein kleines, eingeschossiges Haus erreichte, sah er Traceys Wagen vor seiner Einfahrt stehen.

Nicht zum ersten Mal war er so sehr mit Karen beschäftigt gewesen, dass er Tracey darüber vergessen hatte. Anscheinend mutierte er langsam zum Mistkerl. Seine Schläfen begannen zu pochen, denn er wusste, dass es Zeit war, einen Schlussstrich unter die Beziehung mit Tracey zu setzen. Sie verdiente einen Partner, der voll und ganz für sie da war, keine lauwarme Gefälligkeit.

Tracey saß in einem der Liegestühle auf der Veranda.

»Hey«, begrüßte er sie.

Sie lächelte nur traurig.

»Ich habe dich im Park gar nicht gesehen.«

Sie schaute an ihm vorbei und blinzelte ein paarmal. »Aber ich dich. Ich war dort.«

»Warum hast du nicht …«

»Du warst ganz und gar mit einer anderen Person beschäftigt, Zach.«

Den Gedanken, sich dummzustellen, verwarf er, denn er wollte Traceys Intelligenz nicht beleidigen. »Es gab ein familiäres Problem, um das ich mich kümmern musste.«

Sie schloss die Augen und schüttelte den Kopf. »Seit du in Kalifornien warst, bist du nicht mehr derselbe.«

Zach lehnte sich an den Pfosten, auf dem das Verandadach ruhte, und betrachtete seine Schuhe. »Ich denke daran, noch mal neu anzufangen«, sagte er. »Vielleicht ganz von hier wegzuziehen.«

Tracey sagte zunächst nichts. Dann fragte sie: »Ist es wegen ihr?«

Er spürte, wie sich Unwillen in ihm regte. Über Karen wollte er nicht sprechen.

»Ich weiß nicht, was für ein Spiel du spielst, Zach. Und ich weiß auch nicht, weshalb du dir dafür die Frau deines Bruders ausgesucht hast. Aber du spielst mit dem Feuer. Ich hoffe, das ist dir klar.«

Sie hatte recht, aber er war wie ein Mann, der im Treibsand versank. Er griff verzweifelt nach einem unerreichbaren Ast, obwohl er wusste, dass er mit jeder Bewegung tiefer ins Verderben rutschte. Die Anziehung, die Karen auf ihn ausübte, war stark. Stärker als jede Vernunft und als alles, woran er je geglaubt hatte.

»Ich spiele kein Spiel.« Nein, es war eher, als spielte jemand mit ihm. »Aber mir ist klar, dass ich mich dir gegenüber unfair verhalten habe.«

Tracey schaute ihm in die Augen und wartete. Sie würde es ihm nicht leicht machen, und warum auch?

»Ich glaube, zwischen uns beiden läuft es schon seit einer Weile nicht mehr gut. Ich dachte, meine Gefühle würden tiefer werden. Aber das ist nicht passiert.« Das war die Wahrheit. Mit oder ohne Karen – er und Tracey waren nicht füreinander bestimmt.

»Dann war's das also?«

Bitte mach jetzt keine Szene.

»Was willst du von mir hören?«

»Ein halbes Jahr meines Lebens und du empfindest nichts für mich?«

Ihr Ton wurde barsch.

»Du bist mir nicht gleichgültig, Tracey. Aber meine Gefühle für dich sind nicht so stark, wie sie sein sollten.«

»Gut, dass wir darüber geredet haben.« Sie rappelte sich hoch und stellte sich vor ihn.

Er schaute in ihre verletzten Augen. »Es tut mir leid.«

Ein harter Zug legte sich um ihren Mund. »Ich würde jetzt gern etwas Versöhnliches von mir geben, dir vielleicht eine glückliche Zukunft wünschen oder sagen, dass es schön war mit dir … Aber das bringe ich nicht fertig.«

Sie marschierte an ihm vorbei, sprang in ihren Wagen, schlug die Tür zu und fuhr weg.

Er rieb sich mit geschlossenen Augen die Spannung von der Stirn. Als er aufblickte, sah er, das der Nachbar von gegenüber zu ihm herüberstarrte.

Zach hob die Hand zum Gruß, dann ging er ins Haus, um dort hoffentlich ein bisschen Ruhe zu finden.

Dreizehn

Er hatte sich benommen wie ein Vollidiot und Karens Zorn damit mehr als verdient. Michael hätte nie von sich gedacht, dass er sich so rücksichtslos über die Gefühle einer anderen Person hinwegsetzen könnte, und doch hatte er es getan.

Er stieß die Faust ein paarmal in sein Kopfkissen, drehte es um und versuchte, auf dem zerschlissenen Sofa, das seine Eltern irgendwann in den 1980ern gekauft hatten, eine bequeme Schlafstellung zu finden.

Das Wiedersehen mit seinen alten Freunden im Park hatte ihn in Hochstimmung versetzt. Den einzigen Liebhaber wieder zu treffen, den er in Hilton je gehabt hatte, hatte nostalgische Gefühle in ihm geweckt und ihn noch ein wenig lockerer werden lassen. Dass Ryder über ihr sexuelles Abenteuer reden würde, hatte er nie befürchtet. Damit hätte er auch sich selbst zur Zielscheibe gemacht, und Ryder unterrichtete inzwischen an der Highschool. Deshalb war Michael überzeugt, dass ihr Geheimnis bei ihm sicher war.

Michael hatte sich gefühlt, als wäre er noch einmal achtzehn. Kein Stress mit Filmproduzenten, niemand, der ihm sagte, wie er etwas spielen sollte und wann. Und dann hatte Karen ihm von Tante Belles Bemerkung erzählt und ihn damit jäh auf den Boden der Tatsachen zurückgeholt.

Er hatte rotgesehen. Nach all den Anstrengungen, die er unternommen hatte, damit nichts an die Öffentlichkeit geriet, wollte er sich durch die neugierigen Fragen einer verrückten Tante nicht alles verderben lassen. Als er bemerkt hatte, wie viele Augen auf ihn gerichtet waren, hatte er Karen an sich gezogen und geküsst. Er würde sich verdammt noch mal nicht von seiner eigenen Familie in die Suppe spucken lassen. Die Angst vor Entdeckung und der Ärger darüber, dass er die Gedanken und Worte anderer Menschen nicht steuern konnte, hatten in ihm eine Art Kurzschlussreaktion ausgelöst. Dann hatte Karen ihn gekniffen und sich mit einem Ruck von ihm befreit. In diesem Moment war etwas in ihm gestorben.

Er wusste, dass er Karen tief verletzt hatte. Bevor sie weggerannt war, hatte er den Schmerz in ihren Augen gesehen.

Eigentlich hatte er ihr nachlaufen wollen. Aber damit hätte er noch mehr Aufmerksamkeit auf ihren Zwist gelenkt. Was konnte er sagen, um alles wiedergutzumachen? Nichts. Er wusste, dass er zu weit gegangen war.

Michael spielte die Szene im Kopf noch einmal durch. Er versuchte, eine Entschuldigung zu finden, damit er nicht wie ein kompletter Mistkerl dastand. Doch es gelang ihm nicht.

Er *war* ein Mistkerl.

An Schlaf war nicht zu denken. Er setzte sich auf und stützte den Kopf in die Hände.

Schwere Schritte polterten die Treppe des Hauses herunter, in dem er aufgewachsen war. Er musste nicht erst hinsehen, um zu wissen, wer ins Wohnzimmer kam.

Mit einem theatralischen Seufzer ging sein Vater um die Couch herum zu dem Sessel, der schon immer *sein* Sessel gewesen war. Die kleine Lampe, die er anschaltete, tauchte den Raum in ein schummriges Licht.

Michael überlegte, ob er nun eine Predigt oder anklagendes Schweigen zu hören bekommen würde. Vielleicht beides.

»Seit zwanzig Jahren sage ich deiner Mutter, wir sollten eine neue Couch kaufen.« Sawyer legte beide Hände auf seinen runden Bauch. Er war nicht extrem übergewichtig, hatte aber schon immer etliche Kilo mehr auf die Waage gebracht, als ihm guttat. Als Kind hatte Michael Sawyers Körperfülle eingeschüchtert. Jetzt fand er sie nur noch ungesund. »Und weißt du, was sie mir jedes Mal antwortet?«

Michael schüttelte den Kopf.

»Sie sagt, zum Sitzen sei die Couch gut genug, nur zum Schlafen sei sie zu unbequem. Und ich soll mich so benehmen, dass ich nicht darauf übernachten muss.«

Michael spürte, wie sich ein Lächeln auf seine Lippen stahl, obwohl er es gar nicht verdient hatte. »Mom ist eine kluge Frau.«

Eine Zeit lang schwiegen sie beide. Dann redete Sawyer weiter. »Als ihr älteren Kinder noch in der Schule wart und die jüngeren noch in Windeln herumgerannt sind, habe ich mehr Nächte auf dieser Couch verbracht, als ich wahrhaben will. Vielleicht waren es der Stress und die Verantwortung. Vielleicht war ich auch nur nicht oft genug zu Hause. Jedenfalls ist kaum ein Monat vergangen, an dem sich die lose Sprungfeder in der Mitte nicht in meinen Rücken gebohrt hat.«

Michael lag erst seit einer Stunde auf der Couch und hatte bereits innige Bekanntschaft mit der besagten Feder geschlossen.

»Glaubst du, Mom lässt sich von mir eine neue Couch zum Geburtstag schenken?«

Sein Vater lachte. »Wahrscheinlich kommt die dann in unser Schlafzimmer und das durchgesessene alte Ding lässt sie hier stehen.«

Nach einer Minute Stille fragte Sawyer: »Meinst du, die Sache zwischen Karen und dir lässt sich wieder geradebiegen?«

Karens Worte hallten durch Michaels Kopf. *Für den Rest der Welt haben unsere unüberbrückbaren Differenzen mit dem heutigen Tag begonnen*. Es hatte keinen Sinn, so zu tun, als würde alles wieder gut.

»Ich habe ziemlichen Mist gebaut, Dad.«

»In jeder Ehe gibt es Höhen und Tiefen.«

Michael schüttelte den Kopf. »Es ist mehr als das.«

Sawyers Zuversicht schwand. »Willst du darüber reden?«

Klar, Dad … Soll ich dir einfach sagen, dass ich schwul bin? Dass meine Ehe eine Farce ist und ich es mir heute mit der ersten echten Freundin meines Lebens vermasselt habe?

»Eher ungern.«

Sawyer stand auf. »Du weißt, wo du mich findest.«

Michaels Kehle zog sich schmerzhaft zusammen. Er konnte sich nicht erinnern, wann er zuletzt ein so ruhiges und freundschaftliches Gespräch mit seinem Vater gehabt hatte.

An der Treppe wandte Sawyer sich noch einmal um. Einen letzten Ratschlag wollte er noch loswerden. »Vielleicht hilft es, tiefe Reue zu zeigen. Ein Versuch kann nicht schaden.«

Michael lächelte. »Ich denke mal darüber nach.«

Der Traum hatte sie fest im Griff und ließ sie nicht mehr los.

»Wenn ich mich jetzt umdrehen würde, würde ich wollen, dass du mich küsst.« Bitte … küss mich. Beantworte die Frage, wie deine Lippen schmecken, und verschling mich mit Haut und Haaren.

Zach hielt sie an den Schultern fest. Gemeinsam schauten sie über Beacons Teich und dann … So als könnte er nicht widerstehen, drehte er sie zu sich, vergrub eine Hand in ihrem Haar und presste die Lippen auf ihre. Sie drängte sich an ihn, saugte mit jeder Pore seinen Duft nach Tannennadeln in sich auf. Seine hungrigen Küsse waren heiß, unanständig und so voller Verlangen, dass Karen sich wünschte, sie würden nie enden.

Zach drückte ihren Rücken gegen einen Baumstamm, presste sich an sie.

Unterschwellig wusste Karen, dass sie träumte. Der Gedanke an Michael drängte sich in ihren Kopf … schnitt ihr ins Herz. Sie konnte unmöglich seinen Bruder küssen.

Oder zulassen, dass Zach sie berührte.

Du träumst, schrie ihr Bewusstsein.

Aber ich will das, sagte eine trotzige kleine Stimme in ihr.

Das Verlangen nahm zu. Ihr Atem ging flacher und als Zach die Hand zwischen ihre Beine legte …

Karen schnellte hoch. Das Herz schlug ihr bis zum Hals.

Ein Traum.

Verdammt!

Sie ließ sich auf das quietschende Bett zurückfallen, in dem Michael als Kind geschlafen hatte, warf die viel zu warme Decke beiseite und versuchte, wieder einzuschlafen.

Die Hintertreppe im Haus der Gardner-Familie bot Karen am nächsten Morgen den perfekten Fluchtweg zu ihrem Morgenlauf.

Sie brauchte Zeit zum Nachdenken und für einen dringenden Anruf bei einer Person, die sich die Hölle vorstellen konnte, durch die sie ging.

Sie schlüpfte aus dem Haus und steckte sich die Ohrstöpsel ihres Handys in die Ohren, um Musik zu hören. In flottem Tempo rannte sie bis zu Beacons Scheune und von dort zu dem verlassenen Haus, an dem sie am Vortag mit Zach vorbeigekommen war.

Als sie sicher war, dass niemand sie hören konnte, wählte sie Gwens Nummer. Karen hoffte, dass ihre Freundin schon wach war und dass sie ihr ihr Herz ausschütten konnte.

Gwens fröhliche Stimme zauberte unverhofft ein Lächeln auf Karens Gesicht. »Karen? Geht's dir gut?«

»Mir geht's beschissen. Nicht mehr und nicht weniger. O Gott, Gwen …«

»Auweia. Was ist denn passiert?«

»Hierherzukommen war ein Fehler.« In mehr als einer Beziehung.

»Ist Michaels Familie so schrecklich?«

Karen rieb sich den Nacken. »Nein, die ist ganz okay. Mit seiner Schwester Judy habe ich mich auf Anhieb verstanden. Und Hannah, die Jüngste, ist ein verrücktes Huhn, aber wirklich süß.«

»Und seine Eltern?«

Eigentlich konnte sie sich nicht beklagen. »Anfangs habe ich gedacht, sein Dad und ich würden uns nonstop streiten. Aber anscheinend hat er sich beruhigt. Und Janice, Michaels Mom, ist eine richtige Bilderbuchmama.«

Gwen räusperte sich. »Und Zach?«

Karen stöhnte.

»O je. Zach ist also das Problem.«

»Ich bin ein furchtbarer Mensch, Gwen. Sag mir, wie grauenhaft es ist, dass ich von dem Mann träume.«

Gwen erteilte ihr nicht die dringend erforderliche Rüge. »Tut mir leid, meine Liebe, aber das wirst du von mir nicht hören. Ich habe bemerkt, wie er dich auf der Party angeschaut hat. Und ich nehme mal an, er tut es immer noch.«

»Er guckt und ich gucke zurück.«

»Ich wusste, dass das schwierig wird«, sagte Gwen. »Weiß Michael, dass du horizontale Träume von seinem Bruder hast?«

»Wer hat denn was von Sexträumen gesagt?«

Gwen lachte. »Ich nicht. Aber danke für die Klarstellung.«

»Verdammt. Nein, wo denkst du hin? Michael weiß nichts. Aber verdient hätte er es, dieser Idiot.« Sie erzählte Gwen, was Michael sich am Vortag geleistet hatte.

»Das sieht unserem Michael gar nicht ähnlich.«

Karen ließ sich auf einen Felsblock nieder. »Stimmt. Und nur deshalb bin ich noch hier. Ich glaube, er steckt in einer Identitätskrise. Mit seiner Familie und seinen alten Freunden zusammen zu sein tut ihm gut. Er hat mich noch nicht mal gefragt, ob Tony angerufen hat.«

»Er ist nicht zu beneiden. Sein ganzes Leben kommt mir vor wie eine Farce.«

»Das ist meines im Augenblick auch.« Vielleicht waren Identitätskrisen ja ansteckend.

»Wie lange bleibst du noch in Hilton?«, fragte Gwen.

»Eine Woche. Morgen ist die Parade und dann fahren wir in die Berghütte. Selbst Sawyer nimmt sich dafür ein paar Tage frei, was wohl eher selten vorkommt.«

»Hast du gerade *Parade* gesagt?«

Karen lachte. »Hilton feiert sein Gründungsjubiläum mit einer Parade und einem Feuerwerk. Hannah und Judy haben einen Festwagen geschmückt und Michael soll darauf mitfahren.

Hiltons berühmtester Sohn wird der jubelnden Menge zuwinken.«

»Ach du meine Güte. Stellst du dich mit ihm auf den Wagen?«

»Um Gottes willen, nein. Das Rampenlicht kann er gerne für sich alleine haben. Außerdem will ich in dieser Stadt nicht noch bekannter werden, als ich es jetzt schon bin. Nächstes Jahr um diese Zeit bin ich schließlich längst nicht mehr Mrs Wolfe oder Mrs Gardner.«

»Dann muss Hilton dich auch nicht näher kennenlernen. Es sei denn, deine Sexträume von Zach werden wahr.«

Karen schloss die Augen und versuchte, die Wärme nicht zu spüren, die ihr in die Wangen schoss, wenn sie an Intimitäten mit Zach dachte. »Du bist keine große Hilfe, Gwen.«

Gwen kicherte und Karen stellte sich vor, wie sie ihr langes Haar über die Schulter warf. »Ich würde ja sagen, es tut mir leid, aber das wäre gelogen. Tabu-Sex ist nun mal der beste.«

»Ich habe schon so lange überhaupt keinen gehabt, dass ich gar nicht mehr weiß, wie es geht.«

Sie lachten beide. »Das ist wie Radfahren … Du weißt schon: Man verlernt es nie. Und je länger dein letztes Mal zurückliegt, desto aufregender wird der Wiedereinstieg. Außerdem ist Michaels Bruder ziemlich sexy.«

»Bist du nicht verheiratet?«

Gwen konnte nicht aufhören zu lachen. »Und in jeder Hinsicht zutiefst befriedigt. Bitte frag mich jetzt nicht nach Details. Aber du Ärmste musst wegen deiner So-als-ob-Ehe schon über ein Jahr lang die Nächte allein verbringen. Und wenn mich nicht alles täuscht, hattest du auch in den Monaten, bevor Michael dir den Ring angesteckt hat, keinen Übernachtungsgast.«

Das wusste Karen selbst am besten. »Eigentlich wollte ich von dir hören, dass ich mich von Zach fernhalten soll. Wenn zwischen ihm und mir etwas passiert, werden wir es beide für immer bereuen. Ich wüsste zwar, dass ich meinen Mann nicht betrüge, aber Zach wüsste es nicht. Was für eine Frau schläft denn mit dem Bruder ihres Gatten? Und was für ein Bruder stellt seiner

Schwägerin nach?« Ganz gleich, wie sie es betrachtete, so etwas führte geradewegs in die Katastrophe.

»Deinem Herzen ist egal, was die Gesellschaft erwartet. Es macht, was es will.«

Schon möglich. Aber wegen eben solcher gesellschaftlicher Erwartungen war Karen seit einem guten Jahr mit einem homosexuellen Mann verheiratet.

»Das ändert nichts an den Tatsachen. Wenn ich jetzt etwas tun würde, wodurch Michaels Geheimnis ans Licht kommt, könnte ich mir das nie verzeihen. Dafür liebe ich ihn zu sehr.«

»Und wenn Michael dir seinen Segen gibt?«

»Das kann er nicht. Sonst müsste er seiner Familie unser Ehearrangement erklären. Und nach der Sache gestern im Park kann ich mir das schwer vorstellen.«

Gwen seufzte. »Ja, da hast du wohl recht.«

»Ganz sicher.«

»Versprichst du mir etwas?«

Karen schaute hinauf zu den Schäfchenwolken am Himmel und verwünschte den perfekten Tag. »Was denn?«

»Versprich mir, dass du dich nicht selbst zerfleischst, falls zwischen dir und Zach doch irgendwas passiert.«

»Es wird nichts passieren.«

»Ich weiß, du hast es dir fest vorgenommen. Aber wenn …«

»Ich darf das nicht zulassen.« Der Himmel wusste, dass sie es sich bereits in allen Einzelheiten ausgemalt hatte, und es war paradiesisch gewesen. Aber die Konsequenzen waren die Hölle … sogar in ihren Träumen.

»Bleib du selbst, Karen. Und wenn du mich brauchst, weißt du, wo du mich findest.«

Karen war unendlich froh, eine so gute Freundin zu haben. »Danke. Und grüß alle lieb von mir.«

Nolan war zehn Minuten zu früh gekommen und stürzte sich voller Elan in jede Arbeit, die Zach ihm auftrug. Zach hatte sich nicht die Mühe gemacht, mit seinem Vater über mehr Arbeitsstunden für den Jungen zu sprechen. Im Einzelhandel konnte man nur existieren, wenn einem der Laden gehörte oder wenn man noch eine weitere Geldquelle hatte. Sonst reichte es einfach nicht zum Leben. Bei Zach würde Nolan ein Handwerk erlernen, mit dem er eine Familie ernähren konnte.

Nach allem, was Karen Zach über Nolan, dessen Freundin Becky und die Probleme der beiden erzählt hatte, konnte er nicht einfach wegsehen. Obwohl er im Moment genügend eigene Probleme hatte.

Das Ende der Beziehung mit Tracey und stundenlange Träumereien von Karen hatten ihn um den Schlaf gebracht. Trotzdem hatte er geschuftet wie ein Pferd, um sich ab morgen freinehmen zu können.

Buck Foster, sein Vorarbeiter, würde ihn während seiner Abwesenheit in den nächsten Tagen vertreten. Im Anschluss an die Parade zum Gründungsjubiläum verbrachte die Gardner-Familie seit jeher ein paar gemeinsame Tage in der Berghütte. Manchmal blieben sie eine ganze Woche lang oben im Wald, manchmal konnten sie nur kurz wegbleiben. Michael war seit vielen Jahren zum ersten Mal wieder mit dabei. Eigentlich war das ein Grund zum Feiern.

Aber Zach war jetzt schon angst und bang.

Wenn er mitbekam, dass Michael nur die kleinste Kleinigkeit tat, die Karen verletzte, würde er ihm sein hübsches Filmstarprofil demolieren und ihm Manieren beibringen. Zach wollte Karen gerne glauben, dass Michael sie bislang nie schlecht behandelt hatte. Aber ganz sicher war er sich nicht. Mit seinem Bruder stimmte etwas nicht und er musste erst noch herausfinden, was.

Und dann war da auch noch Karen selbst. Wie in aller Welt sollte er ein Auge zutun, wenn sie nur ein paar Meter von ihm entfernt im selben Zimmer schlief? Oben unter dem Hüttendach gab es einen Gemeinschaftsschlafraum, in dem alle nach einem langen Tag an der frischen Luft abends in die Stockbetten fielen. Das separate Schlafzimmer im Erdgeschoss war ihren Eltern vorbehalten. Früher hatte es in der Hütte auch nur ein einziges Bad gegeben. Aber bei so vielen Frauen unter einem Dach genügte eine Dusche nicht und Zach hatte eine zweite eingebaut. Eigentlich war das Grundstück in den Bergen groß genug für eine weitere Hütte und Zach dachte schon seit geraumer Zeit darüber nach, eine neue zu bauen. Renas und Joes Familie wuchs und die alte Hütte platzte langsam aus allen Nähten.

Vielleicht würde er ein Zelt mitnehmen. Für alle Fälle.

»Wo hast du denn den Jungen aufgegabelt?«, fragte Buck, während sie eine Lieferung Baumaterial kontrollierten.

»Er ist gerade mit der Highschool fertig und arbeitet bei meinem Dad.«

»Vielleicht kommt er mir deshalb so bekannt vor. Er strengt sich mächtig an.«

Zach schaute zu, wie Nolan einen Stapel Latten wegschleppte. »Ja, jetzt müssen wir nur noch rausfinden, wie geschickt er ist.«

»Er soll erst mal Sean helfen. Dann sehen wir, wie er sich bei den Holzarbeiten anstellt.«

Zach nickte. »Gute Idee. Sag Bescheid, falls es Probleme gibt. Einige Stunden muss er weiterhin bei meinem Dad mithelfen. Er ist erst mal nur in Teilzeit bei uns.«

Zach überprüfte die Artikelnummern an einigen Paletten voller Leitungsrohre.

»Wie läuft es denn mit deinem Bruder?«, fragte Buck.

Zach versuchte, erst einmal nur an Michael zu denken und nicht gleich an Karen.

»Ich freue mich schon auf ein paar ruhige Tage in der Hütte mit ihm. Weit weg von seiner Schar von Verehrerinnen.« Das stimmte beinahe.

»Erst mal müsst ihr die Parade überstehen. Soweit ich höre, hat der Bürgermeister ein Schild in Auftrag gegeben, das morgen früh enthüllt werden soll.«

Das hatte Zach total vergessen. Landauf, landab feierten amerikanische Kleinstädte ihre berühmten Töchter und Söhne mit Hinweisschildern, auf denen frohe Botschaften wie HILTON, UTAH, GEBURTSORT VON MICHAEL WOLFE prangten. Immer in der Hoffnung, damit ein paar Touristen anzulocken.

»Sein Ego kommt sicher damit klar.« Das hoffte Zach zumindest.

Buck beugte sich über die nächste Palette. »Seine Frau soll ein heißer Feger sein.«

Musste Buck jetzt von Karen sprechen?

»Ja, sie ist wirklich schön.« Er rieb sich den Nacken.

Buck schnitt ächzend die Plastikhülle auf, mit der die Lieferung auf der Palette fixiert war. »Na ja … als er damals in der Highschool Theater gespielt hat, haben ein paar von uns Jungs gewettet, dass er schwul ist.«

Zach erstarrte.

»Anscheinend haben wir uns getäuscht.« Buck riss die Verpackung vollends auf und fluchte. »Verdammt, jetzt habe ich die Nummer zerrissen. Was steht denn auf der Liste?«

Zach schaute auf den Lieferschein und las die Nummer ab, die Buck brauchte.

»Könnte passen.«

Gedankenverloren kratzte sich Zack am Kopf. »Ja. Könnte passen.«

Vierzehn

Die ersten Blumen kamen, kurz nachdem Karen aus der Dusche gestiegen war. Bei ihrer Rückkehr zum Haus der Gardners war Michael weg gewesen. Das hätte sie nicht überraschen sollen. Doch jetzt war sie mit seiner Familie allein und hatte das Gefühl, unter verschärfter Beobachtung zu stehen. Sicher fragten sich alle, was zwischen ihnen vorgefallen war und weshalb Michael die Nacht auf der Couch hatte verbringen müssen. Sie fühlte sich ein wenig im Stich gelassen. Dieser Schuft.

»Karen?«, rief Judy von unten.

Sie hatte gerade den Föhn anschalten wollen.

»Hier ist was für dich.«

Sie legte den Föhn beiseite und ging nach unten. »Was ist denn?«

Judy stand neben einem verlegen lächelnden jungen Mann Anfang zwanzig, der zwei Dutzend langstieliger weißer Rosen in den Armen hielt. »Sind Sie Karen?«

Blumen? Im Ernst, Michael? »Ja.«

Er lächelte Judy schüchtern an und gab Karen die Blumen.

»O wow!« Hannah rannte die Treppe hinunter.

Wenn Michael glaubte, er könnte mit ein paar Rosen alles gutmachen, hatte er nicht richtig zugehört. »Gefallen sie dir?«, fragte Karen Hannah. Sie pflückte einen kleinen Umschlag aus dem Strauß. Die Karte würde sie später lesen.

»Ich glaube, so viele Rosen auf einmal habe ich noch nie in einer Vase gesehen.«

Der Lieferant wandte sich zum Gehen.

»Moment, Sie bekommen noch ein Trinkgeld.«

Er wedelte mit der Hand. »Habe ich schon.«

»Dann vielen Dank«, sagte Karen.

Noch bevor er aus dem Haus war, drückte Karen Hannah die Rosen in die Hand. »Für dich.«

Hannah schnappte nach Luft.

Judy sagte: »Holla.«

»Das ist noch nie passiert«, presste der junge Mann hervor.

Karen ging zurück ins Badezimmer und griff erneut zum Föhn.

Eine halbe Stunde später stand der Blumenbote zum zweiten Mal vor der Tür. Diesmal mit pinkfarbenen Rosen. Wieder mit zwei Dutzend. Karen schnappte sich die Karte, überreichte Judy die Blumen und verschwand in ihrem Zimmer.

Als es zum dritten Mal klingelte, rief Karen: »Janice, das ist für dich.« Janice kochte gerade für eine ganze Woche Essen für die Familie vor. Die weißen Lilien machten sich auf dem Küchentisch sehr gut.

Gegen Mittag kannte Karen längst den Vornamen des Lieferanten, der offenbar drei Städte weiter den Sommer über in einem Blumengeschäft aushalf. Das Haus duftete inzwischen wie ein botanischer Garten.

»Ms Karen?«, sagte Myles, als er ihr die elfte Lieferung des Tages aushändigte.

»Ja, Myles?«

»Ich wollte mich heute Abend eigentlich mit Freunden treffen. Aber die Anweisung lautet, ich soll so lange weiter Blumen ausliefern, bis Sie sie annehmen …« Er trat von einem Fuß auf den andern. »Und der Sprit geht mir auch langsam aus.«

Karen versteckte ein Lachen hinter der Hand. Sie vergrub die Nase in der neuesten Lieferung, einem Orchideenstrauß. »Also gut, Myles. Sie können Ihrem Auftraggeber sagen, die Orchideen hätten funktioniert.«

Er seufzte erleichtert auf. »Danke.«

Drei Augenpaare schauten zu, wie Karen die Orchideen neben Sawyers Sessel stellte. Sie zog grinsend eine Blume aus dem Arrangement.

»Was immer Mike getan hat, ich glaube, es tut ihm leid«, sagte Hannah.

Janice musterte Karen kritisch.

»Die Orchideen willst du sicher auch nicht behalten«, stellte Judy fest. »Du hast das nur Myles zuliebe gesagt, damit er nicht wiederkommen muss.«

Karen zeigte mit der Blume auf Judy. »Messerscharf erkannt.«

Hannah blies die Backen auf. »Aber warum denn? Wenn ein Junge mir einen Blumenstrauß schicken würde, würde ich jede einzelne Blüte pressen und mein Leben lang aufbewahren.«

»Es sind nur Blumen, Hannah.«

»Im Wert von ein paar tausend Dollar«, gab Judy zu bedenken.

Hannah ließ den Blick durch den Raum schweifen. »Ein paar tausend? Wirklich?«

»Laut der Website des Blumengeschäfts muss man für ein Dutzend Rosen einen Hunderter hinblättern.« Judy hatte sich offenbar informiert. »Ohne Lieferung.«

Es wurde Zeit für einen schwesterlichen Rat an die jüngere Generation. Einen Rat, den Karen schon zahllosen Teenagern gegeben hatte. Sie ließ sich auf die Couch fallen und schaute zwischen Judy und Hannah hin und her. »Ich erkläre euch jetzt, wie ein Männerhirn funktioniert. Ein Mann, der sich danebenbenommen hat und der Frau danach Blumen schenkt, glaubt, er könnte sich freikaufen. Er meint, damit sei die Sache aus der Welt, und viele Frauen fallen darauf rein. Und was lernt der Mann daraus?«

Die Antwort kam von Judy. »Dass er machen kann, was er will. Er muss nur hinterher Blumen schicken, und alles ist wieder gut.«

»Genau. Aber Entschuldigungen sind bloß leere Worte, so lange ihnen nicht Taten folgen.«

»Aber die Blumen sind doch so schön«, erwiderte Hannah.

»Und wenn er Diamanten geschickt hätte. Okay, die würden nicht welken. Trotzdem wären auch das nur Worte, bis Michael bewiesen hat, dass er nicht noch mal Mist baut.«

Karen sah Janice an der Tür stehen und lächeln.

»Was machst du mit all den Blumen, wenn du sie nicht behalten willst?«

Ein Grinsen stahl sich auf Karens Gesicht. »Man kann auf einer Parade auch Blumen verteilen.«

Karen beschloss, sich ein Eis zu gönnen, und ging damit zu Millies Bank. Dort saß bereits jemand, den sie kannte.

Mit einem kurzen Blick vergewisserte sie sich, dass keine fertig gepackte Reisetasche in Griffweite stand. Dann ließ sie sich lächelnd neben Becky nieder.

»Hey.«

»Hi.« Becky studierte den Rasen vor ihren Füßen.

»Du bist doch Becky, oder?«

Beckys Lächeln verriet ihre Freude darüber, dass Karen sie wiedererkannte.

»Ja. Entschuldigen Sie bitte, ich weiß Ihren Namen nicht mehr.«

Karen leckte an ihrem Eis, das unter der heißen Sonne von Utah viel zu schnell dahinschmolz. »Karen. Aber hier in der Stadt kennt man mich nur als Michael Wolfes Frau. So als würde ich ohne ihn gar nicht existieren.« Aus jahrelanger Erfahrung wusste sie, dass man Teenager zum Reden bringen konnte, indem man ihnen etwas Persönliches anvertraute. Wenn sie sich ernstgenommen fühlten, gaben sie eher etwas von sich preis.

»Na ja, Michael kennt hier in Hilton eben jeder.«

»Irrtum, Schätzchen. Michael kennt überall jeder.«

Becky lachte auf, aber ihre Mundwinkel fielen sofort wieder herab.

»Mit einem so berühmten Mann verheiratet zu sein ist sicher nicht leicht.«

Karen zeigte mit ihrem Eis auf Becky. »Weißt du was? Das hat vor dir hier noch keiner gesagt. Alle meinen immer, ich müsste fast platzen vor Glück und es müsste doch unheimlich cool sein, mit einem Promi zu leben. Dabei ist es ganz schön anstrengend. Wo wir auch auftauchen, immer macht jemand Fotos oder stochert in unseren Privatangelegenheiten herum.« Karens Auflachen war nicht gespielt. »Es ist fast wie in einer Kleinstadt, wo jeder jeden kennt und weiß, was jeder tut. Aber hin und wieder gibt es etwas, was man lieber für sich behalten würde. Ein Geheimnis zu hüten, ist unter diesen Umständen fast unmöglich.«

»Es gibt Geheimnisse, die immer welche bleiben.«

Karen dachte an Michael. »Ja, die gibt es wohl tatsächlich. Deshalb sind gute Freunde auch so wichtig. Man braucht wenigstens eine Person, der man wirklich alles anvertrauen kann. Wenn man seine Probleme in sich hineinfrisst, wachsen sie einem leicht über den Kopf.«

Becky schien sich in ihren Gedanken zu verlieren.

»Erst gestern habe ich Michael etwas erzählt, was ich in meinem ganzen Leben noch niemandem gesagt habe. Und weißt du was?« Sie wartete Beckys Antwort nicht ab. »Hinterher ging es mir besser.«

»Aber was ist, wenn das Geheimnis auch noch andere betrifft?«

Karen hielt ihr tropfendes Eis von sich weg und machte keinen Versuch mehr weiterzuessen.

»Das kommt ganz auf das Geheimnis an. Wenn deine beste Freundin dir verrät, mit wem sie geknutscht oder womöglich noch andere Sachen gemacht hat, solltest du das vielleicht wirklich nicht weitererzählen. Aber falls du weißt, dass ihr Angebeteter ein Ganove ist, wäre es nicht gut, das für dich zu behalten.«

»Könnte es nicht sein, dass meine beste Freundin dann nichts mehr mit mir zu tun haben will?«

Karen nickte. »Das kann passieren. Aber wenn ihr wirklich gute Freundinnen seid, versteht sie deine Sorge und meldet sich wieder.«

Karen wusste nicht, weshalb sie plötzlich über die Geheimnisse von besten Freundinnen diskutierten. Aber offenbar war Becky das Thema wichtig und sie sah auch nicht mehr ganz so deprimiert aus wie noch vor ein paar Minuten.

»Hast du denn jemanden, dem du deine Geheimnisse anvertrauen kannst?«, fragte Karen.

Wenn sie lächelte, war Becky umwerfend hübsch. »Nolan. Er ist ein prima Zuhörer.«

»Klingt gut.« Karen freute sich, dass Becky und der Junge, in den sie verliebt war, sich so wunderbar verstanden. »Wo ist Nolan denn jetzt?«

»Bei der Arbeit. Er hat von heute an einen zweiten Job bei Ihrem Schwager. Bei Zach Gardner, meine ich.«

O wow. Zach hatte Wort gehalten und gab dem Jungen eine Chance. Sie musste sich bei ihm bedanken.

»Das ist prima.«

»Ja, finde ich auch.« Becky stand auf und lächelte. »Es war nett, mit Ihnen zu reden.«

»Mich hat es auch gefreut, Becky.«

Als Becky gegangen war, warf Karen ihre matschige Eiswaffel in den Müll und ging in Petras Salon.

»Darf ich mir kurz die Hände waschen?«

Petra fegte gerade den Fußboden. »Ja, klar.«

Karen seifte sich in der Kundentoilette die Hände ein.

»Wie gefällt es Ihnen in Hilton?«, fragte Petra.

Karen kam aus dem Kabuff und trocknete sich dabei mit einem Papiertuch die Hände ab. »Ehrlich gesagt, es kann ganz schön anstrengend sein. Daran, dass die Stadt so klein ist und dass hier tatsächlich jeder jeden kennt, habe ich mich noch nicht gewöhnt.«

»Ja, das dauert seine Zeit.« Petra fegte einen Berg Haare auf eine Kehrschaufel. »Ich habe Sie mit Becky reden sehen.«

»Sie ist ein nettes Mädchen.« Karen fiel ein, dass Judy gesagt hatte, Petra würde nicht tratschen. Trotzdem wusste die Friseurin sicher über vieles Bescheid, was in der Stadt passierte. »Kennen Sie ihre Eltern?«

»Ihre Mutter kommt ein paarmal im Jahr zu mir. Ihren Vater kenne ich kaum. Er geht zu einem Herrenfriseur in Monroe.«

Nur die Fakten.

Zeit, etwas anzusprechen, was ihnen beiden aufgefallen war. »Ich frage mich, woher sie die Striemen hat.«

Petra machte keinen Versuch, sich unwissend zu stellen: »Als sie mir das erste Mal aufgefallen sind, habe ich sie darauf angesprochen. Sie hat behauptet, sie sei hingefallen. Danach habe ich sie ein halbes Jahr lang nicht mehr gesehen.«

»Wie lange ist das denn her?«

»Zwei Jahre.«

Lange vor Nolans Zeit.

Karen ging zu Petras Terminplaner und nahm den Stift, der danebenlag. »Ich glaube, Becky braucht ein paar weise alte Frauen, die sich ein bisschen um sie kümmern. Wenn Sie denken, dass ich helfen kann, rufen Sie mich bitte an.« Sie schrieb ihre Telefonnummer auf. »Ich bin Tag und Nacht erreichbar.«

»Dann bleiben Sie also länger in Hilton?«

Karen schaute Petra in die Augen. »Manche Dinge dulden wenig Aufschub.«

Die Friseurin nickte. »Ja, das ist richtig.«

Sie mussten ihre Vermutung nicht laut aussprechen, um zu wissen, dass sie beide dasselbe dachten.

Karen überließ es Hannah und Judy, den Festwagen mit Blumen zu schmücken, und spazierte weiter die Hauptstraße entlang. Überall in der Stadt wurde patriotisch Flagge gezeigt. Wimpel mit den Namen der jungen Männer und Frauen aus Hilton, die dem Land als Soldaten dienten, zierten jeden Laternenpfahl. Vor jedem Geschäft hing die US-amerikanische Fahne und in jedem Schaufenster ein Schild, auf dem stand, dass die Ladentüren am Festtag geschlossen bleiben würden.

Hilton nahm sein Gründungsjubiläum sehr ernst. *Was hier wohl erst am Unabhängigkeitstag los sein mag?*

Karen ging auf der gegenüberliegenden Straßenseite an Sawyers Geschäft vorbei, verzichtete aber auf einen Besuch. Sie dachte an Nolans neuen Job, zückte ihr Handy und schickte Zach eine kurze Nachricht.

Danke, dass du Nolan eine Chance gibst.

Ein paar Sekunden später summte das Telefon in ihrer Hand.

Er ist ein prima Kerl.

»Hey!«

Karen wandte sich um. Michael joggte über die Straße auf sie zu. »Selber hey.«

Er schaute sich um. »Ich … ich war gerade zu Hause.«

Karen hob die Hände. »Ich nicht.«

Seine besorgte Miene stimmte sie ein wenig gnädiger. »Ich kann so was nicht wirklich gut, Karen.«

»Dann hilft vielleicht ein kleiner Hinweis: Blumen machen nichts ungeschehen.«

»Hätte ich dir keine schicken sollen?«

»Das habe ich nicht gesagt. Ich sage nur, sie machen nichts ungeschehen.« Sie sah, wie ein Paar aus der Getränkehandlung kam und zu ihnen herüberstarrte. Karen wandte sich ab und marschierte in die Gegenrichtung davon. Michael folgte ihr.

»Das heißt also, ich *soll* welche schicken.« Der arme Mann verstand gar nichts mehr.

»Blumen, hübsche Geschenke, Schmuck – das ist alles nicht verkehrt. Aber nichts davon bringt die Sache in Ordnung.«

»Und was hilft dann?«

»Viel Zeit ohne einen weiteren Vorfall.«

»Ich kann dir versichern, dass so was nicht noch einmal vorkommen wird. Aber das sind nur Worte.«

»Langsam fängst du an, mich zu verstehen.«

»Mein Dad meinte, ich soll mich reumütig zeigen.«

Karen lachte leise auf. »Kluger Mann.«

»Und wie macht man das?«

Karen blieb stehen. Er war schon zwei Schritte weitergegangen, bevor er es bemerkte. Michael drehte sich um und schaute sie an. »Also?«

Karen verdrehte die Augen. »Versuch's doch mal mit Blumen, hübschen Geschenken oder Schmuck.« Es war schwer, weiterhin ein ernstes Gesicht zu machen, vor allem weil Michael jetzt grinste.

Karen ging schweigend weiter.

Michael bohrte die Fäuste in die Hosentaschen. »Auf der Couch muss ich ja wohl weiterhin schlafen.«

Sie tätschelte ihm den Rücken. »Du lernst wirklich schnell, Mikey Gardner.«

Er knurrte vor sich hin und brachte sie damit zum Lachen.

»Die Couch ist furchtbar unbequem.«

»Du bist wirklich nicht zu beneiden.«

Sie gingen bis zum Stadtrand, dann machten sie kehrt und spazierten zurück zum Haus der Gardners.

»Es tut mir wirklich leid«, flüsterte er. Die Augen heftete er dabei fest an die Straße.

»Ja, ich weiß.«

Fünfzehn

Die Stadt Hilton nahm ihr Gründungsjubiläum sehr ernst. Schon Stunden vor Beginn der Parade sicherten sich ganze Familien die besten Plätze am Straßenrand. Karen staunte nicht schlecht über die Anzahl der Leute, die sich plötzlich in der Kleinstadt drängten.

»Wo kommen die denn alle her?«, fragte sie Janice.

Janice stellte gerade Stühle vor die Eisenwarenhandlung. »Aus dem ganzen näheren Umkreis. Und jeder Einwohner von Hilton, der nicht gerade schwer krank ist, ist an so einem Tag auf den Beinen.«

Karen spürte, wie sie die Blicke auf sich zog. Wenn Michael in der Nähe war, passierte das immer. Wenigstens bemühten sich die freundlichen Bürger von Hilton, ihre Neugier nicht allzu offensichtlich zu zeigen.

Rena kam mit Susie im Kinderwagen um die Ecke, der kleine Eli saß auf Joes Schultern, damit er einen besseren Ausblick hatte. »Hey, Mom«, sagte Rena.

»Hey, mein Schatz.«

Rena und Joe parkten den Kinderwagen zwischen den Klappstühlen. Dann umarmten sie Karen zur Begrüßung.

»Wo sind Zach und Tracey?«, fragte Janice ihre Tochter.

Karen gab sich unbeteiligt und warf einen Blick die Straße entlang.

»Wo Zach ist, weiß ich nicht. Aber auf Tracey sollten wir nicht warten.«

»So? Warum denn nicht?«

»Weißt du es noch gar nicht?«, fragte Rena so, dass auch Karen es hören musste.

»Was soll ich denn wissen?«

»Sie haben sich getrennt.«

Janice ließ die Schultern hängen und Karen kam sich doppelt schäbig vor, weil sie plötzlich freier atmen konnte. Nicht dass sie einen Grund hatte, sich über Zachs Beziehungsende zu freuen …

Herrje, wem versuchte sie eigentlich, etwas vorzumachen?

Tracey war einfach nicht die Richtige für ihn.

Als würde ich die Frau gut genug kennen, um mir ein Urteil erlauben zu können. Du bist schlimm, Karen. Richtig schlimm.

Sie wusste, dass sie einer der Trennungsgründe war. Zach war kein Mann, der eine Frau hinhielt, wenn er sich in Wahrheit für eine andere interessierte.

Was musste er von ihr denken? Dass sie als verheiratete Frau der Anziehungskraft eines anderen so wenig entgegenzusetzen hatte, ließ sie nicht gut dastehen.

»Karen? Karen?«

Renas Stimme drang zu ihr durch. Karen versuchte, die Fragen, die ihre Gedanken vernebelten, aus ihrem Kopf zu schütteln.

»Ja?«

»Ich habe gefragt, warum du nicht mit Mike auf dem Wagen sitzt.«

Sie hob abwehrend die Hände. »So was liegt mir nicht. Außerdem waren Hannah und Judy überglücklich, mitfahren zu können.«

»Zuschauen macht sowieso mehr Spaß. Als Mädchen bin ich sicher fünf, sechs Mal mitgelaufen«, sagte Rena.

Janice setzte sich neben ihre Enkelin und schüttelte den Kopf. »Du bist sechs Jahre lang mit deiner Pfadfindergruppe mitmarschiert, dann mit der Highschool-Marschkapelle und später noch mindestens zweimal mit Zach und Mike.«

»Gibt es irgendjemanden in dieser Stadt, der noch nie mitmarschiert, -geritten oder -gefahren ist?«

»Nein. Sogar Sawyer war ein- oder zweimal dabei, und ich habe eine Zeit lang bei den Pfadfinderinnen geholfen und musste bei Renas Truppe mitlaufen.«

Anscheinend war die Teilnahme an der Parade eine Art Familientradition.

»Da bist du ja.« Karen drehte sich um. Sie wollte sehen, wen Joe begrüßte.

Zach warf ihr ein warmes Lächeln zu und schüttelte Joe die Hand. »Ihr habt doch nicht etwa geglaubt, ich würde mir die Parade entgehen lassen.«

Joe verdrehte die Augen.

Zach umarmte seine Schwester und küsste seine Mutter auf die Wange. Karen begrüßte er mit einer freundschaftlichen Umarmung, die sich nach viel mehr anfühlte. Seine Arme waren so stark, und wenn er sie auch nur ein paar Sekunden länger hätte festhalten können, hätte sein Tannennadelduft sich auf ihre Haut übertragen. Doch er ließ sie schnell wieder los. Nur ein kurzer Druck seiner Hand an ihrem Arm verriet ihr, dass er mehr wollte.

»Wo ist Dad?«

»Der kommt gleich«, sagte Janice. Dann senkte sie die Stimme. »Das mit Tracey tut mir leid.«

Zach atmete tief durch und schaute Karen an. »Es ist besser so.«

Janice schüttelte den Kopf. »Ich dachte, ihr beide wolltet …«

»Wollten wir nicht.« Zach schaute beiseite.

Karen wandte sich ab und winkte Petra zu, die sie von der anderen Straßenseite aus beobachtete.

»Hast du für die Hütte schon alles gepackt?«, fragte Joe.

»Du meinst, ob ich an den flüssigen Proviant gedacht habe? Ja.«

»Nein. Ich spreche von den Motorrädern. Aber etwas Ordentliches zu trinken ist auch nicht schlecht.«

Sie ließen sich auf den Klappstühlen nieder und sprachen über die Pläne für die Tage in der Hütte. Währenddessen leerte sich die Fahrbahn.

Kinder bezogen mit Tüten und Taschen in den Händen Stellung am Straßenrand und freuten sich auf die Süßigkeiten, die von den Wagen geworfen werden würden.

Aus den Lautsprechern entlang der Umzugsstrecke knatterte patriotische Musik. »Macht ihr das am Unabhängigkeitstag genauso?«, fragte Karen.

»Ja, klar«, antwortete Rena. »Wir verpassen keine Gelegenheit für eine Parade.« Sie lachte. »Schrecklich, oder?«

»Ich weiß nicht. Irgendwie ist es auch schön und noch nicht so furchtbar kommerziell.« Es gab nur wenige Verkaufsstände und die meisten davon boten ihre Waren für einen guten Zweck an.

Die Lautsprecher quietschten und die Musik brach ab.

Eine scheppernde Stimme sprach zu den Zuschauern. »Ich bitte alle, sich zu erheben. Wir beginnen mit unserer Hymne.«

Überall wehten Fahnen und als die letzten Töne der Hymne verklungen waren, nahten die ersten festlich geschmückten Fahrzeuge. Sie fuhren im Schritttempo die Hauptstraße entlang.

Rena nahm Susie aus dem Kinderwagen. Sawyer tauchte aus der Menge auf und setzte sich neben Janice. Karen nahm am Ende der Stuhlreihe Platz und Zach rückte zu ihr auf.

Nicht hinschauen. Nicht hinschauen.

Aber er sah so verdammt gut aus. Der Hauch von Stoppeln, der immer auf seinem Kinn sprießte, gab ihm etwas Verwegenes. Die Stoppeln sagten: *Wir wissen, wie sexy wir sind. Wie würde es dir gefallen, wenn wir ein bisschen an dir kratzen?*

Zach fing ihren Blick auf, schaute aber schnell wieder beiseite.

Schau nicht dauernd zu ihm hin, Karen!

Zuerst kamen die Traktoren. Einer hatte fast die Ausmaße einiger Gebäude an der Hauptstraße. Die Größe der anderen reichte vom besseren Aufsitzrasenmäher bis zum normalen Arbeitsgerät, wie man es auf jeder Farm zu sehen bekam.

Zach beugte sich zu ihr. »Hier in der Gegend wird ziemlich viel Landwirtschaft betrieben.«

»Ja, das sieht man.«

Die Zuschauer winkten und die Kinder sammelten Süßigkeiten ein.

Renas früherer Pfadfinderinnenstamm marschierte vorbei, gefolgt von den Pfadfinderjungs. Jetzt hatte Karen etwas beizutragen. »Es ist wie überall: Die Jungs laufen hinter den Mädchen her.«

Das Zwinkern, mit dem Zach ihr antwortete, schoss ihr direkt in die Magengrube.

Nach dem vierten geschmückten Anhänger, der vorbeigezogen wurde, musste Karen wieder etwas loswerden. »Sieht aus, als würden nur US-amerikanische Fabrikate hier mitfahren.« Es gab Fords, Dodges und Chevys, aber weit und breit keinen Toyota.

»Gut beobachtet«, rief Joe ihr zu.

Auf dem nächsten Ford prangte ein Reklameschild des örtlichen Vertragshändlers und auf einem Plakat im Seitenfenster stand: Beim Kauf dieses Fahrzeugs erhalten Sie gratis ein Gewehr. Wenn Karen nicht gewusst hätte, dass sie sich in einer Kleinstadt im Westen befand, wäre ihr das spätestens jetzt aufgegangen. Von einem Anhänger winkte die Schönheitskönigin der Schule von Monroe in die Menge, von einem anderen die von Hilton. Die Abschlussklassen hatten ihre eigenen Wagen geschmückt.

Der Anhänger mit Mike tuckerte etwa in der Mitte des Zuges vorbei. Karen machte mit ihrem Handy ein paar Fotos. Hannah und Judy hatten den Wagen über und über mit den Blumen geschmückt, die Michael ihr am Vortag geschickt hatte. Die Menge bejubelte den berühmtesten Sohn der Stadt, und Michael warf Süßigkeiten, ließ sein Hollywoodlächeln aufstrahlen und winkte.

Neben dem Wagen gingen ein paar junge Mädchen her. Karen nahm an, dass sie Freundinnen von Judy und Hannah waren. Sie verteilten Rosen an ältere Zuschauerinnen. *O wie charmant* und *ach wie nett* tönte es immer wieder aus der Menge.

Hannah und Judy sprangen vom Wagen und überreichten Janice und Rena Blumen. Dann drückte Judy lachend eine kleine Schachtel in Karens Hand.

Die ganze Familie schaute zu, wie sie die Schmuckschatulle öffnete. Auf einem Samtkissen lag ein mit zwei Reihen winziger Diamanten besetzter Weißgoldarmreif. Er war hübsch, aber überhaupt nicht Karens Stil. Allerdings kannte sie eine Person, der dieses Schmuckstück sehr gut gefallen würde. Karen winkte Michael zu und hielt seinen Blick einen Moment lang fest.

»Hey, Rena. Michael hat etwas für dich.« Mit einer ausladenden Geste streckte Karen ihr über Zachs und Joes Beine hinweg Michaels Geschenk entgegen.

Michael drohte ihr grinsend mit dem Finger, dann fuhr sein Wagen weiter.

»Mein Gott, Karen. Das kann ich nicht annehmen.«

»Klar kannst du das.«

Zach schaute sie genauso ungläubig an wie Joe. Janice lächelte nur und tat, als wäre es ganz normal, dass Karen Michaels Geschenke weitergab. Sawyer sah aus, als müsste er sich ein Lachen verkneifen.

Rena schob Karens Hand weg. »Das geht nicht.«

Als Karen ihr den Armreif erneut hinstreckte, streifte sie Zach. »Wenn du ihn nicht nimmst, gebe ich ihn jemand anderem. Hannah ist vielleicht noch ein bisschen jung dafür. Aber Judy könnte er gefallen.«

»Aber Mike …«

»Michael weiß, dass ich ihn nicht behalte. Glaub mir, er würde sich freuen, wenn du ihn trägst.«

Rena gab ihren Widerstand auf, streifte sich das teure Versöhnungsgeschenk übers Handgelenk und streckte den Arm von sich weg, um es zu bewundern.

Als alle sich wieder auf die Parade konzentrierten, raunte Zach Karen ins Ohr: »Was war das denn jetzt?«

»Geschenke taugen nicht als Entschuldigung.«

Zach reckte den Hals, um noch einen Blick auf Michaels Wagen zu erhaschen. »Deshalb auch die Geschichte mit den Blumen?«

»Jupp.«

Das Lächeln stahl sich wie von selbst auf Karens Gesicht.

Für den Rest des Tages achtete Zach auf einen gewissen Abstand zwischen Karen und sich.

Nach der Parade stießen Mike, Hannah und Judy zu ihnen. Gemeinsam gingen sie zu einer Freifläche am Park, wo der Bürgermeister das Straßenschild präsentierte, das eine Viertelmeile vor der Ausfahrt nach Hilton am Highway aufgestellt werden sollte.

Zach fand, dass sein Bruder bei der Enthüllung des Schildes etwas verlegen wirkte. HILTON, UTAH, MICHAEL WOLFES HEIMATSTADT stand in großen Lettern darauf geschrieben.

Ein Reporter der Lokalzeitung machte Bilder. Dann bat Karen die ganze Familie, sich um das Schild aufzustellen, damit sie ebenfalls ein Foto schießen konnte.

»Du solltest auch mit drauf sein«, sagte Hannah zu ihr.

Aber davon wollte Karen nichts hören und ließ Mike und den Rest der Familie näher zusammenrücken.

Danach spazierten sie durch die Stadt und schauten sich die Stände der örtlichen Künstler und Kunsthandwerker an. Ab und zu spürte Zach, wie jemand ihn ansah, und wenn er sich umwandte, war es immer Karen.

Auffallend fand er, wie selten Michael an ihrer Seite war. Kaum stand er einmal lachend neben ihr, ließ er sich gleich wieder wegziehen. Zach hörte auch, wie Mike Rena sagte, der Armreif stünde ihr gut. Offenbar hatte er tatsächlich nicht erwartet, dass Karen das Geschenk behielt. Nachdem Zach sich etwa eine Stunde lang auf Karen und Mike konzentriert hatte, verlagerte er seine Aufmerksamkeit auf Joe und Rena.

Obwohl sie mit ihren Kindern ziemlich beschäftigt waren, schafften sie es immer wieder, sich an den Händen zu halten oder einander ein Küsschen zu geben. Selbst sein Vater legte gelegentlich seiner Mutter den Arm um die Schultern.

Zunächst vermutete Zach, dass der Streit zwischen Mike und Karen eine Kluft aufgerissen hatte. Doch nach einigem Nachdenken stellte er fest, dass er Karen und Michael noch nie beim Turteln ertappt hatte.

Sie turtelten nicht, aber sie keiften sich auch nicht an.

Was verband die beiden eigentlich?

Die Frage beschäftigte Zach und vielleicht würde er in den Tagen oben in der Hütte eine Antwort darauf finden. Die beiden aus der Ferne zu beobachten, war eine Sache. Mit ihnen auf engstem Raum zusammenzuwohnen eine ganz andere.

Sechzehn

Das letzte Wegstück zur Hütte war nicht asphaltiert. Karen hatte den Verdacht, dass die nächsten Tage in Utah ziemlich rustikal werden würden. Sie fühlte sich jetzt schon völlig eingestaubt. Von all ihren Urlauben in den letzten Jahren kam eine Rucksacktour durchs Gebirge dem Trip zur Hütte am nächsten.

Joe fuhr mit Rena und ihren Kindern in seinem Pick-up zur Hütte. Auf der Ladefläche transportierten sie einen Großteil des Gepäcks und des Proviants. Zach zog mit seinem Pick-up einen Anhänger mit Quads und Motorrädern den Berg hinauf. Hannah und Judy saßen bei ihrem älteren Bruder im Wagen, Karen und Michael fuhren mit Sawyer und Janice.

»Hast du als Kind manchmal gezeltet?«, fragte Janice Karen, als sie von der geteerten Straße auf den unbefestigten Weg abgebogen waren.

»Nein.«

»Mit Zelten hat dieser Ausflug nichts zu tun«, warf Sawyer ein. »Wir fahren zu einer Hütte mit einem festen Dach und Duschen. Der pure Luxus.«

Michael musterte Karen. »Aber im Vergleich zu unserem Leben in L. A. wird es fast sein wie Camping.«

»Ich bin keine Mimose«, sagte Karen. »Mit den Jugendlichen vom Club habe ich schon öfter im Zelt übernachtet.«

»Dann hast du ja doch Campingerfahrung«, sagte Janice.

Karen schüttelte den Kopf. »Nicht wirklich. Eine komplett ausgerüstete Küche und die Klos waren nur ein paar Schritte entfernt. Es ging eher um einen preiswerten Spaß für die jungen Leute.«

»Du verbringst viel Zeit mit den Jungen und Mädchen im Club?«

Michael schnaubte. »Wenn Karen die Stunden bezahlt bekäme, wäre sie reich.«

Karen kicherte und Sawyer beobachtete die beiden im Rückspiegel.

»Ich helfe gern dort mit. Irgendwann möchte ich eine Hilfseinrichtung für Ausreißer eröffnen.«

Janice drehte sich zu ihr um. »Und warum nicht gleich?«

Karen warf Michael einen Blick zu. »Im Moment ist es nicht so günstig. Aber ich gehe es ganz bestimmt an. Viele Jugendliche bekommen nicht die Hilfe, die sie brauchen, weil sie auf der Straße leben. Manche kommen nach L. A., weil sie glauben, dort müssten sie nur den Hollywood Boulevard entlangspazieren, um von einem Produzenten entdeckt zu werden. Der sagt ihnen dann, sie hätten den perfekten Look für seinen nächsten großen Film, und tata!, schon machen sie Karriere. Dabei ist L. A. ein unglaublich hartes Pflaster.«

Michael lachte auf. »Das kannst du laut sagen.«

Karen trommelte mit den Fingern auf ihr Knie, eine Gewohnheit, die sie längst nicht mehr bemerkte.

Michael lächelte sie an. »Anstatt eines Filmproduzenten warten auf die Neuankömmlinge oft Betrüger und andere fiese Gestalten.«

»Von Drogen und der Gefahr, auf dem Strich zu landen, ganz zu schweigen.«

Janice schüttelte sich. »Als du nach Kalifornien ans College gegangen bist, haben wir uns große Sorgen um dich gemacht«, sagte sie zu Michael.

»Ich bin ja nicht durchgebrannt«, gab Michael zurück. »Und meine erste Rolle habe ich erst nach dem dritten Semester bekommen.«

»Trotzdem. Du warst noch sehr jung«, warf Sawyer ein.

Michael nickte nachdenklich. »Ja, das ist richtig.«

»Aber du wusstest, was du wolltest. Als du deinen ersten Film gedreht hast, war deinem Vater und mir sofort klar, dass du dein Studium nicht fertig machen würdest.«

»Es hätte mich nicht weitergebracht«, sagte Michael.

Karen wurde das Gefühl nicht los, dass Michael und seine Eltern zum ersten Mal wirklich über dieses Thema sprachen. Hatten sie sich je offen über seinen Berufswunsch unterhalten? Vielleicht hin und wieder kurz am Telefon, aber nie so wie jetzt, zusammengepfercht in einem Auto auf dem staubigen Fahrweg zu einer Berghütte.

»Wir hatten Angst, dass Michael so enden könnte wie die jungen Leute, von denen du eben gesprochen hast. Für uns war das keine leichte Zeit«, gestand Janice.

»Ich habe gleich mit meinem ersten Film Unsummen verdient, Mom.«

»Und woher sollten wir wissen, dass du nicht an die falschen Leute gerätst, die dir dein Geld gleich wieder abnehmen? Eltern machen sich nun mal Gedanken. Es ist schwer, seine Kinder ziehen zu lassen.«

»Ich dachte immer, ihr wärt enttäuscht von mir.« Die Worte schienen Michael herauszurutschen, bevor ihm richtig bewusst war, was er sagte.

Janice fuhr zu ihm herum. »Wir waren besorgt, nicht enttäuscht.«

Karen beobachtete Sawyer. Er schwieg zwar, aber den kurzen Blicken nach zu urteilen, die er in den Rückspiegel warf, war es ihm genauso ergangen wie seiner Frau.

Karen drückte Michaels Knie und spürte, wie sich seine Hand auf ihre legte.

Die Hütte schmiegte sich an den Tannenwald. Davor lag eine riesige Wiese. Ein großer kristallblauer See machte die Idylle perfekt.

»Es ist wunderschön hier«, sagte Karen.

»Wir kommen viel zu selten her«, sagte Janice.

»Zach und ich waren als Teenager oft hier.«

»Was für ein wunderbarer Platz für junge Leute, die mal eine Weile für sich sein wollen.« Einen solchen Ort hätte Karen sich als Jugendliche gewünscht.

Sawyer parkte den Wagen neben den beiden anderen und alle stiegen aus. Hier oben war die Luft frisch und einige Grad kühler als unten in Hilton. Karen saugte den Tannenduft mit ausgebreiteten Armen in sich auf. »Meine Lunge weiß gar nicht, was sie mit so viel sauberer Luft anfangen soll.«

»Vielleicht können wir euch beide ja überreden, uns öfter mal zu besuchen.« Janices Worte riefen Karen in Erinnerung, dass dies vermutlich nicht nur ihr erster, sondern auch ihr einziger Besuch sein würde. Ein ernüchternder Gedanke.

Das Innere der Hütte roch wie alle Holzbauten, die lange nicht gelüftet worden waren. Die Mischung aus Feuchtigkeit, Staub und Eiche ließ Karen an Spinnen und ungeliebtes vierbeiniges Ungeziefer denken.

Janice und Rena rissen alle Fenster auf, ließen das Licht herein und die abgestandene Luft hinaus. Hannah stieg die Stufen unters Dach hinauf, wo Karen den großen Schlafraum vermutete, und bald zog die Bergluft durch die Hütte wie eine frische Brise.

»Mädels schlafen rechts, Jungs links!«, rief Hannah von oben.

Eli tapste mit seinem Rucksack die Stufen hinauf und Joe stellte Susies Laufstall auf die Veranda. Dann holten alle mit vereinten Kräften den Proviant und das Gepäck. Endlich konnte Karen auch hinaufgehen und sich ansehen, wo sie schlafen würden. Es war wie früher im Sommercamp, nur dass die Jungs nicht auf der anderen Seite des Sees schlafen würden, sondern nur durch einen Vorhang abgetrennt im selben Raum.

Eli hatte einen Stoffalligator in eine mitgebrachte Kuscheldecke gehüllt, das Spielzeug in ein Bett gelegt und sich danebengesetzt.

»Du musst alle Spinnen fressen, Nate«, wies er den Alligator an.

Hannah rannte nach unten und Karen blieb mit Eli allein. Das machte ihr nichts aus, denn sie mochte Kinder. Sogar kleine.

Sie setzte sich aufs Nachbarbett und fragte: »Frisst Nate gerne Spinnen?«

Elis Augen weiteten sich und er nickte energisch. »Hmhm.«

»Wenn er auf eurer Seite alle gefressen hat, kann er dann bei uns weitermachen? Ich mag Spinnen nämlich auch nicht.«

Elis Augen wurden noch größer. Er blinzelte ein paarmal, dann vergrub er seine kleine Patschhand in seinem Rucksack und zog einen weiteren plüschigen Freund heraus. Eine Stoffkatze. Eli betrachtete erst die Katze, dann Nate. Offenbar gelangte er zu dem Schluss, dass Nate ihn besser vor den Spinnen beschützen würde. Deshalb streckte er Karen die Stoffkatze hin.

Ihr war klar, dass das Plüschtier Elis Verstärkung für den spinnenfressenden Alligator war. Der Kleine war bereit, ihr einen seiner Beschützer abzutreten. Sie beschloss, aus der Angst vor Spinnen ein Spiel zu machen.

»Das ist eine schöne Katze. Wie heißt sie denn?«

»Kitty.«

»Toller Name. Und so passend.«

Eli lächelte.

Karen stand auf, ging zu ihrer Seite des Raums und tat, als würde sie nach versteckten Spinnen suchen.

Als Kind hatte sie jede Menge schlechte Horrorfilme gesehen, in denen riesige Monsterspinnen mit einem Biss töteten oder das ganze Haus einspannen, um die Menschen darin zu vernichten. Spinnen mochte sie so wenig wie Vögel. Aber an Vögel wollte sie im Augenblick nicht denken und dem armen Eli wollte sie nicht noch mehr Angst einjagen.

»Was glaubst du, wo kann Kitty am besten auf Spinnenfang gehen?«

Eli sprang mit Kitty an der Brust vom Bett. Er schaute in die Ecken, wie er es bei Karen gesehen hatte. Karen spähte unter die Jalousien und entdeckte ein paar tote achtbeinige Beutetiere. Schnell zog sie die Jalousien wieder an den ursprünglichen Platz.

Sie kratzte sich demonstrativ am Kopf, dann ging sie zurück zu Elis Seite des Raumes.

»Ich glaube, an der Treppe kann Kitty am besten aufpassen«, sagte sie zu dem Kleinen. Sein Bett stand in der Nähe der Treppe und ihre Worte zauberten ein Lächeln auf sein Gesicht. »Spinnen krabbeln gern Treppen hinauf und Kitty kann sie fangen, bevor sie oben ankommen.«

Eli nickte, als wäre Karen die klügste Person auf Erden, und sah sich nach dem besten Platz für Kitty um.

Als er ihn gefunden hatte, hüpfte er zu seinem Bett zurück und holte weitere Spielsachen aus dem Rucksack. Von unten drifteten Geräusche herauf, aber es klang, als wäre der größte Teil der Familie draußen vor der Hütte.

Karen blickte auf und sah, dass Zach oben an der Treppe stand und sie und Eli beobachtete.

Ihre Blicke trafen sich. Karens Haut begann zu prickeln und ihr Atem ging schneller.

Zachs sanftes Lächeln drohte, sie völlig aus der Fassung zu bringen. Ein Verlangen, das so viel mehr war als Lust, sprach aus seinen Augen.

Zachs magische Anziehungskraft war so groß, dass ihr kein Schutzschild standhielt. Sie zwang sich, an seiner Stelle den kleinen Mann mit den Stofftieren anzuschauen.

Völlig unvermittelt stiegen ihr Tränen in die Augen. Sie biss sich auf die Unterlippe, um sie in Schach zu halten. Das würde die schwierigste Woche ihres Lebens werden.

»Wow, Eli. Gute Idee, die Katze hier oben hinzusetzen. Auf dem Weg hier rauf habe ich gesehen, wie eine Spinne die Treppe runtergerannt ist. Die ist sicher schon halb in Hilton.« Zach erklomm die letzten Stufen zum Schlafraum unter dem Dach.

Eli vergaß seine Spielsachen, rannte zu seinem Onkel Zach und spähte angestrengt die Treppe hinunter. Dann hob er das Kinn und stieg eng an die Wand gedrückt in den Hauptraum zurück und außer Sichtweite.

»Er hat wirklich Angst vor Spinnen.«

»Da sind wir schon zu zweit.«

Um den Abstand zwischen ihr und Zach zu vergrößern, ging Karen zu ihrem Bett.

»Du kannst gut mit Kindern umgehen.«

»Kinder sind toll. Voller Unschuld und Staunen, wenn sie noch so klein sind wie Eli … voller Entdeckungsdrang und Fragen ein paar Jahre später.«

Aus dem Augenwinkel bemerkte sie Zachs forschenden Blick. Damit die Stille sich nicht zu lange hinzog, sagte sie: »Danke, dass du Nolan einen Job gegeben hast.«

»Dafür hast du dich bereits bedankt.«

Die Textnachricht fiel ihr ein. »Trotzdem. Danke.«

Es wurde still im Raum. Auch unten regte sich nichts, dafür wurde draußen ein Quad, vielleicht auch ein Motorrad angeworfen.

»Wir sollten wahrscheinlich rausgehen … zu den anderen.« Doch ihre Beine wollten sich nicht bewegen und ihre Augen flogen zurück zu seinen. Sie erlaubte sich einen langen Blick, dann zwang sie sich, um ihn herumzugehen und die Treppe hinunterzusteigen.

Regel Nummer eins: Nicht länger als eine Minute mit Zach allein im Zimmer bleiben.

Das würde eine furchtbar lange Woche werden.

Zach schaute ihr hinterher.

Erst war er Zeuge geworden, wie sie Eli begluckte wie eine partnerlose Frau, deren biologische Uhr bereits tickte. Dann hatte sie bemerkt, dass er sie beobachtete, und er hatte die Verletzlichkeit in ihren Augen gesehen. Auch ihr Unbehagen war ihm nicht entgangen, als sie beide allein zurückgeblieben waren. Und er wusste, dass sie die Energie zwischen ihnen ebenso deutlich spürte wie er. So als würde sich die Raumtemperatur ändern, sobald sie beide zusammen waren.

Sie war ins Freie geflüchtet.

Sie schien sich selbst nicht zu trauen.

Diese Frau war unwiderstehlich und ihre Anziehungskraft auf ihn wuchs mit jeder Stunde.

Auf dem Weg zur Hütte hatten seine jüngeren Schwestern ihm erzählt, dass Mike auf der Couch schlafen musste. Aber keine von ihnen konnte von echten Spannungen zwischen den Jungvermählten berichten.

Einen Gedanken wurde Zach nicht mehr los. Konnte es sein, dass sein Bruder schwul war?

Anfangs hatte er darüber gelacht. Mike war verheiratet, das bewies doch, wie abwegig diese Vermutung war.

Oder vielleicht doch nicht? Dass die Ehe seines Bruders nur ein Täuschungsmanöver sein könnte, war kein schöner Gedanke. Aber Zach beschloss, bei seinen weiteren Beobachtungen im Hinterkopf zu behalten, dass Michael möglicherweise kein körperliches Interesse an seiner Frau hatte.

Menschen, die einander anziehend fanden, verhielten sich anders als die, bei denen das nicht der Fall war. In welche Kategorie gehörten die beiden? Waren sie Liebende oder Freunde?

Zach joggte die Treppe hinunter, trat aus der Hütte und schaltete in den Beobachtungsmodus. Karen war mit Hannah und Judy auf dem Weg zum See. Mike kniete neben der Minimaschine, auf der sie beide in Elis Alter Motorradfahren gelernt hatten.

»Zach?« Mike winkte ihn zu sich. »Gab es nicht irgendeinen Trick, um das Ding anzukriegen?«

Das Pocketbike weckte jede Menge schöne Erinnerungen. Trotz hakender Kupplung und anderen Problemen. Zach machte sich am Kupplungszug zu schaffen. Schon nach kurzer Zeit erwachte die Maschine zum Leben. Eli kam mit einem Helm auf dem kleinen Kopf angerannt. Joe folgte ihm mit einem breiten Lächeln.

Zach und Mike erklärten Joe das Kupplungsproblem, dann machten sie Platz und schauten zu, wie Joe seinem Sohn Anweisungen für die erste Fahrt gab.

Joe lief nebenher, als Eli lostuckerte. Rena stellte sich zu ihren Brüdern. »Ich kann mich noch an deine erste Fahrt erinnern«, sagte sie zu Mike. »Zach wollte dich unbedingt fahren sehen. Ihm war das sogar noch wichtiger als Dad.«

»Unglaublich, dass Dad dieses Ding noch hat«, sagte Mike.

»Er würde es nie hergeben.«

Zach schaute sich um. Ihre Eltern standen mit Susie auf der Veranda und beobachteten das Treiben.

Rena hängte sich bei ihren Brüdern ein. »Ich bin so glücklich, dass wir alle zusammen sind. Vielleicht kannst du in ein paar Jahren deinen eigenen Kindern das Motorradfahren beibringen.« Der letzte Satz war an Mike gerichtet.

Mike knuffte sie gutmütig in die Seite. »Warum nervst du nicht lieber deinen älteren Bruder wegen Neffen und Nichten?«

»Weil *du* verheiratet bist.«

»Im Moment wäre kein guter Zeitpunkt, um Vater zu werden«, sagte Mike. »In den nächsten achtzehn Monaten drehe ich nonstop.«

»Achtzehn Monate sind keine Ewigkeit«, sagte Rena.

Zach hörte schweigend zu, wie Mike versuchte, das Gespräch über Nachwuchs abzubiegen.

»Irgendwann werde ich bestimmt Kinder haben«, versicherte Mike seiner Schwester.

Seltsam, dass er *ich* sagte und nicht *wir*.

Zach machte sich von seiner Schwester los und nickte in Richtung der Motorräder. »Hast du's noch drauf?«

Mike zog seine Sonnenbrille aus der Hemdtasche und setzte sie auf. »Die Motorradstunts mache ich immer selbst.«

Wie in alten Zeiten sprangen Zach und Mike auf die Motorräder, knatterten die Einfahrt entlang und zu den Geländepisten, die sie kannten wie ihre Westentasche.

Es wird Oder-Spiel genannt«, sagte Judy, als sie am zweiten Abend am Lagerfeuer saßen. Sawyer und Janice waren schon ins Bett gegangen, Hannah lag mit dem schlafenden Eli und der kleinen Susie oben unter dem Dach und chattete per Smartphone mit ihren Freundinnen.

Alle anderen saßen unter dem Sternenhimmel und schauten den Funken nach, die in die Höhe stoben. Sie hatten sich schon ein paarmal nachgeschenkt und ganz nüchtern war niemand mehr.

Zach musste sich eingestehen, dass es ihm schwerfiel zuzusehen, wie seine kleine Schwester Margaritas trank. Aber schließlich war sie kein Kind mehr.

»Das Spiel kenne ich«, sagte Karen. »Das haben wir am College oft gespielt.«

Judy zeigte mit ihrem Becher auf Karen. »Es gibt nur eine Regel: Man muss ehrlich antworten. Ich fange an. Rena? Margaritas oder Martinis?«

»Ist doch klar. Margaritas.« Rena nahm einen Schluck aus ihrem Becher und schaute Karen an. »Karen. Coke oder Pepsi?«

»Coke. Michael: den McLaren oder den Ferrari?«, fragte Karen.

Mike tat, als müsste er darüber nachgrübeln. »Oh, das ist schwierig. Aber ich glaube, ich bleibe meiner ersten Liebe treu und sage Ferrari.«

»Ich weiß nicht, Mike. Der McLaren ist ein Orgasmus auf Rädern«, gab Zach zu bedenken.

»Bei deinem nächsten Besuch musst du mal den Ferrari fahren«, antwortete Mike. »Okay, Joe. Das Weltall erkunden oder die Tiefsee?«

Joe hob den glasigen Blick in den Himmel. »Ich wüsste lieber, was da oben ist.«

Die Fragen flogen hin und her und waren ziemlich unverfänglich, bis Karen fand, es sei Zeit, ein bisschen mehr Würze in das Spiel zu bringen. »Okay, Judy. Am College: heiße Studenten oder heiße Professoren?«

Judys Lächeln weckte in Zach den Verdacht, dass sie beides kannte. »Professoren.«

Zach schloss die Augen. Er wollte sich seine Schwester nicht mit einem deutlich älteren Mann vorstellen.

Joe knuffte Mike in die Seite. »Jetzt du, Mike. Lieber Marilyn Cohen küssen oder Jennifer Ashton?«

Alle wussten, dass Michael im Film schon beide Frauen geküsst hatte.

»Jennifer.«

»Wirklich?«, fragte Joe. »Ich finde Marilyn attraktiver.«

Mike lachte. »Ich auch. Aber wir sind gut befreundet. Als ich sie geküsst habe, hat Tom, ihr Ehemann, zugeschaut.«

Karen kicherte. »Wenn du sie das nächste Mal küssen musst, sagst du mir vorher Bescheid. Dann opfere ich mich und küsse so lange Tom.«

»Tom ist eine echte Schnitte!« Judy fächelte sich Luft zu, während Mike und Joe die Köpfe schüttelten. »Karen«, sagte Judy. »Full Brazilian Waxing oder nur komplett die Beine?«

»Wie sieht denn ein Full Brazilian aus?«, fragte Rena.

Mike lachte. »Warum weiß meine kleine Schwester mehr als meine große?«

Judy warf sich in die Brust. »Das kommt davon, wenn man studiert. Beim Full Brazilian werden restlos alle Haare – ihr wisst schon wo – entfernt.«

Rena wurde knallrot und kicherte in ihren Becher. »Klingt schmerzhaft.«

»Ist es auch«, antworteten Karen und Judy wie aus einem Mund.

Zach war fassungslos, dass Judy sich mit solchen Dingen auskannte. Dass Karen es tat, fand er dagegen prickelnd. Er goss sich einen Schluck Tequila ein und stürzte ihn hinunter.

»Na?« Mike stieß seine Frau lachend an.

Karen errötete. »Na schön, Full Brazilian. Aber nur, weil Beinewachsen noch mehr wehtut.«

»Ja, klar«, sagte Michael lachend.

Zach grinste in seinen Becher und überhörte beinahe, dass Karen seinen Namen sagte. »Zach: eine bezahlte Nummer in Las Vegas oder in Bangkok?«

Joe und Mike lachten herzhaft und Judy klatschte Karen ab. »Gute Frage«, rief Judy.

Zach schloss die Augen und bemühte seine Vorstellungskraft.

»Was gibt es da zu überlegen? Ich würde mich für die exotische Variante entscheiden«, sagte Joe.

Rena boxte ihm gegen den Arm. »Aua.«

Zach hob die Hand. »Nein. Warte. Ich glaube, in Las Vegas kommt man schon ab zwanzig Dollar zum Zug und in Bangkok kostet es wahrscheinlich nur fünf. Deshalb denke ich, die Gefahr, sich etwas einzufangen, wäre in Bangkok größer. Also Las Vegas.«

Karen schaute Zach über die Flammen hinweg in die Augen und hielt seinen Blick fest. Dieses kleine Kennenlernspiel war nicht völlig harmlos und Karen offenbar doch keine waschechte Heilige.

»Und du, Mike? Wofür würdest du dich entscheiden?«, fragte Judy.

»Ich schließe mich Zach an und stimme für Vegas.«

Karens Blick huschte von Zach weg, doch sie hatte schon die nächste Frage auf den Lippen. »Die ist für dich, Judy. Breite Schultern oder knackiger Hintern?«

Wieder hätte Zach sich am liebsten die Ohren zugehalten.

»Hmm, das ist schwierig …« Offenbar hatte seine Schwester eine Vorliebe für breite Schultern. Zach hoffte, dass ihr nicht noch jemand eine Frage zur Penisgröße stellte, sonst würde er sich verabschieden müssen.

Siebzehn

»Nein, Tony … er tut nichts, wobei er sich verletzen könnte.«

Karen stand ein Stück von der Hütte entfernt, weil sie hier den besseren Empfang hatte. In den Bergen funktionierten Textnachrichten besser als Gespräche.

»Sicher jagt er dort oben auf dem Motorrad durchs Gelände.«

»Er tut nichts, was er beim Filmen nicht auch tun würde.«

»Sein nächster Dreh beginnt in zwei Wochen, Karen. Sieh zu, dass du ihn an einem Stück wieder mit nach Hause bringst.«

Karen schüttelte den Kopf. Zu gern hätte sie Michaels Manager gesagt, dass es im Leben mehr gab als einen Terminkalender voller Drehtage. So wie Michael in Hilton lächelte, hatte sie ihn noch nie zuvor lächeln sehen. Und hier oben in der frischen Luft und mit den vielen schönen Erinnerungen war er entspannter denn je.

Sie würde ihn ermutigen, seine Familie wieder öfter zu besuchen. Auch und gerade nach ihrer Scheidung. Das tat ihm in vielerlei Hinsicht gut.

»Er wird unversehrt zurückkommen und so gut sein wie noch nie. Diese Auszeit war eine prima Idee, Tony.«

Tony seufzte theatralisch. »Sag ihm, dass ich angerufen habe.«

»Mache ich. Und danke, dass du mich anrufst und nicht ihn. Ich weiß, das bringt dich fast um.«

Tony lachte. »Genau dafür bezahlt er mich ja.«

»Dann bis demnächst«, sagte Karen und legte auf.

Auch an ihrem vierten Tag in der Hütte war das Wetter schön. Abends aßen sie unter den Sternen, saßen ums Lagerfeuer, grillten Marshmallows und spielten. Karen bekam gar nicht genug davon.

Sawyer war deutlich weniger ruppig als bei ihrer Ankunft in Hilton und hatte hier oben in den Bergen manchmal regelrecht sanftmütige Momente. Er schaukelte seinen Enkel auf den Knien und bellte nur hin und wieder einen Befehl, damit keiner vergaß, dass er der Boss war. Karen hatte den Verdacht, dass der Mann einfach nur seine Familie um sich haben wollte. Und zwar immer und überall. Damit tat er sich selbst keinen Gefallen. Sie nahm sich vor, ihn in einem günstigen Moment beiseitezunehmen. Er musste versuchen, seinen Kindern ein wenig mehr Freiraum zu lassen, damit sie wachsen und sich entfalten konnten. Wenn dann wieder einmal alle zusammenkamen wie jetzt, konnten sie das voller Zuneigung und mit frohem Herzen tun. Und nicht mit dem Gefühl, sich gegen das Korsett wehren zu müssen, in das er sie pressen wollte. Karen wusste selbst nicht genau, warum sie immer für gute Beziehungen zwischen den Menschen um sie herum sorgen wollte. Vielleicht, weil sie in ihrer Kindheit so wenig Harmonie erlebt hatte. Das war nur eine Vermutung. Feststand, dass es ihr stets ein Anliegen war, für einen guten Draht zwischen Kindern und Eltern zu sorgen. Selbst wenn die Kinder bereits erwachsen waren.

Vom Fahrweg her näherte sich das inzwischen vertraute Knattern eines Geländemotorrads. Den Fahrer kannte Karen flüchtig von dem Fest im Park. Er war einer von Michaels alten Freunden.

Sie wollte zur Gardner-Familie zurückgehen, aber Michael kam zu ihr und zog sie beiseite.

»Ist es okay, wenn ich für eine Weile verschwinde?« Er grinste sie verschwörerisch an.

»Ja, klar. Aber …« Sie warf einen Blick über seine Schulter und sah, dass sein Freund sie beobachtete. Sein unverheirateter Freund … »O mein Gott. Du willst dich mit ihm in die Büsche schlagen!«, flüsterte sie und boxte ihm mit gespielter Empörung gegen den Arm.

Michael zuckte vielsagend mit den Augenbrauen. »Nicht auszuschließen.«

»Das ist nicht fair!« Aber Karen konnte ihn verstehen. Sie hatten beide so lange verzichtet und Michael musste immer so vorsichtig sein, wenn er sich mit jemandem einließ. »Los, verschwinde.«

»Bist du sicher? Eigentlich wollte ich dir heute das Motorradfahren beibringen.«

Sie verdrehte die Augen. »Aber jetzt willst du dich anderweitig vergnügen. Geht in Ordnung. Ich finde schon jemanden, der es mir zeigt.«

Mike zwinkerte ihr zu, drückte ihren Arm und eilte davon.

Mit dem Buch unter dem Arm, in dem sie vor Tonys Anruf gelesen hatte, ging sie zum See und setzte sich dort unter einen Baum. Als Michael und sein Freund winkend vorbeifuhren, winkte sie zurück.

Gemeinheit.

Aber sie freute sich für Michael.

Sie versuchte, sich in den Roman zu vertiefen, und genoss die warmen Sonnenstrahlen. Aber die Geschichte zog sie nicht in ihren Bann und bald fielen ihr die Augen zu. Die Nächte in der Hütte waren nicht sehr erholsam. Ihr Bett war klein, die Umgebung fremd und die Geräusche und Bewegungen der anderen in dem Gemeinschaftsraum störten ihren Schlaf.

»Gutes Buch?« Renas Stimme weckte sie, das Buch rutschte von ihrem Schoß.

»Geht so.«

Rena legte sich auf die Ellbogen gestützt ins Gras und schaute auf den See. »Wie gefällt es dir hier oben?«

»Viel besser als ich dachte.«

»Hier kann man prima seine Batterien aufladen.«

Die Art, wie Rena mit den Grashalmen spielte, verriet, dass sie etwas auf dem Herzen hatte.

»Glaubst du, du kommst wieder?«

Karen zögerte. Sie wusste sehr gut, dass sie nicht mehr herkommen würde. Es sei denn, die Gardners luden in Zukunft Michaels Ex-Frau zum Familienurlaub ein.

»Hm. Ja.«

Rena schaute sie nicht an, sie nickte nur bedächtig. »Du liebst ihn, nicht wahr?«

Karen war nicht naiv. Sie spürte, in welche Richtung Renas Fragen zielten. Zu gerne hätte sie das Gespräch an dieser Stelle abgebrochen, aber sie wusste nicht wie. »Ja, klar.« Sie liebte Michael tatsächlich. Wie einen sehr guten Freund.

»Aber du bist nicht in ihn verliebt.«

Karen machte den Mund auf, um zu widersprechen. Aber Rena kam ihr zuvor.

»Nein. Bitte antworte jetzt nicht.«

Karen schluckte ihre Worte hinunter und wartete.

»In dem Sommer, in dem Michael sechzehn war, haben wir fast an derselben Stelle gesessen wie du und ich jetzt. Er war verzweifelt. Er hatte versucht, unseren Eltern zu erklären, wie viel ihm das Theaterspielen bedeutet … dass ihm harte körperliche Arbeit nichts ausmacht, er sich seinen Beruf aber anders vorstellt. Unser Dad hat kein Wort verstanden. Mike hat hier gesessen und mir gesagt, wie furchtbar durcheinander er sei. Und dass wir uns gar nicht vorstellen könnten, wie es in ihm aussieht.«

»Sechzehn ist ein schwieriges Alter«, sagte Karen.

Rena nickte. »Erwachsenwerden ist nicht ganz so schwer, wenn man sich keine Gedanken wegen seiner Sexualität macht.«

Karen erstarrte. Mit steifen Lippen fragte sie: »Tun das denn nicht alle Teenager?«

Rena schaute sie an. »Manche mehr als andere.«

O Michael. Deine Schwester weiß Bescheid.

»Weißt du, was ich denke?«, fragte Rena.

Jetzt kommt's. Karen wartete darauf, dass die Bombe platzte, und konnte nur hilflos zusehen, wie es passierte.

»Was denn?«

»Ihr seid nicht eher hergekommen, weil Michael nicht wollte, dass wir dich kennenlernen. Und ich denke, ihr redet nicht über Kinder und du nicht über einen weiteren Besuch in Hilton, weil ihr vorhabt, euch scheiden zu lassen.«

Karen machte den Mund auf.

Rena schüttelte den Kopf.

»Ich wette, ihr könntet eure Ehe annullieren lassen, obwohl ihr schon ein Jahr zusammen seid.«

»Du hast eine blühende Fantasie.« Etwas Besseres fiel Karen nicht ein.

»Aber du widersprichst mir nicht und streitest nichts ab.«

Wie konnte sie? Michaels Schwester ins Gesicht zu lügen, wäre nicht nur dreist, sondern auch dumm. Schließlich würde es bis zur Scheidung nicht mehr lange dauern. »Was willst du hören, Rena? Ich halte fest zu deinem Bruder.«

»Das weiß ich. Ich nehme an, du würdest dich sogar opfern … zumindest eine Zeit lang, um ihm zu helfen.«

Karen zögerte. Dann sagte sie: »Dein Bruder verdient die Liebe und den Respekt seiner Familie.« Sie schaute zur Hütte, dann zum See. Überall hin, nur nicht in Renas Augen.

Rena nickte nachdenklich. Auch sie schaute auf den See hinaus. »Du wirst Mike von diesem Gespräch erzählen, nicht wahr?«

»Bist du bereit für das Gespräch, das dann auf euch beide zukommen könnte?«, fragte Karen.

»Ich vermisse meinen jüngeren Bruder. Wir alle vermissen ihn. Ich kann nur für mich sprechen, aber mir ist der echte Michael Gardner tausendmal lieber als Michael Wolfe.«

»Er braucht Michael Wolfe und muss ihn schützen.« Karen hoffte, dass die Botschaft hinter ihren Worten deutlich war.

»Ich habe ihn mein ganzes Leben lang geschützt«, sagte Rena. »Und werde sicher nicht damit aufhören.«

Damit Rena ihr nicht noch weitere Details entlocken konnte, stand Karen auf. »Ich glaube, es ist nicht zu heiß zum Joggen.«

Rena schaute sich stirnrunzelnd um. »Du solltest Judy mitnehmen.«

Karen klopfte auf ihre Gesäßtasche. »Ich habe doch mein Handy.« Sie ging nicht einmal zur Hütte zurück, um sich umzuziehen, sondern rannte sofort los.

Einen richtigen Weg gab es nicht um den See, aber Karen hielt sich dicht am Ufer. Sie wollte allein sein, aber verlaufen wollte sie sich nicht.

Ein klein wenig hoffte sie, Michael würde vor ihr zurückkommen und Rena könnte gleich selbst mit ihm reden. Wer kannte sonst noch sein Geheimnis? Judy und Hannah? Nein, die waren ahnungslos.

Zach war in den letzten Tagen sehr auf Distanz bedacht gewesen. Seine Blicke hatte sie dennoch gespürt, ob nun am Lagerfeuer oder wenn er Janice und Rena mit dem Essen half. Auch an seinem Bruder blieben seine Augen oft hängen.

Karen joggte, bis sie die Hütte nicht mehr sehen konnte. Dann hörte sie auf zu laufen und ging mit schnellen Schritten weiter. Sie warf einen Blick auf ihr Handy, sah, dass sie keinen Empfang hatte und steckte es wieder ein. Zu gern hätte sie Gwen angerufen, um sich einen schwesterlichen Rat zu holen. Aber offenbar musste sie ohne Hilfe entscheiden, wie es weitergehen sollte. Einerseits wollte sie Michael vor seiner Rückkehr zur Hütte warnen. Andererseits wollte sie, dass er die kurze Zeit fernab der Familie in vollen Zügen genießen konnte. Danach konnte er gestärkt in den Kampf ziehen.

Vielleicht hatte er von Anfang an gefürchtet, dass bei einem längeren Besuch bei seiner Familie sein Geheimnis ans Licht kommen könnte.

Karen entdeckte einen ebenen Pfad und rannte weiter. Immer wieder führte der Weg zwischen den Bäumen hindurch weg vom See und dann wieder zurück zum Ufer. Erstaunt stellte sie nach einer Weile fest, wie weit sie bereits gelaufen war. Sie griff zum Telefon. Noch immer kein Empfang. Es war noch mitten am Tag, aber sie hatte keine Ahnung, wie lange es dauern würde, den See komplett zu umrunden und am Fahrweg entlang zurückzulaufen. Deshalb kehrte sie um. Nach etwa einer Meile setzte sie sich ans Wasser und legte eine Pause ein.

Lange sinnierte sie über das Leben, dann hörte sie, wie ein Motorrad sich näherte.

Mit sorgenvoller Miene fuhr Zach auf sie zu. Er bremste scharf und stellte den Motor ab. »Ich suche seit einer Stunde nach dir«, sagte er vorwurfsvoll.

»Ich bin hier«, gab sie trotzig zurück.

Er schaute sich um und breitete die Arme aus. »Weißt du überhaupt, wo *hie*r ist?«

»Ich habe mich nicht verirrt, Zach. Ich bin auf dem Rückweg.«

»Du hättest nicht allein loslaufen sollen. Hier draußen sind Jäger unterwegs und viele Pfade enden einfach im Nichts.«

»Ich bin vielleicht ein Stadtmädchen, aber ich weiß, dass es keine gute Idee ist, ziellos durch die Wälder zu streifen.«

Er klappte den Ständer herunter und stieg von der Maschine. Einen Helm trug er nicht. Sie fragte sich, wie hastig er von der Hütte aufgebrochen war.

»Und wenn dir etwas zugestoßen wäre? Ein verstauchter Knöchel hätte schon gereicht.«

»Ich habe mein Handy dabei.«

Er starrte sie finster an. »Mit dem du hier draußen fast nirgendwo Empfang hast.«

Das ließ sich leider nicht abstreiten.

»Verdammt, Zach. Ich wollte einfach mal eine Weile allein sein, okay?«

Ihr gereizter Ton machte ihm bewusst, wie barsch er gewesen war. Seine Hände fielen von seinen Hüften.

Sie drehte sich zum Wasser zurück und schleuderte den Stein in ihrer Hand in ein nahes Gebüsch. Sofort kam Bewegung ins Unterholz, und bevor Karen wusste, wie ihr geschah, stoben zahllose Enten auf und flatterten auf sie zu.

Mit einem Aufschrei schnellte sie von dem Felsblock hoch, auf dem sie gesessen hatte. Sie rutschte aus, glitt von der Böschung und stand gleich darauf knietief im Uferschlick des Sees. Immer noch schreiend, die Arme schützend über den Kopf geschlagen, sprang sie aus der schlammigen Brühe und stürzte auf Zach zu.

Vögel jeder Art machten ihr eine Höllenangst. Schon immer.

Zach packte sie an den Armen und hielt sie fest. »Hey. Nichts passiert.«

Sie hörte einen weiteren Vogel aufflattern und drückte die Augen fest zu. »Jag sie weg.«

»Sie sind weg.«

Sie blieb stocksteif stehen, hielt die Augen geschlossen und lauschte. Mit einer Hand schützte sie ihren Kopf, mit der anderen krallte sie sich an Zachs Hüfte fest. Seine Arme sogen sie ein.

Als der Flügelschlag der Enten in der Ferne verhallte, öffnete sie vorsichtig ein Auge. Sie rechnete damit, dass mindestens ein Vogel zurückgeblieben war und sie erneut in Panik versetzen würde.

Aber nur sie und Zach standen am See. »Sind alle fort?«

»Ja.« Zach begann, leise zu lachen.

»Das ist nicht lustig.«

»Du hast dich mit Schallgeschwindigkeit bewegt.«

Sie riss sich von ihm los und schaute an sich hinunter. Ihre Beine waren bis über die Knie voller Schlamm. »Ich mag Vögel nicht.«

»Das war offensichtlich.« Er lachte immer noch. »Aber Enten gehen selten auf Menschen los. Ich glaube, du warst nicht in Lebensgefahr.«

»Hör auf zu lachen.«

Er biss sich auf die Unterlippe, aber seine Augen blitzten spöttisch.

»Vögel sind unberechenbar«, erklärte sie. »Sie haben Klauen und Schnäbel.«

Zachs Augen wanderten über die feuchten Schmutzkrusten. Er lachte schon wieder.

»Oh … du …« Sie beugte sich vor, schnappte eine Handvoll Uferschlamm und schleuderte ihn auf seine Brust.

Er hörte auf zu lachen. »Das hast du jetzt nicht wirklich getan.«

Sie warf noch einmal nach ihm, dann stemmte sie eine Hand in die Hüfte. »Wag es bloß nicht zu lachen.«

Er wischte sich den Dreck von der Brust und hob selbst eine Handvoll feuchte Erde auf. Dann richtete er sich zu seiner vollen Größe auf und grinste sie herausfordernd an. »Dein Shirt ist noch ziemlich sauber.«

Der Dreck klatschte auf ihre Brust und jetzt gab es kein Halten mehr.

Ihre Position direkt am Ufer verschaffte ihr ausreichend Munition. Sie griff mit beiden Händen in den Schlick und nach ein paar Würfen triefte Zach vor Schmutz und Nässe. Er duckte sich unter ihrem Dauerbeschuss.

Trotz des rutschigen Untergrunds hörte sie nicht auf, ihn zu bewerfen. Erst als sie drohte, auszugleiten und kopfüber ins Wasser zu plumpsen, gab sie ihren günstigen Standpunkt auf.

Er jagte sie um das Motorrad, zielte auf ihren Hintern und verfehlte sie. Als sie sich nach neuer Munition bückte, packte er sie von hinten, hob sie hoch und ließ sich mit ihr auf den Waldboden fallen.

Vor lauter Lachen bekam sie kaum noch Luft, die Vögel waren vergessen.

Zach drehte sie auf den Rücken und legte sich über sie. Karen gab noch nicht auf. Mit einer Hand beschmierte sie sein Gesicht mit Dreck. Sie lachten und Karen warf den Kopf hin und her, damit er ihr nicht ebenfalls Dreck ins Gesicht schmieren konnte.

Er packte ihre Hände, zog sie ihr über den Kopf und rieb dann seine Wange an ihrer sauber.

»Iiiih!«

Sie lachten, glucksten und schnappten nach Luft, doch plötzlich ging ihnen auf, was gerade geschah.

Augen wie tiefblaue Seen schauten in ihre, während es ruhig um sie wurde. Nur ihre Herzen schlugen wild.

Karens Kopf befahl ihr, Zach wegzustoßen. Auch in seinen Augen sah sie ein Zögern.

Der Wald hüllte sie ein und die unwiderstehliche Anziehungskraft, die sie sich nicht eingestehen wollten, brach sich Bahn.

»Sag, dass ich aufhören soll«, flüsterte Zach an ihren Lippen.

Sein Atem ging so schnell wie ihrer.

Zachs Lippen waren so nahe und das Verlangen, sie zu spüren so groß. »Ich … ich kann nicht.«

Sein suchender Blick versank in ihrem. »Ich auch nicht.«

Zachs warmer Atem war nur ein Vorgeschmack auf seinen Mund. Weich, sinnlich und tastend. Sein Kuss war so zärtlich und behutsam, dass sie sich traute, die Augen zuzumachen und zu genießen. Ihr letzter Kuss war so lange her, dass sie fast vergessen hatte, wie wunderbar es sein konnte, sich in diesem Gefühl zu verlieren. Sie seufzte auf, erwiderte seinen Kuss und öffnete die Lippen, um noch mehr auszukosten, wonach sie sich so lange gesehnt hatte.

Zach ließ ihre Handgelenke los. Ihre Arme schlangen sich wie von selbst um seinen Rücken und hielten ihn fest, während seine Zunge ihre streichelte. Er war Testosteron und Tannennadeln, Stärke und Verlangen, und alles zugleich.

Sein Körper drückte sie an die weiche Erde, eines ihrer Beine schlang sich um ihn und zog ihn noch enger an sie. Einen Moment lang lockerte sie ihren Griff, nur um dann mit noch größerem Verlangen zuzupacken. Zachs harte Rückenmuskeln, seine schmale Taille, der knackige Hintern. Wann hatte sie zuletzt etwas derart Perfektes berührt?

Sie küssten einander, bis ihnen die Luft ausging und sich die Hitze tief im Süden ihrer Körper staute. Zachs Daumen strich über ihre Brust, ihre Brustwarze richtete sich auf.

Doch langsam sickerte die Vernunft in Karens Gehirn zurück. Wenn Zach nicht Michaels Bruder gewesen wäre, hätte sie mit Freuden weitergemacht. Zachs Küsse, seine Zärtlichkeiten, die Härte, die sich durch ihre Kleider an ihr Bein drängte, waren unwiderstehlich.

Aber es ging nicht. Sie konnte das nicht tun. Vielleicht in sechs Monaten, wenn sie und Michael geschieden waren. Aber jetzt? Es war unehrlich gegenüber Zach, illoyal gegenüber Michael …

Karen schob alle schönen Empfindungen energisch beiseite und beendete den Kuss.

Zach schaute sie unter halb geschlossenen Lidern hervor an.

»Wir können nicht …«

Er schloss die Augen und lehnte die Stirn an ihre. »Ich weiß.«

Sie schluckte und versuchte, zu Atem zu kommen.

»Eigentlich sollte ich vor dir weglaufen, so schnell meine Füße mich tragen«, sagte er.

Aus seinen Worten sprach das pure schlechte Gewissen. Sie wollte ihm sagen, er sei kein verabscheuungswürdiger Bruder und sie keine betrügerische Ehefrau. Aber dann würde sie ihm Erklärungen geben müssen, die Michaels Ruin sein konnten.

»Du darfst dir keine Vorwürfe machen, Zach.«

»Keine Vorwürfe? Ich denke ununterbrochen an dich. Träume von dir.« Er schaute ihr in die Augen.

»Vielleicht werden wir nach diesem Kuss vernünftig und die Gefühle lassen nach.«

Er lächelte traurig. »Das würde ich gern glauben.«

Bei dem Gedanken wurde ihr kalt. Sie würde von nichts anderem mehr träumen als von ihm.

»Wir müssen zur Hütte zurück, bevor jemand nach uns sucht.«

Er nickte und schaute sie an, als wollte er sie noch einmal küssen. Aber dann sprang er auf und zog sie auf die Füße.

Als er sich abwandte, bemerkte sie den Abdruck ihrer schmutzigen Hand auf seinem Hintern. Erschrocken schaute sie genauer hin. Auch seine Hände hatten eindeutige Spuren hinterlassen. Auf ihrer Brust und ihrer Taille.

»Zach?«

Er drehte sich zu ihr und sie zeigte auf ihre Kleider. »Oh. Das ist nicht gut.«

»Du hast auch …« Sie deutete auf seinen Hintern. Er begutachtete das Problem und rieb frischen Schlamm über ihren Handabdruck. Karen tat es ihm nach und verdreckte ihre Kleider noch mehr. Als alle verräterischen Hinweise verwischt waren, schwang sie sich hinter ihm aufs Motorrad und sie fuhren zurück zur Hütte.

Achtzehn

Lächelnd sprang Michael vor der Hütte vom Motorrad. Er wusste nicht, wann er sich zuletzt so entspannt gefühlt hatte. Eigentlich verdankte er das Karen. Schließlich hatte sie darauf bestanden, nach Utah zu fahren.

Seine Mutter stand in der Hütte am Spülbecken und putzte Gemüse. Er stibitzte eine Karotte und biss davon ab. »Hey.«

»Hey, Schatz«

»Wo sind denn alle?«

So kurz vor dem Abendessen war es hier normalerweise nicht so still.

»Hannah und Judy sind schon vor Stunden mit ein paar Freunden losgezogen und dein Dad und Joe bringen Eli das Angeln bei. Aber vermutlich hatten sie bloß Angst, ich würde sie in der Küche einspannen. Rena legt Susie grade in unserem Zimmer zum Schlafen hin und ich glaube, Zach schaut nach Karen.«

»Er schaut nach ihr? Wo ist sie denn hin?«

»Rena sagt, sie sei laufen gegangen. Aber das ist schon ein paar Stunden her. Wir haben uns Sorgen gemacht, deshalb ist Zach mit dem Motorrad losgefahren und sucht nach ihr.« Janice wirkte nicht sehr beunruhigt.

»Da bist du ja.« Rena kam in die Küche. Sie legte den Arm um Michaels Taille und er küsste sie aufs Haar.

»Hast du mich vermisst?«

»Das hättest du wohl gern.«

»Vielleicht.« So waren sie schon immer miteinander umgegangen, liebevoll und sehr vertraut.

Rena drückte ihn. »Kann ich kurz mit dir reden?« Sie zeigte mit dem Kinn auf die Tür.

»Klar.« Er schnappte sich noch ein paar Karotten, dann folgte er seiner Schwester nach draußen. Sie spazierten von der Hütte weg und sie hängte sich bei ihm ein.

»Was gibt es denn?«, fragte er zwischen zwei Bissen.

Rena holte tief Luft. Mit der Antwort ließ sie sich Zeit. Michael lächelte sie an, doch plötzlich zog sich sein Magen zusammen. »Was ist?«

»Du weißt, dass ich dich unheimlich lieb habe, oder?«

Er kniff die Augen zusammen, die Karotten fielen zu Boden. Ein Gespräch, das so anfing, konnte nicht gut enden. »Klar, weiß ich das. Und ich liebe dich auch.«

Sie zog ihn weiter.

»Ich wollte mit dir reden, bevor Karen zurück ist.«

Die Anspannung brachte ihn fast um. Aber er beschloss, erst einmal zuzuhören und keine voreiligen Schlüsse zu ziehen.

»Bevor sie zurück ist und dir von unserem Gespräch erzählen kann. Du bist ihr sehr wichtig, Michael.«

Seine Handflächen wurden feucht. Der perfekte Tag verlor seinen Glanz. »Sie mir auch.«

»Als wir letztes Jahr die Fernsehbilder von deiner Hochzeit gesehen haben, habe ich alles für eine Hollywoodinszenierung gehalten. Als Werbung für einen Film oder etwas in der Art. Selbst als du mit Mom und Dad gesprochen und ihnen gesagt hast, du seist wirklich verheiratet, konnte ich es nicht glauben.«

»Wir sind wirklich verheiratet.« Sein Lachen misslang.

»Ja, okay. Aber es wird nicht so bleiben.«

Er stolperte, ging aber rasch weiter.

»Das habe ich Karen auf den Kopf zugesagt und sie wirkte nicht überrascht.«

Ging es darum? Um die Scheidung? »Wir hatten ein paar Probleme«, sagte er. »Mit mir verheiratet zu sein ist nicht leicht.« Er versuchte, sich als den Schuldigen hinzustellen.

Rena seufzte ungeduldig auf. »Bitte, Mike. Ihr lasst euch nicht scheiden, weil es zwischen euch kriselt. Die Scheidung war von Anfang an geplant.«

Das leichte Pochen in seiner Schläfe wurde zum Hämmern. »Hat sie dir das gesagt?«

»Nein, hat sie nicht. Und schau mich nicht so an. Du hattest auch hier ein Leben, lange vor deinem Umzug nach L. A. Vielleicht erinnerst du dich nicht an unsere Gespräche damals. Aber ich habe sie nicht vergessen.«

Inzwischen hatten sie den See erreicht. Sie blieben stehen und sahen einander an.

»Ich glaube, du hast Karen aus Imagegründen geheiratet. Der Kinoheld Michael Wolfe brauchte unbedingt eine Frau. Und, Simsalabim, schon hatte er eine.«

Er schluckte. »Ist mir außer dir noch jemand auf die Schliche gekommen?«

»Mom und Dad? Nein. Hannah und Judy vermutlich auch nicht. Nicht mal Zach scheint etwas gemerkt zu haben. Noch nicht. Aber ich glaube, er hat einen Verdacht.«

»Was ist mit Joe?«

»Joe ist mein Mann. Wir reden über alles. So wie du und Karen sicherlich auch.«

Er wollte seiner Schwester sagen, dass sie sich täuschte, aber er brachte es nicht fertig.

»Bitte … bitte erzähl den anderen nichts davon.«

Rena legte den Kopf schief und lächelte. »Geht klar.«

Eine Welle der Erleichterung schwappte über ihn hinweg. Wenigstens eine Person in seiner Familie hatte sein Ehearrangement verstanden. Jetzt hatte er eine Verbündete, wenn die Scheidung kam.

Michael umarmte seine Schwester.

Bevor er sie wieder losließ, flüsterte sie: »Und ich weiß auch, dass du schwul bist.«

Als die Hütte in Sichtweite kam, spürte Zach, wie sich Karen hinter ihm aufrichtete. Ihre Arme lagen nur noch locker um seine Taille und ihre Brüste schmiegten sich nicht mehr fest an seinen Rücken. Sofort vermisste er sie. Dabei hatte er keine Ahnung, wie er mit ihrer ungeheuren Anziehungskraft auf ihn umgehen sollte. Sie war genauso hin- und hergerissen wie er, sah manchmal sogar regelrecht verzweifelt aus. Bisher hatte er sich immer gefragt, weshalb Leute so dumm waren, sich auf eine Affäre einzulassen. Warum setzte jemand für ein paar heiße Nächte alles aufs Spiel? Aber verdammt, um eine Affäre ging es hier nicht. Es ging um mehr, das wussten sie beide. Wenn sie nur ein Abenteuer gesucht hätten, hätten sie vermutlich längst jeden Widerstand aufgegeben und wären im Bett gelandet.

Aber Zach wollte die ganze Frau kennenlernen, die hinter ihm auf dem Motorrad saß, nicht nur ihren Körper. Er wollte verstehen, warum ihre Augen manchmal so traurig wirkten, wenn sie über die Jugendlichen sprach, um die sie sich im Club hingebungsvoll kümmerte. Und warum sie Fragen nach ihrem Kinderwunsch auswich, wo sie Kinder doch behandelte wie das Kostbarste auf der Welt.

Wenn ihm der kurze intime Moment mit ihr eins gezeigt hatte, dann dass ihm das nicht genügte. Er wollte mehr. Viel mehr.

Zach half Karen vom Motorrad. Dabei hielt er sie länger als nötig am Ellbogen fest. Einen Herzschlag lang trafen sich ihre Blicke.

»Wow! Ihr seht aus, als hättet ihr mit dem Loch-Ness-Monster gekämpft.«

Rena und Mike lächelten ihnen von der Veranda entgegen.

Voller Vertrauen.

Die Situation schlug Zach von Stunde zu Stunde mehr auf den Magen.

Karen hob die Hände. »Da waren Vögel … Ich bin fast in den See gefallen.«

Michael schaute sie erschrocken an. »Oh. Hast du dir wehgetan?«

»Nein. Aber bei Vögeln gerate ich in Panik.« Karen grinste. »Und Zach hat mich ausgelacht.«

»Dann weiß ich, warum er genauso schmutzig ist wie du. Vögel hasst Karen von ganzem Herzen, großer Bruder. Du kannst ihr zehnmal sagen, dass sie ihr weder die Augen aushacken noch die Haare ausreißen wollen. Sie glaubt es einfach nicht.«

»Hey! Vögel sind nicht so harmlos, wie manche Leute denken.« Karen schüttelte sich. »Und nach allem, was im letzten Jahr mit Gwen …« Sie brach ab und schlang die Arme um sich.

»Was war denn mit Gwen?«, fragte Zach.

»Ein Stalker war hinter ihr her. Er hat uns tote Vögel vors Fenster gelegt und vors Auto …« Karens Stimme wurde leiser und Mike sprach für sie weiter.

»Der Kerl hatte es eigentlich auf Neil abgesehen, aber er wollte über Gwen an ihn herankommen. Neil und Gwen hast du auf der Party kennengelernt.«

»Den Riesen und die Engländerin?«

»Genau. Neil ist ein Ex-Marine und der Stalker hat eine Zeit lang unter seinem Kommando gestanden. Während wir in Frankreich waren, hat dieser Irre Gwens und Karens Nachbarn umgebracht.«

»Umgebracht?«, fragte Rena.

»Ermordet«, bestätigte Michael. »Zum Glück war Karen nicht da, als es passiert ist. Anscheinend hat er überall tote Raben oder Krähen ausgelegt.«

»Es war grauenhaft.« Karens Stimme war zu einem Flüstern geworden.

Zach rieb ihren Arm. Jetzt tat es ihm leid, dass er über ihre Angst vor Vögeln gelacht hatte.

»Was ist aus den Stalker geworden?«, fragte Rena.

Zach schaute seinen Bruder an.

Mikes Geste war eindeutig. Er zog sich die Handkante über die Kehle.

»Die Angst vor Vögeln habe ich aber schon viel länger. Ich bin eben ein bisschen seltsam«, sagte Karen.

Ohne sich etwas dabei zu denken, drückte Zach Karen kurz an sich. Als er Renas forschenden Blick bemerkte, fiel sein Arm von Karens Schulter. Mike starrte nicht ihn, sondern Rena an.

»Ich muss dringend unter die Dusche.« Karen machte einen Schritt von Zach weg und erklomm die Stufen zur Hütte.

Mike ging ihr nach. Zach schaute ihnen hinterher.

Einen Moment lang rubbelte er noch an der Dreckkruste auf seinem Shirt, dann machte er sich auf den Weg zu seiner zweiten Dusche an diesem Tag.

»Junge, Junge«, murmelte Rena, als Zach an ihr vorbeiging.

»Wie bitte?«

Rena schüttelte den Kopf. Seinem Blick wich sie aus. »Nichts. Ich gehe die Mädchen suchen. Gleich gibt es Abendessen.«

Michael wartete vor der Dusche auf Karen.

»Wir müssen hier weg«, flüsterte er. Dabei schaute er mehrmals über die Schulter in Richtung der Stimmen, die von draußen in die Hütte drangen.

»Rena hat mit dir gesprochen.«

Er nickte. »Sie weiß alles.«

»Ich habe ihr nicht …«

Er legte ihr einen Finger an die Lippen. »Ich weiß, dass sie es nicht von dir erfahren hat. Aber ich muss hier weg, bevor noch jemand dahinterkommt.«

Michaels dringender Wunsch zu gehen würde für einen Sicherheitsabstand zwischen ihr und Zach sorgen. Das war bestimmt gut so, denn in Bezug auf den älteren Gardner-Sohn mangelte es ihr eindeutig an Willenskraft.

»Ich habe mit Tony telefoniert«, raunte Michael. »Er ruft in einer Stunde an. Stell dir vor, die Dreharbeiten wurden vorverlegt.«

Michael würde wieder ständig unterwegs sein und sie würde allein in seinem Haus sitzen. »Ich glaube, ich kann langsam an einen Umzug nach Tarzana denken.«

Dort hatte sie vor Gwens und Neils Heirat zusammen mit Gwen in einem kleinen Haus gewohnt. Das Haus gehörte Samantha und Blake, und hin und wieder wurde es von Neils Freund Rick genutzt. Jetzt, wo die Scheidung näher rückte, konnte Karen wieder dorthin zurück. So war es von Anfang an geplant gewesen.

»Das müssen wir nicht jetzt entscheiden, oder?«

Karen schaute über Mikes Schulter, dann zu ihm zurück. »Ich weiß nicht, weshalb wir warten sollten. Die Verträge, die du haben wolltest, hast du in der Tasche. Du bist für die nächsten paar Jahre mit Filmprojekten eingedeckt.«

»Lass uns trotzdem später darüber reden.«

»Wie du meinst.«

Der Geruch von Holzkohle wehte durch die Tür herein und erinnerte Karen daran, dass sie seit dem Vormittag nichts mehr gegessen hatte.

Die letzte gemeinsame Stunde mit Michaels Familie genoss sie noch einmal in vollen Zügen. Eli saß neben seinem Großvater und fragte ihn, warum der Himmel blau sei. Sie hätte nie gedacht, dass Kinder tatsächlich solche Fragen stellten. Aber offenbar hatte sie sich getäuscht.

Judy und Hannah diskutierten angeregt, wie weit die Footballspieler von Hilton es im Leben bringen konnten. Oder eben nicht.

»Erzähl mal, Rena. Wer war in deiner Schulzeit der große Star?«

»Der Quarterback natürlich, Mason Reynolds.«

»Mister Reynolds?«, fragte Hannah ungläubig. »Der wiegt eine Tonne … und er ist nicht der Hellste.«

»Haare hat er auch nicht«, fügte Judy hinzu.

»Und er wohnt noch im Haus von seinem Daddy«, sagte Hannah. »Seht ihr? Noch ein Footballspieler, der hier hängengeblieben und vergammelt ist.«

»Hey! Ich habe auch Football gespielt«, protestierte Zach.

»Du bist anders«, sagte Hannah.

Karen schnitt lachend das Steak auf ihrem Teller an. Im selben Moment klingelte Michaels Telefon.

Er starrte demonstrativ lange aufs Display. »Den Anruf muss ich annehmen, tut mir leid.« Er sprang auf und ging ein paar Schritte beiseite, um mit Tony zu reden.

Zach und Rena schauten ihm hinterher. Die anderen aßen weiter. Karen legte die Gabel weg. Sie hatte plötzlich keinen Hunger mehr.

»Die meisten Footballspieler haben ihre Glanzzeit während der Highschool«, sagte Judy zwischen zwei Bissen. »Es sei denn, sie schaffen es in eine Collegemannschaft.«

Joe zeigte lachend auf Eli. »Vielleicht melden wir dich besser zum Baseball an.«

Alle lachten noch, als Michael zum Tisch zurückkam. Janice warf einen Blick auf ihren Sohn und fragte: »Was ist?«

Michaels Seufzer war Hollywood pur, aber Karen glaubte nicht, dass das außer ihr jemandem auffiel. »Der Drehbeginn für meinen nächsten Film ist vorverlegt worden.« Er warf Karen einen bedauernden Blick zu. »Wir müssen nach Hause … sofort.«

»Nein!«, jammerte Hannah.

»Muss das wirklich sein?«, fragte Judy.

»O Liebes.« Janice machte ein bestürztes Gesicht. »Kannst du nicht um ein bisschen Aufschub bitten?«

Michael legte seiner Mutter die Hand auf die Schulter. »Das geht leider nicht. Es betrifft nicht nur mich. Es gibt eine riesige Crew … das ist ziemlich kompliziert.«

Nette vage Antwort, Michael.

Rena war offensichtlich die Einzige am Tisch, die Michael die Geschichte nicht abkaufte. Ihr Blick streifte Karen, dann starrte sie auf ihren Teller. Vermutlich gab sie sich die Schuld für die überstürzte Abreise.

Karen stand auf und ließ ihre Serviette auf ihren Teller fallen.

»Esst doch wenigstens in Ruhe zu Ende«, sagte Janice.

»Ich war sowieso fast fertig. Ich gehe besser gleich rauf und packe.«

Judy sprang auf. »Ich helfe dir.«

Bevor sie in die Hütte trat, hörte Karen Zach noch sagen: »Ich fahre euch runter in die Stadt.«

Karen packte ihre Siebensachen in den Koffer.

»Ich kann gar nicht fassen, dass ihr so plötzlich wegmüsst«, sagte Judy.

»Das ist typisch fürs Filmgeschäft. Michael ist andauernd auf dem Sprung.«

»Das ist aber nicht wirklich lustig.«

Karen setzte sich auf die Bettkante und legte Judy den Arm um die Schultern. »Sicher besucht er euch jetzt wieder öfter und du könntest doch mal nach L. A. kommen.«

»Das wäre toll.«

Karen drückte Judy, dann stand sie auf und schloss ihren Koffer.

Michael kam, gefolgt von einer schniefenden Hannah, die Treppe herauf. »Verschwinde bloß nicht wieder ewig von der Bildfläche«, jammerte sie.

»Du bist eine echte Dramaqueen, Hannah-Banana. Ich komme wieder.« Michael tauschte einen Blick mit Karen aus.

Karen griff nach ihren Sachen und machte sich auf den Weg nach unten. Auf der Treppe kam ihr Zach entgegen. »Lass mich das machen.«

Sie murmelte einen Dank. Der Klumpen in ihrer Kehle wurde immer dicker. Karen war allein bei ihrer Tante aufgewachsen und hatte nie größere Familienzusammenkünfte oder emotionale Abschiede erlebt. Im Augenblick war sie ganz dankbar dafür. Der plötzliche Aufbruch und der schnelle Abschied waren vermutlich das Beste, was ihr passieren konnte.

Draußen vor der Hütte halfen alle mit, das Gepäck zu verstauen. Das Abendessen war vergessen.

Rena stand mit Karens schlammverkrusteten Schuhen ein wenig abseits. »Hey, Karen?«

Sie ging zu Rena und streckte die Hand nach den Schuhen aus.

»Es tut mir leid«, raunte Rena.

»Du kannst nichts dafür.« Karen schaute sich um und versicherte sich, dass niemand in ihrer Nähe stand. »Er braucht einfach Zeit. Hab ein bisschen Geduld mit ihm.«

Rena lächelte mit Tränen in den Augen. »Dich werden wir nicht wiedersehen, oder?«

Karen zuckte die Achseln und schluckte ihre eigenen Tränen hinunter. »Michael und ich werden immer Freunde bleiben.«

Rena umarmte sie und versicherte ihr noch einmal, wie leid ihr alles tat.

Als Nächstes drückte Judy Karen an sich und versprach, bald nach L. A. zu kommen.

Hannah schniefte ununterbrochen. Um sie ein wenig zu trösten, bat Karen sie, ihr viele Textnachrichten zu schreiben. Dabei wusste sie, wie unnötig diese Aufforderung war. Teenager und Textnachrichten gehörten zusammen wie Highways und Asphalt. Joe umarmte sie, Karen küsste Susie auf ihre kleine runde Wange und bedankte sich bei Eli dafür, dass er die Spinnen in Schach gehalten hatte.

Hinter ihr verabschiedete Michael sich von seiner Familie.

Am längsten drückte Janice Karen an sich. Danach hielt sie sie noch an den Armen fest. »Danke, dass du unseren Sohn zu uns zurückgebracht hast.«

»Danke für eure Gastfreundschaft.«

»Du gehörst zur Familie«, sagte Janice. Karen zwang sich zu lächeln. »Du bist uns immer willkommen.«

»Danke.«

Jetzt war Sawyer an der Reihe. Er schaute Karen durchdringend an. »Weißt du was, Karen?«

Der Anflug eines Lächelns spielte um seine Lippen.

»Was denn?«

Einen Moment lang musterte er sie noch, dann sagte er: »Ich glaube, ich mag dich.«

Sie dachte an ihre erste Begegnung und verkniff sich das breite Lächeln, das sich auf ihr Gesicht stehlen wollte. »Weißt du, Sawyer, ich glaube, ich mag dich auch.«

Michaels Vater umarmte sie. Manchmal erinnerte er Karen an einen Hund, der kläffte und bellte, aber so gut wie nie zubiss.

Sie wischte sich die Tränen aus den Augen, winkte noch einmal in die Runde und eilte dann zu dem Wagen, vor dem Zach auf sie wartete.

»Nicht weinen«, sagte Zach. »Du siehst uns doch alle wieder.«

Karen schaute ihm in die Augen. »Nein, Zach. Leider nicht.«

Neunzehn

Karen hätte sich für ihre Worte in den Hintern treten können. Aber sie konnte sie nicht zurückholen und Zach auch nicht mehr anlügen. Es war, als würde jede Lüge ihre Seele ein Stück tiefer in einen Abgrund zerren.

Zum Glück war Michael bereits an ihrer Seite, sie stiegen ein und Zach stellte keine weiteren Fragen. Vielleicht würde er genau wie Rena alles selbst herausfinden. Oder aber Rena verplapperte sich eines Tages.

»Danke, dass du uns fährst«, sagte Michael zu seinem Bruder.

Karen winkte aus dem Fenster. Sie war froh, diesen Abschied hinter sich zu haben, und freute sich darauf, zu Hause ihren Kopf wieder klar zu bekommen.

Fuhr man nicht eigentlich weg, um sich zu erholen?

»Kein Problem.«

Zach suchte im Rückspiegel Karens Blick. In seinen Augen standen Fragen.

»Fliegst du gleich morgen früh von L. A. aus weiter?«, fragte Karen Michael, um die Geschichte vom vorverlegten Drehbeginn weiterzuspinnen.

»Ja. Und die Tickets für den Flug heute Abend um zehn sind schon am Flughafen von St. George für uns hinterlegt.«

Sie hatten also noch genügend Zeit, um im Haus der Gardners ihre restlichen Sachen zu holen und mit dem Mietwagen zum Flugplatz zu fahren.

»Wo drehst du denn diesmal?«

»In Montreal.«

»Und wie lange bist du dort?«

»Ein paar Monate wird es sicher dauern.«

»Ohne Pause? Kannst du wenigstens zwischendurch mal nach Hause fliegen?«, fragte Zach.

»Gelegentlich gibt es freie Wochenenden, dann kann ich weg.«

Karen lehnte sich zurück und hörte sich Zachs Fragen an.

»Will ich überhaupt wissen, wie hoch deine Gage diesmal ist?«

Michael ließ sich auf dem Sitz ein Stück tiefer rutschen. »Zweiunddreißig Millionen.«

Zach blieb der Mund offen stehen. »Heilige Scheiße.«

»Sag ich doch. Jetzt verstehst du die Eile, oder?«

Zach suchte erneut Karens Blick. »Aber vergiss bei der Jagd nach dem großen Geld nicht die wirklich wichtigen Dinge, kleiner Bruder.«

»Genau deshalb sind wir ja hergekommen. Nicht wahr, Karen?«

»Jap.«

Auf dem Rest der Fahrt ins Tal betrachtete Karen stumm die Aussicht. Am Haus der Gardners angekommen sammelten sie noch ein paar Sachen ein und luden das Gepäck in den Kofferraum des Mietwagens.

Karen wollte schnell weg. Einer langen Abschiedsszene mit Zach war ihr Herz nicht gewachsen.

Ihr Handy summte und sie zog es aus der Tasche. Eine ganze Reihe von Nachrichten wartete auf sie. Einer unbekannten Nummer wollte Karen zunächst keine Beachtung schenken. Dann klickte sie die Nachricht doch an.

Rufen Sie mich an. Petra

Karen wurde eiskalt. *Becky*.

Sie drückte auf Rückruf und ging ans Ende des Vorgartens.

»Karen hier.«

»Ich dachte, es interessiert Sie vielleicht«, sagte Petra.

»Was ist denn?«

»Becky ist seit zwei Tagen verschwunden.«

»O nein.«

»Ich habe sie nicht wegfahren sehen. Sie hat jeden Tag auf Millies Bank gesessen und dann ist ihre Mutter plötzlich weinend zu mir reingekommen und wollte wissen, ob ich sie gesehen habe.«

»Und Nolan?«

»Der schließt jeden Morgen die Eisenwarenhandlung auf. Gestern hat der Wagen des Sheriffs dort gestanden.«

Karen fuhr sich durchs Haar und schaute zum Haus. Sie sah Michael und Zach miteinander reden. »Das passt nicht zusammen. Nolan würde sie nicht einfach so gehen lassen.«

»Wieder eine junge Ausreißerin mehr.«

»Danke fürs Bescheid sagen, Petra. Ich melde mich.«

Karen beendete den Anruf und hastete zu den Brüdern. »Becky ist weg.«

Zach riss die Augen auf.

»Das Mädchen, von dem du glaubst, es sei schwanger?«, fragte Michael. Sie hatte auch ihm von ihrer Vermutung erzählt.

»Ja, genau. Aber Nolan ist noch in der Stadt.«

»Glaubst du, sie haben sich getrennt und sie ist abgehauen?«

Karen schüttelte den Kopf. »Ich glaube, wo sie ist, ist auch er. Wenn er noch da ist, ist sie es auch. Weit weg kann sie jedenfalls nicht sein.«

Zach hatte sein Telefon am Ohr. »Hey, Buck ... Ja, ganz prima. Nein. Ich wollte bloß fragen, wie Nolan sich anstellt.«

Zach schaute Michael und Karen achselzuckend an. »Nein, schon gut. Ich bin in ein paar Tagen wieder da. Ja, danke.« Er legte auf. »Nolan kommt pünktlich zur Arbeit und hängt sich mächtig rein.«

Karen drehte sich um die eigene Achse, als könnte sie im umliegenden Kleinstadtidyll einen Hinweis auf Becky finden. »Ich wette, sie ist ganz in der Nähe.«

Michael legte die Hand auf Karens Schulter. »Du kannst nicht alle jungen Leute retten.«

Sie schüttelte die Hand ab. »Stimmt. Aber Becky vielleicht schon. Nur muss ich sie dazu erst mal finden.«

Sie ging zum Mietwagen und zerrte ihre Sachen heraus.

»Was machst du da?«

»Ich muss wissen, was mit Becky los ist. Vorher gehe ich hier nicht weg.«

»Karen?«

Sie stemmte eine Hand in die Hüfte und funkelte Michael an. »Du hast deinen Job, ich habe meinen.«

»Du bist nicht für Becky verantwortlich.«

»Stopp. Okay.« Offenbar verstand er sie nicht. Deshalb musste sie ihn an das erinnern, was sie ihm vor ein paar Tagen erzählt hatte. »Eine Woche, Michael. Ich habe eine Woche lang in diesem Haus gesessen. Mir war kalt, ich war müde und völlig fertig. Und ich war kein schwangerer Teenager. Becky braucht jemanden, der sich um sie kümmert.«

Michael ließ die Schultern hängen. »Ich kann Tony anrufen …«

»Nein. Flieg du ruhig. Ohne dich errege ich viel weniger Aufsehen und kann mich unauffällig nach ihr umsehen. Vielleicht finde ich sie ja und sie möchte für eine Weile untertauchen. Dann wäre es nicht gut, den berühmten Michael Wolfe in der Nähe zu haben.«

Er seufzte. »Ich will nicht, dass du dich im Stich gelassen fühlst.«

»Diese große, böse Stadt macht mir keine Angst«, scherzte sie. »Aber willst du dir vorstellen, was alles passieren kann, wenn ein Mädchen wie Becky sich allein nach L. A. oder Salt Lake City verirrt?«

»Das ist schwierig. Ich kenne sie ja gar nicht.«

»Sie ist ein nettes Mädchen und Karen hat recht. Ihr Freund hängt ständig mit ihr zusammen. Es kann gut sein, dass sie noch hier ist«, sagte Zach zu seinem Bruder.

Michael rieb sich das Gesicht. »Du willst wirklich bleiben, Karen?«

»Ich muss. Und jetzt fahr los und ruf mich nach der Landung an.«

Michael streckte die Hände nach ihr aus. Sie umarmte ihn und spürte seine Lippen auf ihrem Haar. Er machte keinen Versuch, sie auf den Mund zu küssen.

»Pass auf sie auf«, sagte er zu Zach.

Sie sah, wie Zach schluckte. »Mach ich.«

Zusammen mit Zach schaute sie zu, wie Michael wegfuhr. Sie trugen das Gepäck ins Haus und schlossen die Tür.

»Weißt du, wo Nolan wohnt?«

»Ja. Als er bei unserem Dad angefangen hat, habe ich ihn ein paarmal nach Hause gefahren.«

»Wir müssen zu ihm. Sicher kann er uns sagen, wo sie ist.«

Karen öffnete ihren Koffer, zog einen dünnen Pullover heraus und warf ihn sich über die Schultern.

Als sie sich wieder aufrichtete, ruhte Zachs durchdringender Blick auf ihr.

»Willst du mir erklären, was du gesagt hast, bevor wir oben bei der Hütte in den Wagen gestiegen sind?«

Rena kannte Michaels Geheimnis bereits und wusste von der bevorstehenden Scheidung. Der Rest der Familie würde es auch bald erfahren und Karen wollte nicht, dass Zach es von jemand anderem hörte. »Michael und ich lassen uns scheiden.«

Zach hielt die Luft an. »Was? Wann?«

»Zum Anwalt gehen wir in ein paar Monaten. Vielleicht auch früher. Die Details müssen wir noch besprechen.«

»Die Details?«

Sie drehte ihm den Rücken zu und schloss ihren Koffer. »Es wird alles sehr einvernehmlich und freundschaftlich.«

Er nahm sie am Arm und drehte sie zu sich. »Warum hast du mir das nicht gesagt? Bevor ich dich geküsst habe? Oder hinterher?«

»Weil das nichts ändern würde. Ich bin immer noch mit deinem Bruder verheiratet und Michael ahnt nichts von unserem Interesse füreinander. Für ihn wäre das schlimm.«

»Aber du liebst ihn nicht.« Sie hörte die Erleichterung in seiner Stimme, sah die Verwirrung in seinen Augen.

»Ich werde deinen Bruder immer lieben … als Freund.«

Ihre Worte veränderten alles. Zach zog Karen an sich, legte die Hand auf ihre Wange und küsste sie. Diesmal gab es kein

Zögern, nur mühsam im Zaum gehaltene Leidenschaft. Ihre Skrupel, weil sie noch mit Michael verheiratet war, teilte er offenbar nicht. Eine seiner Hände glitt auf ihren Rücken und drückte sie fest an ihn, während die andere in ihr Haar fasste. Ihre guten Vorsätze kamen ins Wanken, der Wunsch Zachs Kuss zu erwidern, wurde übermächtig. Ihr Rückgrat prickelte vor Verlangen.

Michael war noch nicht einmal aus der Stadt und sie lag in den Armen seines Bruders.

Karens Körper bebte. Ihr war heiß und in ihr tobten die widersprüchlichsten Gefühle. Sie machte sich von Zach los und drückte ihn widerstrebend weg.

»Zach, bitte. Ich kann nicht …«

»Aber du willst es.«

»Ich glaube, das ist eindeutig.«

In der Hoffnung, dass er nicht bemerkte, wie viel Überwindung sie das kostete, wandte sie sich ab. »Wir müssen Nolan bitten, uns zu sagen, wo er seine Freundin versteckt.«

Karen fragte nicht, ob Zach ihr helfen würde. Sie ging einfach davon aus und eilte aus dem Haus.

Sie waren auf dem Weg zu Nolans Bleibe am Stadtrand und suchten nach einem schwangeren jungen Mädchen. Aber Zach konnte nicht aufhören zu lächeln.

Sie würden sich scheiden lassen.

Die Worte waren Musik, waren ein farbiges Feuerwerk in seinem Kopf. *Sehr einvernehmlich,* hatte sie gesagt … *In ein paar Monaten,* hatte sie gesagt. Er hatte gespürt, dass die beiden nicht zusammenpassten, und er hatte noch so viele Fragen. Aber Karen beantwortete keine davon. Na schön. Er konnte warten.

Für Michael wäre das schlimm.

Ja, sicher, aber das würde ihn nicht von Karen fernhalten. Das war völlig unmöglich.

»Wie heißt denn Nolan mit Nachnamen?«

»Parker.«

Sie fuhren zu einem Trailerpark an der Landstraße und suchten dort im Schritttempo nach Nolans Stellplatznummer.

»Warum liegen solche Wohnwagenparks immer an den Ausfallstraßen?«, fragte Karen.

»Günstige Grundstückspreise.«

»Glaubst du, Nolan würde Becky hier verstecken?«

»Wenn ich mich recht erinnere, trinkt Nolans Dad. Ich denke, das würde Nolan seiner Becky nicht zumuten.«

»Auweia. Nicht gut.«

Zach hielt neben Nolans Wohntrailer und stellte den Motor ab. »Warte hier. Ich sehe nach, ob er zu Hause ist.« Er schaute sich um. »Sein Auto ist nicht da.«

Er stieg die schmalen Stufen zum Eingang hinauf und klopfte an. Es war noch hell, aber die Sonne stand bereits so tief, dass er durch ein Fenster das Licht des Fernsehmonitors flackern sah. Als niemand antwortete, klopfte Zach noch einmal kräftiger an die Tür.

»Ich komme, verdammt.«

Zach trat einen Schritt zurück und wartete.

Ein Mann, vermutlich Nolans Vater, riss die Tür auf und musterte ihn mit glasigem Blick. »Ja?«

Der Mann stank nach Whiskey und kaltem Rauch.

»Ich suche Nolan.«

»Ach was? Sie auch? Hier ist er nicht.« Der Mann wollte die Tür wieder schließen.

Zach verhinderte es, indem er die Hand dagegenstemmte. »Wann haben Sie ihn zuletzt gesehen?«

Mr Parker starrte Zachs Hand an. Dabei wankte er unsicher hin und her. »Sind sie ein Cop?«

»Ich bin sein Boss.«

»Dann sage ich Ihnen jetzt das Gleiche wie den Bullen. Er kommt und geht, wie es ihm passt, und ein Mädchen ist hier nicht.«

»Was meinen Sie, kommt er wieder?«

»Welchen Teil von ›kommt und geht, wie es ihm passt‹, haben Sie nicht verstanden, Boss-Mann?«

Zach war ziemlich sicher, dass Nolans Vater ihnen tatsächlich nicht weiterhelfen konnte.

»Danke.« Zach ging zurück zum Wagen. Karen sah ihm mit besorgtem Blick entgegen. Er schüttelte den Kopf und stieg ein.

»Hier ist er nicht.«

»Wo könnte er denn sonst sein?«

Zach zuckte mit den Schultern. »Wir könnten bis morgen warten. Vielleicht kommt er zur Arbeit, dann reden wir mit ihm.«

Karen rieb sich die Nasenwurzel. »Wenn Nolan Becky doch allein hat gehen lassen, könnte sie schon wer weiß wo sein. Je länger wir warten, desto weiter weg ist sie. Ich will gar nicht daran denken, was ihr alles zustoßen könnte.«

Zach drehte sich zu ihr und schaute sie lange an. »Aber wenn deine erste Vermutung stimmt und Nolan sie in ein sicheres Versteck gebracht hat, erfahren wir es morgen früh.«

»Und was, wenn ich danebenliege?«

Das glaubte er nicht. Aber anstatt lange zu diskutieren, fragte er: »Wo würde er sie verstecken? Hier sicher nicht.« Die Straßenlaternen gingen flackernd an und ein paar Jugendliche nahmen aus einiger Entfernung Zachs Wagen in Augenschein.

»Wo ist das nächste Hotel?«

»In Monroe. Aber da hat die Polizei sicher längst nachgesehen.«

»Und das übernächste?«

Zach fuhr ohne eine Antwort los, bog auf die Landstraße ein und lenkte den Wagen Richtung Norden. Zehn Minuten später passierten sie das Ortsschild von Bell. »Hier gibt es ein paar Motels. Wirklich schick ist keines davon.«

»Eine Kreditkarte würde Nolan vermutlich nicht benutzen.«

»Ich bezweifle, dass er eine hat.«

Sie klapperten die Motels ab. Eins war schäbiger als das andere und überall hörten sie dasselbe. Jemand, auf den die Beschreibung von Nolan und Becky passte, war dort nicht abgestiegen.

Inzwischen war es völlig dunkel, doch in der Hoffnung, vielleicht durch Zufall auf Nolans Wagen zu stoßen, kurvten sie weiter durch die Ortschaft. Die Außenbezirke zogen sich meilenweit hin. Becky konnte überall sein.

»Glaubst du, sie sind noch weiter weg gefahren?«, fragte Karen.

»Bis zur nächsten richtigen Stadt sind es dreißig Meilen.«

»Ich glaube nicht, dass sie dort sind.«

»Buck hat gesagt, Nolan käme immer pünktlich zur Arbeit. Wenn der Junge Becky versteckt, dann sicher nicht allzu weit entfernt.«

»Ich glaube, wir denken in eine völlig falsche Richtung«, sagte Karen. »Wenn du achtzehn wärst und deine schwangere Freundin von zu Hause wegmüsste – wohin würdest du sie bringen?«

Wenn er mit achtzehn ein Mädchen geschwängert hätte, hätte er sie zu seinen Eltern gebracht, aber diese Möglichkeit schied in Nolans Fall aus.

»An Nolans Stelle würde ich arbeiten, bis ich genügend Geld hätte, um mit ihr wegzugehen. Für ein Motel würde ich es sicher nicht ausgeben.«

»Und wenn die Eltern des Mädchens annehmen müssten, dass du weißt, wo sie ist, würden sie dich nicht aus den Augen lassen. Schon gar nicht, wenn du die Stadt verlässt.« Karen kratzte sich am Kopf. »Gibt es in der Eisenwarenhandlung ein Hinterzimmer?«

»Das Lager. Es ist rappelvoll. Aber du bringst mich auf einen Gedanken.«

Er fuhr auf die Landstraße zurück und verließ sie ein Stück vor Hilton. Nolan brauchte einen Unterschlupf für Becky. Warum sie nicht vor aller Augen verstecken?

»Wohin fahren wir denn?«

»Nolan ist immer schon ganz früh bei der Arbeit. Fragt sich, wie früh er wirklich da ist. Oder ob er überhaupt nach Hause geht.« Das kleine Neubaugebiet lag still und verlassen im Dunkeln. Fast fertige Häuser hoben sich gegen den Nachthimmel ab.

»Ist das eine deiner Baustellen?«, fragte Karen.

»Hmhm.«

»Toll. Wie groß sind die Häuser denn?«

»Die kleineren haben zweihundert Quadratmeter Wohn- und Nutzfläche, die größeren zweihundertfünfzig.«

Karen schaute sich aufmerksam um. »Das sieht nach guter Arbeit aus, Zach.«

Er hatte sie nicht hergebracht, um zu prahlen. Trotzdem war er stolz und freute sich über Karens Interesse und das Kompliment.

Zach fuhr an den Häusern vorbei und parkte den Wagen. »Falls Nolan hier ist, lässt er sein Auto sicher nicht sichtbar herumstehen. Ein paar Garagen sind bereits fertig, da kann er es verstecken.«

»Wenn er hier ist, hat er uns vielleicht kommen sehen.«

»Er oder Becky.«

Sie sprangen aus Zachs Pick-up und näherten sich von hinten der ersten Häuserreihe. Im Mondlicht suchten sie sich ihren Weg. Als Karen über ein Drainagerohr stolperte, hielt Zach sie am Arm fest und brachte sie wieder ins Gleichgewicht. Nach dem zweiten Beinahe-Sturz ließ er die Hand einfach an ihrem Ellbogen liegen. Er fand sowieso, dass sie dort ganz gut hinpasste.

»Müssten wir nicht irgendwo Licht sehen?«, flüsterte Karen.

»Ich würde an Nolans Stelle lieber keins anmachen.«

Karen blieb stehen. »Hör mal.«

Zach hielt den Atem an und schloss die Augen. In einem der Häuser auf der anderen Straßenseite lief Wasser.

Sie blieben im Schatten einer Hauswand stehen und starrten ein paar Minuten lang in die Dunkelheit. Dann bewegte sich im Obergeschoss des dritten Hauses in der Reihe ein Schatten am Fenster. Zach deutete stumm hinauf. Karen schaute angestrengt hin und der Schatten kehrte tatsächlich zurück.

»Wie viele Eingänge gibt es?«, fragte sie.

»Haustür, Hintertür, Garage.«

»Ich nehme die Haustür, weil ich mich hier nicht auskenne. Du behältst am besten die Hintertür im Blick. Für den Fall, dass sie verschwinden wollen.«

»Bist du immer so listig, Ms Jones?«

»Wenn ich eine Mission habe schon. Und jetzt los, bevor sie uns entdecken.«

Er salutierte grinsend, dann schlich er im Schatten der Hauswände zur rückwärtigen Seite des Gebäudes. Lautlos drehte er den Türknauf und schob sich in den Neubau. Das Haus war fast fertig. Nur die Teppichböden, die Malerarbeiten und ein paar weitere Kleinigkeiten fehlten noch.

Er hörte, wie Karen die Haustür öffnete.

Anstatt weiter durch die Dunkelheit zu tappen, drückte Zach auf den Schalter für das Küchenlicht. Die Verbindungstür zur Garage hatte er im Blick und im Moment sah er dort keine jungen Leute rennen.

»Becky?« Karens Stimme hallte durch das leere Haus und prallte an den kahlen Wänden ab. »Hey, Süße, ich weiß, dass du hier bist.«

Zach ging zur Garagentür und öffnete sie. Dahinter stand Nolans Wagen. »Nolan?«, rief er.

»Keine Angst, ihr zwei. Wir wollen euch helfen.« Karens Stimme kam näher.

Zach ging durch die Küche in den Flur und sah sie am Fuß der Treppe stehen.

Über ihnen ächzte eine Bodendiele.

»Nolan, Kumpel, keine Sorge! Wir wollen nur mit euch reden.« Als keine Antwort kam, rief er: »Wir haben dein Auto gesehen.«

Karen schaute die Treppe hinauf und wartete. Endlich hörten sie Schritte. Dann standen Nolan und Becky Hand in Hand auf der obersten Stufe. »Sie geht nicht zu ihren Eltern zurück«, sagte Nolan.

Zach bemerkte den Bluterguss an Beckys Wange und Kiefer im selben Moment, in dem Karen nach Luft schnappte.

Sie rannte die Treppe hinauf. Als Becky zurückwich, blieb sie stehen. »Ach, Kleine. Wer war denn das?«

Becky schaute zwischen Nolan und Karen hin und her.

Zach wartete schweigend am Fuß der Treppe.

»Am besten du erzählst es ihnen«, sagte Nolan. »Vielleicht können sie ja etwas tun.«

Becky schmiegte sich an Nolans Seite. Er legte ihr den Arm um die Schultern. Das Mädchen fing an zu weinen und Zach sah, wie Karen starr wurde.

»Sollen wir uns nicht lieber hinsetzen?«, fragte sie.

Nolan nickte. »Wir haben ein paar Stühle hier oben.«

Zach erklomm ebenfalls die Treppe. Gemeinsam gingen sie in eins der Schlafzimmer. Dort lag eine Luftmatratze und neben einem Koffer standen zwei Klappstühle. Leere Essensverpackungen und Flaschen zeigten, dass die beiden schon eine Weile hier waren.

»Ich mache natürlich alles sauber«, sagte Nolan. »Es tut mir leid, Mr Gardner. Ich wusste nicht, wohin. Ich habe ein bisschen Geld zusammengespart, aber nicht genug.«

Zach wedelte mit der Hand. »Das ist jetzt nicht so wichtig.« Der Bluterguss in Beckys Gesicht und die Striemen an ihren Armen zeigten deutlich, dass es Nolan um viel mehr ging, als die Schwangerschaft seiner Freundin geheim zu halten. Falls sie überhaupt schwanger war. »Wir wollen euch helfen, das ist ernst gemeint.«

Nolan und Becky setzten sich zusammen auf die Matratze, hielten sich an den Händen und sahen so ängstlich aus wie zwei Mäuse in einer Küche voller Katzen.

Karen nahm auf einem Klappstuhl Platz, Zach schwang sich rittlings auf den zweiten.

Bald war klar, dass die beiden jungen Leute nicht von sich aus reden würden. Karen stieß einen tiefen Seufzer aus.

Zwanzig

Angespannt wartete Karen darauf, dass die beiden endlich den Mund aufmachten. Beckys dunkel schillernde blaue Flecken weckten in ihr das Verlangen, auf jemanden einzudreschen. Vorzugsweise auf den Verursacher. Am liebsten hätte sie das junge Paar ohne weitere Fragen weit weggebracht.

Wenn es tatsächlich ihre Bestimmung war, Teenagern in Not zu helfen, musste sie das quälende Schweigen und das Warten jetzt aushalten.

Zach kniff die Lippen zusammen und wartete mit ihr.

Sie spürte seinen Blick und lächelte ihn an. Er hob eine Augenbraue und schielte zu Nolan. Aber sie schüttelte den Kopf. Er sollte dem Jungen Zeit lassen.

»Sie kann unmöglich zurück«, sagte Nolan nach einer Weile noch einmal.

Becky hatte das Gesicht an Nolans Schulter vergraben. Die Blutergüsse konnte Karen trotzdem noch sehen.

»Ist das mit deinem Gesicht bei dir zu Hause passiert? Bei deinen Eltern?«, fragte Karen leise.

Beckys Antwort war ein kaum merkliches Nicken.

»Haben sie dich schon öfter geschlagen?«, fragte Zach.

Wieder nickte Becky, wieder sagte sie nichts.

»Wie lange weißt du schon davon, Nolan?« Zachs direkte Frage kam für Karen völlig überraschend.

Nolans Blick schnellte zu Zach. »Ich habe es nicht gewusst.« Der Junge verschanzte sich hinter den Worten wie hinter einem Schutzschild. »Becky hat gesagt, sie sei hingefallen.«

»Keiner gibt dir die Schuld«, sagte Karen. Sie warf Zach einen durchdringenden Blick zu.

»Ich hab's niemandem verraten«, nuschelte Betty. »Es ist nicht ständig passiert, nur …« Sie brach ab.

»Deshalb bist du weggelaufen.«

»Es ging nicht anders.« Jetzt schaute Becky Karen an. Ihre Augen waren rot und verquollen.

Karen nickte. »Das hätte ich auch getan. Weglaufen ist besser, als Schläge kassieren.«

»Ich wollte zur Polizei gehen«, sagte Nolan.

Becky schüttelte den Kopf. »Nein, bitte …«

Karen beschloss, das Thema Polizei jetzt nicht zu vertiefen. »Wie alt bist du, Becky?«

»Siebzehn.«

»Nolan?«

»In drei Monaten werde ich neunzehn.«

Karen schaute Zach an. Er runzelte besorgt die Stirn.

»Und was habt ihr jetzt vor?« Es war besser, erst einmal zu hören, welche Vorstellungen die beiden hatten, und diese dann gerade zu biegen, anstatt ihnen gleich zu signalisieren, sie hätten keine Ahnung.

Nolan straffte die Schultern. »Becky und ich werden heiraten.«

Karen nickte, als würde sie darüber nachdenken.

»Wenn sie verheiratet ist, haben ihre Eltern ihr nichts mehr zu sagen.«

Karen kratzte sich am Kopf. »Das stimmt. Aber Becky ist noch nicht volljährig. Zum Heiraten braucht sie die Zustimmung ihrer Eltern.«

Nolan starrte finster zu Boden. »Aber Becky ist schwanger …«

»Nolan!« Becky fuhr zu ihm herum und Nolan machte schnell den Mund zu.

»Schon gut, Becky. Zach und ich haben es uns sowieso gedacht«, sagte Karen.

Die beiden Teenager starrten sie mit schreckensweiten Augen an.

»Wie das denn?«

»Ich arbeite in Kalifornien mit jungen Leuten und kenne die Anzeichen.« Karen gab den beiden einen Moment Zeit zu verdauen, dass sie Bescheid wussten. Dann konfrontierte sie Nolan mit den unbequemen Fakten. »Leider braucht Becky trotz der Schwangerschaft zum Heiraten die Erlaubnis ihrer Eltern.«

»Aber …«

»So will es das Gesetz. Junge Leute sollen damit vor schweren Fehlern bewahrt werden.«

»Aber wir lieben uns. Und jetzt, mit dem Baby …«

Becky schaute überall hin, nur nicht zu Karen und Zach.

»Du stehst zu Becky, und das ist gut«, sagte Zach. »Aber Heiraten ist eine große Sache.«

»Ein Kind kriegen auch.«

»Jap. Riesengroß.« Karen nickte. »Das Baby wird kommen, ob ihr dafür bereit seid oder nicht. Aber zum Heiraten zwingt euch keiner.«

»Aber …«

»Selbst wenn ihr es schaffen würdet, euch heimlich trauen zu lassen, könnten Beckys Eltern die Ehe für nichtig erklären lassen, weil ihre Tochter noch nicht volljährig ist. Zusätzlich könnten sie dich anzeigen, Nolan, weil du vor dem Gesetz ein Erwachsener bist.«

Nolan starrte Karen fassungslos an.

»Nolan hat doch nichts verbrochen«, murmelte Becky.

»Das habe ich auch nicht behauptet. Ich sage euch nur, wie die Rechtslage ist. Aber es gibt auch eine gute Nachricht: Kein Gericht der Welt wird Becky zwingen, weiter bei ihren Eltern zu leben, wenn ihr Vater sie schlägt.«

Becky schüttelte den Kopf. Eine Träne rann über ihre Wange. »Es ist nicht mein Dad.«

»Oh?« Damit hatte Karen nicht gerechnet.

»Es ist meine Mom. Wenn sie mich nicht bestraft, bekommt sie Prügel von meinem Dad.«

Karen wurde schwindelig. Wenn sie nicht auf dem Klappstuhl gesessen hätte, hätte ihr Beckys Erklärung vermutlich die

Beine weggezogen. Auf wie viele Arten konnten Eltern einem das Leben vermasseln?

»Hier können sie nicht bleiben«, sagte Zach zehn Minuten später, als er und Karen das Zimmer verlassen hatten, um die Situation unter vier Augen zu besprechen.

»Stimmt. Becky braucht ein anständiges Bett und muss sich endlich richtig ausruhen können. Sie ist fix und fertig. Außerdem möchte ich wetten, dass sie noch nicht mal beim Arzt war.«

»Ich kann die beiden mit zu mir nach Hause nehmen …«

»Das ist zu riskant. Solange Becky ihre Eltern nicht anzeigen möchte, ist sie offiziell eine Ausreißerin. Sie bei dir zu verstecken, ist vielleicht keine so schlaue Idee.«

»Wenn du es machst, ist es auch nicht besser.«

»Ich wohne ja nicht hier.«

»Und was ändert das?«, fragte Zach.

»Eigentlich nichts.« Sie lachte leise auf. »Aber ich kann dich unmöglich bitten, noch mehr zu tun, als du bereits getan hast.«

»Du bittest mich ja nicht. Ich biete es an.«

Sie lächelte. »Das ist sehr lieb von dir, aber ich glaube, ich sollte das regeln. Ich habe ein paar Ideen, muss aber noch ein bisschen nachdenken. Becky in die Nähe ihrer Eltern zurückzubringen wäre viel zu belastend für sie. Das ist sicher nicht gut für das Baby … und für sie auch nicht.«

Zach starrte zu Boden. »Ja, du hast recht. Ihre Eltern machen mich fassungslos. Sollte eine Mutter ihr Kind denn nicht schützen?« Zachs Stimme klang bitter.

»Nicht alle Mütter sind wie Janice. Du hast großes Glück.«

Er hob den Arm und schaute auf die Uhr. »Ach, verdammt. Die machen sich wahrscheinlich Sorgen, weil ich noch nicht wieder bei ihnen in der Hütte bin.«

»Du musst sie anrufen.«

»Das mache ich gleich.«

Karen hörte Becky und Nolan im Schlafzimmer miteinander flüstern und drehte sich zu ihnen.

Zach drückte sanft ihre Schulter. »Die beiden schaffen das schon.«

»Ich traue es ihnen zu. Aber sie tun mir schrecklich leid.«

»Nicht nur dir.«

»Mir ist gerade noch ein Gedanke gekommen«, sagte Karen.

»Ja?«

»Wenn Beckys Eltern klar wird, dass sie vor Gericht landen könnten, lassen sie ihre Tochter vielleicht gehen.«

»Gehen? Wie meinst du das? Dass sie sie nicht aufhalten, wenn sie wegwill, oder dass sie ihr die Einwilligung zum Heiraten geben?«

»Vielleicht beides. Natürlich wäre es mir lieber, wenn die zwei sich nicht gleich in eine Ehe stürzen würden. Okay, es ist ihre Entscheidung, aber sie sind noch so jung.«

Zach rieb ihren Arm und stand so nahe bei ihr, dass seine Wärme und Kraft auf sie abstrahlten.

»Komm, wir bringen sie erst mal hier weg.«

Sie packten alle Sachen auf die Ladefläche von Zachs Pick-up und fuhren nach Bell. Dort nahm Karen ein Motelzimmer mit zwei großen Betten. Nolan und Becky blieben im Wagen und stiegen erst vor dem Zimmereingang auf der Rückseite des Gebäudes aus.

Karen legte ihren Koffer auf eines der beiden Betten. Zach stand an der Tür und Becky schmiegte sich wieder dicht an Nolan.

»Ich habe mir überlegt, wie wir vorgehen könnten«, begann Karen. Sie schaute Nolan an. »Morgen holt Zach dich hier ab und bringt dich zur Arbeit. Es sei denn, du willst jetzt gleich mit ihm nach Hause fahren.«

»Ich bleibe bei Becky.« Nolans Stimme war fest.

»In Ordnung. Aber zur Arbeit musst du auf jeden Fall. Wenn du fehlst, könnte jemand auf die Idee kommen, dass ihr beide euch gemeinsam versteckt. Das, was ihr euch wünscht, geht nicht von einem Tag auf den andern. Wir brauchen etwas Zeit. Außerdem nehme ich an, dass du noch nicht beim Arzt warst, Becky.«

Das Mädchen schaute zu Boden. »Ja, stimmt.«

»Deshalb miete ich morgen einen Wagen und fahre mit Becky nach St. George. Dort suchen wir einen Arzt, der nach dir und dem Baby schaut. Glaubst du, St. George ist weit genug weg? Oder wird dich dort jemand erkennen?«

Becky schaute zwischen Nolan und Karen hin und her. »St. George müsste okay sein.«

Karen schaute Zach an. »Ich melde mich von dort aus. Außerdem muss ich ein paar Leute in L. A. anrufen, die uns vielleicht weiterhelfen können.« In einer größeren Stadt würden sie weniger auffallen. Aber einen überstürzten Ortswechsel wollte Karen Nolan und Becky jetzt nicht zumuten. Vorher gab es noch einiges zu klären.

»Karen?«, fragte Becky leise.

»Ja, Süße?«

»Warum machen Sie das? Sie kennen mich doch gar nicht.«

Alle Augen richteten sich auf Karen.

»Wenn zwei so nette junge Leute Hilfe brauchen, kann ich nicht einfach wegschauen.«

Becky starrte zu Boden. »Ich bin nicht nett. Ich kriege ein Kind.«

»Hey!« Karen hob die Hand. »Sag nicht so was. Ja klar, vielleicht hättet ihr die Schwangerschaft verhindern können. Aber es ist nun mal passiert. Deshalb bist du noch lange kein schlechter Mensch. Wenn man verliebt ist, gehen die Hormone manchmal mit einem durch. Das kann jedem passieren. Aber ich glaube kaum, dass du dein Baby irgendwo heimlich zur Welt bringen und in einen Müllcontainer werfen wolltest.«

»Großer Gott! Nein!« Becky war entsetzt und genau das hatte Karen beabsichtigt.

»Dann ist ja alles gut. Und jetzt Schluss mit dem Gerede darüber, was einem zu einem netten Menschen macht und was nicht.«

»Ja, Ma'am.«

»Dann sind wir uns wegen morgen einig?«

Nolan und Becky nickten bedächtig und Zach bat Karen nach draußen.

»Du willst wirklich hierbleiben?«, fragte Zach, als sie draußen auf dem Parkplatz außer Hörweite waren.

»Hast du eine bessere Idee?«

Zach lachte leise auf. »Nicht die Spur.«

Karen lehnte sich an seinen Wagen und rieb sich den Nacken. So hatte sie sich das Ende dieses Tages nicht vorgestellt. »Wenn wir sie alleine lassen, hauen sie vielleicht ab. Und wenn Beckys Eltern Anzeige erstatten und man die beiden schnappt, könnte Nolan im Knast landen.«

»Die Gefahr besteht. Es ist zum Verrücktwerden. Der Junge, der seiner Freundin beistehen will, bekommt Ärger, und ihre hirnverbrannten Eltern kommen ungeschoren davon.« Zach lehnte sich neben Karen. »Willst du mir verraten, weshalb du dich so für die beiden einsetzt?«

»Sie haben ein Riesenproblem, da kann ich nicht wegschauen.« Karen mied seinen Blick. Er sollte keine Möglichkeit haben, in sie hineinzusehen.

»Aber das ist nicht der einzige Grund.«

Sie hatte über ein Jahr gebraucht, um Michael von ihren Eltern zu erzählen. Aber mit Zach war alles anders.

»Meine Eltern leben noch, Zach. Mein Vater hat mich nicht geschlagen. Er hat die Macht über sein Kind auf andere Weise missbraucht.« Voller Beklommenheit dachte sie daran, wie ihr Vater in ihr Zimmer gekommen war, wie er … »Ich war noch sehr jung, hatte mir grade den allerersten BH gekauft, da hat er mich plötzlich mit anderen Augen angesehen.« Sie sah die Bilder von damals wie durch einen Schleier, so als ließe sich alles ändern, wenn sie nur nicht zu genau hinschaute.

Zachs Körper wurde starr. Das Lächeln wich aus seinem Gesicht, seine Hände ballten sich zu Fäusten.

»Eines Nachts ist er in mein Zimmer gekommen, hat mich geküsst und angefasst.« Er hatte ihr Vertrauen zerstört, ihr das Gefühl gegeben, schmutzig und verdorben zu sein. »Es war grauenhaft.«

Der vertraute Schmerz nistete sich in ihrer Brust ein. Sie spürte, wie Tränen in ihre Augen drängten.

Zach zog sie an sich und legte die Arme um sie, als könnte er sie vor ihren Erinnerungen schützen.

»Du lieber Himmel, Karen.«

Sie war in der Küche, half ihrer Mom mit dem Geschirr. Ein seltener Moment, denn Hausarbeit machte ihre Mutter nicht allzu oft.

Karen wollte die Gelegenheit nutzen, um ihr etwas zu sagen.

»Mom?«

»Ja?« Ihre Mutter klatschte den nächsten Teller in den Abtropfständer. Karen wollte ihn abtrocknen.

Sie begann zu zittern. Was sie sagen wollte, machte sie ungeheuer nervös. Ihre Mutter arbeitete in einer Bar und lebte von dem Geld, das man ihr dort zusteckte. Sie ließ Karen oft mit ihrem Vater allein. In letzter Zeit hatte Karen sich dabei immer unwohler gefühlt. Jetzt wusste sie auch weshalb.

Der Teller rutschte ihr aus der Hand und zersprang laut klirrend auf dem Boden.

April, ihre Mutter, drehte das Wasser ab. »Verdammt, das ist schon der dritte diesen Monat.«

»Tut mir leid.«

»Pass gefälligst besser auf.«

»Tut mir leid, es war keine Absicht.«

April ging in die Hocke und fing an, die Scherben einzusammeln.

Karen stand da und starrte auf sie hinunter.

»Willst du mir nicht helfen?«, blaffte April sie an.

Karen zog den Abfalleimer unter der Spüle hervor, nahm ein paar große Scherben und warf sie hinein. Dabei schnitt sie sich an einer scharfen Kante in den Finger. Sie setzte sich auf den Boden und schaute zu, wie das Blut aus ihrem Finger quoll. Wie ein so kleiner Schnitt nur so wehtun konnte.

»Was ist denn mit dir? Los, lass Wasser drüber laufen. Dummes Kind.«

Karen stand auf, drehte das Wasser auf und hielt ihren Finger unter den Strahl.

»Was ist los?«

Bevor Karen etwas sagen konnte, kamen die Tränen. »Mom ...«

»Was ist?«

»Dad ... er ...«

April stand reglos da. Wartete. Als wüsste sie, was nun kommen würde. »Was?« Ihr barscher Ton machte es Karen noch schwerer, das auszusprechen, was sie auf dem Herzen hatte.

»Er ...« Jetzt flossen die Tränen in Strömen. Sprechen war fast unmöglich. »Er ...«

»Spuck's schon aus.«

Karen zögerte. Am liebsten hätte sie den Mund gehalten. Doch eine innere Stimme sagte ihr klipp und klar, dass es falsch war, wenn ein Vater seine Tochter so anfasste, wie sie es im Aufklärungsunterricht in der Schule besprochen hatten. Deshalb presste sie hervor: »Er hat mich angefasst.«

April wartete. Das Wasser lief unbeachtet weiter.

»Da unten.«

April schloss den Wasserhahn und drehte ihn dabei fast ab. »Du lügst. Und du übertreibst immer maßlos. Erst letzten Samstag hast du gesagt, ich sei um drei heimgekommen ... Dabei war es erst halb drei.«

Karens Unterlippe zitterte. Es war drei gewesen und ihre Mutter betrunken.

»Ich lüge nicht.«

Aprils Hand klatschte in Karens Gesicht. Karens Kopf flog zur Seite. Die letzte Ohrfeige hatte sie als kleines Kind von ihrer Mutter bekommen.

»Geh in dein Bett und überleg dir in Zukunft, was du sagst.«

Karen drehte sich um, verließ die Küche ... und sah ihre Mutter nie wieder.

Sie schlang die Arme um Zach und kämpfte gegen die Gefühle an, die sie verschlingen wollten. »Ich habe es meiner Mom erzählt, aber sie hat behauptet, ich lüge. Und dann sind die beiden einfach verschwunden.«

Zach legte die Hände an ihre Wangen und rückte gerade so weit von ihr ab, dass er ihr in die Augen schauen konnte.

»Wie meinst du das, verschwunden?«

Die Geschichte zu erzählen fiel ihr noch immer unendlich schwer. »Sie haben ihre Sachen gepackt und sind abgehauen. Erst nach einer ganzen Woche habe ich kapiert, dass sie nicht wiederkommen. Ich hatte Angst, ich war allein. Ich wusste nicht, wie ich weiterleben und nicht mal, was ich essen soll. Meine einzige Angehörige war eine Tante und die wohnte tausende Meilen entfernt. Irgendwann hat die Schule die Behörden informiert und meine Tante hat mich zu sich geholt.«

»Wie alt warst du damals?«, flüsterte er mit rauer Stimme.

»Drei… dreizehn.«

Er zog sie wieder an sich und hielt sie ganz fest.

Sie schmiegte die Wange an seine Brust, atmete seinen Geruch ein und die Geborgenheit, die sie in seinen Armen spürte. »Verstehst du jetzt, weshalb … weshalb ich nicht einfach wegschauen kann?«

»Wir schauen nicht weg. Wir finden eine Lösung.«

Lange sah er sie an, dann legte er die Lippen auf ihre. Sein Kuss war liebevoll und zart und weckte ganz neue Gefühle in ihr. Ab und an hatte sie jemandem einen Blick in ihre Seele gewährt, ab und an hatte sie sich körperlich zu jemandem hingezogen gefühlt. Aber nie war ihr das bei ein und derselben Person passiert.

Bis jetzt.

Einen Moment lang dachte Karen weder an Michael noch daran, dass sie mit ihm verheiratet war und dass er und Zach Brüder waren. Sie verschmolz einfach mit Zachs Berührungen, mit seinem Kuss und erlaubte sich, diesen zärtlichen Augenblick zu leben.

Zach beendete den Kuss mit einem sanften Knabbern an ihrer Unterlippe. »Ich komme morgen früh wieder her.«

»Falls irgendetwas ist, rufe ich dich an.«

Nach einem weiteren zärtlichen Kuss machte er sich auf den Weg.

Einundzwanzig

Vom Bett aus schrieb Karen an Michael.

WIR HABEN SIE GEFUNDEN.

IST ALLES IN ORDNUNG?

NEIN, GAR NICHT. ABER WIR KRIEGEN DAS HIN. MELDE DICH, WENN DU IN KANADA BIST.

KLAR, MACH ICH.

Sie dachte an Zach, an die Küsse.

WIR MÜSSEN REDEN.

JA. KANNST DU VIELLEICHT ZU MIR NACH KANADA KOMMEN?

VIELLEICHT.

PASS AUF DICH AUF.

Michaels letzte Nachricht war wie immer. Warmherzig, freundlich … Michael eben.

Karen schaute zu dem Paar hinüber, das eng aneinandergeschmiegt im Bett neben ihr lag, und lauschte den Nachtgeräuschen, die ins Zimmer drangen. Gegen ein Uhr fielen ihr die Augen zu.

Morgens um fünf weckte sie die erste Tür, die draußen zufiel.

Nolan und Becky schliefen immer noch tief und fest.

Karen suchte sich einen kühlen Fleck auf dem Kopfkissen und schaffte es, noch einmal wegzudämmern.

Dann klopfte jemand an die Tür. »Karen?«

Zach!

»Augenblick!«

Als Karen die Motelzimmertür öffnete, bewegte sich Becky neben Nolan.

Zach hielt ein kleines Tablett mit Bechern in der Hand, von denen Kaffeeduft aufstieg.

»O Gott … Danke!«

Zach lächelte. Mit seinen Mundwinkeln hoben sich die Stoppeln auf seinem Kinn, die ihn so verrucht und so sexy aussehen ließen und die Karen absolut unwiderstehlich fand.

Er trat ins Zimmer und bemerkte die schlafenden Teenager. »Machst du heute frei, Nolan?«

»Sorry.« Nolan rieb sich die Augen und schälte sich aus dem Bett. »Ich muss nur kurz duschen.«

Der Junge tappte in seiner Jogginghose ins Bad und gleich darauf ratterten und gurgelten die Rohrleitungen des billigen Motels.

Karen hielt Zach die Tür auf. »Ich wusste nicht, was ich mitbringen soll. Aber ich dachte mit Donuts und Bagels liege ich sicher nicht komplett daneben.«

Becky setzte sich mit einem scheuen Lächeln im Bett auf.

»Für dich habe ich Milch mitgebracht.«

Als er Becky den Milchkarton reichte, spürte Karen, wie ihr Tränen in die Augen stiegen.

Sie war noch nicht mal ganz wach und Zach brachte bereits die Welt in Ordnung.

»Danke, Mr Gardner.«

Zach zwinkerte dem Mädchen zu, dann drehte er sich zu Karen. »Wie war die Nacht?«

Karen zuckte die Achseln. Sie konnte nur raten, wie sie aussehen musste. Wie eine Frau, die nur ein paar Stunden geschlafen hatte und dabei auch noch von ungeliebten Erinnerungen und Träumen heimgesucht worden war. »Ganz gut.«

Der besorgte Zug um seinen Mund verriet ihr, dass er ihr das nicht abnahm.

Sie griff sich einen Kaffeebecher, gab Milch und Zucker hinein und trank einen Schluck. Perfekt.

Sie seufzte dankbar. Als sie die Augen wieder öffnete, sah sie, dass Zach sie lächelnd beobachtet hatte.

»Was?«

»Ganz gut?«

»Okay, nicht gut.«

Zach zog einen Zettel aus der Gesäßtasche. »Das ist die einzige Mietwagenfirma hier im Ort. Falls es Probleme gibt, ruf mich an.«

Sie nahm den Zettel und bedankte sich.

Die Rohrleitungen kreischten ein letztes Mal auf, dann drehte Nolan die Dusche ab.

Er kam aus dem Bad, ging zum Bett und schnüffelte an dem Shirt, das er in der vergangenen Nacht dort fallenlassen hatte. Schließlich zog er es sich über den Kopf.

Karen biss sich auf die Zunge, um nicht aufzulachen.

Becky saß im Bett, trank Milch und knabberte an einem Donut.

»Hast du deine Eltern angerufen?«, fragte Karen Zach.

Zach nickte. »Ich habe ihnen gesagt, ich müsste auf der Baustelle nach dem Rechten sehen und würde versuchen, heute gegen später wieder loszukommen.«

Karen lächelte traurig. »Hört sich an, als wäre dein Urlaub vorbei.«

Er starrte in die Ferne. »Es war schön dort oben. Aber jetzt wäre es nur verschenkte Zeit.«

Wie das letzte Jahr ihres Lebens. Verschenkte Zeit, in der sie etwas vorgetäuscht hatte, was nicht den Tatsachen entsprach. Nicht dass es ein großes Opfer bedeutete, mit einem guten Freund in einem wunderschönen Haus zu wohnen. Dass sie ein Leben in der Warteschleife führte, machte ihr erst seit Kurzem wirklich zu schaffen. Aber sie sagte sich, Becky und Nolan helfen zu können, würde alles wieder wettmachen.

»Darf ich mir einen nehmen?« Nolan zeigte auf die Kaffeebecher.

»Klar.« Zach reichte ihm einen Kaffee.

Nach einem gemurmelten Dank nahm Nolan einen großen Schluck und seufzte tief. »Das tut gut.«

»Wir sollten uns auf den Weg machen, bevor uns jemand sieht.«

Zach hatte recht.

Karen setzte sich aufs Bett und schaute zu, wie Nolan seine kleine Tasche packte. Er zögerte kurz, dann beugte er sich zu Becky und küsste sie auf die Wange. Die Geste war so süß und so voller unschuldiger Liebe, dass Karen sich abwenden musste. »Ruf mich an, wenn du etwas brauchst.«

Becky nickte lächelnd. »Ich komme schon klar.«

Aus dem Augenwinkel sah Karen, wie Becky mit den Lippen die Worte *Ich liebe dich* formte.

Nolan küsste sie noch einmal, biss von ihrem Donut ab und ging an Zach vorbei aus der Tür.

»Können wir?«

Zach hob eine Augenbraue, dann lächelte er Karen an.

»Ruf mich an.«

Karen hob den Kaffeebecher zum Gruß, bevor sich die Tür hinter den beiden schloss.

Gemeinsam mit Becky lächelte sie die geschlossene Tür an.

»Nolan ist ein prima Kerl«, sagte Karen.

Als sie keine Antwort bekam, drehte sie sich zu Becky. Becky starrte mit glasigem Blick in die Ferne. »Er ist der Beste.« Ihre Unterlippe zitterte.

Karen stellte den Kaffeebecher ab und setzte sich neben das Mädchen. Becky begann zu weinen.

Karen legte die Arme um sie und Becky hielt sich an ihr fest. »Ich habe solche Angst.«

»Das ist doch klar, das hätte jeder.« Karen starrte an die fleckige Zimmerdecke des schäbigen Motels und war froh und dankbar, dass sie in Hilton gewesen war, als das Mädchen sie am meisten gebraucht hatte.

Beckys Hand krallte sich in Karens Shirt. Sie schluchzte herzzerreißend.

»Natürlich hast du Angst, aber wir kriegen das hin. Du bist nicht allein.«

Mittags zog Zach Nolan beiseite und drückte ihm eine Tüte mit einem doppelten Cheeseburger, Pommes und einer Cola in die Hand. Sie setzten sich auf die Pritsche von Zachs Pick-up und kauten eine Weile schweigend. »Wie gefällt dir die Arbeit auf dem Bau?«, fragte Zach zwischen zwei Happen.

»Gut! Viel besser, als im Geschäft von Ihrem Dad Bestelllisten auszufüllen und die Bestände zu prüfen.«

Das glaubte Zach ihm aufs Wort. »Möchtest du mit Becky in Hilton bleiben?«

»Ich brauche Arbeit.«

Womit die Frage nicht beantwortet war.

»Aber ich glaube nicht, dass Beckys Eltern uns in Ruhe lassen werden. Und die Leute werden reden.«

»Das tun sie überall.«

Nolan steckte sich ein paar Fritten in den Mund und sprach kauend weiter. »Aber in Bell kennen uns nicht so viele und in St. George noch weniger.«

»Dann hättest du aber einen langen Arbeitsweg.«

»Ja, sicher. Aber ich muss an Becky denken. Ich glaube nicht, dass sie hier gut aufgehoben ist. Sie wissen, was ich meine. Und falls ich ihren Vater sehe, könnte es passieren, dass er hinterher zum Arzt muss. Dieser Dreckskerl.«

Zach hatte gute Lust, selbst dafür zu sorgen. Dabei wusste er nicht einmal, wie der Mann aussah.

»Es gibt einiges, worüber du nachdenken musst.« Zach nahm einen Schluck von seiner Cola. »Und du drückst dich nicht davor. Das ist gut. Für euch beide.«

»Ich liebe Becky. Und nicht bloß wegen dem Baby.«

»Willst du mich überzeugen oder dich selbst?« Zach suchte im Gesicht des Jungen nach Zweifeln.

»Sie. Meine Gefühle kenne ich. Ja, klar, ich hätte lieber gewartet, bis Becky mit der Schule fertig ist und ich genügend Geld habe, damit wir zusammenziehen können. Aber manchmal passieren unvorhergesehene Dinge. Jetzt machen wir eben das Beste draus. Nicht alles im Leben kann man planen.«

Zach dachte an Karen, an ihr honigblondes Haar und ihre zartrosa Lippen, die sie vor dem Kuss gestern befeuchtet hatte. Mit ihr fühlte er sich lebendig. Verdammt, bevor sie aufgetaucht war, hatte er nicht einmal gewusst, wie tot er innerlich gewesen war.

Den Gedanken an Michael verscheuchte er aus seinem Kopf. *Nicht alles im Leben kann man planen.*

In der Frauenklinik konnte Becky sich anonym untersuchen lassen. Karen hatte vorher angerufen und einen Termin vereinbart, damit sie sich gar nicht erst ins Wartezimmer setzen mussten. Becky trug sich als Rebecca Parker auf dem Formular ein und beantwortete die schriftlichen Gesundheitsfragen. Den Bluterguss in Beckys Gesicht hatten sie mit Make-up abgedeckt, aber man musste schon blind sein, um nichts zu bemerken.

»Soll ich während der Untersuchung bei dir bleiben?«, fragte Karen.

Becky sagte nicht sofort Nein. Deshalb nahm Karen ihr die Entscheidung ab. »Ich bleibe erst mal. Wenn ich gehen soll, nickst du einfach.«

»Okay.«

Eine Arzthelferin kam in den Behandlungsraum, nahm den Fragebogen und überflog ihn lächelnd. Dann gab sie Becky einen Plastikbecher. »Wir brauchen ein bisschen Urin. Und dann ziehst du dir den Kittel an. Mit der offenen Seite nach hinten.« Becky nahm den blau-weißen Krankenhauskittel und drückte ihn an ihre Brust.

Die Arzthelferin zeigte ihr den Weg zur Toilette, dann setzte sie sich zu Karen ins Behandlungszimmer und wartete.

»Sind Sie ihre Schwester?«

Karen lächelte. »Nein, nur eine Freundin.«

»Das arme Mädchen. Sie hat furchtbare Angst.«

»Ist das nicht immer so?«

Die Frau nickte. »Wenigstens ist sie nicht erst vierzehn.«

An vierzehnjährige Schwangere wollte Karen gar nicht denken. Becky war immerhin bald volljährig. Karen fand, dass Vierzehnjährige noch keinen Sex haben sollten. Es gab Grenzen. Dann musste sie plötzlich an ihren Vater denken. Nicht alle jungen Mädchen hatten Sex, weil sie es wollten. Schnell schob sie den Gedanken weg.

Becky kam ins Zimmer zurück. Mit einer Hand hielt sie den Krankenhauskittel zusammen, in der anderen hielt sie den Becher mit der Urinprobe. Ihre Kleider hatte sie sich über den Arm gehängt.

Karen nahm ihr die Kleider ab, die Arzthelferin den Becher. »Die Ärztin ist gleich da.«

Becky setzte sich auf die Untersuchungsliege und ließ die Beine baumeln.

An den Wänden hingen Poster, auf denen die unterschiedlichen Phasen einer Schwangerschaft dargestellt waren. Daneben hingen die Telefonnummern von Hilfsorganisationen, Wohnheimen für schwangere Mädchen und Adoptionsagenturen.

»Warst du schon mal beim Frauenarzt?«

Becky schüttelte den Kopf. »Nein.«

Beckys Eltern hatten offenbar manches versäumt. »Es ist nicht schlimm. Und denk immer daran, die Ärzte machen das andauernd.«

Die Tür ging auf und eine zierliche brünette Frau in einem weißen Arztkittel kam herein.

»Hallo, Rebecca«, sagte sie lächelnd. »Ich bin Dr. Grayem.« Die Ärztin streckte Rebecca die Hand hin.

»Hi.«

Karen wartete, bis die Frau sich zu ihr drehte. »Und Sie sind?«

»Eine Freundin.«

»Nicht ihre Mutter?«

Karen schüttelte den Kopf und bemerkte, wie Becky starr wurde.

»Nein.«

Dr. Grayem setzte sich auf einen Rollhocker und stellte Karen keine weiteren Fragen.

Sie schaute sich Beckys Unterlagen an. »Deine letzte Periode war vor zwölf Wochen?«

»Ja, Ma'am.«

»Und normalerweise kommt sie regelmäßig?«

»Ja.«

Dr. Grayem machte sich ein paar Notizen. »Ist dir morgens übel?«

»Manchmal ein bisschen.«

»Wie viel hast du denn gewogen, bevor du gemerkt hast, dass du schwanger bist?«

Becky beantwortete die Frage und die Ärztin nickte. »Weißt du, wer der Vater ist?«

Becky schnappte nach Luft. »Ja. Ich … Er ist der Einzige, mit dem ich zusammen war.«

Dr. Grayem blickte von ihren Notizen auf. »Ich frage das nicht, weil ich glaube, dass du wahllos mit Jungs ins Bett gehst, sondern weil wir auch an Ansteckungsrisiken denken müssen. Weiß dein Freund, dass du hier bist?«

Becky nickte.

Karen legte ihre Hand neben sie und Becky hielt sich daran fest.

Die Ärztin stellte weitere Fragen. Die meisten hatte Becky allerdings bereits auf dem Formular beantwortet und sie wurde immer nervöser.

Dr. Grayem legte die Notizen beiseite. »Ich werde dich jetzt untersuchen und dir immer vorher sagen, was ich als Nächstes mache. Okay, Rebecca?«

»Tut das weh?«

Die Ärztin lächelte. »Nein.«

Karen trat beiseite, blieb aber so nahe wie möglich bei Becky stehen, um ihr Sicherheit zu geben. Becky ließ die Untersuchung mit geschlossenen Augen über sich ergehen. Sie zuckte nur zusammen, weil die Hände der Ärztin kalt waren. Nebenher erklärte Dr. Grayem, worauf Becky in den nächsten Monaten achten sollte. Auf Krämpfe, Blutungen, alle üblichen Anzeichen von Komplikationen. Die Untersuchung dauerte nicht lang. Danach wusch sich die Ärztin die Hände, ging zur Tür und bat eine Helferin, ihr ein Ultraschallgerät zu bringen.

»Ist alles in Ordnung?«, fragte Becky.

»Ja. Du bist schon im zweiten Drittel der Schwangerschaft. Willst du dein Baby mal sehen?«

Becky blinzelte. Ihre Augen füllten sich mit Tränen.

»Wenn du es zur Adoption freigeben möchtest, kann ich …«

»Nein! Ich gebe mein Kind nicht her.«

Karen lächelte und machte Platz für das Ultraschallgerät.

»Also schön. Dann lass uns nachschauen.«

Dr. Grayem rollte ihren Hocker neben Becky und die Arzthelferin dimmte das Deckenlicht, damit die Bilder auf dem Monitor besser zu sehen waren. Karen stellte sich neben Becky und hielt ihre Hand.

Zuerst bekam Becky Gleitgel auf den Bauch geschmiert und bald waren Herztöne zu hören.

»Das sind deine«, sagte Dr. Grayem. »Hörst du, wie langsam sie sind? Na ja, okay, sie sind ein bisschen schneller als üblich, aber trotzdem viel langsamer als die deines Babys.«

Becky schaute mit großen Augen auf die körnigen Schwarzweißbilder auf dem Monitor.

»Da ist es.«

Die Ärztin hielt den Schallkopf auf Beckys Bauch still und zeigte mit der freien Hand auf den Bildschirm. »Siehst du? Hier. Es ist nur ein leichtes Flattern.«

Der Fleck, auf den sie zeigte, zuckte.

»Das Baby winkt. Es sagt Hallo.« Dr. Grayem drückte ein paar Knöpfe und bewegte den Schallkopf weiter.

Becky drückte Karens Hand und lächelte.

Dr. Grayem zeigte ihr den großen Kopf, das Herz und die winzigen Beinchen. So klein, so zart.

Karen zog ihr Handy aus der Tasche. »Soll ich ein Foto machen? Dann können wir es …«

»Ja«, sagte Becky hastig, bevor sie Nolans Namen nennen konnte.

»Ich mache dir auch einen Ausdruck«, sagte Dr. Grayem.

Karen sah die Freude auf Beckys Gesicht, als die Ärztin ihr sagte, wann sie sie wiedersehen wollte und dass in einigen Wochen auch das Geschlecht des Babys zu erkennen wäre.

Karen schickte das Ultraschallbild an Zach. Dazu schrieb sie:

SAG NOLAN, MUTTER UND KIND WOHLAUF.

Gemeinsam mit der Ärztin verließ Karen das Zimmer, damit Becky sich anziehen konnte.

»Es ist schön, dass Sie ihr beistehen«, sagte Dr. Grayem.

»Sie ist ein sehr nettes Mädchen und wird sicher eine prima Mutter.«

»Woher hat sie den Bluterguss?«

Karen fand nichts dabei, der Ärztin zu sagen, was sie wusste. »Ihre Eltern sind nicht glücklich über die Schwangerschaft. Aber von jetzt an werden sie nichts mehr damit zu tun haben.«

Dr. Grayem zischte kopfschüttelnd einen Fluch. »Wenn ich wegen der blauen Flecken einen Bericht schreiben soll, rufen Sie mich an.«

Sie zog eine Visitenkarte aus der Kitteltasche und gab sie Karen.

»Danke.«

Karen bezahlte die Untersuchung in bar und legte noch eine Spende für Patientinnen dazu, die sich eine Untersuchung sonst nicht leisten konnten. Dann ging sie mit Becky zum Mietwagen. Als sie hinter dem Steuer saß, summte ihr Telefon.

Zach hatte eine Antwort geschickt. HABE GERADE EINEN ERWACHSENEN MANN WEINEN SEHEN. RUF MICH AN, WENN DU ALLEIN BIST.

GERN.

»Nolan freut sich unglaublich«, sagte Karen zu Becky.

Becky konnte die Augen nicht von dem Ultraschallbild in ihren Händen lassen. »Ich kriege tatsächlich ein Kind.«

»Jap. Du kriegst tatsächlich ein Kind.«

»Ich werde Mutter.«

Karen lachte über das Staunen in Beckys Stimme. »Du und das Baby, ihr braucht jetzt erst mal eine Stärkung. Du musst doch hungrig sein.«

»Wie ein Wolf. Und die Ärztin meint ja, ich soll ruhig ein bisschen zunehmen.«

Karen kicherte und fuhr los.

Zweiundzwanzig

Karen konnte Becky überzeugen, dass sie in St. George sicherer war als in Bell. Zudem gab es hier viel bessere Unterkünfte.

Karen nahm zwei Zimmer, weil Becky und Nolan sicher gern für sich sein wollten. Inzwischen glaubte sie nicht mehr, dass die beiden davonlaufen würden. Zumindest nicht vor ihr und Zach.

Satt gegessen und müde von den vielen Emotionen der letzten Stunden legte Becky sich am späten Nachmittag hin und machte ein Nickerchen.

Karen erledigte in ihrem eigenen Zimmer einige überfällige Anrufe. Mit Gwen fing sie an. Gwen würde ihr sicher helfen und nicht nur, weil sie selbst im Babyglück war.

»Hey, Babymama«, frotzelte Karen, als Gwen sich meldete.

»Das wurde auch langsam Zeit. Wir dachten schon, du kommst nicht mehr zurück«, schimpfte Gwen.

»Ich wäre schon wieder da, aber ich kann hier nicht weg.« Karen erzählte Gwen von Becky und der ganzen verfahrenen Situation.

»Das arme Ding.«

»Jetzt schläft sie erst mal. Und seit sie das Baby gesehen hat, ist sie viel glücklicher.«

»Das ist wirklich ein wunderbarer Moment. Neil hat geweint, als ich ihm das Ultraschallbild von unserem Baby gezeigt habe.«

»Du machst Witze.« Neil war ein Mann wie ein Fels.

»Er würde es nie zugeben. Aber seine Augen sind ganz feucht geworden und er hat anschließend den ganzen Abend den Kopf in meinem Schoß vergraben, als könnte er so den Herzschlag des Babys hören.«

Karen hatte Mühe, sich das vorzustellen. Neil war eine Naturgewalt. So viel zartbesaitete Sanftheit traute man ihm einfach nicht zu.

»Seit der Untersuchung und seit sie das Baby gesehen hat, ist Becky etwas ruhiger. Aber wir müssen dafür sorgen, dass ihre Eltern nicht noch mehr Schaden anrichten. Streng genommen ist sie immer noch eine Ausreißerin und ich nehme an, ihre Eltern würden Nolan gern alles Mögliche anhängen.«

»Wie kann ich helfen?«

»Du könntest ein paar Fakten für mich checken. Ich weiß nicht, inwieweit sich die Gesetze in Utah von denen in Kalifornien unterscheiden. Wenn das Baby zur Welt kommt, ist Becky noch keine achtzehn. Lang dauert es dann allerdings nicht mehr und sie könnte sich bis zu ihrem achtzehnten Geburtstag verstecken. Aber das ist kein Leben.«

»Am liebsten würde ich Neil zu ihren Eltern schicken. Er würde denen unmissverständlich zu verstehen geben, dass sie im Knast landen, wenn sie ihre Tochter nicht in Ruhe lassen.«

»An so was habe ich auch schon gedacht. Wir müssen herausfinden, welche Rechte misshandelte Kinder haben, wenn sie von ihren Eltern wegwollen.«

»Ist Becky denn bereit, zur Polizei zu gehen?«

Karen stützte die Stirn in die Hand. »Noch nicht. Aber ich glaube, wenn für ihr Baby irgendeine Gefahr bestünde, würde sie keine Rücksicht auf ihre Eltern nehmen.«

»Trotzdem wäre das schwer für sie.«

»Ja sicher. Und ich würde auch gern Michaels und Zachs Familie so weit wie möglich aus der Sache heraushalten. Hilton ist eine verdammt kleine Stadt. Allerdings könnte es sein, dass ich euch dann irgendwann hier brauche.«

»Jederzeit. Ich kann dir auch Rick schicken.«

Rick war ein guter Freund von Neil. Er und Neil hatten bei den Marines in derselben Einheit gekämpft und Rick war beinahe so massig wie Mister Mann-wie-ein-Fels.

»Vielleicht nehme ich dich beim Wort.«

Gwen seufzte. »Und wie läuft es sonst? Ich habe mitbekommen, dass Michael zu Hause war. Aber er hat nur neue Kleider geholt und war sofort wieder weg.«

Neil und sein Sicherheitsteam, zu dem auch Rick gehörte, bewachten Michaels Haus und wussten vermutlich mehr über sie beide, als sie wahrhaben wollten.

Jetzt seufzte Karen. »Michaels Schwester ist dahintergekommen, welche Art von Ehe wir führen … und warum.«

»Ach herrje.«

»Sie hat es Michael gesagt. Aber dem Rest der Familie hat Michael noch nichts verraten. So weit ist er noch nicht.«

»Oh … und was ist mit Zach?«

»Der weiß nichts davon.«

»Danach habe ich nicht gefragt, Karen. Was ist mit *dir* und Zach?«

»Ich will die Gefühle für ihn nicht.«

»Aber du hast sie nun mal.«

Karen nickte, obwohl Gwen das am Telefon nicht sehen konnte. »Ja. Er ist fürsorglich und hilfsbereit. Er bringt mich zum Lachen … und ich fühle mich bei ihm geborgen.«

Gwen zögerte. »Habt ihr …?«

»Nein. Na ja, wir haben uns geküsst und ich hatte deshalb so schreckliche Schuldgefühle, dass ich unmöglich noch einen Schritt weitergehen konnte. Aber langsam lassen diese Schuldgefühle nach, Gwen. Je mehr Zeit wir miteinander verbringen, desto schwerer fällt es uns, einen Grund zu finden, weshalb wir uns voneinander fernhalten sollten. Und er weiß, dass Michael und ich uns scheiden lassen.«

»Ach?«

»Ja. Ich konnte einfach nicht weiterhin lügen. Schließlich weiß seine älteste Schwester Bescheid und Michael und ich planen keinen weiteren Besuch bei seiner Familie. Zumindest nicht gemeinsam.«

»Weiß Michael von Zach?«

»Nein, und das bringt mich fast um.«

Gwen schnalzte mit der Zunge. »Das lässt sich leicht ändern.«

»Leicht? Ich habe mich in seinen Bruder verguckt. Was soll daran bitte leicht sein?«

»Sag Michael, was los ist.«

»Das wird schlimm für ihn.«

»Ach Karen, Michael mag seine Schwächen haben, aber er liebt dich und will, dass du glücklich bist. Solange sein Geheimnis gewahrt bleibt, kann er dir kaum vorwerfen, dass du die Gardner-Gene unwiderstehlich findest.«

Karen spielte mit dem Diamanten an ihrem Finger. »Ich weiß nicht.«

»Du hast für Michaels Geheimnis ein Jahr deines Lebens geopfert.«

»Ich werde gut dafür bezahlt.«

Gwen kicherte. »Weißt du, was ich daran so lustig finde? Dir würde ich zutrauen, dass du dich auch ganz ohne Bezahlung für einen guten Freund opferst. Wenn ich allein daran denke, wie du dich für die beiden jungen Leute einsetzt. Du kennst sie noch keine zwei Wochen und schon hilfst du ihnen, sich zu verstecken, übernachtest in Motels … Karen, meine Liebe, du leidest unter einem Helfersyndrom erster Güte. Ja, sicher, Michael ist zu Alliance gekommen und deshalb seid ihr jetzt zusammen. Aber wenn du dich rein zufällig mit dem echten Michael, nicht dem Schauspieler, angefreundet hättest, hättest du ihm sicher aus purer Hilfsbereitschaft angeboten, ihn zu heiraten.«

Karen wollte das gerne abstreiten, aber Gwen lag mit ihrer Beobachtung nicht ganz falsch.

»Ich muss ihm von Zach und mir erzählen.«

»Ja, unbedingt«, sagte Gwen. »Ruf du Michael an und ich sehe zu, was ich von hier aus für deine Ausreißer tun kann.«

Eine halbe Stunde später war Karen mit Michael verbunden. Ihr zitterten die Hände, aber Gwen hatte recht. Je länger sie ihr

Geheimnis mit sich herumschleppte, desto schwerer wurde es, reinen Tisch zu machen. Michael würde vielleicht sauer sein oder entsetzt. Aber wenigstens erfuhr er es dann von ihr und nicht von jemand anderem.

»Hey? Wie ist es in Kanada?«

»Nass und kalt. Bist du noch in Utah?«

»Ja, in St. George.« Sie brachte ihn über Nolan und Becky auf den neuesten Stand.

»Wie kommt mein Bruder denn mit so viel Drama klar?«

Sie dachte an die Milch und an die Donuts. »Eigentlich ganz gut«, sagte sie lächelnd. »Ihr zwei seid euch wirklich ähnlich.«

»In manchen Dingen.«

»Hör mal, Michael … Ich habe Zach gesagt, dass wir uns scheiden lassen.«

Michaels Antwort ließ etwas auf sich warten. »Ganz und gar überraschend kommt das nicht«, sagte er schließlich. »Hat er unseren Eltern etwas erzählt?«

»Ich glaube nicht.«

»Wenn meine Mom etwas wüsste, hätte sie mich angerufen.«

»Sie sind alle noch oben in der Hütte.« Zumindest nahm Karen das an.

»Wir wussten, dass die Trennung nicht einfach werden würde.« Karen staunte, wie gelassen er das sagte.

»Ähm, Michael … weißt du noch, wie wir auf der Fahrt zu deinen Eltern darüber gesprochen haben, wie es wäre, wenn jemand von uns jemanden kennenlernen würde?«

Wieder Stille. »Ja?«

»Na ja, als du mit Ryder losgezogen bist, hast du mir vorher Bescheid gesagt.«

»Stimmt. Und jetzt hast du ein Auge auf jemanden geworfen?«

Sie wusste, dass sein heiterer Ton sich bald ändern würde.

»Ja. Aber …«

»Worauf wartest du, Karen? Sei diskret und gönn dir den Spaß. Wir haben eine Abmachung. Alles ist gut.«

»Ganz so einfach ist es nicht, Michael.«

Er lachte. »Doch, ist es. Und hinterher fühlt man sich großartig.«

»Michael! Bitte … Oh verdammt, ist das schwierig.«

Er hörte auf zu lachen. »Karen, Süße. Ich weiß, wie du dich fühlst. Du bist reif für eine heiße Nacht. Keiner versteht das besser als ich.«

»Hör auf, Michael. Es geht nicht bloß um Sex. Ich meine … ja, darum auch. Aber …« Je länger sie darum herumredete, desto schwerer wurde es, den Namen auszusprechen. »Es ist Zach. Okay? Der Mann, den ich will, ist dein Bruder.«

Es wurde still in der Leitung.

Gerade hatte Michael noch Scherze über Karens Wunsch nach einem Mann in ihrem Bett gemacht, jetzt rutschte ihm das Lächeln aus dem Gesicht. Er ließ sich in einen Sessel fallen. Der Sessel stand in einem Luxuswohnmobil, seinem Zuhause während der Dreharbeiten.

Heilige Scheiße.

»Ich wollte das nicht. Ich habe versucht, meine Gefühle zu ignorieren.« Karens Stimme klang fremd in ihren eigenen Ohren. Ihre Worte schoben sich ineinander wie Autos bei einer Massenkarambolage. »Es tut mir leid. Ich werde einfach so tun, als wäre nichts. Vergiss bitte, was ich gesagt habe.«

Das konnte er nicht.

Karen brach in Tränen aus. »Es tut mir leid, Michael. Ich rufe dich später noch mal an.«

»Nein! Warte. Ich brauche bloß einen Moment, um zu kapieren, was ich gehört habe.«

»Es tut mir leid«, flüsterte sie. »Ehrlich, Michael.«

»Zach? Wirklich?« Michael rieb sich mit der freien Hand das Gesicht, dann starrte er auf den Ring, den er seit über einem Jahr trug.

»Ja.«

»Verdammt, ich habe es kommen sehen.«

»Im … im Ernst?«, stotterte sie ins Telefon.

»Ja. Mir ist aufgefallen, wie er dich angesehen hat. Und die Spannung zwischen euch habe ich auch gespürt.« Er wusste genau, wie es sich anfühlte, sich nach jemandem zu sehnen, mit dem man nicht zusammen sein konnte. Zumindest nicht in aller Offenheit.

»Hat er … Habt ihr?«

»Nein. Okay, ich habe ihn geküsst. Wir haben uns geküsst. Aber das war alles. Und dein Geheimnis kennt er nicht«, setzte sie hastig hinzu.

»Du darfst es ihm nicht verraten.« Doch Michael machte sich nichts vor. Er wusste, dass es nur eine Frage der Zeit war, bis Karen die Wahrheit herausrutschte. Das konnte gar nicht anders sein. Wenn zwei Menschen sich ganz nahe kamen, öffneten sich Schranken. Auch Ryder wusste jetzt, dass er und Karen nur auf dem Papier verheiratet waren.

»Das ist doch selbstverständlich, Michael. Das würde ich dir nicht antun. Niemals.«

Absichtlich sicher nicht. Verdammt, er musste Zach selbst erzählen, dass er nun mal auf Männer stand. Karen sollte sich nicht länger verbiegen und für ihn lügen müssen. Das war er ihr schuldig.

»Aber falls er irgendwie dahinterkommt, musst du es mir sagen.«

»Klar.«

Er lachte auf. »Am liebsten würde ich ihn verprügeln«, gestand er ihr.

»Stellst du jetzt Besitzansprüche?«

»Ja. Aber das ist völlig unsinnig. Dazu habe ich kein Recht.« Karen war seine beste Freundin, nicht seine Geliebte.

»Na ja, irgendwie schon. Immerhin sind wir verheiratet.«

Er seufzte. »Aber nur auf dem Papier. Noch schlimmer wäre es natürlich, wenn er hinter Ryder her wäre.«

Karen lachte. »Ich glaube, da brauchst du dir keine Sorgen machen.«

Der Gedanke an Zach und Ryder brachte Michael zum Lachen. »Du hast recht. Wenn er auf Ryder scharf wäre, hätte ich es sofort gemerkt. Wow.«

»Es tut mir so leid, Michael.«

»Warum entschuldigst du dich andauernd? Du hattest sicher nicht geplant, dir meinen Bruder zu angeln.« Nach und nach beruhigte er sich. Die Freundschaft mit dieser Frau war zu wichtig. Außerdem liebte er seinen Bruder. Einen besseren Mann als Zach konnte er sich für Karen gar nicht wünschen.

»Nein, hatte ich nicht«, presste sie hervor.

»Trotzdem würde ich ihn gern verprügeln.« Er wollte sie zum Lächeln bringen. Die Vorstellung, dass sie seinetwegen weinte, tat ihm im Herzen weh. Plötzlich fielen ihm die Paparazzi und die Klatschjournalisten ein. Ach, verdammt … das wird eine hässliche Geschichte.

»Bitte sieh dich vor, Karen. Sonst gibt es eine Medienschlammschlacht.«

Ihre Antwort kam erst nach ein paar Atemzügen. »Ich muss meinen Gefühlen für Zach ja nicht nachgeben.«

Nicht nachgeben? Er hörte ihr das schlechte Gewissen förmlich an. Sie wollten doch ehrlich sein und sich auch nicht selbst belügen. »Ich bitte dich, Karen. Wenn du das wirklich könntest, würden wir dieses Gespräch doch gar nicht führen. Mein Bruder ist ein toller Typ, und dass ihr euch wegen mir so viele Gedanken macht, zeigt mir, dass ich euch nicht egal bin. Ein Mistkerl ist und bleibt er trotzdem. Immerhin hat er sich an meine Frau rangemacht. Aber kann ich ihm das verdenken? Du bist heiß.«

Sie lachte.

Er redete weiter. »Wenn wir beide glücklich verheiratet wären, hättest du etwas anderes ausgestrahlt und er wäre nie auf den Gedanken gekommen, dass der Platz an deiner Seite frei ist. Jetzt zeigt sich, dass wir uns schon viel früher Gedanken hätten machen müssen, wie wir die Scharade beenden sollen.« Dabei musste er sich eingestehen, wie gern er Karen um sich hatte. Sie war das beste Mittel gegen seine Einsamkeit. Niemand kannte und liebte ihn wie sie, trotz all seiner Fehler.

Die Erkenntnis, dass die Trennung wirklich unvermeidlich war, traf ihn wie ein Schlag in die Magengrube.

»Es war schön, zum Schein deine Frau zu sein, Michael.«

Er spürte, wie ihm Tränen in die Augen stiegen. »Es war schön, zum Schein dein Mann zu sein.« Er schluckte, dann sagte er, das Einzige, was er in dieser Situation sagen konnte. »Wenn ich nach Hause komme, reiche ich die Scheidung ein.«

Sie schluchzte leise auf und es fiel ihm unendlich schwer, nicht einfach mitzuweinen. »Ich kann ausziehen, sobald ich zurück in L. A. bin.«

»Das musst du nicht. Nicht sofort. Ich bin noch eine ganze Weile hier oben im Norden.« Er rausperte sich und schaute sich in seinem einsamen Wohngehäuse um. »Weinst du?« Er wollte ihre Tränen trocknen.

Sie schniefte. »Ja. Ganz schön blöd, was?«

Er schluckte gegen den Klumpen in seiner Kehle an. »Nein, eher befreiend. Ich würde ja auch heulen, aber dann hält man mich vielleicht für schwul. Stattdessen muss ich mich betrinken und irgendeinen Kerl vermöbeln. Willst du nicht kurz meinen Bruder hier vorbeischicken?«

Ihr Lachen löste den Klumpen ein wenig. Er lehnte sich zurück. Doch dann schluchzte sie noch einmal auf. »Okay«, sagte er. »Schluss jetzt mit den Wasserspielen. Wir zerreißen ein Stück Papier. Das ist alles. Ich liebe dich immer noch und werde immer für dich da sein. So sind wir Gardners nun mal gestrickt.« *Das gilt auch für Zach.*

Karen atmete so tief ein, dass er es selbst in Kanada noch hörte. »Okay, erzähl mir was von deinem Produzenten. Knackarsch oder nur Arsch?«

»So gefällst du mir schon besser.« Ohne auf die Tränen in seinen Augen zu achten, redete er weiter, lachte und scherzte. »Knackig, aber eben ein Arsch, würde ich sagen.«

Ihr Lachen traf Michael mitten ins Herz.

»Und Angie McMillian spielt die weibliche Hauptrolle.«

»Ja. Magersüchtig und eine echte Zicke. Gerade noch zu ertragen.«

»Wirklich? Im Fernsehen wirkt sie immer so süß.«

Sie redeten noch eine Weile so wie immer und Michael wusste, dass zwischen ihnen alles gut werden würde.

Dreiundzwanzig

Zach fuhr mit Nolan nach St. George und ließ sich vom Navi zu dem Hotel lotsen, wo Karen mit Becky abgestiegen war. Bei seiner letzten Fahrt nach St. George hatte er zusammen mit Tracey ihre Familie besucht. Nolan hatte seit dem Ultraschallbild auf Zachs Handy ein Dauerlächeln im Gesicht. Unter Zachs erstauntem Blick hatte sich der nervöse, unsichere Junge in einen stolzen Vater verwandelt. Zach war beeindruckt. Falls Nolan irgendwann allein auf Beckys Eltern traf oder falls sie sich zwischen ihn und ihre Tochter stellen sollten, konnten sie einem leidtun.

Zach lenkte den Wagen durch die geschäftigen Straßen der für Utah recht großen Stadt.

»Ich hätte selbst fahren können«, sagte Nolan, als sie in den Hotelparkplatz einbogen.

»Dein Wagen würde das Auge des Gesetzes direkt zu Becky führen.«

»Ich glaube nicht, dass uns hier jemand sucht.«

Zach parkte den Pick-up. »Es ist besser, kein Risiko einzugehen. Jetzt genieß dein freies Wochenende und überlass das Nachdenken, wie es weitergeht, erst mal Karen und mir.«

Sie stiegen die Außentreppe zu den Zimmern hinauf.

Nolan klopfte an Beckys Tür. Sie machte erst auf, als er ihr zuflüsterte, dass er es war. Dann schlüpfte der Junge ins Zimmer und Zach ging weiter zu Karen.

Sie sah aus, als hätte sie gerade geduscht. Das hatten Nolan und er gleich nach der Arbeit bei ihm zu Hause erledigt. Für alle Fälle hatte er eine Tasche gepackt. Vielleicht musste er ja über Nacht in der Stadt bleiben.

»Hey.«

Karen hielt ihm die Tür auf und er trat ein.

Ihre Haut duftete nach Blumen, ihr Haar umrahmte ihr Gesicht wie eine Wolke. Sie war so verdammt schön. Am liebsten hätte er sie an sich gezogen. Stattdessen vergrub er die Hände in den Taschen.

»Hey.«

»Ich habe Nolan zu Becky gebracht. Er will das Wochenende über bei ihr bleiben.«

Karens Lächeln schien den Sauerstoff aus dem Zimmer zu saugen. »Vermutlich werden sie den ganzen Abend lang das Ultraschallbild bewundern.«

Zach grinste. »Nolans Gesicht hättest du sehen sollen.«

»Das Bild macht die Schwangerschaft viel realer als irgendein blauer Strich auf einem Teststreifen.«

Er konnte sich nicht vorstellen, wie Nolan zumute sein musste. Der Junge würde Becky ganz sicher nicht hängenlassen.

Zach nickte Richtung Tür. »Sollen wir irgendwo einen Happen essen? Wir können den beiden ja etwas mitbringen.«

»Klingt gut.«

Sie sagten den Teenagern Bescheid, dann gingen sie zu Zachs Wagen und Zach hielt Karen die Tür auf.

Sie suchten sich ein ruhiges italienisches Restaurant. Karen bestellte eine Flasche Wein. Der Wein war überraschend gut. Das unverrückbare Lächeln auf Zachs Gesicht hatte andere Gründe.

»Ich habe mit Gwen gesprochen. Sie hat einen Vorschlag gemacht, der mir ganz gut gefällt.«

»Und wie lautet der?«

Karen spülte eine Knabberstange mit einem Schluck Cabernet hinunter.

»Sie meint, wir sollen zu Beckys Eltern gehen und ihnen sagen, dass wir von den Misshandlungen wissen. Wir machen ihnen klar, dass Becky Anzeige erstattet, wenn sie sie nicht gehen lassen.«

»Meinst du, das funktioniert? Ich hatte nicht den Eindruck, dass Becky dazu bereit ist«, gab Zach zu bedenken.

»Falls sie sich bedroht fühlt, könnte sich das schnell ändern.«

»Weil sie ihr Baby schützen will?«

»Oder Nolan. Sie hat Angst, aber sie wird mit jedem Tag stärker. Die beiden kriegen ihr Leben schon in den Griff. Sie brauchen nur ein bisschen Starthilfe.«

»Du bist unglaublich, Karen.«

Sie trank einen Schluck und schüttelte den Kopf. »Nein. Ich habe bloß ein ausgeprägtes Helfersyndrom.«

Als das Essen kam, langte sie herzhaft zu. Ihr Appetit stand seinem in nichts nach.

»Ich glaube, Nolan wird observiert. Heute habe ich dreimal gesehen, wie ein Streifenwagen um die Baustelle gefahren ist. Vielleicht war er sogar öfter da.«

Karen ließ die Gabel sinken. »Glaubst du, jemand ist euch hierher gefolgt?«

»Nein, sicher nicht. Und Nolans Wagen steht noch in der Garage. Allerdings gehört der Sheriff derselben Kirchengemeinde an wie Beckys Eltern. Nolan meint, er würde sie gut kennen.«

»Das kann die Dinge verkomplizieren. Es ist möglich, den Eltern das Sorgerecht entziehen zu lassen. Aber dazu muss Becky beweisen, dass sie allein für sich sorgen kann und dass ihre Eltern ihre Pflichten verletzt haben.«

»Womit wir wieder bei den Misshandlungen sind.«

Karen starrte eine Weile nachdenklich vor sich hin. Zach legte die Hand auf ihre.

»Das ist nicht so einfach. Oft glaubt man den Opfern nicht.« Sie schüttelte den Kopf. »Uns fällt schon noch was ein. Ich denke, es wird Zeit, dass ich mich schlaumache, wie die Rechtslage im Fall von jugendlichen Ausreißern genau aussieht.«

»Du sprichst von deinem Hilfsprojekt. Wie stellst du dir deine Anlaufstelle für Leute wie Becky und Nolan denn vor?«

Karen lehnte sich zurück. Ihre Züge hellten sich auf.

»Ich sehe immer ein großes Haus vor mir. Im Kolonialstil vielleicht oder auch viktorianisch. Auf jeden Fall mit vielen Zimmern. Häuser dieser Art sind heute oft Frühstückspensionen.«

»Hmhm.«

»Ich würde ein paar zusätzliche Badezimmer einbauen lassen und vermutlich auch die Küche vergrößern. Aber es soll sich anfühlen wie ein echtes Zuhause. Ich würde das Haus auf eine Liste sicherer Zufluchtsorte für junge Ausreißer setzen lassen. Ein paar Regeln muss es natürlich geben. Keine Drogen, keine Gewalt. Und natürlich kein Mobbing. Die Jugendlichen müssen arbeiten, eine Ausbildung machen, studieren oder einen Schulabschluss nachholen. Die jüngeren müssen weiterführende Schulen besuchen. Dazu brauche ich noch einige Informationen.«

»Klingt aber, als hättest du schon ausführlich nachgedacht. Warum hast du deinen Plan bislang noch nicht in die Tat umgesetzt?«

Ihre blauen Augen schauten an ihm vorbei. »Die Zeit war noch nicht reif. Aber das ändert sich gerade.«

»Du weißt, dass das eine Mordsarbeit wird, oder?«

»Vor der Arbeit habe ich keine Angst. Und ich habe in den letzten Jahren ein paar unfassbar reiche Leute kennengelernt. Viele von ihnen sind bereit, mich als Sponsoren zu unterstützen und Werbung für meine Idee zu machen.«

Zach hatte keinen Zweifel, dass sie ein ganzes Dorf auf die Beine bringen konnte, wenn es darum ging, Hilfe für benachteiligte Jugendliche zu organisieren.

»Alle wirst du nicht retten können.«

»Aber einige. Und schon wenn es nur einer ist, hat sich der Aufwand gelohnt.«

Zachs Augen fielen auf ihre ineinander verschlungenen Hände. Als er über die Innenseite ihres Handgelenks strich, bemerkte er, dass sie ihren Ehering nicht mehr trug. Er wollte sie nach dem Grund fragen, verkniff es sich aber. Vielleicht hatte sie mit dem passenden Zeitpunkt für die Umsetzung ihrer Idee auf ihre Scheidung angespielt. Wenn sie nicht mehr ihren vielen Verpflichtungen als Michael Wolfes Ehefrau nachkommen musste, konnte sie sich auf das konzentrieren, was sie glücklich machte.

Dabei hätte sein Bruder sie sicher nie daran gehindert, Gutes zu tun, wenn sie es wollte.

Der Kellner schenkte ihnen Wein nach und Karen bestellte Pasta-Gerichte zum Mitnehmen für Becky und Nolan. Dann schob sie ihren Teller weg.

»Was wir für Becky und Nolan tun können, finden wir am Wochenende vermutlich nicht heraus. Aber wir müssen uns überlegen, wo sie wohnen sollen.«

»Das Hotel ist keine Dauerlösung«, bestätigte Zach.

»Genau.«

»Nolan denkt darüber nach, in St. George zu bleiben und zur Arbeit zu pendeln.«

»Klingt stressig.«

»Viele Leute machen das so. Zudem sind die Lebenshaltungskosten hier nicht so hoch wie in Kalifornien.« Zach nahm an, dass Karen die beiden gern mit nach L. A. nehmen wollte, um ihnen besser helfen zu können.

»Wenn er schon pendeln muss, kann er das auch in L. A. tun.«

Zach lachte. »Lass uns lieber hier nach einer günstigen Bleibe für die beiden suchen. Ich würde für Nolan bürgen und ihm auch etwas Geld vorstrecken.«

»Das musst du nicht.«

»Ich möchte es aber gern.« Er flocht seine Finger zwischen ihre. Lächelnd drückte sie seine Hand.

»Ich … ich habe heute mit Michael gesprochen.«

Zach erstarrte. Er schaute zur Seite. »Oh.«

»Zach?«

Gott, wie er es liebte, seinen Namen aus ihrem Mund zu hören. Er blickte auf und sah, dass sie noch immer lächelte.

»Ich habe ihm … von uns erzählt. Und ihm gesagt, wie anziehend wir einander finden.«

Er wartete auf den großen Knall.

»Und was hat er geantwortet?«

Sie legte die Stirn in Falten. »Er hat mich gebeten, dich nach Kanada zu schicken, damit er dir eine reinhauen kann.«

Das Lächeln war zurück, deshalb wusste er nicht, ob Michaels Worte als Scherz gemeint gewesen waren.

»Ich glaube, er war ziemlich schockiert. Aber ich musste es ihm sagen.«

Zach zog ihre Hand zu sich und küsste ihre Fingerspitzen. »Das war richtig.«

»Er und ich waren immer ehrlich zueinander.«

»Und wie hat er es tatsächlich aufgenommen?«

Sie starrte an die Decke, als könnte sie die Antwort dort ablesen. »Ohne Groll. Er liebt dich sehr, und er und ich waren uns bereits einig, dass wir uns scheiden lassen würden. Du bist nicht der Grund für unsere Trennung.«

Er küsste die Stelle an ihrem Finger, wo der Ring seines Bruders gesessen hatte. »Du trägst den Ring nicht mehr.«

»Ich fand es seltsam, ihn noch zu tragen.«

Einige Atemzüge lang verlor er sich in der Farbe ihrer Augen, die den Schimmer des gedämpften Lichts reflektierten. Er wollte sie küssen, sie festhalten und ihr Kraft geben. Das Gespräch mit Michael war sicher nicht einfach gewesen.

Der Kellner brachte die Rechnung. Zach warf schnell ein paar Scheine auf den Tisch und ging mit ihr hinaus zu seinem Wagen.

Bevor er ihr die Beifahrertür öffnete, umarmte er sie im Schutz der Dunkelheit. Sie lehnte sich an ihn und hob die Lippen seinen entgegen.

Als er sie küsste, schlang sie die Arme um seine Schultern. Sie schmeckte nach Wein und roch nach Passionsfrucht und Blumen. Nach exotischen Blüten, die ihn an weite Strände und warmen Sonnenschein denken ließen. Zach drückte sie mit dem Rücken gegen den Pick-up. Ihre Zunge fand seine. Nach dem Kuss waren sie beide atemlos. »Ich will mit dir schlafen«, raunte er.

Bebend klammerte sie sich an seinen Rücken. »Ich habe im Hotel mein eigenes Zimmer.«

Er lachte an ihrer Schläfe leise auf. »Warum knutschen wir dann wie Teenager auf einem Parkplatz?«

»Weil es Spaß macht?«

Lachend zog er sie vom Pick-up weg und öffnete ihr die Tür. Die Fahrt zum Hotel wurde zu einer prickelnden Angelegenheit. Sie rutschte auf der Sitzbank ganz dicht an ihn heran. Ihre Hand auf seinem Oberschenkel sorgte für eine anhaltende Beule in seiner Hose.

Ohne viele Worte gingen sie zu Beckys Zimmer, klopften an und reichten den beiden jungen Leuten das mitgebrachte Essen. Die zwei bedankten sich und schlossen die Tür.

Mit zitternden Fingern steckte Karen ihre Schlüsselkarte in den Schlitz. Kaum hatte sich die Tür hinter ihnen geschlossen, schob Zach den Riegel vor, drückte Karen mit dem Rücken an die Tür und küsste sie. Noch nie hatte er sich nach einer Frau so verzehrt.

Er wollte sie überall gleichzeitig berühren. Ihre Lippen standen in Flammen. Karen atmete genauso flach und schnell wie er. Von diesem Augenblick hatte er seit ihrer ersten Begegnung geträumt. Sie schob die Hände unter sein Shirt und spreizte die Finger auf seiner Brust. Ihre Berührung verhieß alles und mehr. Als sie die Hände auf seinen Hintern legte und ihn fester an sich zog, stöhnte er auf. Er hob sie hoch und wirbelte sie herum zum Bett.

Gemeinsam fielen sie auf die Matratze, sein Bein drängte sich zwischen ihre. »Ich sollte zwei Gänge runterschalten. Aber ich glaube, das schaffe ich nicht«, sagte er zwischen zwei Küssen. Dabei spielte er mit den Knöpfen ihrer Bluse.

»Das ist völlig verrückt.« Sie zog ihm das Shirt über die Schultern.

»Unverantwortlich.« Er bekam den ersten Blusenknopf auf und machte sich am nächsten zu schaffen, während Karens Hand sich in den Bund seiner Jeans schob.

»Sündig.«

Verlockend wölbten sich ihre cremeweißen Brüste in ihrem schokofarbenen BH. Er legte die Lippen an ihr Fleisch und kostete mit der Zunge von ihr.

»O Zach, ja.«

Endlich war auch der letzte Knopf offen. Ihre Bluse landete neben seinem Shirt auf dem Fußboden. Er füllte seine Hände mit ihren Brüsten, vergrub den Kopf zwischen ihnen und atmete tief ein. Ihr Duft würde ihn für immer begleiten. Das wusste er in diesem Augenblick.

Als er mit der Hand zwischen ihren Schulterblättern nach dem Verschluss des BHs tastete, wölbte Karen den Rücken. Seine Finger rutschten ab. Zweimal. »Ich konnte das schon mal besser«, murmelte er.

Ihr heiseres Auflachen jagte ihm ein Kribbeln übers Rückgrat. Oder waren es ihre Fingernägel, die über seinen Rücken und hinunter zu seinem Hintern wanderten?

Als die Häkchen ihres BHs endlich aufsprangen, mussten sie beide lachen.

Ihre zartbraunen Brustwarzen richteten sich auf und baten um Aufmerksamkeit.

Zachs Lippen legten sich um die erste und Karen hörte auf zu lachen. Ihre Hüfte rieb sich an seiner. »Hmmm, gut«, schnurrte sie.

»Perfekt.« Er leckte und küsste sich Zentimeter für Zentimeter zu ihrer anderen Brust. Nur als sie mit der Hand die Wölbung in seinen Jeans umfasste, hielt er kurz inne. »Verdammt.«

»Bitte sag mir, dass du Kondome hast.«

Ihr angespannter Ton brachte ihn zum Lachen. »Hab ich.«

Seufzend drückte sie ihn von sich weg, wartete, bis er auf dem Rücken lag und setzte sich auf ihn. Ihre Augen waren dunkel vor Verlangen. Sie küsste seine Brust und seinen Hals. Dann knabberte sie an seinem Kieferknochen. »Dieses sexy Kinn wollte ich schon vom ersten Augenblick an auf meiner Haut spüren.«

Als sie die Lippen wieder an seine legte, vergrub er die Finger in ihrem Haar. Ihre Küsse brachten ihn um den Verstand.

Sie setzte sich auf. Er weidete sich am Anblick ihrer Brüste, doch sie machte sich bereits am Knopf ihrer Jeans zu schaffen. Fasziniert schaute Zach zu, wie sie ihn öffnete und dann den Reißverschluss nach unten zog. Sie legte eine Hand auf ihren

Bauch und ließ die Fingerspitzen unter den Bund der Panties gleiten, die aus ihren offenen Jeans hervorblitzten. Als er die Augen einen Moment lang von der verführerischen kleinen Vorführung losriss, sah er, dass sie ihn beobachtete. Ihre Unterlippe klemmte zwischen ihren Zähnen.

»Heiliger Strohsack.«

Er drehte sie auf den Rücken und schälte sie im Handumdrehen aus den verbliebenen Kleidern. Einen Augenblick später war auch er nackt und ließ die Hände über ihre Schenkel und den Rand ihres Hügels gleiten.

Sie wand sich und stöhnte ungeduldig auf. »Zach, bitte. Ich kann nicht mehr warten.«

Er fischte ein Kondom aus seiner Geldbörse, sie nahm es ihm aus der Hand. An das Gefühl, von ihren Fingern umschlossen zu werden, wollte er sich nur zu gern gewohnen.

Er spürte, wie ihr Fuß an seinem Bein nach oben wanderte, roch den Duft ihrer Erregung, als sie sich ihm öffnete und ihn zwischen ihre Schenkel zog. Er presste sich an sie, spürte ihre Hitze und küsste sie.

Während er sich in sie drängte, flatterten ihre Lider auf. Sie war so verdammt eng und er hatte Angst, ihr wehzutun. Doch auf ihren Zügen lag pure Ekstase. Sie zog sich um ihn zusammen und brachte ihn damit fast um den letzten Rest Selbstbeherrschung.

»O Gott, Karen.«

»Alles, bitte gib mir alles von dir.«

Er drang tief in sie ein. Lichtblitze zuckten hinter seinen Lidern. Nur durch höchste Konzentration gelang es ihm, nicht noch im selben Moment zu kommen. Nie zuvor hatte er sich dem Gipfel der Lust in diesem rasenden Tempo genähert.

»Zach?«

Er öffnete die Augen, sah dass sie ihn beobachtete.

»Lass uns Liebe machen.«

Seine Hüften folgten der süßen Bitte wie von selbst. Er bewegte sich in ihr, mit ihr. Ihre heiße, weiche Mitte öffnete sich ihm, er nahm sie in Besitz und flüsterte dabei ihren Namen. Sie nahm seinen Rhythmus auf und hielt sich an ihm fest, als hinge ihr Leben davon ab.

Als ihr Atem flacher wurde, bewegte er sich schneller und schaute ihr tief in die Augen. Dann verging sie in seinen Armen. Einen Atemzug nach ihr wurde auch er von der Leidenschaft überwältigt und wusste, dass nichts mehr je sein würde wie zuvor.

Vierundzwanzig

Vor Zach hatte es für Karen zwei Kategorien von Sex gegeben: den, an den man sich erinnerte, und den, den man am besten schnell wieder vergaß. Die zweite Kategorie belegte tatsächlich so gut wie keinen Speicherplatz in ihrem Gehirn. Zach war das absolute Highlight der ersten Kategorie und sorgte schon jetzt dafür, dass jeder andere Mann, der dort je einen Platz gehabt hatte, ebenfalls in Vergessenheit geriet. Sie schlang ein Bein um eines seiner Beine und schmiegte sich an seine Seite wie ein zufriedenes Kätzchen bei einem Sonnenbad.

»Wow.«

Er lachte leise auf. Das Geräusch kribbelte in ihrem Ohr. Gleich danach hörte sie ganz leise seinen Herzschlag, der gerade wieder in ein geregelteres Tempo zurückfand.

»Eigentlich müsste ich jetzt ein schlechtes Gewissen haben.« Zach schlang die Arme um sie.

»Untersteh dich.« Wenn etwas sich so gut anfühlte, war ein schlechtes Gewissen fehl am Platz. »Viel zu schön für Schuldgefühle.«

»Da bin ich ganz deiner Meinung.«

Sie fragte sich, was Zach im Augenblick durch den Kopf ging. Dachte er an Michael? Freute er sich über ein schönes Abenteuer und setzte jetzt ein Häkchen hinter ihren Namen? Nach Michael konnte sie Zach nicht fragen, weil sie fürchtete, dass er dann seinerseits Fragen zu Michael stellte. Aber die andere Sache …

»Karen?«

»Zach?«

Sie hatten gleichzeitig gesprochen und mussten lachen.

»Du zuerst.« Zach küsste Karen aufs Haar.

Aus lauter Angst vor seiner Antwort schaffte sie es nicht, ihm in die Augen zu schauen.

»Ist das hier … sind wir … war das für dich eine einmalige Angelegenheit?«

Die Hand, mit der er sie festgehalten hatte, legte sich an ihre Wange. Er zwang sie, ihn anzusehen. Selbst im Halbdunkel erkannte sie die Sorge in seinem Blick. »Möchtest du das?«

Sich so unsäglich verwundbar zu fühlen, war schrecklich. Karen schüttelte den Kopf. »Nein.«

Zach seufzte und strich mit dem Daumen über ihre Wange. »Ich habe keine Ahnung, wie wir das hinkriegen, aber ich will dich … das hier. Uns.«

Ihr Herz machte einen Sprung. »Es wird ein Riesenschlamassel und sicher schrecklich kompliziert.«

»Mein Leben ist schon viel zu lange viel zu ordentlich und unkompliziert.« Seine Augen blitzten.

»Und wenn es irgendwann nicht mehr so abenteuerlich ist?« Verdammt, woher kam bloß diese Angst? Sie schaute beiseite und schluckte.

»Karen.« Seine Stimme war kaum mehr als ein Hauch. »Schau mich an, Liebes.«

Er lächelte sie so zärtlich an.

»Nie zuvor in meinem Leben habe ich mich so zu einer Frau hingezogen gefühlt. Wir haben uns nicht einfach leichtfertig in diese Sache gestürzt, und ich nehme an, bis die Wogen sich glätten, wird es einige Zeit dauern. Aber ich möchte uns gern eine Chance geben. Vorausgesetzt, du willst das auch.«

Konnte sie sich denn noch mehr wünschen? Zach konnte so wenig in die Zukunft schauen wie sie. Aber immerhin wusste sie, dass ihre Ehe nicht mehr war als ein Stück Papier. Ein Stück Papier, das bald zerrissen werden würde. Danach war sie frei.

»Ja, das will ich«, sagte sie.

Er küsste sie.

Als er den Kopf hob, sagte sie: »Du wolltest mich auch etwas fragen.«

Jetzt kämpfte er gegen die Angst in seinem Herzen. »Wann lasst ihr euch scheiden?«

Sie legte die Hand auf seine Brust und bettete das Kinn auf ihren Arm. »Michael reicht die Scheidung ein, sobald er wieder in L. A. ist. Die Medien werden ein großes Tamtam veranstalten und er wollte in der Nähe sein, um mich schützen zu können.«

»Dauern die Dreharbeiten in Kanada denn nicht noch Monate?«

»Ja, aber er kommt zwischendurch nach Hause. In ein paar Wochen ist er in Kalifornien, reicht die Scheidung ein und fliegt zurück, wenn wieder etwas Ruhe eingekehrt ist.« Sie und Michael hatten sich bereits über die Einzelheiten unterhalten. »Die Trennung wird einvernehmlich. In sechs Monaten müsste alles über die Bühne sein.«

»Bist du sicher, dass du das willst?«, fragte er.

Sie stützte sich auf die Ellbogen und fixierte ihn. »Zach?«

Er schaute sie an.

»Wenn ich nicht sicher wäre, läge ich nicht nackt mit dir im Bett.«

Er war mindestens so verwundbar und unsicher wie sie.

Sie küsste ihn und versuchte, ihm mit ihrem Körper zu sagen, dass er keinen Grund zur Sorge hatte.

Nachdem sie sich noch einmal geliebt hatten, schlief Karen in seinen Armen ein.

Laute Stimmen vor der Zimmertür rissen sie aus dem Schlaf. Die Tür flog krachend auf.

»Polizei! Hände hoch!«

Zach warf die Bettdecke über Karen und schirmte sie mit seinem Körper vor dem Strahl einer Taschenlampe ab. Er hörte Becky schreien und Nolan fluchen.

»Verdammt, was soll das?«, schrie er.

»Hände hoch.«

Die schwarze Mündung einer Waffe zeigte auf sie. Die Waffe lag in der Hand eines uniformierten Polizisten.

»Karen Jones?«

Karen drückte sich mit einer Hand die Bettdecke an die Brust, die andere hielt sie über ihren Kopf. Zach schob sich mit erhobenen Händen schützend vor sie.

»Ja?«

»Zach Gardner?«

»Ja?«

»Sie sind es«, rief der Polizist über seine Schulter hinweg.

Ein weiterer Uniformierter betrat den Raum. Auch er hatte die Waffe im Anschlag.

»Was soll das?«

»Sie stehen unter Arrest.«

Zachs Herz begann zu hämmern. »Weshalb?«

»Ihnen wird eine Entführung vorgeworfen.«

»Eine Entführung?«, japste Karen. »Wovon reden Sie?«

Der zweite Polizist trat näher. Offenbar hatte er nicht das Gefühl, dass Karen und Zach eine Bedrohung darstellten, denn er steckte seine Waffe ins Holster zurück.

»Nein! Nicht! Lassen Sie ihn in Ruhe!« Beckys Stimme drang von draußen herein.

»Becky?«, rief Karen. »O Gott … ihre Eltern. Zach?«

Vorher hatten sie noch von Wogen gesprochen, die sich irgendwann glätten würden. Aber im Moment schlugen sie über ihnen zusammen.

»Hier liegt ein Irrtum vor!«, sagte Zach zu den Cops.

»Sparen Sie sich das für die Vernehmung.«

»Raus aus dem Bett«, kommandierte der erste Polizist.

Er wedelte mit der Waffe. »Aufstehen, und zwar langsam«, drängte er Zach.

Dass sie beide nackt und unbewaffnet waren, schien den Mann nicht weiter zu kümmern.

Zach blieb, wo er war. »Können Sie Karen ihre Kleider geben?«

Der andere Polizist hob Karens Bluse mit spitzen Fingern auf. »Sie da, raus jetzt«, sagte er zu Zach.

Zach schob sich mit erhobenen Händen aus dem Bett. »Wir werden das alles klären«, versuchte er, Karen zu beruhigen.

Aber Karen schien ihn nicht zu hören. Ihre Aufmerksamkeit galt dem, was draußen, außerhalb ihres Sichtfelds passierte. Beckys Stimme wurde leiser. So als würde sie weggebracht. Die Decke war Karen auf die Hüfte gerutscht. Jeder im Raum konnte ihre nackten Brüste sehen.

Zachs Drang, Karen zu beschützen, wurde übermächtig.

»Geben Sie ihr die Bluse!«

Sein barscher Ton riss den Polizisten aus seiner Erstarrung. Karens Bluse segelte durch die Luft. Sie streifte sie sich über. »Und meine Hose?«

»Raus aus dem Bett.«

Die Waffe, die noch immer auf sie gerichtet war, jagte Zach ein Kribbeln durchs Gehirn.

»Wir sind nicht bewaffnet, verdammt.«

»Wir haben andere Informationen. Und jetzt stehen Sie auf, Ms Jones.«

»Verdammt.«

»Kein Problem, Zach.« Karen warf die Decke beiseite und stand halbnackt vor den Polizisten. Ihre Wangen röteten sich. »Gut so? Kann ich jetzt meine Hose haben?«

Zachs Nervenenden prickelten.

Immerhin starrten die Polizisten Karen nicht an und einer klopfte bereits ihre Hose ab. Als er sich überzeugt hatte, dass keine Waffe darin versteckt war, warf er sie Karen zu.

Erst als Karen bekleidet war, machte Zach sich daran, seine eigene Blöße zu bedecken. Er stieg in seine Jeans und musste zusehen, wie einer der Polizisten Karen die Hände auf den Rücken zog und ihr Handschellen anlegte. Dass dasselbe gerade mit ihm geschah, merkte er kaum. Er sah nur Karens entsetztes Gesicht.

Ein dritter Polizist betrat den Raum, riss die Laken vom Bett und kippte den Inhalt ihrer Reisetaschen auf die Matratze. »Wo ist die Waffe?«

»Was für eine Waffe?«, fragte Zach. »Wir sind nicht bewaffnet. Jemand hat Ihnen Mist erzählt.«

»Sie dürfen nicht zulassen, dass Beckys Eltern sie mitnehmen. Sie sind eine Gefahr für das Mädchen.« Karens Stimme überschlug sich fast.

Die Polizisten tauschten Blicke aus.

Ein Cop packte Zach am Arm. »Sie haben das Recht zu schweigen …«

Zach hörte nicht, was der Mann sagte. Er hatte nur Augen für Karen. Und Karen schaute zur Tür. »Ihre Eltern schlagen sie. Bitte! Die dürfen sie nicht mitnehmen.«

Draußen schrie Becky auf.

In Handschellen machte Karen einen Sprung Richtung Tür. Der Polizist, der ihr am nächsten stand, packte sie am Arm und riss sie so heftig herum, dass sie gegen die Wand prallte. Zach hörte das scheußliche Geräusch, mit dem ihr Gesicht gegen die harte Fläche schlug, und versuchte, sich aus dem Griff des anderen Polizisten zu winden.

»Karen? Verdammt. Lassen Sie sie in Ruhe.«

»Bringt ihn hier raus.«

Zwei Cops zerrten Zach an den Armen hinaus in die Nacht. Er versuchte vergeblich, sie abzuschütteln. Über die Schulter hinweg sah er, wie auch Karen aus dem Zimmer geführt wurde. Aus einer Platzwunde über ihrem Auge lief ein kleines Rinnsal Blut über ihr Gesicht.

Der Hotelparkplatz war voller Einsatzfahrzeuge. Auf dem Rücksitz eines der Streifenwagen saß Nolan.

Gaffer hatten sich eingefunden. Blitzlichter flackerten auf, als jemand Fotos machte. Einen Moment lang war Zach geblendet.

Karen schrie weiterhin die Polizisten an, sie müssten Becky in Sicherheit bringen. Nicht einmal, als sie schon im Streifenwagen saß, war sie still.

Kurz bevor Zach in einen anderen Wagen gedrückt wurde, fiel sein Blick auf eine vertraute Gestalt in der Menge.

Tracey?

Um ihre Lippen spielte ein seltsam zufriedenes Grinsen.

Ihr Schädel pochte und ihr Herz tat weh. Wie hatte das passieren können?

Nolan saß in einer Arrestzelle, vermutlich nicht in derselben wie Zach. Jemand drückte ihre Finger auf ein Display und sagte ihr, sie solle stillhalten. Von Becky keine Spur.

Seit sie auf der Wache angekommen waren, kümmerte sich eine Polizistin um sie. Karen hoffte, dass die Frau ihr vielleicht eher zuhören würde. »Was Sie mit mir machen, ist mir egal. Aber Sie müssen Becky von ihren Eltern wegholen. Sie ist dort nicht sicher.«

»Im Augenblick sollten Sie lieber an sich denken, Ms Jones. Entführung, Widerstand gegen die Festnahme und Beihilfe zu einer Straftat.«

»Zu einer Straftat? Wovon reden Sie überhaupt?« Dass sie Widerstand geleistet hatte, schön … darum würde sich ein Anwalt kümmern müssen.

»Nach rechts drehen.«

Karen drehte sich. Das Blitzlicht flackerte auf. Jetzt gab es tatsächlich ein Polizeifoto von ihr. »Ihre Eltern schlagen sie. Bitte. Lassen Sie nicht zu, dass ihre Eltern sie mitnehmen. Sie hat Angst vor ihnen.«

Die Polizistin zögerte.

»Bitte.«

»Sie können gleich eine Aussage machen.«

Karen machte den Mund zu. Warum hörte ihr eigentlich niemand zu? »Mir steht ein Anruf zu. Ohne Anwalt sage ich kein Wort.«

»Wie Sie wollen.«

Fast eine Stunde später bekam Karen ein Telefon.

Sie musste es so lange klingeln lassen, dass sie schon fürchtete, ihre Freunde seien nicht zu Hause. Dann meldete sich endlich Neil. »Ja?«

»Neil? Herrje, Neil … Ich brauche euch.«

»Karen?« Seine Stimme klang plötzlich hellwach, dabei war es mitten in der Nacht.

Erst jetzt wurde ihr schlagartig bewusst, dass sie unter Arrest stand. »Ich bin festgenommen worden.«

»Festgenommen?«

Ihre Worte überschlugen sich fast. »Hör zu. Die Polizei behauptet, Zach und ich hätten Becky entführt. Wir brauchen einen Anwalt. Und wir müssen dafür sorgen, dass Becky nichts zustößt. Ihre Eltern schlagen sie, Neil. Und sie ist schwanger.« Bei dem Gedanken, dass Becky mit ihren Eltern allein war, wurde Karen übel.

Durchs Telefon hörte Karen Gwens schläfrige Stimme. »Was ist denn los?«

»Karen sitzt im Knast.«

Karens Gedanken hatten sich bereits im nächsten Problem verfangen. »Jemand muss Michael verständigen. O Gott. Und Becky braucht Schutz, Neil.« Wenn irgendjemand wusste, was jetzt zu tun war, dann er.

»Wo bist du?«

»In St. George.«

»Okay. Moment.«

»Bitte mach schnell. Die Polizei glaubt mir nicht, dass Becky in Gefahr ist. Ich habe keine Ahnung, wo sie jetzt sein könnte.«

Gwens Stimme drang klar und deutlich zu Karen durch. Sie hatte sich mit einem zweiten Apparat zugeschaltet. »Karen? Alles in Ordnung?«

Tränen schossen ihr in die Augen und machten ihr das Sprechen schwer. »Ich brauche einen von Samanthas und Blakes tollen Anwälten.«

»Ach, du Ärmste. Wir sind schon unterwegs. Bleib standhaft und sag erst mal gar nichts.«

Mit zitternden Händen legte Karen auf. Jetzt konnte sie nur warten und sich die Haare raufen.

Fünfundzwanzig

Wenn ihm jemand gesagt hätte, er würde einmal mitten in der Nacht seine Eltern anrufen, um ihnen mitzuteilen, dass er in einer Zelle saß, hätte Zach ihm geantwortet, er sei wohl auf Crack. Doch jetzt stand ihm dieser Anruf tatsächlich bevor. Leider nahm niemand ab und er musste auf der Mailbox eine Nachricht hinterlassen.

Nach der Feststellung seiner Personalien, den Fingerabdrücken und den Fotos war er zu ein paar anderen Kerlen in die Arrestzelle gesperrt worden, in der auch Nolan saß.

»Und?«

»Die sagen mir nicht, wohin sie Becky gebracht haben.«

»Bestimmt an einen sicheren Ort.« Zach hatte keine Ahnung, wo sie war, aber er wollte den Jungen beruhigen.

»Die werfen mir vor, ich hätte sie vergewaltigt.«

»Das wird sich alles klären, Nolan. Aber rede erst, wenn der Anwalt da ist.«

»Einen Anwalt kann ich mir nicht leisten.«

Zach stieß ihn mit dem Ellbogen an. »Mach dir deshalb keine Sorgen. Das regle ich schon.«

Nolan starrte kopfschüttelnd zu Boden. »Ich hätte einfach mit ihr verschwinden sollen. Dann würden Sie jetzt nicht in einer Zelle hocken und Becky wäre nicht in Gefahr.«

»Da wäre ich mir nicht so sicher.«

Nolan rammte die Faust gegen die Sitzbank. »Verdammt.«

Zach wusste nicht, womit er dem Jungen die Situation erträglicher machen konnte. Auch er war alles andere als froh gestimmt, und sobald er die Augen schloss, sah er Karen von der

Hüfte abwärts nackt vor den Polizisten stehen. Dass er das nicht hatte verhindern können, empfand er als tiefe Demütigung. Wo war sie jetzt? Hatte sie Angst?

Auf dem Weg ins Tal piepste das Telefon ihres Vaters. Hannah hatte beschlossen, zusammen mit Rena und ihrer Familie noch einen Tag länger zu bleiben, während Judy sich auf die Rückbank des elterlichen Pick-ups gezwängt hatte, um mit zurück nach Hilton zu fahren.

Die Gespräche mit Karen hatten ihr den Mut gegeben, ihren Eltern zu sagen, dass sie ihr Hauptfach wechseln wollte. Dafür musste sie mit ihnen allein sein.

Als sie wieder Empfang hatten, summte das Handy in ihrer Tasche. Ein paar Nachrichten von einer Collegefreundin hatten sich angesammelt. Judy klickte sie an.

OMG IST DAS DEINE SCHWÄGERIN? Angehängt war ein Foto, auf dem Karen in einen Streifenwagen geschoben wurde.

Judy schnappte nach Luft und las die nächste Nachricht.

DEIN BRUDER? NICHT DER, MIT DEM SIE VERHEIRATET IST, DER ANDERE?

Dazu ein Foto von Zach mit freiem Oberkörper und auf den Rücken gefesselten Händen.

»O Gott.«

Ein weiteres Foto zeigte, wie Karen und Zach sich auf einem Parkplatz küssten. »O Gott.«

»Was ist denn, Liebes?«, fragte Janice vom Vordersitz.

»Halt an, Daddy.«

Sawyer schaute in den Rückspiegel.

»Ist dir schlecht?«

»Halt einfach an.«

Beim Fahren sollte ihr Vater die Bilder auf keinen Fall sehen.

Ihre Mutter hatte sich zu ihr umgedreht und musterte sie. »Judy?«

Das musste ein Irrtum sein. *Niemals würde Zach, niemals würde Karen …*

Ihr Vater fuhr rechts ran. Eigentlich war die Straße zu schmal dafür, aber er stellte den Motor ab.

Mit zitternder Hand gab Judy ihm das Telefon und wartete, bis er sich die Bilder angesehen hatte.

»Das ist ein blöder Scherz. Ein Streich.«

Janice nahm das Handy, Sawyer zückte sein eigenes Telefon und warf einen Blick auf das Display. Er tippte kurz darauf herum, dann drückt er das Handy ans Ohr.

»Du liebe Güte.« Judys Mutter wurde blass.

»Das kann nicht wahr sein«, sagte Judy. »Das ist irgendein Fake.«

»Verdammt!« Ihr Dad warf das Telefon neben sich und ließ den Motor wieder an.

»Was ist?«

Sawyers Hände umklammerten das Steuer, sein Gesicht war wie versteinert. »Zach ist festgenommen worden. Und Karen auch.«

Es stimmte tatsächlich.

»Das muss ein Missverständnis sein«, sagte Janice zittrig.

»Er sagt, er braucht einen Anwalt und Nolan sei auch bei ihm.«

»Nolan?«, fragte Judy. »Was hat der denn mit Zach zu tun?«

»Keine Ahnung«, sagte Janice. »Ich weiß, dass Nolan auf Zachs Baustelle arbeitet. Aber ich kann mir beim besten Willen nicht vorstellen, warum sie in einer Zelle sitzen.«

»Unfassbar!«, presste Sawyer hervor.

Wortlos fuhren sie ins Tal und von dort nicht nach Hilton, sondern direkt nach St. George.

Als sie vor der Polizeiwache anhielten, war die Sonne bereits aufgegangen. Zu dritt betraten sie den gesichtslosen Behördenbau und gingen an einer Reihe von Metallstühlen mit ein paar Wartenden vorbei zum Empfang. Dort saß eine Polizistin. Sie hatte das Telefon am Ohr und die Finger auf der Computertastatur.

Judy stand hinter ihren Eltern und schaute sich im Eingangsbereich der Polizeiwache um. Sie spürte, dass jemand sie fixierte, wollte sich aber nicht allzu auffällig umsehen. Deshalb zog sie ihr Handy aus der Tasche, tat, als würde sie einen Text lesen und suchte dabei nach den Augen, die sie beobachteten.

Sie waren hellgrün und folgten jeder ihrer Bewegungen. Der Mann, dem sie gehörten, hatte einen militärisch kurzen Haarschnitt und einen Hals wie ein Ringer. Seine breiten Schultern drohten, sein Jackett zu sprengen. Vielleicht war er auch einfach nur zu muskulös für normale Kleidung.

Unwillkürlich glitt Judys Blick über die ganze imposante Gestalt. Grünauge war zu groß und zu kräftig für den Metallstuhl, auf dem er saß. Die langen Beine streckte er weit von sich. Als ihr Blick wieder zu seinem Gesicht zurückkehrte, lächelten seine Augen sie an. Zu allem Überfluss hatte er auch noch Grübchen.

Judy wandte sich abrupt ab.

»Wir sind wegen Zach Gardner hier«, hörte sie ihren Vater sagen, als die Polizistin endlich aufgelegt hatte.

»Zwei von Ihnen können mitkommen.«

Janice drehte sich zu Judy um. »Können wir dich hier allein lassen?«

»Mom, bitte. Wir sind bei der Polizei.«

Zachs Eltern saßen stocksteif, mit schockstarren Gesichtern hinter der Glasscheibe.

Obwohl er wusste, dass die Vorwürfe gegen ihn haltlos waren und sich alles bald klären würde, gehörte das Gespräch mit seinen Eltern im Gefängnis eindeutig zu den Tiefpunkten in Zachs Leben.

»Hey, Dad.«

»Was zum Teufel ist passiert?« Sawyer hielt sich nicht lange mit Floskeln auf.

»Ich weiß, das alles sieht nicht gut aus.«

»Ach ja? Verdammt, Zach … du sitzt im Knast.«

Zach warf einen kurzen Blick zu dem Polizisten an der Tür. »Das ist mir durchaus bewusst.«

»Karen und Nolan haben sie auch eingelocht.«

Zach nickte. »Ja. Wir brauchen einen Anwalt.«

Sawyer schüttelte voller Abscheu den Kopf. »Worum geht es überhaupt, Zach? Was habt ihr ausgefressen?«

Zach spürte, wie sich sein Kiefermuskel spannte. »Nichts. Gar nichts. Becky Applegate ist von zu Hause abgehauen. Karen und ich haben sie und Nolan in ihrem Versteck gefunden und sie in ein Hotel gebracht. Wir brauchten ein bisschen Zeit, um die Sachlage zu klären. Dass wir das Mädchen entführt haben, ist absoluter Blödsinn.«

»Ihr hättet Becky nach Hause bringen sollen. Eine Entführung … Die legen dir eine Entführung zur Last.«

Zach funkelte seinen Vater an. »Würde ich so was je tun, Dad? Glaubst du auch nur eine verdammte Sekunde lang, dass ich so was machen würde?«

Wie kam sein Vater dazu, ihn so anklagend anzuschauen?

Als Sawyer nicht sofort erklärte, dass sein älterer Sohn nicht der Ganove war, für den die Polizei ihn hielt, platzte Zach der Kragen.

»Mein ganzes Leben lang habe ich alles getan, damit du zufrieden bist. Ich habe mich in einem beschissenen Kuhnest vergraben und irgendwie ein Bauunternehmen aus dem Boden gestampft. Nur damit ich für dich und Mom da sein konnte. Für euch alle.« Aus dem Augenwinkel sah Zach, wie der Polizist an der Tür die Schultern straffte und nach der Klinke griff.

Zach senkte die Stimme, spürte aber, wie ihm die Hitze in den Kopf stieg. »Ich habe immer getan, was gut und richtig war. Und Becky und Nolan von Beckys Eltern fernzuhalten gehört dazu.«

»Zach, Liebes …« Seine Mutter wand seinem Vater den Hörer aus der Hand. »Wir wissen, dass die Vorwürfe gegen dich nicht stimmen können. Aber es ist ein riesiger Schock, dich hier sitzen zu sehen. Für uns beide.«

Zach warf seinem Vater einen weiteren düsteren Blick zu. »Wir brauchen einen Anwalt, Mom.«

Als hätte er Zach gehört, betrat hinter seinen Eltern ein Mann mit Anzug und Aktentasche den Besuchsraum. »Mr und Mrs Gardner?«

Sawyer wandte sich um. Ein wenig von dem, was der Mann sagte, konnte Zach durch den Hörer verstehen. »Blake Harrison hat mich engagiert. Ich soll Zach Gardner vertreten.«

Der Name kam Zach bekannt vor, aber im Augenblick wusste er nicht, woher. Seine Eltern überließen dem Mann den Hörer.

»Mr Gardner, ich bin Ron Bernard. Blake hat mich und zwei Kollegen aus Kalifornien hergeschickt, um Sie, Karen und Nolan zu vertreten.«

»Blake? Welcher Blake?«

Mr Bernard schaute ihn verwundert an. »Der Herzog?«

Ah ja, Karens Freunde.

»Wenn Sie mit mir als Rechtsbeistand einverstanden sind, werde ich eine private Unterredung in einem Besprechungszimmer arrangieren.«

Mr Bernard wirkte äußerst kompetent und war sicher besser als jeder Anwalt, den seine Eltern für ihn auftreiben konnten. Zach sah keinen Grund, das Hilfsangebot von Karens einflussreichen Freunden auszuschlagen.

Er wollte einfach nur raus aus der Zelle und Karen hier wegbringen.

»Lassen Sie uns reden.«

Mr Bernard gab dem Wachmann lächelnd ein Zeichen.

Hinter ihm verließen Zachs Eltern mit ratlosen Gesichtern den Raum.

Fünf Minuten später saß Zach mit dem Anwalt in einem Besprechungszimmer und erklärte ihm, was sich in der Zeitspanne vom Verlassen der Berghütte bis zu seinem Erscheinen abgespielt hatte.

Jetzt konnte er nur noch warten, bis er dem Richter vorgeführt wurde.

Was für ein Tag!

Judy setzte sich so weit wie möglich weg von dem brandheißen Giganten, der sie beobachtete. Auf einem kleinen Tischchen lagen Broschüren von Kautionsagenten und Visitenkarten von Anwälten. Eine Frau und ein Teenager hingen in einer Ecke auf den Stühlen, als hätten sie die ganze Nacht hier verbracht.

Als ein noch massigerer Mann mit einer atemberaubenden blonden Frau an seiner Seite aus der Tür trat, durch die Judys Eltern gerade verschwunden waren, erhob sich Grünauge. »Wie geht es ihr?«, fragte er die beiden.

Judy wollte eigentlich nicht lauschen. Aber das war schwierig auf so engem Raum.

»Sie macht sich furchtbare Sorgen um Becky und Nolan«, sagte die Frau.

Als sie die Namen hörte, wurde Judys Neugier noch größer. Waren diese Leute mit Karen befreundet?

»Sollte sie sich nicht lieber um sich selbst sorgen?«

»Ja, vielleicht. Aber ihr kennt ja Karen.« Die Frau sprach mit einem vornehmen britischen Akzent. Hatte Karen ihr nicht von einer englischen Freundin erzählt, die mit einem Ex-Marine verheiratet war? Von der Statur her konnte der Mann gut ein Ex-Marine sein. Dasselbe galt für Grünauge. »Samantha hat sich gemeldet. Sie ist in einer Stunde hier.«

Judy stand auf und ging zu der kleinen Gruppe. »Entschuldigen Sie bitte. Sind Sie Freunde von Karen?«

Die Blonde schaute sie lächelnd an. »Ja.«

»Ich bin Judy, Mikes Schwester.«

Die Frau strahlte sie an. »Ich bin Gwen.« Sie streckte Judy die Hand zum Gruß hin. »Das ist Neil, mein Mann, und das ist Rick, ein Freund.«

Grünauge richtete die volle Wucht seines Lächelns auf sie. Sie musste fast den Kopf in den Nacken legen, um ihm ins Gesicht sehen zu können. So dicht vor ihm fühlte sie sich wie eine Elfe im Schatten eines Drachen.

»Wie geht es Karen?«

»Ganz ordentlich. In ein paar Stunden haben wir sie alle wieder draußen.«

»Ich weiß noch nicht mal, warum sie festgenommen worden sind. Meine Eltern sind gerade hineingegangen. Zu meinem Bruder Zach.«

Gwen und Neil tauschten einen Blick aus.

»Wollen wir kurz nach draußen gehen und reden?«

Judy folgte ihnen aus dem Gebäude, weg von den neugierigen fremden Ohren.

»Soweit ich gehört habe«, begann Gwen, »ist ein Mädchen namens Becky mit ihrem Freund von zu Hause ausgerissen.«

»Nolan?«

»Ja, richtig«, sagte Gwen. »Zach und Karen haben die beiden in ihrem Versteck gefunden und sie erst mal in ein Hotel gebracht. In der Zwischenzeit wollten sie herausfinden, wie sie Becky schützen können.«

»Schützen? Wovor?«

Gwen seufzte. »Karen sagt, ihre Eltern misshandeln sie. Die Eltern haben Karen und Zach beschuldigt, ihre Tochter entführt zu haben. Und ihrem Freund werfen sie noch viel scheußlichere Dinge vor.«

Langsam wurde Judy einiges klar. »Becky war immer unheimlich schüchtern.«

»Du kennst sie?«

Judy nickte. »Hilton ist ein kleines Kaff. Bei uns kennt jeder jeden.«

Gwen schaute die Männer an. »Weißt du, wo Becky wohnt?«

»Ja, klar. Warum?«

Judy hatte noch nicht ausgeredet, als ein Übertragungswagen vor der Polizeiwache hielt.

Neil stellte sich zwischen die ankommenden Medienvertreter und seine Frau.

»Karen glaubt, Becky sei in Gefahr. Aber sie wird sich ihr erst wieder nähern dürfen, wenn die lächerlichen Anschuldigungen aus der Welt sind. Und so wie ich Karen kenne, würde sie sich selbst richterlichen Anweisungen widersetzen, um dem Mädchen zu helfen.«

Ein Mann mit einem Mikrofon in der Hand pirschte sich an. Seine Augen hingen an Judy.

»Sind sie nicht Michael Wolfes Schwester?«, fragte der Reporter.

Rick schob sich zwischen ihn und Judy. »Kein Kommentar.« Seine tiefe Stimme ließ den Reporter zögern. Aber nur ganz kurz.

»Stimmt es, dass Michaels Frau hier festgehalten wird?«

»Welchen Teil von *kein Kommentar* haben Sie nicht verstanden?« Ricks Stimme war noch tiefer geworden, sein Lächeln verschwunden.

Neil schob Gwen bereits ins Gebäude zurück.

»Stimmt es, dass Mrs Wolfe nackt in einem Hotelzimmer angetroffen wurde? Zusammen mit Mr Wolfes Bruder?«

Judy erstarrte, ihre Augen wurden riesengroß.

Rick legte ihr seine starke Hand auf den Rücken und geleitete sie sanft durch die Tür der Polizeiwache, weg von dem Reporter.

Der Reporter blieb erst einmal draußen.

»Stimmt das?« Judys Frage war an Gwen gerichtet.

Gwens schiefes Lächeln verhieß nichts Gutes. »Es ist nicht so, wie du denkst.«

Wie ist es dann?

Jetzt stand auch der Reporter in der Wache.

Rick drehte sich zu ihm. Wieder schirmte er Judy vor dem lästigen Verfolger ab. »Kumpel, langsam gehst du mir auf die Nerven.«

Gwen zog Judy am Arm beiseite. »Ich weiß, das ist ziemlich verwirrend. Aber ich kann dir versichern, es kommt alles wieder in Ordnung. Ich habe bereits mit Michael gesprochen. Er ist auf dem Weg hierher.«

Beim Gedanken an ihren Bruder zog sich Judys Magen zusammen. »Der arme Mike.«

»Im Augenblick macht Mike sich größere Sorgen um Karen und Zach als um sich selbst. Pass auf, Judy … Karen hat mir erzählt, Becky sei schwanger.«

Judy blieb endgültig die Luft weg und ihr wurde schwindelig. »Im Ernst?«

»Ja. Und wenn ihre Eltern sie tatsächlich misshandeln, könnte das übel ausgehen.«

Judy schaute zu den Polizisten, die sich zwischen Neil, Rick und den Reporter drängten. »Das müssen wir der Polizei sagen. Die müssen sich darum kümmern.«

»Karen hat schon mit der Polizei gesprochen. Aber offenbar geht man der Sache nicht nach. Für die ist Karen eine Kriminelle.«

Das konnte Judy sich nicht vorstellen. Und dass Zach niemals jemanden entführen würde, wusste sie hundertprozentig. »Das ist doch alles völlig gaga.«

»Genau. Meinst du, du könntest an Karens Stelle nach Becky sehen?«

Judy nickte. »Ja, klar.«

»Auch jetzt gleich?«, fragte Gwen. »Rick könnte dich begleiten. Bei ihm bist du sicher, und Becky auch.«

Judy betrachtete den breiten Rücken des Mannes, der noch immer zwischen ihr und dem Reporter stand.

Ihren Eltern würde das nicht gefallen, aber Nein sagen wollte sie nicht. Judy nickte.

Gwen tippte Rick auf die Schulter und flüsterte ihm etwas zu. Grünauge drehte sich zu Judy um und lächelte kurz.

Dann löste er sich aus dem Pulk von aufgeregten Männern und richtete sein Lächeln auf die Polizistin am Empfang. »Gibt es hier einen Hinterausgang, durch den wir unbehelligt verschwinden können?«

Die Frau nickte, holte ihn und Judy hinter den Empfangstisch und brachte sie zu einer Tür. Sie führte zu einem schmalen Flur, der am Hinterausgang endete. Eine Minute später rannten Judy und Rick zu einem Mietwagen und jagten gleich darauf vom Parkplatz.

Judy drehte sich um und schaute aus dem Heckfenster. Es hätte sie nicht gewundert, wenn jemand sie verfolgt hätte. Aber kein Fahrzeug heftete sich an ihre Stoßstange. »Erst mal zum Freeway«, sagte sie. »Nach Norden.«

Rick wechselte die Spur und lenkte den Wagen zur nächsten Auffahrt. Erst als sie ganz sicher war, dass niemand ihnen folgte, drehte Judy sich nach vorn, legte den Sicherheitsgurt an und spürte, wie der atemberaubendste Mann, der ihr je begegnet war, die grünen Augen auf sie richtete.

Heiliger Bimbam.

Sechsundzwanzig

Ein Polizist führte Karen durch den Saal zu der Bank, wo sie auf den Richter warten sollte. Als Nächstes wurde Nolan hereingebracht, dann Zach.

»Wie geht es dir?«, fragte Zach.

»Mir ging's schon mal besser«, antwortete Karen wahrheitsgemäß. Hinter ihnen füllten sich die Reihen mit Familienangehörigen und Freunden. Janice und Sawyer wichen Karens Blicken aus. Was den beiden im Augenblick durch den Kopf ging, wollte sie sich lieber nicht vorstellen.

Samantha, Blake, Neil und Gwen warfen ihr ein aufmunterndes Lächeln zu. Dann suchten sie sich Sitzplätze.

»Hast du mit dem Anwalt gesprochen?«, fragte Karen.

»Ja. Es ist alles geklärt«, antwortete Zach.

»Kommen wir hier raus?«, fragte Nolan.

»Damit rechne ich.«

Am Eingang des Zuschauerbereichs wurde es lauter. Alle Köpfe drehten sich in Richtung der Stimmen.

Reporter mit Aufnahmegeräten in den Händen drängten in den Raum.

»Na prima. Die Medienmeute.«

Zach schüttelte den Kopf. Man hatte ihnen die Hände wieder mit Handschellen auf den Rücken gefesselt. Karen fühlte sich wie ein Schwerverbrecher.

Der Anwalt, der vorher mit ihr gesprochen hatte, betrat den Saal, gefolgt von zwei weiteren, ebenso gut gekleideten Männern. Sie trugen die typische Arbeitskluft hoch bezahlter Rechtsbeistände: dreiteilige Fünfzehnhundert-Dollar-Anzüge. Wie bei einem steinreichen Herzogpaar kaum verwunderlich, hatten Blake und Samantha eine sehr renommierte Kanzlei beauftragt.

»Seine Ehren, Richter Stanhope. Bitte erheben Sie sich von Ihren Plätzen.«

Alle standen auf und es wurde still im Saal.

Der Richter war Anfang sechzig, sein Haar grau meliert. Mit steinerner Miene nahm er seinen Platz ein und wies die Versammelten an, sich zu setzen.

»Ziemlich viel los hier für die frühe Uhrzeit.« Der Richter schob die Unterlagen auf seinem Tisch zusammen und fixierte die drei auf der Anklagebank.

Im Zuschauerbereich flüsterte ein Reporter etwas in ein Aufnahmegerät und zog damit die Aufmerksamkeit des Richters auf sich.

»Sie! Ja, Sie da hinten.«

Der Reporter stand beinahe stramm.

»Ja?«

»Schalten Sie dieses Mistding aus und stecken Sie es weg. Wenn ich es noch einmal sehe, lasse ich Sie und Ihre Kollegen entfernen.«

Der Mann ließ den Rekorder in der Tasche verschwinden und setzte sich kerzengerade hin.

Richter Stanhope ließ den Blick durch den Saal schweifen. »Ich würde diesen sonnigen Sonntag viel lieber mit meiner Familie verbringen. Stattdessen hat man mich zu dieser Anhörung zitiert. Also verschwenden Sie nicht meine Zeit.«

Karen wollte am liebsten aufstöhnen. *Na wunderbar. Ein schlecht gelaunter Richter.*

»Nolan Parker?« Richter Stanhope kam zum offiziellen Teil.

Nolan erhob sich. »Ja, Euer Ehren?«

»Haben Sie einen Verteidiger?«

Der Anwalt, der Nolan vertrat, stand auf und ging zum Richtertisch.

»Ja, Euer Ehren.«

Der Richter warf einen Blick in seine Unterlagen, dann fixierte er Nolans Rechtsbeistand. »Nolan Parker, man wirft

Ihnen Vergewaltigung, Entführung und Widerstand gegen die Festnahme vor. Wie plädieren Sie?«

Nach einem Blick zu seinem Anwalt antwortete Nolan: »Nicht schuldig.«

Die Augen des Richters ruhten noch einen Moment lang auf Nolan, dann war Zach an der Reihe. »Zach Gardner?«

Zach erhob sich zusammen mit seinem Anwalt.

»Ihnen wird eine Entführung, Beihilfe zu einer Straftat und Widerstand gegen die Festnahme vorgeworfen. Wie plädieren Sie?«

»Nicht schuldig.«

Karen erhob sich schon, bevor sie aufgerufen wurde.

»Scheint, als würde heute große Einigkeit herrschen«, sagte der Richter seufzend. »Karen Jones?«

»Ja, Euer Ehren?«

»Ich nehme an, der dritte Anwalt ist Ihrer?«

»Ja, Sir.«

»Man wirft Ihnen eine Entführung, Beihilfe zu einer Straftat und Widerstand gegen die Festnahme vor. Wie plädieren Sie?«

»Nicht schuldig, Euer Ehren.«

Der Richter schaute alle drei durchdringend an. »Wir sehen uns morgen in zwei Wochen wieder. Selbe Stelle«, sagte er. »Für Ms Jones und Mr Gardner wird die Kaution auf jeweils hunderttausend Dollar angesetzt. Zweihundertfünfzigtausend für Mr Parker.«

»O Gott«, stöhnte Nolan.

»Mach dir keine Sorgen«, raunte Karen ihm zu.

»Bei einer Freilassung auf Kaution müssen Sie sich bis zum Verhandlungsbeginn innerhalb der Countygrenzen aufhalten. Das ist Ihnen klar?«

Alle drei nickten.

Der Richter verließ den Saal, die Reporter hasteten hinaus.

Eine Stunde später verließen auch Karen, Zach und Nolan das Gebäude. Sofort wurden sie von den Medienvertretern bestürmt.

Neil und Blake bahnten Karen, Zach und Nolan einen Weg zu einer Limousine.

Als der Wagen sich in Bewegung setzte, umarmte Karen Gwen.

»Wir haben eine Suite im Hilton gebucht.«

»Gibt es etwas Neues von Becky?«, fragte Nolan.

Karen griff nach seiner Hand.

»Noch nicht.«

Karen schaute Zach an. Ihre Blicke hielten einander fest.

Hier ist es.« Judy zeigte auf das Haus, in dem Becky mit ihren Eltern wohnte. Dass kein Wagen in der Einfahrt stand, war kein gutes Zeichen.

»Hat sie Geschwister?«

»Nein. Sie ist ein Einzelkind.«

Rick parkte ein Stück vom Haus entfernt auf der gegenüberliegenden Straßenseite. Er beugte sich über Judy hinweg zum Handschuhfach und nahm eine Pistole heraus. Die Waffe steckte er in das Holster unter seinem Jackett.

»Was zum Teufel ist das?«

»Eine Pistole.«

»Das sehe ich. Aber weshalb trägst du eine? Bist du Polizist oder so?«

Er lächelte. »Oder so.«

Als er seine Tür öffnen wollte, hielt sie ihn am Arm fest. »Du kannst nicht mit einer Waffe da reingehen.«

Er hob den Zeigefinger. »Ich verspreche dir, sie stecken zu lassen. Es sei denn, es geht nicht anders.«

Sie zog an seinem Ärmel. »Moment mal. Das war nicht Teil unserer Abmachung. Wir wollten nur nachsehen, ob mit Becky alles in Ordnung ist.«

Rick legte den Kopf schief. »Was glaubst du denn, was ich vorhabe?«

»Das weiß ich nicht. Aber du brauchst keine Waffe. Schau dich doch nur an. Du könntest dich auf Mr Applegate setzen und der Mann wäre Brei. Eine Pistole ist völlig überflüssig.«

Ricks Lächeln war heller als der Tag. »Schön, dass du so viel Vertrauen in mich setzt, Utah-Girl. Aber ich habe gern ein bisschen Feuer unter der Jacke. Schließlich weiß ich nicht, was Mr Appleseed im Haus hat.«

»Applegate, nicht Appleseed.«

Er hob die Augenbrauen. Sein Lächeln war unverrückbar. »Ich schaue mich jetzt um. Du bleibst so lang im Wagen.«

Sie stieg eine Sekunde nach ihm aus.

»Ich sagte, bleib im Wagen.«

Sie stapfte an ihm vorbei. »Becky kennt dich nicht. Du könntest ihr Angst machen.«

Er kniff die Augen zu Schlitzen zusammen. »Besser erst mal dir.«

»Ich fange gleich an zu zittern.« Das Haus lag still in der verlassen wirkenden Wohngegend. Die Mitglieder der Mormonengemeinde verbrachten einen Großteil des Sonntags in der Kirche. Aber Judy glaubte nicht, dass die Applegates heute dort waren.

Kaum stand sie an der Haustür, schon war Rick an ihrer Seite. Bevor sie anklopfen konnte, hob er sie hoch, als würde sie keine zwanzig Kilo wiegen, und stellte sie hinter sich.

»Hey!«

Er legte ihr einen Finger an die Lippen. »Psst.«

Plötzlich war Rick nicht mehr Mister Brandheiß, der mit seinem Körper eine ganze Gang in Schach halten konnte. Jetzt war er Mister Obernervig, dem sie dringend gehörig die Meinung sagen musste.

»Bleib.«

»Ich bin kein Hund«, zischte sie.

Er besaß tatsächlich die Frechheit, sie am Kopf zu tätscheln.

Judy wollte ihm auf den Fuß treten.

Aber bevor sie dazu kam, klopfte er an die Tür. »Mister Apple…«

»Gate«, flüsterte sie.

»Applegate?«

Einen Moment lang horchten sie angestrengt. Dann klopfte Rick erneut. »Mr Applegate?«

Nichts.

Rick drückte die Klinke herunter. Die Tür war unverschlossen.

Er zog die Waffe, von der er gesagt hatte, er würde sie stecken lassen, und schob die Tür auf.

Beim Anblick des Durcheinanders im Wohnzimmer der Applegates beschleunigte sich Judys Herzschlag.

»Geh zurück zum Wagen«, kommandierte Rick.

Sie schüttelte den Kopf. Ihre Sorge um Becky war plötzlich übermächtig. Irgendetwas war vorgefallen.

Zwei Lampen lagen mitten auf dem Fußboden. Die Glasplatte eines alten Beistelltischchens aus den Siebzigern war zerbrochen.

»Mister Applegate?«

»Becky?«, rief Judy.

Rick funkelte sie an, von Lächeln keine Spur. Blitzschnell lag seine Hand auf ihrem Mund, um sie an weiteren Rufen zu hindern.

Stumm schlich Judy hinter ihm her durchs Haus. In der Küche schien alles in Ordnung zu sein. Im Esszimmer lagen die Stühle kreuz und quer. In den Schlafzimmern standen Schubladen offen, als hätte jemand hastig ein paar Dinge zusammengepackt. Zu sehen war niemand.

Rick steckte die Waffe weg und ließ den Blick umherschweifen. »Ich glaube nicht, dass sie wiederkommen.«

»O Becky. Das ist nicht gut.«

»Überhaupt nicht. Hat sie sonst noch irgendwelche Angehörigen?«

»Ich glaube nicht. Aber genau weiß ich es nicht.«

Judy stieg über die Glasscherben im Wohnzimmer und bemerkte einen dunklen Fleck auf dem Teppich. Sie kniete sich hin und berührte die klebrige Stelle. »Ist es das, was ich vermute?«

Rick berührte ihren Finger und runzelte die Stirn. »Ruf die Polizei.«

Die Suite im Hilton füllte sich schnell. Zach erkannte Karens Freunde und schüttelte Blake Harrison die Hand. »Vielen Dank für die Anwälte und die Kaution.«

Blake schüttelte den Kopf. »Nicht der Rede wert.«

»Ich ersetze dir natürlich die Auslagen.«

Blake wedelte mit der Hand. »Das können wir später besprechen.«

Zachs Eltern kamen durch die Tür und schauten erstaunt in die Runde. Zach rechnete es seinem Vater hoch an, dass er ihn nicht sofort darauf ansprach, in welchem Zustand er und Karen bei ihrer Festnahme aufgefunden worden waren. Inzwischen prangten die Fotos in sämtlichen Boulevardblättern und in der Hotellobby drängten sich die Medienvertreter. Alle hofften auf einen Kommentar zu den sensationellen Enthüllungen. Dass die Frau eines Hollywoodstars offenbar in einen Sexskandal verwickelt war, erregte deutlich mehr Interesse als der Vorwurf der Entführung.

Als Zachs Eltern erschienen, verstummten die Gespräche. Zach sah, wie seine Mutter erst zögerte, als Karen auf sie zukam. Doch sie fing sich schnell.

Janice hob die Hand zu Karens Gesicht. »Alles in Ordnung, du Ärmste?«

Zach merkte, wie unsicher Karen war. »Ja, keine Sorge.«

»Das tut doch sicher weh.«

Zach sah im Geist noch einmal vor sich, wie der Polizist Karen so heftig herumriss, dass ihr Gesicht gegen die Wand prallte.

»Es ist halb so schlimm.«

Bevor Karen die Anwesenden einander vorstellen konnte, öffnete sich erneut die Tür.

Mike kam herein. Nach einem kurzen, grimmigen Blick zu Zach suchten seine Augen nach Karen.

Er eilte zu ihr und nahm sie in die Arme. »Wie fühlst du dich?«

Sie seufzte. »Es tut mir so leid.«

Er hielt sie ein Stück von sich weg und musterte sie. Sein Blick blieb auf dem farbig schillernden Bluterguss über ihrem Auge hängen. Er stieß einen leisen Fluch aus.

Janice schaute zwischen Karen, Mike und Zach hin und her. Sawyer hielt sich im Hintergrund und schwieg.

»Mach dir keine Gedanken«, sagte Mike zu Karen. Er küsste sie sanft auf die Stirn, dann ging er zu Zach.

Zach straffte die Schultern und versuchte, sich gegen eine unschöne Szene zu wappnen.

Mikes Miene war wie versteinert. Nur an seinem Kiefer zuckte ein Muskel. Die Brüder starrten einander an. Einen Moment lang sah es so aus, als würde Michael sich wortlos abwenden. Zach atmete erleichtert aus. Doch plötzlich schnellte Mikes Faust durch die Luft und landete auf Zachs Kinn.

Erschrockene Schreie hallten durch den Raum und Zach ging zu Boden.

Karen sprang zwischen die Brüder, Blake packte Mike am Arm und Neil stellte sich vor Karen.

»Michael!«, schrie Janice.

Michael schüttelte seine Hand aus. »Das ist dafür, dass du nicht auf sie achtgegeben hast. Die Medien werden sie kreuzigen und du bist schuld daran.«

Zach wischte sich mit dem Handrücken das Blut von der Lippe, schaute erst das Blut an und dann seinen Bruder. Den Kinnhaken hatte Mike ihm nicht verpasst, weil er mit seiner Frau geschlafen hatte, sondern weil er sie nicht vor den Paparazzi bewahrt hatte.

Zach nickte. Als Neil ihm aufhelfen wollte, winkte er ab.

Mike drängte sich zu ihm durch, packte seine Hand und zog ihn auf die Füße. Zach war zunächst nicht sicher, ob Mike noch einmal zuschlagen würde. Mit einem Fausthieb konnte er leben.

Eigentlich hatte er sogar damit gerechnet. Aber wenn Mike sich prügeln wollte, würde er ihm schon zeigen, wer von ihnen der Ältere war.

Karen schob sich erneut zwischen sie. »Das war's doch hoffentlich.«

Zach schaute seinen Bruder an.

»Von mir aus schon«, presste Mike hervor.

Karen tupfte Zachs Lippe mit einem Papiertaschentuch ab. Ihr zärtliches Lächeln vertrieb den Schmerz. »Ein hübsches Pärchen geben wir beiden jetzt ab.«

»Ich würde ja grinsen, aber ich habe Angst, dass es wehtut.«

Mike lachte leise auf.

»Schön zu wissen, dass dein rechter Haken es immer noch mit meinem aufnehmen kann«, sagte Zach zu ihm.

»Ich hatte einen guten Lehrmeister.« Wie die meisten Brüder hatten sie sich als Jungen häufig geprügelt, sich aber immer schnell wieder vertragen. Offenbar setzte sich diese Tradition gerade fort.

Sawyer räusperte sich. »Würde mir mal jemand erklären, was hier eigentlich los ist?«

Wieder wurde es still im Raum.

Siebenundzwanzig

Karen saß auf dem symbolträchtigen Platz zwischen den beiden Brüdern, Janice und Sawyer hatten sich ihnen gegenüber niedergelassen. Ungeduldig warteten sie darauf, dass alle anderen den Raum verließen.

»Was ist los?«, fragte Sawyer noch einmal, als sie allein waren.

Karen legte Michael zur Ermutigung die Hand aufs Knie. Die kleine Geste zog alle Blicke auf sich.

»Ich wollte eigentlich nicht, dass ihr Karen kennenlernt«, sagte Michael. »Unsere Ehe sollte nur ein Jahr dauern. Allerhöchstens anderthalb.«

Janice blinzelte ein paarmal. Sie schaute zwischen Karen und Mike hin und her.

Dies hier war Michaels Geschichte, und was und wie viel er preisgeben wollte, lag ganz bei ihm. Karen entschied sich, einfach nur zu bestätigen, was er sagte. Solange er bei den Tatsachen blieb, hatte sie keinerlei Einwände.

»Eine Ehe für ein Jahr? Wie sollen wir das verstehen?«

»Ich lebe in Hollywood, Dad. Während der letzten vier Jahre habe ich acht Filme gedreht und mit jedem meine Gage verdoppelt. Nichts, was ich tue, ist wirklich privat. Meine Dates, meine Ehe, das ist alles Teil der Publicity. So bleibe ich im Gespräch. Bei den Fans und bei den Produzenten. Karen und ich sind verheiratet. Aber unsere Ehe ist bloß ein Stück Papier.«

Karen beobachtete Zach aus dem Augenwinkel.

»Moment mal. Soll das heißen, ihr beide habt nie …«

Karen schüttelte den Kopf und schaute Zach in die Augen. »Nein. Nie!«

Zach war die Erleichterung deutlich anzusehen. »Warum hast du mir das nicht gesagt?«

»Das konnte ich nicht. Ich habe Michael ein Versprechen gegeben.«

Zach nahm ihre Hand und drückte sie.

Sawyer sprang auf. »Aber wir haben doch alle gesehen, wie ihr euch umarmt und geküsst habt.«

Michael schüttelte den Kopf. »Ich wollte euch aus all dem raushalten.«

»Aber …«, begann Janice.

»Ich bin Schauspieler, Mom.«

»Warum hast du uns nichts gesagt? Warum hast du uns etwas vorgegaukelt?« In Janices Stimme lag Empörung.

Michael sah Karen an. Einen Moment lang glaubte sie, er würde seinen Eltern endlich von seiner sexuellen Orientierung erzählen. »Weil ich wusste, dass ihr es nicht verstehen würdet.«

Sawyer stand auf und vergrub die Hände in den Taschen. »Also ich verstehe tatsächlich kein verdammtes Wort von dem, was du da erzählst. Und was läuft zwischen *dir* und Karen?« Die Frage war an Zach gerichtet.

Zach schluckte. »Etwas, das für uns ganz und gar überraschend kam.«

Karen schmiegte sich an seine Seite.

»Das ist alles verdammt kompliziert«, brummte Sawyer.

»Und es wird noch eine Weile so bleiben«, sagte Michael. »Karen braucht die Unterstützung der ganzen Familie. Die Paparazzi werden sie gnadenlos jagen, glaubt mir. Die ganze Welt hält uns für ein glückliches Paar. Aber die Vorbereitungen für die Scheidung laufen … und Zach …«

»Ich komme schon klar«, versicherte Karen.

»Ich weiß nicht, Babe. Die Medien können brutal sein.«

»Ach, das sind doch Strohfeuer. Sie brennen heiß und hell, aber in ein paar Wochen ist alles vergessen und ich bin einfach nur noch deine Ex.«

»Dann hattet ihr also von Anfang an vor, euch scheiden zu lassen?«, fragte Janice.

Karen hatte das Gefühl, Michael verteidigen zu müssen. »Sawyer, Janice. Es tut mir leid. Es tut uns beiden leid. Wir wollten eine kurze Ehe für die Öffentlichkeit und dann wieder getrennte Wege gehen. Hollywood ist extrem schnelllebig und im Augenblick reißt sich alles um Michael.«

»Ist Geld denn so wichtig, dass man dafür gleich seine Seele verkauft?«

Michael schüttelte den Kopf. »Ganz so dramatisch ist es nicht, Dad. Karen und ich sind sehr gute Freunde. Ein Jahr lang das perfekte Paar zu spielen, war kein Opfer. Aber es war wirklich nur gespielt. Jetzt, wo Karen jemanden kennengelernt hat, der ihr gefällt, wird es Zeit, die Scharade zu beenden.« Michael warf Zach einen Blick zu. »Obwohl es mir ziemlich auf die Eier geht, dass sie sich ausgerechnet in dich verguckt hat.«

Zach lächelte nachsichtig.

Janice schüttelte den Kopf. Sehr überzeugt wirkte sie nicht. »Vor ein paar Wochen waren du und Tracey noch ein glückliches Paar, Zach. Soll das jetzt einfach so vorbei sein?«

Zachs Lächeln war wie weggewischt. »Bevor dein Mitleid mit Tracey zu groß wird, solltest du wissen, dass sie gestern Nacht vor dem Hotel gestanden und zugesehen hat, wie wir wegen ein paar erfundenen Anschuldigungen verhaftet worden sind.«

»O nein.«

»O ja.« Zach nahm Karens Hand und küsste ihre Finger. »Ich glaube, sie ist uns gefolgt.«

Janice schaute zu Boden. »Wir haben Tracey vor dem Gericht getroffen.«

Zach blickte auf. »Hat sie etwas gesagt?«

»Sie hat sich entschuldigt. Ich wusste gar nicht, wovon sie redet. Sie sagte, sie hätte geglaubt, es sei richtig, zur Polizei zu gehen. Ihre Cousine hätte dich und Karen in St. George gesehen und irgendwie mitbekommen, dass ihr Becky vor ihren Eltern versteckt.«

Karen drückte Zachs Hand. »Sicher war sie verletzt und traurig wegen der Trennung.«

»Kann schon sein. Aber muss sie sich deshalb so rächen? Zwischen ihr und mir ist es schon eine ganze Weile nicht mehr gut gelaufen. Unsere Trennung hatte viele Gründe. Aber Becky ist jetzt wieder in den Händen ihrer Eltern und wird vielleicht misshandelt. Und wir müssen untätig herumsitzen und hoffen, dass andere sich um das Mädchen kümmern. Nolan sorgt sich fast zu Tode um seine Freundin und ihr Kind. Und warum das alles?«

»Ach Schatz, ich weiß gar nicht mehr, was ich denken soll«, sagte Janice.

»Wir müssen zusammenhalten«, sagte Michael. »Unsere Scheidung wird wie geplant über die Bühne gehen. Aber bis es so weit ist, braucht Karen eure Unterstützung.« Er zeigte auf Zach. »Und du musst sie beschützen. Die Medien kennen kein Erbarmen. Sie werden jeden Stein umdrehen. Vor allem jetzt, wo sie eine Dreiecksbeziehung vermuten.«

Zach legte Karen den Arm um die Schultern. »Wir schaffen das schon.«

»Das ist alles mehr als seltsam, Mike.«

»Ich weiß, Dad. Sei verwirrt, schrei mich an, tu was du willst. Aber bitte sorg dafür, dass die Sache unter uns bleibt.«

»Ich soll die Familie belügen?«

Michael schüttelte den Kopf. »Hannah und Judy natürlich nicht. Ja, und verdammt … Rena weiß schon Bescheid. Aber wen außer uns geht das sonst noch etwas an? Seit meinem Umzug nach L. A. hat mich niemand besucht. Also muss auch niemand etwas wissen.«

Sawyer tigerte auf und ab. »Diese verdammten Kinder heutzutage.«

Michael und Zach schauten einander an und verdrehten die Augen.

»Komm, Janice. Lass uns nach Hause fahren, bevor sich die Presse auf unsere Töchter stürzt.«

Janice erhob sich. Karen schaute zu, wie Michael und Zach sie umarmten und küssten. Danach trat Janice zu Karen und zog sie beiseite. »Melde dich, wenn du Hilfe brauchst.«

»Danke, Janice.«

»Ich kann nicht behaupten, dass ich euch verstehe. Ich hoffe nur, ihr wisst, was ihr tut.«

Karen warf einen Blick über die Schulter zu den Brüdern. »Das hoffe ich auch.«

Ganz so versöhnlich war Sawyer nicht gestimmt. Er stapfte einfach aus dem Zimmer und erwartete, dass seine Frau ihm folgte.

Als die beiden gegangen waren, ließ Karen sich erschöpft aufs Sofa fallen.

»Falls ich noch mal so was machen will, hindert mich dran.«

Sie hatte geglaubt, die Brüder würden sich lachend zu ihr setzen. Aber die beiden standen da und fixierten einander.

»Was?«

Zach verschränkte die Arme. »Was verschweigst du mir, Mike?«

Hatte sie irgendetwas nicht mitbekommen?

Zach fuhr fort. »Mit einer so umwerfenden Frau wie Karen kann kein Mann ein ganzes Jahr lang geschwisterlich zusammenleben.«

Ein angespanntes Schweigen hing in der Luft.

»Das ist sicher richtig.«

Zach öffnete den Mund und schloss ihn wieder.

»Ich bin schwul, Zach.«

Zach ließ die Arme fallen und schnappte nach Luft.

»Heilige Scheiße.«

Nachdem sie mit der Polizei gesprochen hatte, ging Judy zum Mietwagen und rief von Ricks Handy aus Gwen an.

»Rick?« Gwen schaffte es, selbst dieses eine Wort mit einem britischen Akzent auszusprechen.

»Nein, hier ist Judy. Rick redet noch mit der Polizei.«

»Ach herrje. Was ist denn passiert?«

Judy erzählte ihr, wie sie das Haus vorgefunden hatten und dass die Applegates verschwunden waren. »Ich habe keine Ahnung, wo sie sein könnten.«

»Vielleicht hat Karen eine Idee. Oder Nolan.«

»Sind sie nicht mehr im Knast?«

»Nein, sie sind draußen. Ich spreche mit ihnen und rufe dich dann zurück.«

Judy beendete das Gespräch. Rick kehrte den Streifenwagen mit den blinkenden Signallichtern den Rücken und kam zu ihr. »Wir können gehen.«

»Ich weiß gar nicht, wohin wir sollen. Ich habe kein gutes Gefühl dabei, die Sache einfach der Polizei zu überlassen. Die haben den Ernst der Lage total verkannt.«

Rick rieb sich verschmitzt grinsend das Kinn. »Ist etwa die Abenteuerlust in dir erwacht, Utah-Girl?«

Judy hätte am liebsten die Augen verdreht, begnügte sich aber mit einem kurzen Kopfschütteln.

»Die Polizei sieht das alles zu einseitig, aber wir kennen die Zusammenhänge. Becky ist mit ihren ziemlich fehlgeleiteten Eltern unterwegs und hat vermutlich große Angst. Aber sie ist nicht dumm. Sie ist schon mal abgehauen und wird es wieder tun.«

Ricks belustigtes Grinsen wich einem grüblerischen Gesichtsausdruck. »Wie könnte ein verschlepptes, schwangeres junges Mädchen seinen Eltern entkommen?«

Judy schloss die Augen und versuchte, sich in Beckys Lage zu versetzen. »Ich würde ihnen vorgaukeln, dass ich einsichtig bin und meinen Widerstand aufgegeben habe.« Judy stellte sich eine Raststätte vor … eine Toilette … »Dann würde ich den richtigen Moment abwarten, vielleicht behaupten, ich müsste aufs Klo oder ich hätte Hunger. Und dann verschwinden.« Judy öffnete die Augen. Rick schaute sie nachdenklich an.

»Schwangere Frauen müssen häufig pinkeln.«

Judy rieb sich das Gesicht. »Die arme Becky.«

»Hey.« Sie spürte Ricks Hand auf der Schulter. »Wir finden sie.«

Das Telefon in ihrer Tasche klingelte. Sie nahm den Anruf an und hörte Karens Stimme. »Judy?«

»Ja.«

»Wo bist du?«

»Direkt vor dem Haus von Beckys Eltern.«

»Und du hast keine Ahnung, wo sie hin sein könnten?«

Judy seufzte. »Nicht die geringste.«

»Haben die Nachbarn vielleicht etwas gesehen?«

Judy drehte sich zu den wenigen Leuten um, die von ihren Vorgärten aus zusahen, wie die Polizei im Haus ein- und ausging. »Und selbst wenn. Was könnten sie schon sagen? Dass ein Auto Richtung Westen gefahren ist? Hier führen alle Straßen zum Freeway. Die Frage ist doch, wohin sie von dort aus gefahren sind.«

»Was ist mit der Friseurin? Mit Petra?«

»Was soll mit ihr sein?«

»Vielleicht weiß sie etwas.«

»Petra schneidet Haare, Karen.«

»Ja, klar. Aber Friseurinnen sind fast wie Barkeeper. Die erfahren eine Menge. Vor allem in so kleinen Städten. Wenn jemand etwas weiß, dann sie.«

Judy stieg mit dem Telefon am Ohr in den Wagen.

Rick schob sich hinters Steuer.

Judy zeigte mit dem Finger die Richtung an. »Links abbiegen«, sagte sie. »Ich hoffe, du hast recht, Karen.«

»Etwas Schlaueres fällt mir im Moment nicht ein.«

»Ich rufe dich zurück.«

Judy klickte sie weg und wies Rick den Weg zur Hauptstraße von Hilton. Wie sonntags immer war hier kaum etwas los. Sie parkten am Straßenrand, Judy sprang aus dem Wagen und rannte in Petras Salon.

Eine Kundin saß auf dem Stuhl und redete angeregt, während Petra eifrig schnippelte.

Petra hielt inne und schaute Judy an. Als sie Rick bemerkte, wurde ihr Grinsen breiter.

»Hey?«

»Ähm, Petra? Kann ich kurz mit dir reden?«

Judy wollte keine neugierigen Ohren.

Petra legte die Schere beiseite, entschuldigte sich bei ihrer Kundin und folgte Judy aus dem Geschäft.

Judy kam ohne Umschweife zur Sache. »Karen meint, ich soll dich fragen, wohin die Applegates Becky gebracht haben könnten.«

Petras Miene wurde ernst. »Ist alles in Ordnung?«

Judy schüttelte den Kopf. »Ich glaube nicht. Ihre Eltern haben sie weggebracht und sie haben einige Stunden Vorsprung.«

Petra studierte ihre Schuhe und klopfte dabei mit der Schere in ihre Handfläche. »Soweit ich weiß, haben sie hier in der Stadt keine weiteren Angehörigen. Aber er hat eine Schwester irgendwo weiter nördlich.«

»Weiter nördlich? Na prima. Das grenzt die Sache natürlich ein.«

»Noch vor Salt Lake City. Der Ortsname war der Name einer Person.«

»Gilt das nicht für fast alle Städte? Wir leben doch auch in Hilton.«

»Nein, kein Nachname. Ein Vorname. An eine Stadt namens Judy würdest du dich sicher erinnern.«

Ja, bestimmt.

»Mein Telefon?« Rick streckte die Hand aus und Judy gab ihm sein Handy.

Er holte sich eine Karte von Utah aufs Display und scrollte sich durch die Namen der Städte.

Petra und Judy schauten ihm über die Schulter.

»Nein … nein … Moment. Ja. Da ist es. Jeremy. Beckys Tante lebt in Jeremy.«

Judy drückte Petras Arm. »Danke.«

Lächelnd schaute Petra zu, wie Judy und Rick in den Wagen sprangen und Richtung Highway davonbrausten.

Achtundzwanzig

Zach hätte sich am liebsten im Bett verkrochen und den Großteil dieses Tages aus seiner Erinnerung getilgt. Aber das war reines Wunschdenken. Nach dem Bekenntnis seines Bruders hatte er ein paar Augenblicke lang wie erstarrt dagestanden. Plötzlich hatte er die Antwort auf so viele Fragen, die Puzzleteile fügten sich zu seinem vollständigen Bild. Jetzt wusste er, weshalb die Beziehung zwischen Karen und Mike sehr vertraut wirkte, aber dennoch nicht intim. Im Nachhinein fand er, dass Mikes und Karens Küsse immer wie Filmküsse ausgesehen hatten. Auch dass Mike Hilton und seiner Familie den Rücken gekehrt hatte, verstand er jetzt besser.

Zach war froh, dass Karen und Mike nie miteinander geschlafen hatten. Eine Kluft zwischen ihm und seinem Bruder brauchte er also nicht zu befürchten, und das war ein gutes Gefühl.

Karen rappelte sich von der Couch hoch. »Ich möchte gern duschen, bevor es hier wieder rund geht.«

Zach wäre gern mitgekommen, wollte die kurze Zeit, in der er mit seinem Bruder noch allein war, aber für ein dringend notwendiges Gespräch nutzen.

Karen verschwand Richtung Badezimmer und ließ die Brüder allein.

»Sie ist wirklich eine tolle Frau«, sagte Mike.

»Sie denkt immer zuerst an alle anderen.«

Mike fuhr sich durchs Haar. »Als sie mir von euch beiden erzählt hat, war ich erst mal sauer. Aber dann ist mir klar geworden, dass ich mir keinen besseren Mann für sie wünschen könnte.«

Zach wurde warm ums Herz. »Ich weiß gar nicht, was ich sagen soll.«

»Sag mir einfach, dass du nicht nur mit ihr spielst. Dass sie mehr für dich ist als ein kurzes Abenteuer.« Mike schaute seinem Bruder fest in die Augen. Dies war nicht der Moment für ein Lächeln oder einen Scherz.

»Wenn wir nur eine Affäre gewollt hätten, hätten wir dafür sicher jemand anderen finden können. Nach der Frau meines Bruders verrückt zu sein hat mir wochenlang den Schlaf geraubt und auch Karen hatte schreckliche Schuldgefühle, obwohl sie viel mehr wusste als ich.«

Mike nickte. »Sie ist eine starke Frau, Zach. Aber sie ist auch sehr verletzlich. Sie braucht Sicherheit. Die Angst, im Stich gelassen zu werden, ist tief in ihr verwurzelt.«

»Du sprichst von ihren Eltern.«

»Sie hat dir von ihnen erzählt?«

»Ja. Grauenhafte Leute.«

Mike rieb sich den Nacken. »Da weiß man erst wieder, was man an der eigenen nervigen Verwandtschaft hat.«

Einen Moment lang hingen sie beide stumm ihren Gedanken nach.

»Mom und Dad werden dich verstehen … wenn du ihnen alles sagst.«

Mike trat ans Fenster. »Das kann ich nicht, Zach. Ich brauche noch Zeit. Verdammt, eigentlich wollte ich dich auch noch nicht einweihen. Aber ich kann von Karen nicht verlangen, Geheimnisse vor dir zu haben. Sie hat schon so viel für mich getan.«

»Wer weiß sonst noch Bescheid?«

»Nur eine Handvoll Leute. Rena ist selbst dahintergekommen. Karens engster Freundeskreis weiß, was Sache ist, aber in Hollywood ist bislang nichts durchgesickert.«

»Das muss ziemlich schwer für dich sein.«

Mike zuckte die Achseln. »Es gibt Schlimmeres. Karen war mir in diesem Jahr eine große Stütze. Mit ihr konnte ich über alles reden. Sie wird mir unendlich fehlen.«

»Du verlierst sie ja nicht.«

Mike warf einen Blick über die Schulter. »Kannst du dir vorstellen, aus Hilton wegzuziehen? Sicher wäre es nicht gut, wenn du hier lebst und Karen in L. A. Mal ganz davon abgesehen, dass du sie aus der Ferne kaum schützen könntest.«

»Ich wollte längst mal weg aus Utah.« Zach trat neben seinen Bruder. »Eine Anlaufstelle für durchgebrannte Jugendliche kann Karen nur im Umfeld einer großen Stadt eröffnen. Nach Hilton brennt kein Teenager durch.«

Mike drehte sich zu ihm. »Dir ist es wirklich ernst mit ihr.«

»Ja. Sehr.«

Mike schaute wieder aus dem Fenster. »Die Dreharbeiten in Kanada dauern noch Wochen. Ich werde Karen bitten, erst mal im Haus zu bleiben. Verdammt, wenn sie es nehmen würde, könnte sie es sogar haben.«

»Sie wollte ja nicht mal den Wagen.« Zach dachte kopfschüttelnd an den McLaren.

»Überrede sie bitte, ihn zu behalten. Die Kiste ist ein Traum.«

Zach nickte lächelnd.

»Bis die Scheidung durch ist, ist sie im Haus vor neugierigen Reportern am besten geschützt. Ihr könnt gern beide dort wohnen, so lange ihr wollt.«

Zach legte Mike die Hand auf die Schulter. »Auf mich kannst du zählen. Und wenn du Mom und Dad irgendwann alles sagen willst, hast du meine volle Unterstützung.«

Mike nickte. »Danke. Es tut gut, das zu hören.«

Hinter ihnen öffnete sich die Tür der Suite. Gwen, Neil und Nolan kamen zurück. Nolans Gesicht verriet, dass etwas nicht stimmte.

»Was ist passiert?«

»Becky hat angerufen.« Nolan hielt mit zitternder Hand sein Telefon hoch.

Karen erschien mit einem Handtuch ums Haar an der Schlafzimmertür. Ihr frischer, sauberer Duft wehte zu Zach herüber und zog ihn magisch an.

»Geht es ihr gut?«

Nolan schüttelte den Kopf. »Sie hat so schrecklich geweint, dass ich sie kaum verstanden habe.«

»Wo ist sie?«

Gwen legte den Arm um Nolan. »Das konnte sie nicht sagen. Nur dass sie sich auf irgendeiner Raststätte versteckt hält.«

Neil hatte sein Handy am Ohr. »Wo bist du?«

»Spricht er mit Rick?«, fragte Karen.

Gwen nickte. »Ich glaube, wir sollten die Polizei verständigen. Inzwischen muss denen doch klar sein, dass Becky in Gefahr ist.«

Karen nickte. »Ja, gute Idee.«

Neil ging ein Stück beiseite und sagte Rick, was sie inzwischen wussten. »Sie versteckt sich in irgendeinem Lagerraum. Auf welcher Raststätte wissen wir nicht. Nein … Anrufen. Ja.« Neil legte auf und sagte laut: »Rick und Judy sind auf dem Weg nach Jeremy.«

»Becky könnte an jeder einzelnen Raststätte auf den Weg in den Norden sein.«

»Hat sie den Ort nicht genauer beschrieben?« Karens Frage war an Nolan gerichtet.

»Sie hat nur gesagt, sie seien schon ein paar Stunden gefahren.«

Zach schaute Neil an. »Wir brauchen eine Karte von Utah.«

Judy und Rick drehten zwei Runden über den Rastplatz. Erst dann parkten sie den Wagen. Gemeinsam gingen sie in das kleine Geschäft zwischen der Tankstelle und dem Restaurant. »Ich schaue gleich mal auf der Toilette nach.«

Rick sagte nicht viel. Er musterte die Leute, die aus- und eingingen. Judy fand ihn manchmal ein wenig rätselhaft. Wenn er mit ihr redete, lächelte er ununterbrochen. Aber im Arbeitsmodus machte er ein Gesicht wie ein Raubtier kurz vor dem tödlichen Sprung.

Er brachte sie bis zur Tür der Damentoilette, drehte den Rücken zur Wand und wartete auf sie. *Er muss so was wie ein Bodyguard sein.* Zu Fremden sagten seine Augen deutlich: *Leg dich nicht mit mir an.* Und wer wollte das wagen? Wer diesen Mann absichtlich reizte, musste schon komplett unterbelichtet sein.

Judy schaute in jede leere Kabine und wartete, bis alle Frauen den Raum verlassen hatten. Dann ging sie wieder hinaus zu Rick.

»Hier ist sie nicht.«

»Neil hat von einem Lagerraum gesprochen.«

»Lass uns nach ihren Eltern Ausschau halten. Wenn sie hier sind, ist es ziemlich wahrscheinlich, dass wir auch Becky hier finden.«

»Sie könnten sie allein zurückgelassen haben«, gab Rick zu bedenken.

Mit dem Restaurant fingen sie an. Den Kellnerinnen sagten sie, sie würden nach Freunden Ausschau halten. Nach dem Restaurant nahmen sie sich den rückwärtigen Teil der Raststätte vor. Dort fanden gestresste Autofahrer alle möglichen Serviceangebote – vom Chiropraktiker bis zum Schuhputzer. Dass die Trucker, die den Großteil der Kundschaft ausmachten, sich die Schuhe polieren ließen, konnte Judy sich allerdings kaum vorstellen. Dafür gab es hier jede Menge Ecken und Winkel, in denen ein Mädchen wie Becky sich verstecken konnte.

Judy ging noch einmal in den Minimarkt. Rick folgte ihr wie ein Schatten. Aus dem Augenwinkel bemerkte sie, wie ein Mann sich hinter ein Bücherregal duckte. Er sah Mr Applegate sehr ähnlich. Um ihn in Sicherheit zu wiegen, tat sie, als würde sie Rick einen Fussel vom Jackett pflücken.

Sein strahlendes Lächeln nahm ihr dabei fast den Atem.

»Hinter meiner rechten Schulter. Hinter dem Bücherregal«, raunte sie.

Um sie verstehen zu können, beugte er sich zu ihr.

Unauffällig linste er in die angegebene Richtung und spielte dabei mit ihrem Haar.

»Groß, schlank, langärmeliges kariertes Hemd.«

»Dunkelbraunes Haar?«

»Ja.«

Sie zog die Puderdose mit dem Schminkspiegel aus ihrer Handtasche. »Schaut er zu uns rüber?«

»Er blättert in einem Buch, aber ich glaube, er hat uns im Blick.«

Judy drehte den kleinen Spiegel so, dass sie den Mann darin sehen konnte. Als er den Kopf hob, erstarrte sie. »Es ist Beckys Dad.«

Sie steckte den Spiegel weg und schaute Rick in die grünen Augen. »Sie muss hier sein.«

»Er schielt andauernd zu uns rüber.«

»Wahrscheinlich, weil er mich kennt.«

Plötzlich mache Rick einen Sprung nach vorn und schob Judy dabei zur Seite. »Ruf die Polizei.« Dann rannte er los.

Als Judy sich umdrehte, sah sie gerade noch, wie Mr Applegate aus der Hintertür rannte. Dicht gefolgt von Rick.

Sie wählte den Notruf und hastete hinterher.

»Notrufleitzentrale, bitte nennen Sie den Grund Ihres Anrufs.«

»Ich brauche die Polizei. Auf der Millroad-Raststätte wird ein Mädchen festgehalten. Gegen ihren Willen. Von einem Mann.« Judy wusste nicht, was sie der Frau am anderen Ende sagen sollte. »Machen Sie schnell.«

»Ist der Mann bewaffnet?«

»Das weiß ich nicht.« Judy rannte durch die Hintertür. Rick hatte Mr Applegate zu Boden geworfen. Genau wie sie vermutet hatte, musste Rick sich nur auf ihn setzen, um jede Gegenwehr im Keim zu ersticken. »Schnell!«

Judy ließ das Telefon sinken. »Becky?«, schrie sie, so laut sie konnte. »Becky?« Die Leute schauten sie an, als wäre sie nicht bei Trost. Aber Judy steckte den Kopf in jede Tür und rief dabei Beckys Namen.

»Hey, Sie! Das geht nicht!« Ein Angestellter versuchte, Judy davon abzuhalten, einen Lagerraum zu betreten. Ein Schild an der Tür verbot Unbefugten den Zutritt. Sie ging trotzdem hinein.

»Becky? Ich bin's, Judy! Du kannst rauskommen!«

»Hey, Miss! Hier dürfen Sie nicht rein.«

Judy beachtete den aufgebrachten Mittfünfziger kaum. »Becky?«

Hinter den Kisten in dem kleinen Kabuff war nirgendwo ein Mädchen versteckt. Judy eilte weiter.

Inzwischen hatten sich einige Leute versammelt. Sie beobachteten Judy interessiert. Andere schauten in die Richtung, wo Rick offenbar dafür sorgte, dass Mr Applegate nicht wegkonnte.

Judy hastete weiter. Sie schaute in ein kleines Friseurgeschäft und warf auch einen Blick in die Praxis, in der Fernfahrer sich den Rücken zurechtbiegen ließen. »Becky?«

Als sie ins Restaurant zurückwollte, hörte sie, wie sich hinter ihr eine Tür öffnete. Becky steckte den Kopf heraus.

Die Schwellung um ihr rechtes Auge und die Art, wie sie ihren Arm hielt, nahmen Judy fast den Atem. »O Becky.«

Judy war bei ihr, bevor ihr die Beine wegknickten. »Einen Arzt! Schnell! Wir brauchen einen Arzt!«

Gemeinsam mit Becky ließ sie sich zu Boden sinken. »Alles wird gut, Becky. Du bist in Sicherheit.«

Karen, Zach, Michael und Nolan saßen im Wartezimmer des Krankenhauses. Rick und Judy wurden noch von der Polizei befragt. Samantha und Blake waren bereits auf dem Rückflug nach Kalifornien, während Gwen und Neil ins Hotel zurückgefahren waren. Hier konnten sie im Augenblick nichts tun. Von Beckys Mutter fehlte bislang jede Spur. Nicht einmal ihr Mann schien zu wissen, wo sie war.

Vor dem Krankenhaus drängten sich die Medienvertreter. Alle waren auf der Suche nach der wahren Story hinter all den Gerüchten, die durch die Luft schwirrten.

Bei der Ankunft im Krankenhaus hatte Karen achtundvierzig Stunden lang so gut wie nicht geschlafen.

»Warum dauert das so lange?« Nolan marschierte in dem kleinen privaten Wartezimmer auf und ab wie ein Tiger im Käfig.

»Keine Ahnung.« Karen befürchtete das Schlimmste. Sie wussten, dass Judy Becky gefunden hatte, dass Becky übel zugerichtet und völlig panisch gewesen war. Im Krankenhaus wollte erst einmal niemand mit ihnen sprechen.

Als Judy und Rick eine halbe Stunde später dazukamen, sahen sie müde und abgespannt aus. Karen dankte Judy mit einer Umarmung für ihre Hilfe. »Gibt's was Neues?«, fragte Judy.

»Nein. Nichts. Wie ging es ihr, als du sie gefunden hast?«

Judys Blick streifte Nolan.

»Man konnte deutlich sehen, dass sie misshandelt worden ist. Und ich glaube, ihr Arm war gebrochen.«

Nolan ballte die Hände zu Fäusten.

Zach griff nach Karens Hand.

Judy musterte die beiden stirnrunzelnd. »Ähm ... ich will ja nichts sagen, Karen. Aber bist du nicht mit Mike verheiratet?«

Michael legte Judy lachend den Arm über die Schulter. »Komm, Schwesterlein. Wir machen einen kleinen Spaziergang durch das Krankenhaus und ich erkläre dir alles.«

Karen fiel auf, wie Ricks Augen Judy folgten, als sie mit Michael den Raum verließ.

Rick war ein prima Kerl. Vielleicht ein bisschen hartgesotten für jemanden wie Judy, vielleicht ein bisschen zu sehr Jäger.

Zach drückte Rick die Hand. »Danke für deine Hilfe.«

Rick erwiderte den Händedruck. »Ich bin Rick Evans.«

»Zach Gardner.«

»Ach, das hatte ich ganz vergessen. Ihr kennt euch noch gar nicht. Ich hätte euch einander vorstellen müssen.«

»Kein Problem, Liebes. Heute sind wir alle im Ausnahmezustand.«

»Rick gehört zu Neils Team«, erklärte Karen. »Oder gehört Neil inzwischen zu deinem?«, scherzte sie.

Rick zuckte mit den Schultern. »Ich helfe hin und wieder bei ihm aus.«

Zwei Männer in Arztkitteln betraten den Raum. »Gibt es hier einen Nolan Parker?«

Nolan war sofort bei ihnen. »Ja?«

Karen und Zach stellten sich zu ihm.

»Wie geht es Becky?«

Die Ärzte tauschten einen langen Blick aus. Karen wurde bang ums Herz.

»Sie ist nicht allzu schwer verletzt. Ihr Arm ist gebrochen und wir mussten ein paar Platzwunden nähen.«

Nolan schluckte. »Kann ich zu ihr?«

Die Ärzte sahen sich noch einmal an. »Das Baby …«

Karen schaute Zach über Nolan hinweg in die Augen. Sie ahnte schon, was der Arzt gleich sagen würde.

»Sie hat während des Transports hierher Blutungen bekommen. In diesem frühen Stadium der Schwangerschaft konnten wir eine Fehlgeburt leider nicht verhindern.«

Nolan starrte die Ärzte fassungslos an. »Wir haben unser Kind verloren?«

Der Arzt, der auch bisher gesprochen hatte, nickte. »Ja. Es tut uns leid.«

Zach nahm Nolans Arm, Karen rannen Tränen über die Wangen. Selbst Rick musste sich abwenden.

»Und Becky?«

»Sie ist natürlich sehr traurig. Sie möchte Sie sehen.«

Nolan schüttelte Zachs Hand ab und folgte den Ärzten ohne einen Blick zurück aus der Tür.

Zach nahm Karen in die Arme. Sie schluchzte auf.

»Ich sehe mal nach Judy und Michael.« Rick flüchtete aus dem Warteraum.

Karens Tränen saugten sich in Zachs T-Shirt. Sie klammerte sich an ihm fest. »Warum?«

»Ich weiß es nicht, Liebes. Ich weiß es nicht.«

Neunundzwanzig

Vier Tage später brachten Nolan und Karen Becky zu den Gardners. Sie richteten Michaels altes Zimmer für sie her.

Becky und Nolan hatten beschlossen, mit dem Heiraten zu warten, bis Becky achtzehn war. Die Gardners bestanden darauf, Becky während ihres letzten Schuljahres zu unterstützen.

Samanthas und Blakes gut bezahlte Anwälte hatten direkt nach Beckys Auftauchen die Einstellung des Verfahrens gegen Zach, Karen und Nolan bei Gericht beantragt. Gleichzeitig hatten sie Anzeige gegen Mr Applegate erstattet. Wegen Beckys Fehlgeburt konnte ihm eine Anklage wegen Mordes drohen. Verurteilen würde man ihn wohl eher wegen Freiheitsberaubung und Körperverletzung, aber Karen hoffte, dass der Mann für längere Zeit hinter Gittern verschwinden würde.

Beim Abschied versicherte sie Becky, sie könne jederzeit zu ihr kommen, wenn sie Hilfe brauchte. Dass Becky sie beim Wort nehmen würde, glaubte Karen nicht, denn Nolan würde sich bestens um seine Liebste kümmern.

»Die beiden haben ziemlich viel durchgemacht«, sagte Karen im Wohnzimmer zu Janice. Ihre Taschen waren gepackt. Sie wollte endlich nach Hause. Ein wenig Zeit hatte sie noch mit Zach verbringen können, aber leider nicht so, wie sie es sich gewünscht hatte. Zwischen all den Krankenhausbesuchen, den Terminen vor Gericht und bei der Polizei war wenig Raum für Zweisamkeit geblieben. Karen hätte auch gern behauptet, dass alle Blicke und Kommentare an ihr abprallten. Aber so war es nicht. Für viele blieb sie eine verheiratete Frau, die sich an den Bruder ihres Mannes herangemacht hatte. Es war besser, erst einmal für räumlichen Abstand zu sorgen.

»Weiß die Polizei etwas von Beckys Mutter?«, fragte Sawyer.

»Nein. Aber anscheinend hat sie ihren Mann abgelenkt, damit Becky sich verstecken konnte. Gesehen hat sie seither niemand mehr.« Beckys Vater hatte seine Frau nicht länger gezwungen, ihre Tochter zu schlagen. Das hatte er nun selbst getan. Karen hoffte, dass Becky das Erlebte verarbeiten und dann ihr Leben in die Hand nehmen konnte.

Zach kam zur Haustür herein und griff nach Karens Taschen. »Ist das alles?«

»Ja.«

Karen umarmte Janice und Sawyer. »Sobald ich Genaueres über die Party weiß, rufe ich euch an.« Michael hatte sich die Scheidungsparty tatsächlich in den Kopf gesetzt. Und anders als bei der Hochzeit wollte er seine Familie diesmal dabeihaben.

Karen musste lachen, weil Sawyer die Augen verdrehte. »Wie soll ich nach diesem Fiasko jemals glauben, dass mein Sohn es ernst meint, falls er noch mal heiratet?«

Karen warf Zach einen Blick zu und grinste. »Falls es noch mal passiert und es ist ernst … wisst ihr es ganz sicher.«

»Schön, dass du da so zuversichtlich bist«, murmelte Janice.

Draußen hievte Zach Karens Taschen auf die Pritsche des Pick-ups. Doch bevor sie einsteigen konnten, hielt ein Wagen hinter ihnen. Zwei Paare stiegen aus. Die Frauen schleppten große Körbe.

»Wer sind diese Leute?«, fragte Karen flüsternd.

Zach schüttelte den Kopf. »Ich kenne sie. Aber ihre Namen fallen mir im Augenblick nicht ein«, flüsterte er zurück.

Der Mann, der gefahren war, ging zu Sawyer und streckte ihm die Hand hin. »Sawyer. Gut, dass wir dich erwischen.«

»Hi, Ben.« Die Männer schüttelten einander die Hände und Sawyer stellte Karen den Neuankömmlingen vor.

»Es heißt, Becky Applegate würde eine Zeit lang bei euch wohnen«, sagte Ben.

Sawyer zog seine Frau an seine Seite. Die Geste signalisierte Einigkeit. So sah Karen die beiden zum ersten Mal. Sie standen fest zu ihrer Entscheidung, Becky Unterschlupf zu gewähren. Nichts hätte Karens Herz mehr für sie erwärmen können.

»Ja, das ist richtig.«

Ben nickte. »Wir haben gehört, was passiert ist. Unsere Gemeinde möchte ihr und euch gern unsere Unterstützung anbieten.«

Karen musterte die vier Besucher mit neuem Interesse.

Bens Frau übergab Janice einen Korb und stellte den zweiten neben ihr ab. »Das sind alles kleine Briefe mit persönlichen Grüßen und Gebeten für Becky. Sie soll wissen, dass wir mit ihr fühlen und sie in unseren Herzen tragen.«

Janice nickte. »Aber ich glaube, für einen Besuch ist es noch zu früh.«

»Das haben wir uns schon gedacht«, sagte Bens Frau. »Aber bitte sagt ihr, dass wir an sie denken und für sie beten.«

Ben hielt Sawyer einen Umschlag hin. »Ein kleiner finanzieller Beitrag.«

Sawyer wollte den Umschlag wegschieben.

»Bitte, nehmt das Geld an. Oder hebt es für Becky auf. Wir werden jeden Monat eine Sammlung für sie machen. Dann kann sie aufs College gehen, wenn sie das möchte, oder andere Zukunftspläne schmieden.«

Ben drehte sich zu Karen und Zach. »Und Ihnen beiden möchte ich für Ihren Einsatz danken.«

Mit der Unterstützung von Beckys Kirchengemeinde hatte Karen nicht gerechnet. Die Frage, weshalb das so war, würde sie sich später stellen. Im Moment war sie nur sehr beeindruckt und auch etwas beschämt. »Das hätte doch jeder getan.«

Ben schüttelte den Kopf. »Leider nicht. Sonst wäre die Welt ein besserer Ort.«

Dem konnte Karen nicht widersprechen.

Ben drückte noch einmal Sawyers Hand. »Wenn ihr etwas braucht, meldet euch bitte.«

Die vier Besucher kehrten zu ihrem Wagen zurück und fuhren weg.

»Das ist sehr nett von ihnen.« Janice betrachtete seufzend den Korb in ihrer Hand.

»Becky wird sich sicher freuen.« Karen umarmte Janice noch einmal. »Ich melde mich.«

»Auf Wiedersehen, Liebes.«

Zach fuhr los, und Janice und Sawyer trugen die Körbe für Becky ins Haus.

Karen warf im Vorbeifahren noch einen Blick auf die Straßen von Hilton. »Das war der längste und stressigste Urlaub, den ich je hatte«, sagte sie lachend.

»Soll das heißen, du bist noch nie zuvor zur Fahndung ausgeschrieben und verhaftet worden?«

»Ja, genau. Und im Vergleich zu einem Besuch in Hilton ist das Leben unter den Augen der Paparazzi in L. A. geradezu erholsam.«

Zachs Schultern bebten vor Lachen. »Über dich wird man hier noch in zehn Jahren sprechen.«

»Besser sie reden über mich als über Becky. Sie wird hier doch klarkommen, oder?«

»Sie ist nicht das erste Mädchen, das schwanger geworden ist und abhauen wollte. Es gibt sogar welche, die ihre Kinder hier großgezogen haben. Sie macht das schon.«

Sie fuhren auf direktem Weg nach St. George zum Flughafen.

»Holt Rick dich vom Flughafen ab? Oder Neil?«, fragte Zach.

»Rick. Und ich nehme an, er bringt noch ein paar Leute mit.« Karen vermutete, dass in L. A. schon ein Medienaufgebot auf sie wartete. Michael hatte am Vortag die Scheidung eingereicht und die Nachricht hatte sich mit Lichtgeschwindigkeit verbreitet. In den nächsten Wochen würde man ihr keine Ruhe lassen.

»Ich wäre trotzdem lieber bei dir.«

»Mach dir nicht zu viele Gedanken. Die Wogen werden hochschlagen und glätten sich dann wieder. Michael sorgt dafür, dass die Paparazzi ihn mit ein, zwei anderen Frauen vor die Linse bekommen, um von mir abzulenken. Sobald die Bilder im Umlauf sind, wird sich niemand mehr für mich interessieren.

Selbst Kinofilme dauern aus gutem Grund selten länger als zwei Stunden. Die Aufmerksamkeitsspanne von Michaels Fans ist begrenzt. Glaub mir.«

»Ich weiß nicht.«

»Zach, du hast dir hier in Hilton etwas aufgebaut. Du kannst nicht einfach alles stehen und liegen lassen.« Der Gedanke an eine Fernbeziehung stimmte sie alles andere als froh. Aber anstatt mit dem Schlimmsten zu rechnen, wollte sie erst einmal abwarten, wie es sein würde, wenn sie sich nicht täglich sahen.

Weil der Flughafenparkplatz überfüllt war, mussten sie in einiger Entfernung parken und sich wegen der zeitraubenden Sicherheitskontrollen lange vor dem Abflug verabschieden.

Karen wollte ihre letzten gemeinsamen Momente nicht mit Tränen ruinieren. Aber sie hatte einen dicken Klumpen in der Kehle.

Zach zog sie an der Hand in einen stillen Winkel. »Ruf mich gleich nach der Landung an.«

Sie konnte nur nicken, denn im Augenblick traute sie ihrer Stimme nicht.

Zach legte die Hand an ihre Wange und zwang sie, ihn anzusehen. Sie wollte nicht von ihm weg. Vielleicht war ein Leben in Utah ja doch vorstellbar.

»Hey …«

Er wischte die Träne weg, die ihr über die Wange lief. »Den Schmerz, den du spürst …« Er deutete auf ihre Brust. »Den spüre ich auch. Hier.«

Als er auf sein Herz zeigte, musste sie schlucken.

»Du weißt, was das bedeutet?«

»Dass wir beide wehleidig sind?«

Zach lächelte. »Nein, es bedeutet, dass wir es nicht lange ohne einander aushalten werden. Du musst also nicht weinen.«

Karen wischte sich über die Augen und hob die Lippen zu seinen. Die Zärtlichkeit, mit der er sie küsste, brachte nur neue Tränen und noch mehr Schmerz. Zachs Erklärung für das dumpfe Bohren in ihrer Brust war nur teilweise richtig. In Wahrheit sagte es ihr, dass sie ihn liebte. Und der Abschied von einer geliebten Person tat immer weh.

Nach dem Kuss umarmte er sie wie ein Ertrinkender.

Wie erwartet lauerten am Flughafen die Paparazzi. Aber Rick und drei weitere Männer in Anzügen waren bereits zur Stelle. Erst als Karen eingekeilt zwischen ihnen auf dem Rücksitz einer Limousine saß, nahm sie die Sonnenbrille ab.

»Danke für eure Hilfe, Rick.«

Er saß links von ihr und hielt sich schützend die Hand vor die Augen. Ein Blitzlicht erhellte das Wageninnere.

»Gern geschehen. Wie läuft es denn in Utah?«

»Es spielt sich ein. Becky wohnt erst mal bei Michaels Eltern, Nolan wohnt bei Zach. Langsam kommen alle zur Ruhe.«

»Wie geht es Judy?«

Karen lächelte. »Prima. Sie hat das Abenteuer ganz gut weggesteckt.«

»Sie ist ein starkes Kind.« Rick wich ihrem Blick aus.

»Sie ist kein Kind mehr.«

»Aber fast.« Schön, er war sieben oder acht Jahre älter als Judy. Aber so weit lagen sie gar nicht auseinander.

»Die Männer auf dem Campus würden dir vermutlich widersprechen.«

»Hmm.«

Karen grinste. Und wartete.

»Auf welches College geht sie noch mal?«

»Boise State.«

»Ach ja, richtig.«

Karen lachte auf. Judy studierte nicht am Boise State College, sondern an der University of Washington. Rick fischte eindeutig nach Informationen über das *Kind*.

»Was ist?«, fragte er.

»Nichts.« Karen war gespannt, wie die Geschichte weitergehen würde.

Das Tor zum Grundstück in Beverly Hills öffnete sich. Von hier aus konnte man hinunter sehen auf das Lichtermeer der Millionenstadt. Rick und seine Leute halfen Karen mit den Taschen, sahen sich im Haus und im Garten noch einmal gründlich um und ließen sie dann allein.

Sie ließ sich auf die Couch fallen, zog ihr Handy aus der Tasche und wählte Zachs Nummer.

»Hey, Babe.«

Das klang schön. »Hey.«

»Bist du gut nach Hause gekommen?«

Sie lächelte. »Ja.«

Sie hörte ein Klopfen an der Haustür und stand auf. Rick war anscheinend noch nicht gegangen.

»Wie gefällt es Nolan in deinem Haus?«

»Ich glaube, ganz gut.«

Karen öffnete die Tür. »Was heißt das? Bist du dir nicht sicher?«

Sie hatte mit Rick gerechnet. Doch vor der Tür stand Zach. Karen blieb fast die Luft weg.

Er nahm das Handy vom Ohr. »Ich weiß es nicht. Ich bin ja nicht dort.«

Nach einer Schrecksekunde warf Karen sich in seine Arme. Ein Handy fiel zu Boden. Sie schlang die Beine um ihn und er trug sie ins Haus. Seine Lippen lagen an ihren.

»Ich kann nicht fassen, dass du hier bist.«

Er schloss die Haustür mit einem Tritt und küsste sie erneut. »Um dich beschützen zu können, muss ich bei dir sein.«

Sie konnte nicht aufhören zu lächeln. »Du bist verrückt.«

Karens Füße fanden zum Boden zurück.

»Verrückt? Vielleicht muss man das sein, wenn man sich in die Ehefrau seines Bruders verliebt.«

Als ihr aufging, was er eben gesagt hatte, blieb ihr der Mund offen stehen. »In die *Schein*ehefrau.«

»Ich sage das nicht nur so, Karen. Ich liebe dich, und die Paparazzi werden sich einfach daran gewöhnen müssen, uns gemeinsam vor die Kamera zu kriegen. Ich lasse dich in dieser Situation nicht allein.«

»O Zach, ich liebe dich auch.«

Mit einem Kuss besiegelten sie ihre Worte.

»Aber was ist mit Utah? Mit deinem Job?«

»In Utah geht das Leben auch ohne mich weiter. Auf der Baustelle springt mein Vorarbeiter für mich ein. Meine Leute kommen ohne mich klar. Aber ich nicht ohne dich.«

»O Zach.« Sie küsste ihn. Er war hier bei ihr. Sie waren allein. Kein Mensch konnte sie stören.

Karen zog ihn in ihr Zimmer in Michaels Haus.

Er legte sie auf ihr Bett und befreite sie von ihrer Bluse. Dann drückte er sie auf die Matratze. Ihre Beine schlangen sich um seine Taille, ihre Hände wanderten über seinen Rücken und zurück zu seinen Schultern. »Es ist schon viel zu lange her.« Sie warf sein Shirt zu Boden.

»Weniger als eine Woche.«

»Sag ich doch. Zu lange«, murmelte sie zwischen Küssen und hastigen Atemzügen.

»Ab heute ist Schluss mit langen Wartezeiten.«

Lachend drückte sie ihn auf den Rücken und küsste seine Brust. Der Verschluss ihres BHs sprang auf. »Ich werde besser«, sagte Zach. Dann setzte er sich auf und küsste die Haut, die eben noch unter dem Stoff verborgen gewesen war.

»Übung macht den Meister.«

Zach drückte sie aufs Bett, hielt ihre Hände mit seinen fest und saugte ihre Brustwarzen zu kleinen aufgeregten Perlen. Zitternd vor Lust seufzte sie seinen Namen.

»Ich liebe es, wenn du meinen Namen sagst«, raunte er. Er glitt an ihrem Körper hinab, schälte sie aus ihrer Hose und liebkoste mit den Lippen und der Zunge ihren Bauch und ihre Schenkel. Dann öffnete er sie und kostete von ihr, bis sie sich mit seinem Namen auf den Lippen aufbäumte.

Die Erde unter ihr bebte noch, aber er war schon in ihr und nahm sie mit auf eine nie endende Reise der Leidenschaft.

Erneut trieb er sie dem Höhepunkt der Lust entgegen. Und in dem Moment, in dem sie gemeinsam kamen, sagte er ihr, wie sehr er sie liebte.

Sie lächelte an seiner Schulter und hörte, wie ihre Herzen nach und nach wieder ruhiger schlugen. »Ich liebe dich, Zach.«

Epilog

An der Nordseite der viktorianischen Villa hoch über dem Pazifik stand ein Baugerüst. Karen hatte sich wegen der winterlich frischen Briese einen Pullover über die Schultern geworfen und rieb sich die Arme.

Die Renovierungsarbeiten waren seit zwei Monaten in vollem Gang. Das verlassene Anwesen hatten sie gleich nach ihrer Rückkehr aus Utah entdeckt. Es war perfekt. Der großzügige Garten bot Rückzugsmöglichkeiten und der Blick auf den Ozean würde den verletzten Seelen Ruhe geben. All das hatten die Teenager, denen sie hier Unterschlupf gewähren wollte, sicher bitter nötig.

Wenn es weiter so gut voranging, konnten sie das Haus im Frühjahr eröffnen. Karens Traum, anderen helfen zu können, wurde nun endlich wahr. Zusammen mit Zach lebte sie während der Bauphase in einer kleinen Wohnung im Obergeschoss. Zach leitete die Umbauarbeiten. Ein paarmal war er noch nach Utah geflogen, um seine Projekte dort abzuschließen. Aber schon bald hatte er die ersten Aufträge in L. A. an Land gezogen und ein kleines Team versierter Handwerker um sich geschart. Anstatt nach Schema F ganze Wohnsiedlungen zu errichten, baute er jetzt mit seinen Leuten in gefragten Wohnlangen hochwertige Einzelgebäude, die kurz vor der Fertigstellung zum Verkauf ausgeschrieben wurden. Diese Arbeit fand er viel reizvoller, als Schuhschachtelhäuser hochzuziehen, wie sie bis zur Rezession überall in die Landschaft gestellt worden waren. Jetzt, wo die Wirtschaft sich langsam erholte, stieg auch die Nachfrage nach individuell gestalteten Wohnhäusern.

Auch ohne sich umzudrehen, wusste Karen, dass Zach sich von hinten näherte. Sie kannte seinen Schritt. Seine Arme und der Duft seiner Haut hüllten sie ein. »Was machst du denn hier draußen?«

»Ich denke darüber nach, wie glücklich ich bin«, sagte sie.

Er küsste sie aufs Haar und zog sie fest an sich.

»Musst du nicht deine Eltern abholen?«

»Das hat noch ein bisschen Zeit.«

Die Scheidungsparty war für den kommenden Freitag geplant. In den nächsten Tagen würde deshalb der gesamte Gardner-Clan eintrudeln.

»Ich wünschte, das Haus wäre schon fertig. Dann könnten alle bei uns wohnen.«

Zach vergrub die Nase in ihrem Nacken. »Beim nächsten Mal.«

»Vielleicht können wir eine Eröffnungsfeier veranstalten, eine Art Einweihungsfest.«

»Ich glaube, du feierst schon genauso gern wie mein Bruder.«

Karen lachte. »Ja, ein paar Dinge haben wir tatsächlich gemeinsam. Hast du schon etwas von Nolan und Becky gehört? Können sie auch kommen?« Das junge Paar war immer noch sehr verliebt. Vielleicht hatte der Verlust des Babys die beiden sogar noch enger zusammengebracht. Für den Fall, dass sie nach Beckys Highschool-Abschluss immer noch heiraten wollten, wünschte Karen sich insgeheim, dass sie es hier bei ihnen in Kalifornien tun würden. Und zwar genau an der Stelle, an der sie und Zach jetzt standen. Die jungen Leute hatten so viel durchgemacht und sie wollte ihnen etwas Gutes tun.

»Meine Mom hat gesagt, sie würden morgen fliegen. Becky muss heute wohl noch eine Prüfung schreiben.«

»Schön, dass sie kommen.«

»Ach.« Zach ließ sie los. »Das hätte ich fast vergessen.«

Sie schaute ihn fragend an.

Er zog eine kleine Schachtel aus der Tasche. Sie lächelte. In der letzten Schachtel, die er ihr überreicht hatte, hatte der Schlüssel für das Haus gelegen, vor dem sie jetzt standen.

»Was ist das?«

»Sieh nach.«

Seine schönen Augen sahen ihr zu, wie sie den silbernen Deckel hob.

In einer Fassung im Stil des Hauses, das sie gemeinsam ausgesucht hatten, glitzerte ein zweikarätiger runder Diamant in einem Kranz aus kleineren Steinen.

»Zach«, hauchte sie.

Als er vor ihr auf die Knie ging, war es um ihre Fassung geschehen. Sofort standen ihr Tränen in den Augen.

»Ich will dich für immer, Karen. Ich will jeden glücklichen und jeden traurigen Moment mit dir teilen, jede glückliche und jede traurige Erinnerung. Willst du mich heiraten?«

Sie kniete sich zu ihm. »O Zach. Ja, natürlich!«

Er küsste sie, dann steckte er ihr den Ring an den Finger. »Ich liebe dich.«

Sie streckte die Hand aus und bewunderte lächelnd den Ring, den er für sie ausgewählt hatte. »So glücklich dürfte ich so kurz vor meiner Scheidung eigentlich gar nicht sein.«

»Warum denn nicht? Immerhin bist du mit dem Falschen verheiratet.«

»Ich habe das Gefühl, nie verheiratet gewesen zu sein.«

Er lächelte und küsste sie erneut.

»Wann sollen wir uns denn das Jawort geben?«

»Hast du es eilig?« Sie freute sich über das Drängen in seiner Stimme.

»Du weißt gar nicht, wie eilig. Das Warten auf deine Scheidung hat mich um Jahre altern lassen.«

Karen schaute ihrem Zukünftigen in die Augen und verliebte sich gleich noch einmal. »Na ja, geschieden werde ich am Freitag. Ab Samstag bin ich wieder Single.«

Er blinzelte. »Du meinst diesen Samstag? Du willst am Samstag heiraten?«

Sie biss sich auf die Unterlippe. »Warum nicht? Deine Familie wird hier sein. Michael ist noch nicht wieder am Set. Alle meine Freunde sind in der Stadt. Wozu warten?«

»Schaffen wir das bis Samstag?«

Karen lachte. »Ich muss dir dringend mal erzählen, in welchem rasenden Tempo meine Freundinnen zum Traualtar gejagt sind. Also, was ist, Zach Gardner? Willst du mich am Samstag heiraten?«

Er zog sie auf die Füße, hielt sie ganz fest und küsste sie.

»Ich kann es kaum erwarten, mit dir zu schlafen, Mrs Karen Gardner.«

»Und ich kann es kaum erwarten, als Mrs Karen Gardner mit dir zu schlafen.«

»Du würdest meinen Namen annehmen?«

»Davon lasse ich mich nicht abhalten. Und jetzt komm. Wir haben viel zu erledigen und nur vier Tage Zeit.«

Sie wollte ihn mit sich ziehen, doch Zach hielt sie fest. »Warte.«

Er schaute ihr tief in die Augen und dann in die Ferne.

»Was ist?«

»Ich möchte diesen Augenblick noch genießen, ihn mir für immer einprägen.«

Ihr Herz schmolz dahin. Sie saugten das Glück tief auf und wussten, dass diesem besonderen Moment noch viele ganz ähnliche folgen würden.

Danksagung

Vieles kann eine Autorin zum Schreiben inspirieren. Eine Reise, eine interessante Person, ein Ort. Und zu den schönsten Orten, mit denen Gott die Welt beschenkt hat, gehört Utah.

Ich habe mich in Utahs großartige Landschaft verliebt und war dankbar für die wunderbare Gastfreundschaft, die ich dort erfahren habe. Die kleine Stadt Hilton gibt es nur in meiner Fantasie. Aber sie steht stellvertretend für viele andere Kleinstädte, in denen es kaum Graffiti an den Wänden gibt und wo man abends die Bürgersteige hochklappt. Aus Gründen, die sich einem Großstadtmädchen nie ganz erschließen werden, hängen ihre Bewohner mit ganzer Seele an diesen Orten.

Für Manuela, die niemals tratscht, aber immer Bescheid weiß.

Für Tammy und ihre Familie, weil sie uns ihr Haus und ihre Herzen geöffnet haben.

Für meine Kritikpartnerin Sandra, die die Inspiration für all meine Michaels liefert.

Für Mr und Mrs Hart und Mr und Mrs Halstrom, die mich als verängstigten Teenager bei sich aufgenommen und mir ein sicheres Heim geboten haben, damit ich die Schule abschließen konnte.

Ein ganz spezieller Dank geht an Judy, die mir gezeigt hat, dass echter Glaube weit über die eigene Kirche und die eigene Religion hinausgeht.

Wie immer danke ich Jane, Lauren, Miriam und allen bei Dystel und von Goderich Literary Management.

Ich danke Melody für ihr einfühlsames Lektorat und dafür, dass ihr im richtigen Moment die Tränen kommen, sowie allen bei Montlake für jede Art von Unterstützung.

Ein herzliches Dankeschön geht an David und Libby. Immer wieder nehmt ihr Menschen bei euch auf, die Hilfe brauchen. Ihr scheut keine Mühen, um euren Schützlingen zur Seite zu stehen. Dieses Buch handelt nicht von euch, aber ich möchte es euch gerne widmen. Genau wie Mr und Mrs Gardner würdet ihr Becky, ohne zu zögern, in eurer Haus holen. Wenn es mehr Menschen gäbe wie euch, wäre die Welt ein besserer Ort.

Ich liebe euch!

Catherine

23790979R00190

Printed in Poland
by Amazon Fulfillment
Poland Sp. z o.o., Wrocław